平利县水利局王青山被评为全国脱贫攻坚先进个人

省水利厅扶贫干部李刚(右二)在丁户塬村贫困户家中调查摸底

榆林市清涧县康家村党支部书记康斌军向作者介绍村上引水上山的经过

延安市安塞区水利工程队副队长李振义在村民家检查供水情况

神木市水利局驻五星村第一书记呼虎雄(左一),帮贫困户办理脱贫手续

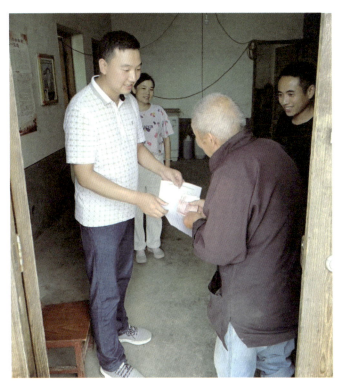

汉阴县田凤村第一书记、县水利局行政股副股长刘定龙看望村上的老党员

安塞县水利局打井队给农民打引水井

2021年7月洛南县遭水灾后,
县城水厂抢险队队长黄敏(中)组织员工抢修供水设施

汉阴县水利技术工作站站长、田凤村驻村第一书记汤自超
返回自己曾经包扶的村看望脱贫村民

作者李虎山(左二)在黑河金盆水库采访

作者李虎山（右二）在汉阴县采访驻田凤村两任第一书记刘定龙（左一）汤自超（右一）。
左二为陕西丰水源水务科技有限公司总经理赵波山

作者李虎山（右四）与西安水务集团李家河水库党支部书记张智峰（右五）、
总经理王智（右三）及运管人员合影

水润三秦

李虎山 著

陕西师范大学出版总社

图书代号：WX23N0589

图书在版编目（CIP）数据

水润三秦 / 李虎山著 . — 西安：陕西师范大学出版总社
有限公司，2023.7
　ISBN 978-7-5695-3496-2

　I.①水…　II.①李…　III.①纪实文学—中国—当代
IV.①I25

　中国国家版本馆CIP数据核字（2023）第012026号

水　润　三　秦
SHUI RUN SANQIN

李虎山　著

出版统筹	刘东风　郭永新
责任编辑	马凤霞
责任校对	王淑燕
封面设计	张潇伊
出版发行	陕西师范大学出版总社
	（西安市长安南路199号 邮编710062）
网　　址	http://www.snupg.com
印　　刷	西安市建明工贸有限责任公司
开　　本	720 mm×1020 mm　1/16
印　　张	23.75
插　　页	4
字　　数	380千
版　　次	2023年7月第1版
印　　次	2023年7月第1次印刷
书　　号	ISBN 978-7-5695-3496-2
定　　价	69.00元

读者购书、书店添货或发现印装质量问题，请与本公司营销部联系、调换。
电话：（029）85307864　85303629　传真：（029）85303879

序：浓浓的民生情怀

王辛石

　　我老家在陕南，从小在农村长大。1986年参加工作，被分配到巴山深处一个叫碑坝的地方。那里远离城市，山大沟深，道路崎岖，从一个村子到另外一个村子，往往要徒步走上大半天。一次下乡夜宿一个叫明山湾的地方，这个小村庄地处半山腰，山高坡陡，环境恶劣。家家都有一个扁形的木桶，一问才知道是专门用来背水的工具，每家每天都要有人沿着陡峭的山路到沟底的一个山泉去背水，一来一去两个多小时，100多斤的木桶压在人背上，人佝偻着艰难跋涉，除过下雨天能收集些雨水，基本上常年如此，吃水是老百姓最大的负担。而在极度干旱的定边县，曾经的缺水状况使人震惊，因为水源短缺，老百姓连洗脸都成为一种奢侈，以致流传着"男人见人两只眼，女人见人背着脸"的谚语。吃水问题，世世代代困扰着陕北白于山区、黄河沿岸土石山区、渭北旱塬、秦巴中高山区的老百姓，也是各级政府努力要解决的一个民生问题。记得20世纪90年代，省委省政府启动了以解决群众饮水困难为目标的"甘露工程"，一位省上领导在动员大会上饱含深情地说道："新中国成立这么多年了，老百姓的吃水问题还没有解决，是我们各级政府的失职。"

　　从"吃上水"到"吃好水"，近30年来，陕西一直在努力，一直在坚持。最新的数据是，陕西农村自来水普及率已经达到95.95%，实现了饮水安全全覆盖，农民彻底摆脱了肩挑背扛、人担畜驮远距离深沟取水的艰辛，远离饮用苦咸水、高

1

含氟水带来的疾病与伤痛。

这是一段艰辛曲折、顽强拼搏的历史，也是一段容易被忽略、被淡忘的历史。因为，解决吃水问题，虽然涉及千家万户，但都是很琐碎、很具体的工作，没有轰轰烈烈的大场面，也没有惊天动地的大事迹。但在新时代改革开放的大潮中，却又是关系群众幸福指数的"民心工程"和"德政工程"，是立党为公、执政为民的具体体现，意义深远而重大。正因为如此，更需要去总结、去挖掘、去记录，以文字的形式留住历史的真实。

李虎山同志担当了记录陕西解决吃水问题艰难历程的重任。他说，他从小生活在农村，知道吃饭喝水对老百姓的重要性，也见过太多吃水难的艰苦场景。为此，他带着对缺水的深切体会和对水利惠民政策的无限尊崇，踏上了追寻"吃水"故事的征途，走遍了陕北、关中、陕南的山山岭岭、沟沟壑壑，采访了无数奋战在供水一线的基层水利人，以及生活在这些山岭沟岔中的老百姓，以宏大的历史视角和细致入微的笔触，写成了报告文学《水润三秦》。

《水润三秦》立足陕西水资源严重短缺现状和农村饮水困难实际，从黄土高坡到渭北旱塬，再到秦巴山区，向读者科普了黄河、渭河、汉江等省内各级河流的水资源概况，记录了新中国成立以来尤其是改革开放之后，为了解决吃水问题，陕西水利在水源工程建设、城乡供水工程等方面所做的努力和取得的成就，描写了近年来在脱贫攻坚与乡村振兴过程中，各级党委政府高度关注民生、大力开展农村饮水安全建设的生动图景。

阅读《水润三秦》，书中的文字有温度、有情怀，书中的人物真诚、鲜活，他们的故事动人心弦、感人肺腑。无论是省上的领导同志、驻村的水利干部，还是乡村的管水员和淳朴村民，他们都为改变乡村缺水的历史而担起时代的重任，燃烧自己的青春与力量。陕西省水利厅先后前往丁户塬村的王晓辉、赵川、李刚、郑坤、耿乃立、季万才等干部，克服重重困难，结合当地实际情况，打井、引水、铺设供水管网、硬化村路、改造村容村貌、建设移民新村……在这个过程中，有挑灯夜战寻思路、列计划、写报告的苦累，有因回不了家、尽不了孝而不被理解的辛酸，有风里、雨里、雪里来回奔波的惊险，有通过创新改善村民生活的喜悦，等等，他们一系列实实在在、用心用情的举措，将这个深度贫困村打造成了脱贫攻坚样板村。那些奋战在石泉县板桥村，汉阴县上七村、田凤村，柞水县石镇，以及南郑区、神木县的基层水利工作者，他们或克服重重艰难在大山与沟壑中寻找水源，或与灾情争分夺秒抢修管道，或舍家为业、牺牲在扶贫岗位上。还有许多名字，都为水利行业所熟知，如王青山、卜晓军、周清德、张新生等，他们都在用自己的力量为乡村"解渴"，将一点一滴的力量汇聚成磅礴的动力，改写了贫困乡村的历史，改写了贫困百姓的命运。

这是我省水利题材方面一部难得的文学作品，真实记录了陕西农村从"无水喝"到"有水喝"再到"喝好水"的巨大转变。它将那些鲜活的记忆、奉献的故事、艰苦的奋斗和乡村土地的盘活、村民精神的回归、农村翻天覆地的变化绘成一幅幅感人至深的画卷。千言万语化成一句话："有好水，才有好生活。"

"所谓岁月静好，只是因为有人负重前行。"如果感恩今天的好水好生活，就请认真阅读这本好书。

（作者系《中国水利报》陕西记者站站长）

目 录 | CONTENTS

第一章

水润三秦　大地生辉

一、三秦大地上有多少水

春天的探访

水，对于人类来说，就和空气、粮食一样重要，比土地和庄稼更重要。因此，为了解决全省农民饮水问题，陕西省各级政府历届领导，殚精竭虑，通过20年的奋斗，使90%以上的农民吃上了自来水，用事实改写了农民吃水难的历史。

那么，在广袤的三秦大地上，到底有多少水呢？2021年春天，我迈开双腿，走向三秦大地，对陕西省的水资源情况进行了调研查访……

2021年春天，春光明媚，鲜花盛开，草长莺飞，这是一年中最美的季节。我从久负盛名的十三朝古都西安出发，告别庞大的水泥森林，迎着自南而北缓缓而来的春讯，穿越秦岭隧道，沿着连接中国南方和北方的高速，来到朱鹮的家乡汉中洋县，看着遍地金黄的油菜花不胜感慨。我久久地站在汉江岸边，凝视着滔滔东流的江水。我在想，假如秦岭北边关中平原的渭河，有像汉江一样的水流，关中会是什么样子，会不会也有遍地金黄的油菜花。如果上苍将汉江移至陕北的黄土高原，让江水从黄土高原上汹涌而泄，那陕北的生态会是什么样子？

同样在这个春天，我到了商洛市丹凤县昔日的船帮会馆，我想探寻丹江是如何将一江清波，由西向东送至商南县的荆紫关，与汉江会合的。

还是在这个春天，我站在韩城市的禹门口，看着黄河水从两山间缓缓而来，出了禹门口，性急的河水，摆脱狭隘和拥挤，伸展手臂，拥抱平原，将一路疲惫一扫而尽。

同样的季节，我站在西安城北的渭河南岸，看着泾河水和渭河水，殊途同归，异色而和，相携前行，在春风的舞动里、在霞光的照耀下、在绿荫的陪伴中，向东，向东，潺潺而去……

2021 年 3 月，在柞水县的夜色里，我和西安水务（集团）引乾济石管理公司总经理巩科——一个我十分熟悉的长期与水打交道的水务人，沿着乾佑河岸，披着温柔的山地晚风，一边漫步，一边交流陕西的水资源情况。巩科年龄不大，参加工作后，一直与水打交道，陕西所有与水有关的知识，装满了他的大脑，他就像一本厚重而深奥的水知识教科书。装在我胸前的录音笔，盛不下他丰富多彩的水知识。

同样是这个春天，我行走在莺歌燕舞、春风尽染的汉中城东的褒河岸边，探寻昔日的"汉中三堰"。"汉中三堰"2020 年入选世界水利文化遗产。

在一个夕阳的余晖将整个汉中平原染成玫瑰红的下午，当地一位耄耋老人指着褒河对岸一望无际的稻田告诉我："汉中，拥有今天的富饶，要感谢你们关中一个人。"

我吃惊地问他："谁？"

老人用一双布满老年斑的手轻轻将着白生生的胡须看着我的眼睛笑眯眯地说："李仪址。"

李仪址。我只知道他治水，建成了关中八惠，没想到他在汉中也建了褒惠、汉惠等。

在一个春光明媚的下午，在陕西省水利厅的办公室里，我与《陕西省志·水利志（1996～2015 年）》副主编、资深水利文化人杨耕读，就陕西的水，聊了整整一个下午。他告诉我："你要写陕西人的吃水问题，首先要写我们陕西有多少水，只有让读者了解了我们的资源，你所写的书，才有意义。"听了他的话，我一时茅塞顿开。他还告诉我："你要了解陕西的水资源，就要走出去，到一线去，到现场去，要亲自去探寻。"

在陕西省水利厅宣教中心，我与宣教中心主任、《陕西水利》杂志主编王辛石，就陕西的水利发展，先后进行过五次访谈，他像一个知识丰富的老师，将陕西与水有关的资讯，毫不保留地分享给我。

同样在陕西省水利厅宣教中心，《中国水利报》记者刘艳芹，与我就各自掌握的全省各地水利与扶贫的信息相互交流，资源共享。

2021 年春天，在蒲城县与澄城县交界的龙首坝，我看到北洛河比往年同期更加汹涌的水流。龙首坝管理中心负责人张主任告诉我，今年春天龙首坝的景致是近年来少有的。我问他为什么，他说："今年春天是个雨水充沛的季节。"

2021年春天，的确是个雨水充沛的季节，无论陕北还是陕南，抑或是关中平原，所有河流，都涌动着比往年丰盈的水，都流动着与往年不同的诗意。

陕西省城乡供水中心副主任吕峻说，2021年是个特殊的年份，充沛的雨水，滋润着三秦大地的每一个角落。

三秦大地上有多少水

据资料显示，陕西全省年平均水资源总量为423.3亿立方米，其中黄河流域116.6亿立方米，长江流域306.7亿立方米，分别占全省水资源总量的27.5%、72.5%；陕北40.4亿立方米，关中82.3亿立方米，陕南300.6亿立方米，分别占全省水资源总量的9.5%、19.4%、71.1%。陕西全省水资源总量位居全国第19位，占全国水资源总量（28412亿立方米）的1.5%，人均水资源占有量1000—1667立方米，属于水资源紧缺省份。

多年来，陕西全省年平均水资源可利用总量162.7亿立方米，其中黄河流域71.6亿立方米，占全省水资源可利用总量的44%，长江流域91.1亿立方米，占全省水资源可利用总量的56%。1996年以来，陕西省水环境监测中心在全省逐步设立了166个监测站点，对全省国家重要水功能区和14个水库水源地的水质状况进行了持续监测，其中满足水域功能目标的一级水功能区（不包括开发利用区）占51.8%，二级水功能区占58.5%。

新中国成立以来，陕西省通过坚持不懈的水土保持治理，特别是通过1999年以来实施的"山川秀美"与退耕还林还草还牧工程，使生态环境好转，水土流失大幅度减少；加之城市化进程的不断推进和产业调整，农村人口不断向城市转移，乱垦乱种情况基本消失，生态环境自我修复的能力增强，河流泥沙也大幅度减少。20世纪50—90年代，黄河流域年均入黄泥沙量13亿吨左右；进入21世纪以来，年均入黄泥沙量只有3亿吨左右。人类活动的减水减沙作用显著上升，且对水沙变化的影响远大于降水。

水利不仅是农业的命脉，也是工业的命脉、城市的命脉，甚至是整个经济社会发展的命脉。

水，更是 3900 万陕西人赖以生存和发展的基础。

早在 1996 年，陕西省就提出：必须把大搞水利建设作为长期的战略任务，下决心在水利上办成几件大事，特别提出要加强水源工程建设，以缓解缺水危机，保障防洪安全。在此后的 20 年间，全省累计增建水库 25 座，其中大型水库 11 座，比 1995 年增加 6 座，水库总量达 1095 座。由于新建水库以大中型为主，全省水库总库容达到 89.3 亿立方米，比 1995 年的 41.2 亿立方米增加了 1.17 倍。同期，"引红济石"、"引乾济石"、东雷二期抽黄、延安引黄、榆林引黄、潼关引黄、韩城引黄等引水调水工程相继建成。2015 年全省供水量达到 91.2 亿立方米，比 1995 年增加 39.7%。更重要的是，被誉为陕西水利的巅峰之作的"引汉济渭"工程开工建设，实现从汉江流域年调水 15 亿立方米进入渭河流域，进而通过对黄河的"以下补上"，增加陕北地区从黄河取水的指标，实现了陕南、关中、陕北三大区域的水资源优化配置。"引汉济渭"、东庄水利枢纽两大工程，可形成近 20 亿立方米的年供水能力，大幅度提高全省水资源开发利用水平，并实现全省水资源进一步优化配置。

二、秦岭之北，滔滔流水归黄河

"君不见，黄河之水天上来，奔流到海不复回。"

我不知道李白当年写此诗时，是在什么季节，在什么地方。为什么在他的视野里，黄河之水是从天上来的呢？为了体验 1000 多年前诗人的感受，我到过陕西境内不同的地方，去寻找那种"黄河之水天上来"的感觉。

2009 年秋天，为了寻找黄河入陕境的足迹，我驱车奔赴榆林市府谷县墙头村，在那里也没有找到"黄河之水天上来"的感觉。那时，府谷县正好在县城边修了黄河岸边西北最大的广场，那晚广场的灯光非常明亮，将黄河水照成粉红色。那晚，头顶上有一轮明月，洁净地高挂苍穹，欲与地上的霓虹一比强弱。尽管我在广场上坐、转、望、问了整整3个小时，还步行穿过了那座黄河大桥，到对面的山西省保德县城探访，也并没有找到那种体验，不过感受了"眼前盛世景，胸中黄河月"的诗境。那是我几十年来第一次近距离亲近黄河母亲，激动、感慨、流连忘返，用黄河水洗脸，亦将脚没于水中如孩童般与粉红色的浪花嬉戏。

而卧于霓虹之下的黄河，是那样安详，一任广场上人声鼎沸，偌大的电视屏幕发出巨大的声响。

博大、豪迈、气势恢宏、波涛汹涌，那晚的黄河让我永生难以忘怀。站在黄河大桥上，看着被霓虹染红的河水，我似乎看到那水中流动着诗行：万里长江沃南国，九曲黄河肥北塬。

第二天黎明，我们一行驱车沿黄河一路南行，沿途所见，悬崖峭壁，东西两山，变幻无穷，黄河像倔强的母亲，意志坚定，携溪纳涧，壮大自身，一路向南，勇往直前。

我们翻山越岭，过吴堡，经佳县，越壶口，一直跟随黄河到了韩城的禹门口。在这里，黄河像一路奔波劳累过度似的，伸展腰身，张开臂膀，将紧张的身躯，放松地展拓在广袤的平原上。站在龙门钢厂东边的河岸，回首黄河的来路，望着那种辽阔，我才茅塞顿开：可不是吗？黄河之水天上来。

我至今不知道李白是在哪里观看黄河，发出"黄河之水天上来"的绝妙感慨的，也许在他的家乡陇西，也许是其他什么地方。我们此次沿黄河而行，虽然没找到李白站立在黄河岸边的准确位置，但对黄河的认知和敬仰，给了我莫大的启示。李白的生活和黄河关联在一起，而我的信念也和黄河关联在一起。

黄河之水到底从何而来，放下诗人的浪漫，我们来看看真实的黄河之水是如何形成和流过九曲十八弯的。

黄河发源于青海巴颜喀拉山北麓，流经青、甘、宁、内蒙古、陕、晋、豫、鲁8省（区）入海，全长5464千米，流域面积75.24万平方千米，年均径流量574亿立方米。

黄河干流流经内蒙古南托克托河口镇即进入中游，由东偏南穿行于陕晋大峡谷，至府谷县墙头村进入陕西境内，流经神木、佳县、吴堡、绥德、清涧、延川、延长、宜川、韩城、合阳、大荔等县（市），至潼关折向东行于沙坡村出陕境。陕西境内黄河全长 715.6 千米，占黄河全长的 7%，为陕晋两省界河。此段黄河在禹门口分成自然特征迥然不同的上下两段，禹门口以上 583.1 千米穿行于黄土高原中心地带的峡谷之中，平均比降 0.95‰，河流深切基岩，弯曲狭窄，两岸峰峦重叠。禹门口以下至潼关 132.5 千米，河流进入汾渭地堑，河床为冲积层所构成，河道宽展 3—18 千米，比降只有 0.6‰，成为淤积严重的游荡性河道，通常称为"小北干流"。

黄河以高含沙闻名于世，也因高含沙导致洪水灾害频发。自 2000 年以来，这一情况发生了重大变化。2015 年 11 月 8 日，西北农林科技大学水土保持研究所副所长刘国彬接受记者采访时说："黄土高原是世界上水土流失最严重的区域，20世纪 50—90 年代年均入黄泥沙量 13 亿吨左右，但在 21 世纪以来黄河年均输沙量只有 3 亿吨左右。"他还提到："黄河年输沙量明显减少的主要原因是，从 1999年以来在黄土高原地区实施的退耕还林（草）工程及其他水土保持生态工程，通过植被恢复与重建，使黄土高原植被覆盖率从 1999 年的 31.6% 增加到 2013 年的59.6%。据黄河水利委员会发布的《2014 年黄河泥沙公报》显示，黄河干流龙门、潼关水文站均出现建站以来最小年输沙量。"

1975 年，陕西省渭南地区在省委和国家水利部门的指导下，开启了"东雷抽黄"工程，最多时 10 万群众参加会战，经过 15 年的努力，完成了第一期工程，将黄河水引上渭北旱塬，解决了人们的吃水问题和农田灌溉难的问题。之后于1988 年，开始了东雷二期抽黄工程。近年来，陕西省延安市、榆林市、韩城市和潼关县先后引黄河水入境，解决了人们吃水、灌溉和工业用水问题。

为了探究黄河在陕西境内所吸纳的增量，我几乎探访了能给黄河注入水流的所有河流。我们不妨从北到南，看看都有哪些河流在陕西境内给黄河提供了增量。

站在二郎山上读窟野河

我曾先后四次站在神木市城区对面的二郎山上欣赏窟野河，第一次是 2009 年秋天，站在一处山坳聆听神木市住建局办公室主任张和平向我介绍窟野河对当地群众生活所发挥的作用。第二次是 2017 年 11 月 3 日，参加《陕西市政》杂志在神木举办的第七届培训班。第三次是 2019 年 8 月 6 日，神木市作家苗雨田站在杨六郎昔日的练武场西边的山头，向我介绍窟野河的历史。之后，我又一次独自攀上二郎山，由南向北，一边欣赏山顶上不同类型的庙宇建筑，一边细察窟野河的流态和由它缔造的不同景观。

窟野河为黄河右岸支流，源于内蒙古伊克昭盟东胜市的巴定沟，流经内蒙古南部和陕西榆林神木市，至王家坪南入黄河，全长 241.8 千米，其中陕境神木县河长 157.9 千米，面积 4070 平方千米，以降水补给为主，夏秋降水占 80% 以上，占河水补给量的 70%，径流量 4.57 亿立方米，占全河总径流量 7.62 亿立方米的 60%。

神奇的秃尾河

秃尾河源于神木市瑶镇西北的公泊海子，历史上曾几次易名。《水经》称其为"圜水"，汉时叫"水"，亦名吐浑河。由于它的发源地在沙漠地区，水系由沙漠渗水汇集而成，水量稳定，四季均衡，素有"雨涝不成灾，天旱不断流"的美誉。秃尾河上游经过沙漠、草滩地区。榆林市在秃尾河上游修筑了瑶镇水库和采兔沟水库，不仅解决了神木市和锦界工业园区的吃水问题，也促进了工农业生产发展。秃尾河下游流经榆阳区、佳县和神木交界区域，它穿山过岭，在连绵不断的峡谷中咆哮前行，在佳县武家峁村转了一个 360 度的大弯，又投入了黄河的怀抱。

秃尾河和窟野河一样为黄河右岸支流，居窟野河与佳芦河之间，处于神木市西南，与榆林、佳县搭界。由于源出沙漠，支流少，故得"秃尾"之名。秃尾河上源有二，西支是圪丑沟，东支源于神木县西北部的尔林兔公泊海子，二源会合始称秃尾河。秃尾河东南流经瑶镇乡、高家堡乡至马家滩，为神木市与榆林市界河，到马家滩往下，又转为神木、佳县界河，直至佳县武家峁东南注入黄河。秃尾河长 139.6 千米，集水面积 3294 平方千米，流域内地形狭长，沿长城两边分布。长城以北为风沙区，属毛乌素沙漠南缘，广布固定半固定沙丘湖泊、滩地和绿洲，植被覆盖率 15%—35%；长城以南和东部为黄土丘陵区，风蚀水蚀强烈，植被稀少，是黄河粗沙的主要来源。秃尾河径流以地下水补给为主，约占补给总量的80%—90%，沙漠河流特征明显，年径流量稳定在4亿立方米左右。

秃尾河流域水源开发利用较早，清代到民国年间修建有水洞渠、红花渠、永兴渠等灌溉工程，新中国成立后进行了多次改扩建，并在其支流上修建了赵家峁、杜家沟两座水库，可灌溉农田约660公顷。2001年9月12日，榆林市政府投资4038万元在秃尾河开工建设瑶镇水库，坝址位于神木市境内，总库容1060万立方米，年可供水7648立方米，现为神木市唯一的清洁水源，也是锦界工业园区工业、生活用水的主要水源地。

使我流泪的无定河

我曾经有过一次面对无定河流泪的经历。2009年7月29日，我和朋友开车前往横山县采访，当我们经过榆林黑龙潭向西行至一条大河边，无定河突然闯入我的视野，那时正是下午4点左右，透过车窗看到河对面的坡上长满了陕北柳，河湾草地上一群低头吃草的红牛，我一下子惊呆了。弯弯的河流，潺潺的流水，青青的草地，明媚的阳光，行行翠柳，漫漫沙坡，此情此景，在我梦中出现过好几次，一直不知道这样的河流在哪里，原来多年前梦中的河流竟然是无定河。我让朋友停下车，坐在河岸的青草地上，望着河流，泪流满面。那是我第一次真切地看到无定河，她虽然没有黄河的豪迈，没有江汉的柔美，没有家乡洛河的慌急，但她竟然在黄土高原上如此优雅地行走，还多次在我梦中出现。她的美如此大气，让我久久不愿离去，后来每每忆起，心中有说不出的缠绵。曾经见过许多河流，但皆不及无定河给我留下的印象深刻。

无定河是一条源远流长、历史悠久、内涵丰富的大河。不管是江海横流、山摇地动，还是日转星移、大地沧桑，它总是那么一往无前，专注地流向黄河，完成它的使命。它是被置放在陕北大地的精灵！

无定河像一只远古时期先人们编织后珍藏在黄土高原上的摇篮，为黄土高原孕育生机，故而被人们称作陕北高原的生命之河。

在无定河两岸，遍布着难以计数的新石器时代遗址，尤其是龙山文化遗址，其密集程度几乎和现代的村落一样。到了秦汉之际，进入一个极其辉煌的时代。那时的无定河流域森林茂密，水草丰盛，牛马衔尾，有着碧水青山的自然景观，农牧林生产兴旺发达。

新中国成立后，在绥德、米脂等县的无定河流域出土了大批汉代画像石，这些画像石以强烈的韵律感和饱满的生活气息，表现了对劳动这一伟大主题的歌颂。那些车骑出行、策马狩猎、迎宾谒见、聚会宴饮场面，是汉代社会上层阶级奢侈生活的写照；众多的奏乐、舞蹈、百戏、六博、投壶等图像，逼真地反映了汉代文化艺术繁荣的原貌；杀猪宰羊、庖厨烹调、汲水等场景，以及庄园庭院、门、楼阁等画面，使人们多侧面地窥见了陕北高原古代生活、民情风俗和建筑风格。

这一繁荣景象一直延续到五胡十六国时期，当时的大夏国王赫连勃勃还对这一带湖泊密布、清流潺潺的景象失声赞叹，于是在无定河畔大兴土木，营建国都统万城。

由于历代连绵不断的战乱，屯军开垦，毁灭森林，破坏植被，到了唐代，无定河就再也不是清流了。无定河这个名称唐代中叶才始见于记载。它浊流滚滚，泥沙沉淀于河床，使河身难以稳定，故称"无定"。两岸的地形地貌也发生了很大变化，逐渐形成了风沙滩地、河塬涧地、黄土丘陵沟壑三种地貌，呈现出一派荒凉景象。

20世纪三四十年代，无定河每年输入黄河的泥沙达2.2亿吨之多，占三门峡输沙量的16%以上，仅流失的氮、磷、钾每年达500多万吨。严重的水土流失，导致陕北高原日渐贫瘠，蓄水抗旱能力降低，粮食产量低而不稳。同时，无定河大量泥沙的下泄，给黄河下游人民的生命财产造成极大的威胁。

今天，当你站在无定河畔，你会欣喜地发现，退耕还林的壮举描绘的新的画卷，正展现在你的眼前。这不是梦，而是20世纪末陕北人民创造的伟大现实。

历史终于跨过了漫漫长夜，无定河也终于迎来了它的春天。改革开放以来，陕北人民在国家和陕西省政府的统一规划部署下，开始营造比"榆溪旧塞"更加宏伟的绿色长城——"三北"防护林带。无定河，这条历尽磨难的河，如今正在叙写历史的新篇章。它将喷银吐玉，流彩溢金，唱着欢快的歌，从硕果累累、美丽壮观的陕北高原上流淌而过。

无定河系黄河中游右岸较大的一级支流，流经定边、吴起、靖边、鄂托克、乌审、横山、榆林、米脂、子洲、绥德、清涧等14个县（旗），全长491千米，陕西省境内385千米，集水面积30261平方千米，其中陕境面积21859平方千米，占总面积的70%。无定河水系分布略呈正三角形，左岸约占总面积的1/4，大小支流87条，均经过风沙区，以地下水补给为主；右岸约占总面积的3/4，大小支流272条，大者有芦河、大理河、淮宁河等，均流经黄土丘陵区，河流补给以地面径流为主，年均总径流量为15.36亿立方米，干支流所建坝库众多，有100万立方米以上的水库94座，1000万立方米以上的水库25座，总蓄水能力12亿立方米。

宁静的清涧河和八里河

清涧河系黄河右岸支流，介于无定河与延河之间，流经延安市东北与榆林市东南一带。清涧河发源于子长县李家岔乡梁山西南麓，初名秀延河，东南行右纳源于安塞境的中山川，东行过安定旧县城到瓦窑堡（子长县城），右纳李家川，过马家砭入清涧界，始称清涧河，东南流绕清涧城，于营田入延川县境，在上杨湾右纳永坪川和文安驿河，于南原再纳拓家川河，在土岗乡大程附近注入黄河。

清涧河全长169.9千米，集水面积4078平方千米，多年平均径流量1.29亿立方米，每平方千米产流4.73万立方米，水质为重碳酸盐－钠型中等硬水。永坪川是清涧河右岸最大支流，源于子长县南部余家坪乡曹家河泉水。东流过余家坪、岔河坪，由崖头村入延川县境，向东偏南横贯延川县西北，在县城北汇入清涧河，全长65千米，集水面积968平方千米。

八里河属黄河流域内陆河，源于定边县白于山北麓，源头由羊山堌、孤山堌、鹰窝堌组成，至谢前庄汇合后始称八里河。北流至定边县东北马家梁以东消失，流程54.5千米，集水面积1300平方千米；南面鹰窝堌最长，源于花凤子梁，于黄土丘陵区穿行约30千米，沟宽300—400米，深20—60米，沟内多有地下水出露，汇成八里河的长流水。

2015年8月10日，陕西省中小河流治理项目——定边县八里河的安边镇、石洞沟乡段防洪工程开工建设。该工程新建堤防9828米，其中左岸4881米，右岸4947米，建成后可以保障河道两岸5个村庄3000多人吃水所需。

承载盛誉的延河

在中国众多河流中，没有一条河流像延河一样，不仅滋养了两岸生灵，更"哺育"了中国革命，见证了中国革命从"星火"走向"燎原"的伟大历程。

在人们的心中，延河已不仅是陕北高原上一条普通的河流，更是中华民族争取独立和民主的历史进程中一条壮美的名河，成为一种时代精神的象征。

50年前，初识延河，我所看到的延河，并不是真正的河，而是素描画延河。那时，我正在读小学，每个年级课本的封面上，都有一座五孔延河桥和桥下用几条线简单勾画出的延河水。虽然年龄小不懂事，但我想，一条河能被放在每个年级课本的封面上，这条河一定不是平凡的河。

20年前，我第一次怀着好奇和兴奋去延安，火车刚进入南二十里铺，同行者《乡镇企业报》记者张冬梅从睡梦中将我叫醒，她拍着我的肩膀声音激动地告诉我："你不是早就想看延河和宝塔山吗？快起来呀。"

"几回回梦里回延安，双手紧抱着宝塔山……"那一刻，贺敬之的诗猛然间在耳边响起。

那天，当太阳的光芒从宝塔山山巅缓缓地照到延河桥上时，我站立于延河桥上，激动得泪流满面。而桥下的延河水，被东方的朝霞染成橘红色，整个延安城的东关区域也被染成了橘红色。

延河是当之无愧的中国革命"母亲河"。

> 重上清凉山，
> 酸甜苦辣咸，
> 说来又说去，
> 还是延水甜。

1985年4月，丁玲、陈明夫妇重新回到延安时，女作家感慨万千，留下饱含深情的诗句。

延河，是一种时代精神的象征。人们不会忘记，1937年1月13日那一天，毛泽东等领导人从志丹县（原保安县）进驻延安。当天下午，当毛泽东、张闻天、任弼时等迎着人群走来时，欢呼声、锣鼓声响彻延安城。

这一天，穿城而过的延河沸腾了！

从此，延安成为中共中央的所在地，陕甘宁边区首府和抗日战争、解放战争的战略总后方。

在那战火纷飞的年代，毛泽东经常漫步在延河岸边，思考国家前途，指挥前线战斗。威武的部队官兵在延河边刻苦训练，延河岸边军歌嘹亮，喊声震天！

"巍巍宝塔山，滚滚延河水。"宝塔山和延河是延安的象征，是人们对圣地的礼赞。

几十年来，延河不再是陕北高原上一条普通的河流，它被仁人志士们赋予了新的含义，它成为一种时代精神的象征。

黄河右岸的支流延河，源于靖边县天赐湾乡白于山东面之高峁东南麓，流经安塞区城西南，于碟子沟纳入杏子河。延河流至枣园乡又会西川河，在延安市区宝塔山下会南川河，向东北至姚店镇北会蟠龙川，过甘谷驿再折向东南，从延川县南河沟乡注入黄河。延河干流全长 284.3 千米，集水面积 7687 平方千米，流经靖边、安塞、志丹、宝塔、延长 5 县（区）。

多年来，延安市政府对位于延河上游供延安城区人们吃水的王瑶水库，不断进行排险加固，保障了延安市供水工程。在延河一级支流万庄沟建设了红庄水库，作为王瑶水库供水工程的配套工程，加强了水源保障。延河已经成为延安市经济社会发展的重要保障。

关中人的母亲河——渭河

渭河，古称渭水，主要流经今甘肃天水和陕西省关中平原的宝鸡、咸阳、西安、渭南等地，至渭南市潼关县汇入黄河。

渭河南有东西走向的秦岭横亘，北有六盘山屏障。渭河流域可分为东西二部：西为黄土丘陵沟壑区，东为关中平原区，又名八百里秦川，也称渭河平原。

关中渭河形成于早更新世，距今约 200 万年，流域内人类活动历史达 80—100 万年。该地域内有 80 万年前的蓝田猿人遗址、15 万年前的大荔人遗址、六七千年前的母系氏族公社群落半坡遗址，以及大量的仰韶文化、龙山文化遗址等。

渭河承载了我国种类繁多的民族元典文化。神农氏生于渭河的姜水，黄帝与炎帝促成华夏族的形成。后稷教民稼穑，把历史推进至农业文明时代。在中华5000年的文明史中，渭河流域有3000多年一直是我国政治、经济、文化的中心。早在4000多年前，我国第一个王朝——夏，就在渭河流域立国建都。陕西省省会城市西安自西周、秦汉乃至隋唐，先后有13个朝代在此建都，历时长达千年。唐长安城因渭、泾、灞、浐等河流环绕而享有"八水绕长安"之美誉。

历史上，渭河一直是一条水量丰沛、冲淤平衡、水环境良好的生态型河流，曾有"一泓清波、鸟欢鱼跃、百舸争流"的优美景象。渭河流域山清水秀，水运繁荣，美丽富饶，人水和谐。

正因为渭河的滋润和灌溉，关中千里沃野，物产丰盛。渭河除了盛载丰富的文化外，对历代经济的发展进步亦发挥重大作用。尤其在汉唐时期，渭河流域经济发展水平世界领先。渭河及其支流的支撑作用使长安城成为国际大都市。唐代推行睦邻友好、对外开放政策，唐朝先后同亚非欧72个国家和地区建立了外交关系，呈现出"百蛮奉遐赆，万国朝未央"的盛况，通过陆地和海上丝绸之路，使长安城成为最大的国际商贸都会。

渭河连接黄河，内河航运相当发达，主要承担着漕运，是千年古都重要的交通生命线。从春秋时期到秦汉、隋唐，渭河都是重要航道，通过渭河水运，黄河下游的粮食等大批物资源源不断地运进了长安。

汉武帝登基以后，命人兴工开挖漕渠，由关东漕运入京的粮食每年达400万石，元封年间（公元前110年—公元前105年），一度高达每年600万石。东汉诗人杜笃追忆、描绘渭河水运盛况："鸿渭之流，径入于河，大船万艘，转漕相过。"

宋代渭河也具有行船和水运之利。史载宋代秦岭北麓的斜峪关曾经是造船业的中心，年产木船600余艘。

著名作家、文化名人肖云儒认为，渭河是中华文明无可争议的发源地，更是中华文明的"原点"。中国古代文明、社会经济、社会管理的雏形等大都发源于渭河。周礼通过礼乐界定人际之间的基本层级关系；秦制作为中国最早的、成熟的社会文化、经济、管理制度沿用至今；汉儒找到了中国人民的核心价值观；唐朝的开放，更是形成了中国包容、多元的文化和思维格局。可见，渭河流域的文明，奠定了中国人的文化心理结构，也奠定了中国社会最早的政治制度、社会管理、经济管理的基础等。

渭河系黄河右岸支流，源于甘肃省渭源县西南海拔 3495 米的鸟鼠山北侧，源头高程 1383 米，三源合注，东流至天水与宝鸡接壤处，经宝鸡市的渭滨、金台、岐山、眉县、扶风，咸阳市的武功、兴平、秦都、渭城，西安市的周至、鄠邑、未央、灞桥、高陵、临潼，以及渭南市的临渭、大荔、华县、华阴等 22 个县（市、区），至潼关县的港口汇入黄河，全长 818 千米，流域总面积 134766 平方千米，其中陕境内河长 502.4 千米，集水面积 67108 平方千米，占陕境黄河流域总面积的 50%。

陕境渭河流域右岸南山支流较多，自西向东有清姜河、清水河、伐鱼河、石头河、西汤峪、黑河、涝峪河、新河、沣河、皂河、灞河、零河、酒河、赤水河、遇仙河、罗纹河、罗敷河等，大部分河流水清、源短、流急，较长的黑河 125 千米，灞河 104 千米，其余皆不足百公里。左岸为黄土阶地原区，支流稀少，从西向东有通关河、小水河、金陵河、千河、漆水河、泾河、石川河、北洛河等，大多水量相对较小而含沙量大，流长在百公里以上。

渭河是黄河的最大支流，是陕西关中平原最重要的河流，有"陕西省母亲河"之称。新中国成立以后，渭河水利建设进入了盛况空前的新时代。在中国共产党领导下，历届陕西省政府秉承"善治秦者必先治水""善兴秦者必先兴水"的理念，累计建设了 20 多万处水利工程。仅在渭河支流上就自西向东建设了段家峡、冯家山、石头河、黑河、羊毛湾、石堡川等大中型水库，建设了宝鸡峡、交口抽渭、泾惠渠、洛惠渠等大型的引水工程。

渭河流域的关中九大灌渠区，灌溉面积达 59.2 万公顷，使八百里秦川真正成为富饶膏腴之地，每年以占全省 1/7 的耕地面积，可生产占全省 1/3 的粮食和果品蔬菜，提供的商品粮可占到全省的 1/2。渭河水资源保证了占全省 61% 的人口、72% 的灌溉面积、81% 的工业产值和关中城市群的用水需求。渭河水系建设的防洪设施，包括通信预警系统，保障了城乡防洪安全，为关中经济社会发展做出了重大贡献。

2011年，陕西省委、省政府组织沿渭各市县（区）开展了为期5年的渭河综合整治，使渭河在首届中国"寻找最美家乡河"大型主题评选活动中，成为10条全国"最美家乡河"之一。渭河作为陕西生态改善的缩影，生动诠释了"水润三秦、水美三秦、水富三秦"的愿景。

北来的泾河

泾河为渭河左岸支流，源于宁夏泾源县六盘山东麓的老龙潭，穿过甘肃平凉、泾川，从陕西长武县马寨乡汤渠进入陕西，东流至芋园乡景家河（该段称陕甘界河，长达30余千米），再经彬县、永寿、淳化、礼泉、泾阳至高陵陈家滩汇入渭河，全长455千米，集水面积45421平方千米，其中陕西省境内河长272千米，集水面积9246平方千米，分别占全河长的60%和总集水面积的20%。泾河流域年均总径流量为20.7亿立方米，其中陕境产流4.27亿立方米。

无论是民间还是官方，自古以来"泾渭分明"一词常被人们提起。这一词的来历即出于泾水、渭水交汇的西安城西北与高陵鹿原接壤处。几千年来，"泾渭分明"见证了历史和岁月，就是在今天，若站在渭河岸边，照样能看见"泾渭分明"这一景观。

改革开放40多年来，虽然政府采取多种措施对泾、渭两河进行了多次治理，但两河由于水质和水色有别，"泾渭分明"的景观虽然没有昔日明晰，但两水相会后的颜色差异仍依稀可见。

泾河上古有秦始皇时期建设的郑国渠，"渠就，秦以富强，卒并诸侯"，近有杨虎城、李仪祉建设的"关中八惠"之首——泾惠渠，开创了中国近代水利的先河。新中国成立以后，陕西省为在泾河上建设东庄水利枢纽，开始了长达60多年的前期工作，2012年东庄水库列入《全国大型水库建设总体安排意见》，2013年2月24日开始了准备工程建设，此后东庄水库项目建议书、可行性研究报告相继得到国家发改委批复。2018年6月30日，东庄水利枢纽工程全面建设推进会在礼泉县举行，时任陕西省委书记胡和平宣布泾河东庄水利枢纽工程全面开工。陕西人民期盼了 60 年的东庄水库工程终于开始修建。

泾河东庄水利枢纽工程总投资约 150 亿元，建成后将提高泾河、渭河下游防洪能力，同时为黄河防洪发挥重要作用；将减少渭河下游及三门峡库区的泥沙淤积，降低潼关高程，增大河道平槽流量；为关中经济区的泾惠灌区和铜川、泾渭新区，富平等渭北工业区和城镇地区年供水 6 亿立方米，年发电 3 亿度；并可使泾河、渭河下游水环境和水质得到改善。

孕育了汉字的洛河

在陕西境内有两条洛河。

一为北洛河，古称洛水，通称洛河；一为南洛河，又名伊洛河，古称雒水。两河古籍记载较多，又多有混淆。

传说，中国的文字最早由仓颉在洛水边造出。多年来，我一直在考证仓颉造字到底在白水还是洛南，并收集了大量资料和书籍。陕西的白水和洛南两县，因仓颉到底在谁家的地盘上造出文字多有争议。

许多史料记载，包括历代名人关于仓颉造字书写的文章，都指向一个答案——仓颉造字在洛水边，说具体点是在洛河岸边，但目前能找到的资料，没有哪个能准确说清，仓颉到底是在白水县境内的洛河边创造文字，还是在秦岭怀中的洛南县保安镇依据鸟迹和天象创造了文字。

在中国大地上，凡通晓文字的人，都知道仓颉在洛河边创造了文字，可到底是哪条洛河呢？因此，陕西境内的南北两条洛河，皆因仓颉造字而被人们记住。

北洛河：系渭河最长支流，源于定边县西白于山魏梁（海拔古城 1907 米）南麓，流经定边、靖边、吴起、志丹、甘泉、富县、洛川、黄陵、宜君、白水、澄城、蒲城、大荔等 13 县，在三河口注入渭河，河长 680 千米，总面积 26905 平方千米，除其支流葫芦河境外有 2381 平方千米之外，均在陕西境内，干流平均比降 1.5‰。北洛河有支流 581 条，集水面积在 100 平方千米以上的有 68 条，集水面积在 1000 平方千米以上的有周水、葫芦河、沮水、石堡川。

据 1995 年陕西省水利志记载，洛河年均径流量 9.9 亿立方米，其中陕西境内径流量为 9.39 亿立方米，因桥山、黄龙林区影响，水量年内分配比较均匀，冬、春季占 36%，夏、秋季占 64%。

洛河上建有洛惠渠，这一宏伟工程 1933 年开工，1950 年建成通水，可灌溉澄城、蒲城、大荔 3 县 5 万公顷农田。1973 年渭南市在洛河支流建设了石堡川水库，年调节利用水量 6000 万立方米，可灌溉澄城 2.07 万公顷农田，并兼有防洪与保障农村生活用水的作用。2015 年延安市在洛河支流葫芦河上建设了南沟门水库与"引洛入葫"工程，总库容达 2.006 亿立方米，可向延安市南部重点能源化工项目供水。洛河为当地经济社会发展发挥了巨大作用。

南洛河：又名伊洛河，古称雒水，为黄河右岸支流，是陕西省东南部秦岭南部唯一入黄河流域的河流。

南洛河源于蓝田县东北与渭南、华县交界的箭峪岭侧邻近灞源的木盍沟。南洛河东南流入洛南县，横穿洛南县中南部，经洛源、眉底、尖角、柏峪寺、灵口及庙湾等乡镇，在沙河口附近流入河南省卢氏县境，经洛宁、洛阳、偃师等县（市），由巩义市东北注入黄河。南洛河在陕西境内流长 124.6 千米，集水面积 3110 平方千米，流长和面积占全河的 1/4 左右，占洛南县总水域面积的 98%。南洛河上游，北缘秦岭华山，南顺蟒岭，中为南洛河河谷，总趋势西北高、东南低。南洛河陕西境内年降雨量 750 毫米左右，年均径流量 7.57 亿立方米。

三、秦岭之南，淙淙溪流入汉江

在陕西，关于河流有一个不常被人注意的现象，存在久远。那就是秦岭以南的大河流，皆称为江，而秦岭以北的水流则称为河。

秦岭之南的三大河流被称作"三江"，即：汉江、丹江、嘉陵江。

为了探索秦岭之南的江河，2021 年 5 月，我从宝鸡凤县入秦岭之南，沿嘉陵江流域向东南方向行进，直到汉江岸边的汉中市。

跨越三省的嘉陵江

嘉陵江系长江上游左岸支流，自古以出自陕西省凤县以北秦岭代王山西侧大南沟的东源为正源。其西源出自甘肃省天水市寨子山。嘉陵江又称西汉水，出大南沟口后向西北行流，经黄牛铺、凤州，先后接纳了安河、小峪河，在凤县县城双十铺西南 8 千米处，流入甘肃两当县，经甘肃徽县，入陕西略阳县白水江，再复入陕境。经略阳县城西，流过白雀寺、石瓮子和宁强县黑水、阳平关、燕子砭，于凤县县城段中坝乡庙子岭流入四川广元。嘉陵江总流长 329 千米，集水面积 28877 平方千米，其中陕西省境内流长 243.8 千米，集水面积 9930 平方千米。在陕西省境内年径流总量为 56.6 亿立方米，占全省径流总量的 12.7%，是陕西产水能力最大的河流。

据《略阳县志》记载，嘉陵江水系的略阳地区，1448—1981 年 533 年间，发生洪水灾害 36 次，其中 25 次造成水患，6 次造成严重水患，大水进入略阳县城 15 次。2000 年以来，陕西凤县以嘉陵江水系为主线，建设了嘉陵江源头景区、岭南植物公园、通天河国家森林公园、古凤州消灾寺景区、嘉陵江西庄段景区、县城凤凰湖景区、灵官峡漂流自然风光区等景区，发展了县域旅游，带动了经济社会与生态环境的可持续发展。

盛载汉文化的汉江

汉江，系长江流域最长支流，又名汉水，古称漾水、沔水，流经陕南宁强、勉县、南郑、城固、洋县、西乡、石泉、汉阴、紫阳、旬阳、白河等 13 个县和安康、汉中两市，后进入湖北郧西，经十堰、襄阳、钟祥、仙桃等市（县），至武汉市汇入长江。汉江全长 1577 千米，流域面积 159000 平方千米，其中陕境内流长 652 千米，流域面积 62335 平方千米。

2000 年以来，随着国家南水北调中线工程的建成通水，汉江又成为北京人的水源。除了带来可预见的自然变迁，这条江的文化价值也再次凸显。

回顾苍茫历史，千百年来，汉江究竟源自何处，人们众说纷纭：一是南源说，即玉带河；二是北源说，即沮水；三是中源说，即嶓冢山石牛洞，沿袭《汉中府志》所载的以石牛洞为源头的说法。汉江从烈金坝到武侯镇长约 60 千米，为江源峡谷段。过勉县即进入盆地，穿越南郑、汉中、城固、西乡，到洋县大龙河口复入峡谷，河段长 105 千米，平时河宽三四百米，洪水期宽一二千米，流域面积万余平方千米，中部有东西长 100 千米、南北宽 5—25 千米的汉中盆地，号称"鱼米之乡"。

在陕西境内，汉江水系呈不对称的树枝状，有流域面积 10 平方千米以上的支流 1320 条，包括褒河、渭水河、子午河、牧马河、月河、旬河、金钱河、丹江等。

沿江发育的多级阶地成为山区较集中的农耕地。流域内属亚热带湿润气候，年均降水量在 800 毫米以上，大巴山区年降水量可达 1200 毫米左右。干流水量充沛，多年平均流量 822 立方米／秒，年径流量 260 亿立方米，占陕西全省总径流量的 60% 以上。

诗意氤氲的丹江

丹江，系汉江左岸支流，地跨陕西、河南、湖北三省。其源有二，北源在商县与蓝田县交界的秦岭凤凰山海拔 1965 米的东侧东峡。南源为凤凰山南侧沙家台的七盘河，为正源，东南流经祁家店、秦岭铺，至黑龙口与北源会合后，经商州、丹凤、商南，于汪家店月亮湾出陕西省，经荆紫关进入河南省淅川县，在湖北省均县三官殿的丹江口注入汉江。丹江口水库建成以后，丹江直接注入水库。丹江在陕西境内长 243 千米，集水面积 7551 平方千米。

丹江，又名州河、均水，古称丹水，因河中出丹鱼故名丹江。沿河岩性复杂，又受区域地貌影响，两岸支流密布，纵横交错，构成典型的网状水系，直接入丹江的支流有 56 条。

在商州、丹凤地堑中形成众多开阔的弯道盆地，统称"商丹盆地"，又与南秦河盆地并称"百里洲川"，为商洛富饶之区。丹江支流主要有南秦河、会峪河、老君河等。丹凤县龙驹寨，曾是水陆码头，乃"五方杂沓之地，都会繁华之乡"。城西南保留有"船帮会馆"建筑，以"花庙"（花戏楼）称著，现为省级文物保护单位。

1996 年以来，商州及沿江各县，采取各种措施，加大投资力度，对丹江流域持续进行了综合治理。截至 2016 年，丹江干流两岸已建成城区段、重点集镇段堤防 60.4 千米，达到 50 年来最高设防标准；建成集镇和农防段堤防 18.5 千米，达到 20 年来最高设防标准。其中商州区、丹凤县城区防洪工程段建有 7 座橡胶坝，与堤防工程配套，在美化城市环境、提升城市品位与改善人居环境方面发挥了很大作用。丹江两岸已成为城市的风景线。

陕南秦巴山地丰富的水资源，使这一地区成为京津地区和陕西省城乡生活供水的水源地。为保证"一江清水送京津"，汉中、安康、商洛三市党委、政府和人民群众，坚持大搞水土保持，开展水源区生态环境治理，同时坚持"绿色"发展，放弃了矿产，关闭了大批已建成运行的工矿企业，严格限制了农业生产中的面源污染，建设了遍布城乡的污水处理、垃圾处理设施，启动了水源保护区生态移民项目。与此同时，三市实行人防技防相结合，加强依法监管，防止一切破坏生态环境行为。时任安康市委副书记、市长徐启方提出："要以铁的决心、铁的手腕、铁的纪律确保汉江水质安全。"

2015 年 5 月，国务院南水北调办公室副主任王仲田在陕南调研时说："陕西省特别是陕南三市，在水源地保护上做出了很大牺牲，关闭了几百家企业，不仅造成了经济上的损失，还致许多人面临失业。付出的代价大，做出的贡献大，这样的奉献精神值得敬佩，陕西人应引以为豪。陕南人为保护生态环境做出了巨大牺牲，也通过'绿色'发展，建设了美丽乡村，走上了'绿水青山就是金山银山'的发展道路。"

2020 年 4 月 20 日，习近平在陕西调研时，抵达商洛市柞水县牛背梁国家级自然保护区，称此地是"养在深闺人未识的天然氧吧"。

四、黄河，给陕西人带来了什么

人们常说，黄河之水天上来。而在陕西的关中地区，特别是沿黄河一带，老百姓们却说，黄河之水北边来。

北边在哪里？陕北！

黄河从陕西的榆林市府谷县入陕境，一路南行，经过府谷、佳县、吴堡、清涧、延川、延长、宜川、韩城、合阳、大荔、华阴，最后由潼关流出秦地。

黄河在陕西境内，由北向南一路走来，风光无限。沿途旖旎的风景，更是给人们留下深刻印象。特别是在陕西省宜川县，黄河壶口瀑布成为黄河的标志性景观，自古到今，引得国内外游人为之惊叹。许多艺术家用不同形式不同表现手法记录、描绘壶口瀑布的壮美。

那么，黄河流经陕西诸多县市，给陕西人带来什么好处呢？

抗战中，因为黄河的阻隔，日本人没有渡过黄河，黄河不但保护了陕西人免遭日本人的侵害，也保护整个西北地区的人民免遭日本人的伤害。日本人没有渡过黄河的原因是黄河构成了天然屏障，阻碍了日本人的西渡。地理位置，是发动战争、采取战略战术的考量因素之一。黄河从东到西很长，而且在春夏季水流量大，地势险要，从一定程度上，阻碍了日本的西渡，保护了西北的相对安宁。

黄河母亲用丰沛的乳汁滋养了陕北的大地；黄河用诗意盎然的手臂在陕西大地上绘制出美丽的画卷；黄河用博大的胸怀，将爱无私地奉献给沿岸的人民。没有黄河，就没有陕北的果香，没有黄河，就不会有渭北人民如今发展的各种与水有关的产业。黄河是物质的，更是精神的。我们可以试想，如果没有黄河流经，陕北的黄土高原会是什么样子？

黄河水不但壮美了大地的风貌，滋润了土地，哺育了植物，塑造了风景，调节了气候，承载了文明，且为渭北旱塬的人们送来了甘露。从东到西，东雷抽黄，改写了渭北旱塬几千年缺水的历史，延安抽黄，解决了当地群众吃水问题，正在实施的榆林抽黄将同样改写黄土高原上人们用水的历史。没有黄河水，被煤灰笼罩的灰色韩城，就不会有今天亮丽的风光；没有黄河水，哪会有大荔县的花生和棉花，白水的苹果，蒲城的酥梨，渭北旱塬哪会有今天的丰饶。黄河水不但滋润了广袤的农田，推动了各行各业发展，也为美化城市提供了有力保障。

黄河水，实实在在地改变了渭北旱塬地区人们的命运。

在陕西，特别是关中渭河北岸的东府地区，说起东雷抽黄，可以说妇孺皆知，可东雷抽黄是如何实施的，现在的年轻人知道得并不多。

1997 年 11 月 10 日，我第一次在合阳县洽川镇看到东雷抽黄的情况。

那天水利部、建设部和黄河管理局一行 7 人，就洽川景区的开发对东雷抽黄工程的影响，专程从北京到陕西来进行调研。合阳县为了搞好宣传工作，在前一天下午将电话打到我们报社通知这一消息。其时，我正在渭南地区的大荔县采访，报社指派我连夜前往合阳。第二天一早，大约 50 人在合阳县政府招待所吃过早饭，乘大巴车前往洽川进行实地考察。

20 多年过去了，我先后多次去东雷抽黄现场，看那气势磅礴的黄河水，沿着当年人们用"人定胜天"的干劲，在毛主席"一定要把黄河的事办好"的指示下，意气风发、忍饥挨饿、披星戴月修筑的水渠，像无数条奔腾的巨龙在渭北旱塬上奔驰纵横，滋润大地，泅泽万物。

2021 年 5 月 20 日，我从西安去渭北黄河管理委员会采访，途经富平，一路上看到有几处黄河灌溉管理处的牌子，我才知道富平人也用黄河水灌溉良田。

在蒲城县孙镇尧堡村，一位 80 岁的老人说起渭北人享用到黄河水，顺口说出两句诗："大旱何必望云至，自有长虹带雨来。"

多少年来，关于将黄河水引上渭北旱塬，除浇灌万顷良田外，是否解决了当年的人畜饮水问题，一直众说纷纭。为了核实当年将黄河水引上塬后，有没有供人畜饮用，我于 2021 年 5 月 21 日，专程前往合阳县、澄城县、蒲城县和大荔县进行采访。在采访过程中，许多年轻人均说不清，只有 70 岁以上的老人，慢慢打开记忆大门，肯定地说："吃了黄河水，咋能没吃嘛，那些水，在那个年代，都是救命水么。"

蒲城县孙镇尧堡村 76 岁的任勤肖说："我们没有吃黄河水，我们这儿多用龙首坝的水，但我们家的亲戚自从当年黄河水上塬后，一直都吃的是黄河水，因为他们合阳没水么，不吃黄河水吃啥呀。他们那里黄河水上塬之前全是靠天吃水哩么。"

家住合阳县同家庄镇白家沟村的 88 岁抗美援朝老战士白富坤说："黄河水没有上塬之前，我们塬上的人主要是靠天吃水，自己挖了水潭，等天下雨，然后将水引到窖里，沉淀，慢慢吃，再等下次下雨。到了冬天，实在没有水吃，我们就将村庄外土地里的雪轻轻地铲回来，在铁锅上融化，然后储藏起来。如果冬天旱得久了，雪水要吃到来年开春。黄河水上塬后，合阳县南边的农民，都吃的是引来的黄河水。"

在合阳县城的渭南市东雷抽黄工程服务中心，原办公室主任宋科说："人们肯定吃了从黄河引上来的水，要不，人们当年抽黄时积极性咋那么高？除了浇地，解决吃水问题是人们的最大动力。也正是因为引来了黄河水，许多人扔掉了拉水的架子车。"

40多年前，东雷抽黄工程是如何启动的？2021年4月26日，陕西省渭南市合阳县金水文学网站，发表了渭南市关中抽黄管理局退休干部、76岁的张贵民先生写的一篇《光辉的历程——忆关中东部抽黄灌溉工程指挥部的成立》。文章发表后，在渭南地区产生了广泛影响。2021年5月22日中午，我在西安幸福南路采访张贵民先生，谈起当年的东雷抽黄工程，老人有说不完的话。他说："当年的抽黄工程，一是解决了渭北旱塬农业灌溉问题，更为重要的是，解决了合阳、澄城等县的农民饮水问题。渭北人将东雷抽黄引上渭北旱塬的水称作救命水，一点也不为过，没有当年的抽黄引水，就不会有今天渭北的果业发展。"

征得张贵民先生同意，现将其所著文章摘录如下，便于读者详细了解当年东雷抽黄的具体情况。

开发黄河水利，是渭北旱塬人民世世代代的迫切愿望。1973年8月，中共陕西省委第一书记李瑞山提出兴建东雷抽黄工程。1974年2月，由省水电设计院，渭南地区水电局和合阳、澄城、大荔三县水电局抽调30人组成设计组，在合阳县集中开展东雷抽黄设计工作，于年底完成了初步设计。1975年1月，渭南地委书记李登瀛在合阳县主持召开抽黄工程筹备工作会议，大荔县委书记范云轩、合阳县委书记李敏祯、澄城县委书记孙天锡、韩城县委书记牟富生等74人参加会议。省水电局、省水电设计院等单位应邀出席。会议就东雷抽黄工程的施工步骤、负担原则、上劳比例、砂石采集、工程占地等问题进行了讨论并做出有关决定。1975年1月21日，渭南地委书记李登瀛主持召开渭南地委常委会议，决定成立"关中东部抽黄灌溉工程指挥部"，组建工作由地委副书记冯光辉负责。

1975年3月中下旬，渭南地区水利系统所属单位洛惠局、石堡川水库、桃曲坡水库、东方红电灌局、水产工作站的工程技术干部和地区机关抽调人员相继到达合阳。当时抽黄指挥部的院子又窄又小，仅有小窑洞数间。院子东西两边是上下两层砖窑，供机关办公和职工住宿，北面3个大窑是工程部、设计室和会议室。职工住宿、办公条件非常简陋：一个小窑洞就住三四个人，没有桌椅，办公时席地而坐，以腿为桌；没有床板、床凳，在地上打的草铺；去工地下乡，有骑自行车的、有步行的。为了改善生活，大家在王家洼公社榆林村开滩种地十多亩，种上了玉米、豆子等农作物。总之，指挥部成立时，干部职工的工作、生活环境非常艰苦，但是上下一心，人人心情愉快，大家都是一股劲地干事业，一心想着如何能把工程建设好，为渭北三县人民造福。

在筹建抽黄指挥部的过程中，得到了社会各方面的大力支持。特别是合阳县革委会的领导高度重视，做了大量工作，经常主动询问筹建情况，遇到困难就大力协助解决。合阳县各部门、单位积极主动捐物，为筹建工作创造了良好条件。

2021年7月1日下午，我正沉浸在纪念建党100周年纪念活动的新闻中，张贵民先生从渭南市合阳县给我打来电话，老人兴奋地对我说，他所作的《光辉的历程》在渭南市举办的建党100周年的征文活动中，获得了第一名。我对老人表示祝贺后，陷入了沉思。是呀，水是人们的生命之源，水关乎每个人的生死存亡。《光辉的历程》不仅仅是一篇优美的文章，更是一段人们难以忘怀的记载渭北吃水历史的珍贵史料。

渭北地区引黄工程至今已完成40多年，渭北人不会忘记那些为给自己创造幸福生活而付出汗水、鲜血和生命的人。引黄工程不但改写了历史，也成为三秦大地上与水有关的重要标志性工程。

2020年5月22日，东雷抽黄工程服务中心原办公室主任宋科告诉我，东雷一期抽黄工程实施后，给关中东部人民带来了巨大利益。之后，陕西人又借助一期引黄工程的经验，开始实施东雷二期抽黄工程。他说东雷二期抽黄工程是陕西省规划建设的引黄工程之一。引黄工程总体规划起步于20世纪50年代，1960年完成了龙门引黄入陕初步规划，此后相继完成了黄河龙门水库陕西灌区规划、关中东部抽黄灌溉及淤灌工程规划，初步确定了引黄灌溉工程的总体规划。即：东雷一期抽黄，年引水 3.5 亿—4.03 亿立方米，扩灌合阳、澄城、大荔 51000 公顷土地，改良黄河滩地 14000 公顷；东雷二期（太里湾）抽黄，年引水 5.1 亿立方米，扩灌蒲城、富平、大荔 57000 公顷农田，向洛惠渠、交口抽渭灌区 27333.3 公顷灌溉面积补水，同时可解决临渭区（渭南市区）30 万人饮水困难。

1975 年 8 月—1988 年 9 月在建设东雷一期抽黄工程的同时，还开展了东雷二期抽黄工程前期建设工作。1983 年 5 月，国家水电部向陕西省政府下发批复文件，同意在太里湾附近建站抽黄。1986 年年底，国家水电部组织黄河水利委员会等单位，审查批复了《东雷二期（太里湾）抽黄可行性研究报告》。1987 年陕西省政府为了筹集建设资金，将抽黄续建、农业、畜牧、加工业及水产业等打捆为陕西省农业发展项目，向世界银行申请贷款 1 亿美元，信贷协定基本确定。东雷二期抽黄工程在建设时期分为两个部分：干渠以上工程和干渠以下工程。干渠以上工程由陕西省水利工程建设局负责建设，主要建设内容包括太里一级站、北干二级站、下寨三级站、总干渠、北干渠。从 1990 年开始建设到 2000 年年底，干渠以上工程建设任务全部完成。2007 年 1 月，干渠以上工程正式竣工验收并移交渭南市东雷二期抽黄工程建设局管理和使用。干渠以下工程由渭南市负责，并于 1989 年 4 月 18 日组建了渭南市东雷二期抽黄工程建设局，在渭南市委、市政府领导下，按照省领导小组的统一安排，负责干渠以下东雷二期抽黄洛河渡槽建设。

干渠以下工程因资金投入迟缓，从 1991 年开工到 2007 年年底，历时 16 年，才建设完成，2008 年省水利厅主持通过竣工验收。

东雷二期抽黄主体工程总投资 14.35 亿元，配套工程投资 3 亿元。完成支渠控制灌溉面积 63666.7 公顷，完成灌区配套 46666.7 公顷，创造经济效益超百亿元，同时创造了巨大的社会效益与生态效益。

延安，黄河水缓解了城市缺水困境

2021 年 7 月 24 日，为了了解延安引黄工程，我采访了 2020 年被水利部表彰的延安市农村饮水工程建设指导站站长李永海。

谈到延安引黄工程，李永海说，延安本就是缺水城市，早在2010年，延安市委、市政府便确立了"引水兴工、产业转型"发展战略，决定下大力气从黄河引水。这项引水工程是当年陕西省十大水源工程之一。

延安市辖1区12县，总人口223万人，总面积3.67万平方千米，然而，延安的水资源却十分匮乏，全市水资源总量13.35亿立方米，可开发利用量6.81亿立方米，人均水资源占有量612立方米，远低于国际和国内最低需水线。2012年，延安市委、市政府实施"统筹城乡，引水兴工"战略，开始实施黄河引水建设项目。项目自2014年12月开工后，投资34.51亿元，先后完成黄（河）延（安）主管线1—6级泵站、泥沙处理站、高家湾水厂、东川水厂、康家沟水库和6条隧洞、3座管桥、70多座倒虹、90多千米管线工程建设和机电设备、门阀安装工作，架设专用输电线路66.47千米，铺设电缆2.57千米、光缆73.11千米。2017年国庆节实现贯通，2018年1月24日1—6级泵站、泥沙处理站联合调试一次成功，实现了向姚店水厂供水；2018年6月30日实现了向延安城区供水；2018年6月完成了延长线，实现向延长石油伴生气项目施工供水；2019年7月实现向榆林市清涧县供水。这项工程的实施，适时地解决了延安及周边区县的缺水问题，对促进石油、天然气生产和改善工业园区群众生活，发挥了积极的作用，当然最为关键的还是解决了城市人口的饮水问题。

榆林，让黄河水为高原建设助力

2020年9月19日上午，榆林黄河东线马镇引水工程开工奠基仪式在神木市迎宾路街道办事处郭家塔村黄石沟水库坝址举行，此举标志着榆林引黄工程正式开工建设。

2021年7月26日，我去神木专程采访此工程，由于项目负责人不在神木，施工方不便接受采访。

后据神木市水利局生态水利治理中心副主任呼虎雄介绍，榆林的引黄工程是指神木市马镇的引黄工程。他说自己一直在神木市马镇五星村担任驻村第一书记，作为神木市水利局水生态治理负责人之一，他一直对此工程给予关注。呼虎雄说，榆林国家级能源化工基地是陕北能源化工基地的重要组成部分，也是国家城市化战略中的重点开发区域，在陕西乃至国家发展布局中的地位和作用举足轻重。榆林黄河东线引水工程是榆林市委、市政府"十大战略问题"研究的物化成果，也是榆林市阶段性重大事项 1 号工程。该工程的主要任务是解决神木市窟野河河谷区、榆神工业区锦界工业园、清水工业园、榆阳区榆溪河以东工业园共四个片区的工业用水问题。该工程是榆林市贯彻落实黄河流域生态保护和高质量发展国家战略，加强生态文明建设打造黄土高原生态文明示范区的重大骨干水源项目。据了解，工程建成后，对榆林市经济社会高质量发展和国家能源化工基地建设将起到强有力的水资源支撑作用，对榆林市 2030 年实现经济总量过万亿元目标具有重要意义。

据我所知，该项工程为三等中型引调水工程，工程设计基准年为 2016 年、设计水平年为 2025 年，设计引水流量 27 立方米 / 秒，年最大引水规模 2.9 亿立方米，年可供水 2.5 亿立方米，供水保证率为 95%。该工程主要工程建设包括黄河取水枢纽工程、5 级泵站、1 座沉沙调蓄水库及输水线路隧洞、渡槽、暗涵、倒虹、管道等。取水口位于黄河干流右岸神木市马镇葛富村附近，干线输水末端为榆阳区石峁水库，两条支线输水末端分别为清水工业园和神木市店塔。其中输水干线长 101.93 千米，总扬程 496 米，总装机 13.58 万千瓦；榆神支线长 23.6 千米，神木支线长约 35.8 千米，支线总扬程 198.9 米，总装机 3.23 万千瓦；黄石沟沉沙调蓄水库总库容 9870 万立方米。该项目核定概算总投资为 150.58 亿元，建设总工期 48 个月。

五、引来甘泉泽万物

北高南低的三秦大地，由于地理构造相对特殊，形成了北方缺水、南方水资源丰沛的局面。如何平衡和充分利用大自然给人们带来的"麻烦"，合理调节水资源分配，陕西人用智慧做出了响亮的回答。

据水利专家杨耕读介绍，改革开放之后，陕西人通过南水北调、区域性水资源调节，形成了资源共享的用水新格局。他说，1996—2015年，陕西水利在发展中可以说是风雨兼程，高歌猛进，成就卓然，在水源工程、农业灌溉、城乡供水、水力发电、防汛抗旱、水保生态以及节水型社会建设等方面，都取得了前所未有的巨大成就。这些工程的实施，支撑了陕西经济社会以及生态环境建设的可持续快速发展。早在1996年，陕西省委、省政府就提出"水润三秦、水富三秦、水美三秦"的目标，正是在历届党委的领导下和政府部门的组织指导下，各项水利工程正在加速建设。

杨耕读说："陕西是水资源紧缺的省份，加之水资源总量的三分之二集中在汛期，集中在陕南的汉中、安康和商洛，而面积各占全省三分之一的关中和陕北则相对缺水，形成了基本省情，决定了水利建设在陕西经济社会发展中的重要地位。可以毫不夸张地说，水资源配置工程建设为全省水利发展奠定了坚实基础。"

杨耕读将由他主编的《陕西地方志·水利志》打开，一边看着一边说："纵观陕西水利发展历史，秦始皇修建郑国渠，'秦以富强，卒并诸侯'，完成了统一大业；汉时修建并延续数百年的渭河漕运，唐时的长安城供水系统，成就了中国历史上的汉唐盛世；'关中八惠'的建设开创了陕西乃至中国现代水利的先河。1949年到1995年，陕西水利发展走的是'大中小并举、蓄引提结合、国家扶持与集体自办为主'的路子。这一时期，陕西修建了以关中九大灌区、陕南的石门水库、陕北的王瑶水库为代表的水源工程，奠定了陕西水资源配置工程的基本构架。1996—2015年，为了解决吃水问题，全省水利发展以续建配套，挖潜改造，设备更新，节约用水与建设大中型蓄、引、提、调骨干水利工程为主，辅以现代信息化管理技术，走上了向现代化水利大步迈进的轨道。"

我问："您为什么总是从1995年说起呢？"

他笑了一下说："前面的情况，在第一本水利志中都有记载，这本水利志是我从头到尾一直参与编辑的，所以对这个时期全省的水利账我是清楚的。另外，从实际情况来讲，全省加大力度投资水利也是从这时候开始的，当然，不能说前几十年我们没有投资，不过那时候毕竟水利部财力有限。就说1995年吧，仅这一年，全省累计修建水源工程205600处，其中引水渠道14770条、水库1070座、池塘 29528 处，形成了 42.6 亿立方米的蓄水能力；另外还修建了 10855 处抽水站、149377 眼机井，使全省年供水量达到 65.3 亿立方米，其中蓄水工程供水 11.8 亿立方米，引水工程供水 24.1 亿立方米，机井供水 22.6 亿立方米，抽水站供水 6.2 亿立方米，其他工程供水 0.65 亿立方米。这 20 年间，前期以原有水源工程续建配套与挖潜改造为主。1997—2006 年 10 年间，共完成了大中型改造项目 213 个，其中建设水源工程 28 项，输水设施改造 161 项。与此同时，一大批水源工程的前期工作也在持续推进，并在 2000 年后相继开工建设。截至 2015 年，全省累计建成水库 1095 处，比 1995 年增加 25 座，其中大型水库 112 座，比 1995 年增加 6 座。由于新建水库以大中型为主，蓄水总库容达到 89.3 亿立方米，比 1995 年的 41.2 亿立方米的总库容增加了 1.17 倍。同期，'引红济石'、'引乾济石'、东雷二期抽黄、延安引黄等引水调水工程相继建成，2015 年全省供水量达到 91.2 亿立方米，比 1995 年增加 39.7%。2013 年被誉为陕西水利巅峰之作的引汉济渭工程开工建设，此项工程计划从汉江流域年调水 15 亿立方米进入渭河流域，进而通过对黄河的'以下补上'，增加陕北地区从黄河取水的指标，工程建成后，将实现全省陕南、关中、陕北三大区域的水资源配置优化。"

水资源配置工程建设取得的巨大成就，强有力地支撑了社会全面发展，增强了城乡居民生活与工业生产的供水能力，对推进生态环境建设，提升城市品位，改善人居环境，满足人们对美好生活的向往，发挥了越来越大的作用。

"我们的引水工程主要都包括哪些？这些工程建成发挥了怎样的作用呢？"我问道。

杨耕读看了看窗外的风景说："其实当年我们除了从黄河引水外，也在考虑新的引水渠道。进入新时期后，由于人们物质生活慢慢丰富起来，加上全球变暖带来的温湿效应，关中地区缺水情况日渐突出：一是农业用水；二是工业用水；三是城市用水，城市用水主要包括人饮、绿化养护和企业用水。面对新的问题，省委、省政府为了力求平衡发展，开始构想陕西的南水北调工程。我说了，我们的陕南占全省三分之一的面积，却拥有全省三分之二的水，那么，省上就想着将陕南的水，通过人工引出来，补充关中水源。另外，在关中区域内，也有水源不均的问题，为了调节合理用水，同样做了一些引水工程。如此一来，对关中的各行各业发展起到了促进作用。现在看来，这一决策不但非常及时，也具有重要的现实意义。"

引汉济渭，实现多年梦想

2021年5月13日，为了了解引汉济渭调水工程，我从汉中的褒河镇出发，沿褒河经佛坪和太白两县一路北行，直到宝鸡眉县。

据了解，引汉济渭工程是经国家批准建设的跨流域调水工程，是统筹全省经济社会发展需要，具有全局性、基础性、公益性、战略性意义的水资源配置优化工程、城镇供水工程和水生态环境整治工程。该工程规划从长江最大支流汉江调水，穿越秦岭山脉，进入黄河最大支流渭河及关中平原。

2012年12月8日，陕西省委、省政府召开建设动员大会之后，该项目正式启动。调水工程主要由秦岭输水隧洞、黄金峡水库和三河口水库三部分组成，主体工程可分为"两库、两站、两电、一洞两段"。"两库"即最大坝高68米、总库容2.29亿立方米的汉江干流黄金峡水库和最大坝高145米、总库容7.1亿立方米的汉江支流子午河三河口水库；"两站""两电"指两座水库坝后泵站和电站；"一洞两段"指总长98.3千米的输水隧洞，由黄金峡水利枢纽至三河口水利枢纽段（黄三段）和穿越秦岭主脊段（越岭段）两段组成。整个调水工程总投资为182亿元，预计工期为78个月。

引汉济渭工程中秦岭输水隧洞建设是陕西人第一次从底部横穿秦岭，其超长隧洞位列世界第一，高扬程大流量泵站列亚洲第一，145米高的三河口碾压混凝土拱坝位居全国前列，隧洞施工难度亦堪称世界之最，移民安置与生态环境保护任务繁重，工程运行调度极为复杂，其建设将面临诸多世界级技术难题的严峻挑战。

早在1984年8月，引汉济渭相关水利专家就提出初步设想，直到2014年9月，国家发改委才批复可行性研究报告，整个过程历时30年。30年间，陕西人从汉江调水至渭河的决心，从未更改。直到2006年，引汉济渭正式列入陕西省"十一五"发展规划；2007年4月29日，时任省长袁纯清主持召开省政府专题会议，决定启动引汉济渭工程前期工作，同时成立引汉济渭工程协调领导小组；

2007年6月15日，陕西省引汉济渭办公室正式成立。2012年12月19日，省政府下发陕政函〔2012〕227号文件，同意成立陕西省引汉济渭工程建设有限公司，明确陕西省引汉济渭工程建设有限公司为具有独立法人资格的国有独资企业，省国资委负责资产监管，省水利厅负责业务管理；2013年7月31日，陕西省引汉济渭工程建设有限公司成立。2015年后，98千米的秦岭输水隧洞、三河口水利枢纽大坝建设取得重大进展，黄金峡水利枢纽准备工程开工，受水区输配水工程规划经省政府批准后，开始了试验性工程建设。

2020年12月23日，年度全国水利科技最高奖项"大禹水利科学技术奖"揭晓，由陕西省引汉济渭工程建设有限公司承担，西安理工大学、陕西省水文水资源勘测局、珠江水利委员会珠江水利科学研究院参与完成的《大型复杂跨流域调水工程预报调配关键技术研究》成果喜获大禹水利科学技术奖科技进步二等奖。此奖是引汉济渭科研成果首次获得殊荣，实现了陕西省引汉济渭工程建设有限公司在省部级奖励方面零的突破。

《大型复杂跨流域调水工程预报调配关键技术研究》依托引汉济渭工程，围绕大型复杂跨流域调水工程预报调配关键技术问题，构建了调水工程施工期多模型自适应装配的洪水综合预报技术，提出了基于机器学习的径流适应性预测方法；建立了跨流域复杂调水工程"泵站—水库—电站"的协调调度模型，攻克了协同多目标模型的求解难题；构建了调水工程多水源—多节点—多用户的水量多目标动态配置技术与多方法集合的评价技术和方法体系；研发了基于数字水网的跨流域调水工程预报调配平台，实现了"产学研用"的深入融合，发展了跨流域调水工程预报调配理论，形成了大型复杂跨流域调水工程预报调配技术方法体系。

据媒体报道，自引汉济渭工程开始建设以来，陕西省引汉济渭工程建设有限公司高度重视科技创新工作，围绕工程建设，加强对水下机器人、智慧引汉济渭、区块链、人工智能等前瞻性技术的顶层设计，加强对岩爆、突涌水等实用性防治技术的攻坚克难和对已取得的科研成果的推广应用。截至目前，该公司申请专利29项，其中已授权12项；取得软件著作权5项，出版专著1部，主持编写陕西省地方标准2项，参编水利行业标准1部；发表论文500余篇，其中《引汉济渭工程调水区水库群调水模式研究》获陕西省第十四届自然科学优秀学术论文奖，13篇论文获陕西省2018年度水利优秀科技论文奖项,《黄金峡水利枢纽三维协同设计与应用》获第二届中国水利水电勘测设计BIM应用大赛水利工程BIM综合应用类二等奖。

2022年1月,长江文艺出版社出版了由王辛石拍摄并编著的大型画册《拼搏——引汉济渭影像见证》,画册生动地呈现了引汉济渭工程建设者们的精神风貌,真实地记录了该工程的宏伟和施工的艰辛,全方位展示了陕西人为建设好引汉济渭工程,攻坚克难的决心和信心。

引红济石，补充城市供水所需

"引红济石"同样是陕西省南水北调工程之一,是"十一五"期间陕西省开工建设的最大水利工程。"红"是指秦岭以南汉江水系褒河支流红岩河,"石"是指秦岭北麓渭河支流石头河。引红济石调水工程系国务院批准的《渭河流域近期重点治理规划》和陕西省的《陕西省水资源开发利用规划》确定的"两引八库"项目中的"两引"之一。该工程位于宝鸡市太白县,自秦岭南红岩河上游取水,通过穿越秦岭的长隧洞自流调入秦岭北麓渭河支流石头河,经石头河水库调节后向西安、咸阳、宝鸡、杨凌等城市供水,并向渭河干流补充生态水量。此项工程对于优化全省水资源配置,有效缓解关中地区严重缺水局面,促进全省经济社会可持续发展,具有重要意义。工程设计最大引水流量每秒13.5立方米,设计年调水9210万立方米进入石头河水库,使石头河年均供水量增加到2.66亿立方米,除保持向西安城市供水0.95亿立方米外,还向杨凌、咸阳等城市供水1.26亿立方米。

引红济石调水工程投资10.38亿元,2008年10月8日正式开工建设。2017年4月27日,关键性控制工程青峰峡引水隧洞实现全线贯通,主体建设基本完成。历时103个月,最终打通引水隧洞,2018年10月实现通水目标。

引乾济石，缓解西安供水压力

2019年4月28日,受西安水务集团柞水水电公司经理巩科邀请,我与西安8位媒体人,参观了"引乾济石"工程秦岭山体内的输水管道。那天天气晴朗,我们一行在巩科的引领下,不但进入西康高速底部的输水隧洞,还了解到引乾济石工程建设的全过程。

据巩科讲，引乾济石调水工程是陕西实施的南水北调工程之一，是陕西最早建成的南水北调工程，也是西安市城区规划的六大供水水源之一。该调水工程是将长江流域柞水县境内的乾佑河之水通过秦岭输水隧洞调入黄河流域长安区石砭峪水库，经石砭峪水库调蓄后，作为西安市的供水水源。工程主要包括引水枢纽、引水明渠、沉沙池、引水隧洞、压力管道、倒虹、汇流池及秦岭输水隧洞等。工程采用分散引水、集中输水的调水方式，修建两座低坝引水枢纽、穿越秦岭的 18.05 千米输水隧洞及汇流池等。

引乾济石调水工程输水隧洞借助西（西安）康（安康）高速公路秦岭隧道施工的便利条件，与其同步建设，减少了投资，缩短了工期，降低了施工难度，是一个投资小、见效快、效益好的工程。秦岭输水隧洞为亚洲第一长的引水隧洞，2003 年 11 月 30 日正式开工。2004 年 12 月 28 日实现全线贯通，并相继完成隧洞支护、老林河、龙潭河输水隧洞和太峪河低坝截渗墙砌护，420 米压力管道施工和汇流池灌注桩浇筑；2004 年 6 月初，岭南低坝引水枢纽陆续开工；2005 年 7 月初，引水工程、汇流池及三座低坝主体全部建成，达到通水条件；同年 7 月下旬试通水一次成功。2006 年 4 月，引乾济石调水工程全面完工，具备正常引水能力，可向西安调水 4943 万立方米，工程累计投资 2.01 亿元。

引湑济黑，西安人喝上没有污染的水

"引湑济黑"工程位于周至县厚畛子镇秦岭山中，是继引乾济石调水工程后的第二项跨流域南水北调工程。该工程是将秦岭南麓长江流域汉江水系的湑水河水，经过 6.25 千米的输水隧洞调入黑河金盆水库，经水库调节后，通过黑河引水工程向西安城区供水。该工程对缓解西安市水资源短缺，改善水生态环境，解决周至县、鄠邑区 24666.7 公顷灌区用水具有重要意义。早在 2006 年，西安市发改委批复工程可行性研究报告和初步设计，总投资 1.68 亿元，输水隧洞全长 6252米，年调水能力 4248 万立方米。工程 2007 年 1 月正式开工，2009 年实现输水隧洞全线贯通，电站、引水枢纽、管理设施等附属工程基本建成。2010 年 12 月，工程通水试运行，3 年试运行共计向西安市调水 1.5 亿立方米。2013 年 9 月通过竣工验收，工程决算投资 2.09 亿元。

区域引水，平衡了发展关系

区域引水主要以满足关中和西安及周边几座城市所需为主，区域引水工程主要在关中地区实施，相继建设了四项工程。

马栏河引水工程。马栏河引水工程是为了增加铜川市桃曲坡水库水源，解决铜川水荒而实施的跨流域引水工程。该工程由泾河支流马栏河引水至沮河入桃曲坡水库（年调水 1200 万—1500 万立方米），经水库调蓄后向铜川市老城区居民供水。

该工程 1992 年 10 月开工，1997 年 12 月 24 日实现全线贯通，1998 年 9 月 26 日完成引水隧洞铺底工程。引水隧洞全长 11.491 千米，横穿泾、渭分水岭——老爷岭，为无压城门洞型隧洞铺底工程。在复杂的施工条件和恶劣的环境中，建设者先后攻克了马栏引水隧洞施工中的种种难关。工程建设过程中，凝结了"无私奉献、顽强拼搏、团结互助、敢为人先"的马栏引水精神。1998 年 9 月 28 日，马栏河引水工程建成通水仪式在马栏工地隆重举行，时任省长程安东，省委常委、省纪委书记李焕政，时任副省长王双锡和省政府有关部门负责人，铜川与咸阳市主要负责人，工程建设与施工单位干部职工，以及当地群众 1000 多人参加了盛会。程安东亲自按动通水按钮，涓涓清流顺着万米隧洞流入桃曲坡水库。

引冯济羊。引冯济羊项目是陕西省关中西部灌区跨流域联网调水工程。设计引水流量 5.0 立方米 / 秒，加大流量 7.0 立方米 / 秒，每年可向羊毛湾水库补水4000 万立方米，增加补水灌溉面积 5666.7 公顷，扩大灌溉面积 1333.3 公顷。该工程于 1995 年 10 月 15 日开工建设，1997 年 6 月 26 日全线贯通运行。工程累计投资 4940.16 万元。

引岱济荆。引岱济荆工程位于蓝田县前卫镇东部将军村的荆峪沟末端，位于县城西南 16 千米处。工程主要将岱峪水库蓄水经引岱干渠引至将军疙瘩分水闸处，经南支渠 41 米处新建进水闸，通过陡坡明渠引入荆峪沟沟头，再通过新建设的输水管道、浆砌石矩形渠、梯形土渠调至蓝汤公路处，然后经过自然沟渠流入鹿塬水库，经鹿塬水库输送到西安市红旗水库，最后通过红旗水库连通东郊灞桥热电厂的专用供水暗管将水送至灞桥热电厂。工程概算总投资为173万元,于2007年8月14日开工建设,2007年11月14日完工。该工程实现了四库联调,保证了西安市灞桥热电厂供水需求。

西安市生态引水工程。2005年以后,面对西安市城区多处水污染、水生态恶化的状况,西安市投资1亿多元建设了"引沣进城""引大济河湖"等生态引水工程,将秦岭南山水系引至曲江遗址公园、大唐芙蓉园、兴庆湖、护城河、团结水库等,每年为城区新增3000多万立方米生态水,改善了兴庆湖、护城河、曲江南湖、大唐芙蓉园、皂河、团结水库等城区河湖水质。"引沣进城"生态工程,通过沣惠渠引沣河水进城用于改善生态环境,缓解西郊、北郊工业生产用水压力,同时供应西高新、北郊城市公园用水。2006年,其先导工程——国家农业综合开发沣惠渠节水改造工程开工。2008年10月8日,市水务局筹资1986万元改造的沣惠渠通水,每日向皂河注入20多万立方米的沣河清水,改善了皂河水质。2009年4月至9月,实施沣惠渠向团结水库引水管道工程,同时将沣河水引进团结水库,为汉城湖的全面建成打下了坚实基础。

第二章

『甘露工程』山川动容

一、令三秦大地动容的"甘露工程"

正因为历届中央领导把群众吃水问题放在心上，党领导下的各级党委和政府，始终将解决农民吃水问题作为头等大事来抓。

在陕西，不同历史时期，各级领导都将解决农民饮水安全问题置于重要位置。20世纪末21世纪初，在广袤的三秦大地上，由省政府牵头，克服种种困难，举力实施的"甘露工程"，使1500多万祖祖辈辈生息在黄土地上的人实现吃上自来水的梦想，使这方历史厚重、文化灿烂的大地为之动容。

中国公众健康饮用水研究所所长、权威水营养专家李复兴教授曾谈道："水是生命之源，水好，人们的身体才好。但是随着水污染日益严重，人们的饮水安全受到威胁。世界卫生组织报告显示：人类80%的疾病、33%的死亡和80%的癌症均与不干净的水有关。"

由此可见，安全健康的好水对人们的身体健康有多么重要。那么到底什么样的水才是安全健康的好水呢？李复兴说：第一，首先要安全，没毒，没有害，没有异味；第二，要达到健康指标，达到营养指标，水中必须含有适量的天然矿物质。

随着时代的变迁、自然生态的变化、工业发展的推进，水质也发生了相应变化，群众吃水问题，不但成为人们关注的焦点，也成为政府施政的主要内容之一。面对新的形势，如何合理而科学地解决人们的吃水问题，党中央在思考，各级政府也在不断地探索。特别是国家制定的第十个"五年计划"，将解决人民群众饮水问题列入其中。

自我国城市有了自来水之后，多年来，几亿农民做梦也渴望，自己能像城里人一样，拧开水龙头吃上自来水。在漫长的岁月中，有多少农民做过如此美梦。可他们没有想到的是，这个美梦，在各级政府的组织实施中，一步一步变成了现实。陕西省实施的"甘露工程"，就是为了让三秦大地上的农民饮用上安全水而实施的创举。

陕西推行的"甘露工程"决策于1995年，当时省政府计划投资10亿元，用三年时间解决农村人畜饮水困难的问题。据资料记载，到1995年底，陕西全省仍有412.7万人生活用水需要远距离深沟取水，或者取用苦咸水，或因长期取用高含氟水而致病，生活用水陷入十分困难的境地。这部分人主要分布在陕北白于山区、黄河沿岸土石山区、渭北旱塬和秦巴中高山区等边远贫困地区。饮水困难问题已成为这些地方经济发展和人民群众脱贫致富奔小康的严重制约因素。所以，解决饮水问题已迫在眉睫。

1996年3月27日至4月1日，时任陕西省省长程安东、副省长王寿森带领省级有关部门负责人奔赴渭南、延安、榆林地区的17个县（市）考察人畜饮水情况和重点水利工程建设，深入了解全省人畜饮水的困难状况，为实施"甘露工程"做背书。深入调研之后，程安东有感而发，他回到西安后，向省政府各部门领导发出感叹，他动情地说："我们就是省吃俭用，也要把老百姓的吃水问题解决好。"

1996年4月22日，程安东主持召开省政府常务会，对如何实施"甘露工程"进行了专题研究，会议决定由省上多渠道先期筹集3亿元，地、市、县、乡各级政府配套和群众集资7亿元，解决全省农村，特别是陕北白于山区、黄河沿岸土石山区、渭北旱塬和秦巴中高山区412.7万人、164.7万头大家畜的饮水困难问题。为保证此项工程顺利实施，省政府组成了由程安东省长和主管副省长王寿森任正、副总指挥，省级有关部门参加的总指挥部。同时又在陕西省人大八届十九次会议上做了汇报，陕西省人大常委会即刻做出决议，通过了省政府实施"甘露工程"的方案。

在此后的一年多时间里，程安东和王寿森带领省政府有关部门人员三上陕北，两下陕南，深入基层指导工作，为"甘露工程"的顺利实施提供了强有力保障。1996年4月至1997年4月，整整一年时间，省上累计投入3.57亿元，共修建各类供水工程2541处，其中集中供水工程466处，抽水工程273处，井、窖工程1802处（打井10万多眼），累计解决了107.3万人的饮水困难，占"甘露工程"计划任务的26%。延安、榆林和铜川三地市，是全省在实施"甘露工程"过程中发展比较快的地方。延安市投入资金994万元，其中市、县配套资金310万元，是原计划的3倍，解决了5.47万人的饮水困难，占计划数的66.1%。榆林地区投入资金865万元，其中地、县配套资金115万元，占计划数的47%，解决了28万人的饮水困难，占计划数的119.4%。铜川市投入资金360万元，其中市、县配套资金35万元，解决了2.5万人的饮水困难，占计划数的69%。

2001年，省政府进一步调整和增加了省级财政投入，对"甘露工程"覆盖地区按照贫困县人均补助70元、非贫困县贫困乡镇人均补助65元、非贫困人口人均补助60元的标准投入资金。为了确保"甘露工程"继续加速推进，同年，省政府第二次下达省补资金6000万元（以工代赈资金4000万元，扶贫资金2000万元），各地（市）配套1200万元，群众自筹7200万元，计划解决81.5万人的饮水困难，修建各类供水工程1079处，工程总投资14400万元。

到了2002年，"甘露工程"利用省级补助资金5859万元，建设各类农村供水工程805处，又解决了32万人的饮水困难问题。5年时间，全省通过实施"甘露工程"、农村饮水解困工程和防氟改水项目，总投资13.27亿元，建设各类农村供水工程8516处，全面实现了最初确定的目标任务，解决了416.14万人的饮水困难。在实施"甘露工程"过程中，坚持因地制宜与分类指导的原则，关中和渭北塬区坚持水资源的优化配置、合理利用，修建了一大批农村集中供水工程。

据咸阳市农村供水中心瓦万江讲，在实施"甘露工程"期间，咸阳农村吃水相对困难的旬邑县先后修建了土桥塬区、职田塬区和清塬等3个集中供水工程，覆盖全县的12个乡镇，解决了16万农村人口的饮水困难，使全县的农村自来水受益人数达到80%以上。

而在陕南的秦岭南坡和秦巴山区，坚持挖窖建塘，蓄、引、提相结合的办法，用科学的手法，推进"甘露工程"的实施。安康市白河、旬阳、汉滨等县和商洛地区的镇安、丹凤等县（区），在5年间，修建了一大批水窖工程，有效地解决了偏远山区群众的饮水困难。

2021年8月15日，我在洛南县景村镇采访时，处在深山沟的盈丰村庙岭组的58岁的姬虎山一边擦眼泪一边对我说："当年的'甘露工程'，了却了我父亲一辈子的心愿，也实现了全村人的梦想，要不是'甘露工程'，我们庙岭人哪知道什么是自来水。我父亲呢，在村上担任了一辈子村支书，管住山林没有被人破坏，带领社员修了一辈子地，就是没有解决大家的吃水问题，他在临卸任时拉着新任村支书的手对人家说，啥都好了，要想办法解决庙岭人的吃水问题。2001 年 5 月，政府帮庙岭人引来了自来水。家里通自来水后，我用碗接了第一股水端到我父亲面前，他看着碗中清澈的山泉，眼泪长流。"

当年担任村委会主任并领着村民实施"甘露工程"的李文学，如今已从景村信用社退休，谈到当年在庙岭实施的"甘露工程"，他动情地说："山里人谁能想到自来水能拉到院子？那时候一听说政府要给庙岭人拉自来水，村上人个个兴奋得像迎接大喜事似的，大家异口同声提出，不要任何报酬，只要能把自来水给咱庙岭人引到家，咱就是又一次解放了。记得那时候，县上来了技术人员指导，家家户户比赛着给技术人员做好吃的。自来水到户后，许多妇女抱着水龙头哇哇大哭。我喜欢写毛笔字，那一年大家让我写春联，我几乎全编的是与自来水有关的内容。"

政府引来甘泉庙岭人个个笑哈哈，
村民家中添喜只听水龙头哗啦啦。

挂起水担迎朝阳，
扔掉水桶下地忙。

饮水工程解民忧，
滴水怀恩知党心。

饮水工程进山洼，
健康伴随你我他。

李文学笑着说："作为春联，有些文字不太工整，是我当时即兴编的，这都20 多年了，我全记着哩。小时候我最怕挑水，我家住在村子北头，挑水走的路最远。那年腊月三十大家都到我家来，让我写春联，都嚷嚷着说要写吃上自来水的事，我就编了许多。我给村人写了几十年春联，这是最让我难忘的一次。"

据现任水管员李满学讲："自那年的'甘露工程'为大家接通自来水后，庙岭人的生活一下子发生了改变，彻底扔掉了水桶和水担，20年时间过去了，现在庙岭人还吃着当年接通的自来水。20年来，通水管道和水源，没生过一次麻达，我作为水管员，按上级要求，准时为大家义务消毒，清理水源地。"

2021年8月20日深夜，在庙岭组防汛现场，盈丰村党支部书记、村委会主任刘卫东对我说："我们盈丰是个大村，人口比较多，与山里的何李村合并后，我最担心的就是山里人的吃水问题，好在当年政府做的'甘露工程'，水源地选择十分恰当，施工质量过硬，20年了，村民吃水很少出现问题。这几年，我们在原来'甘露工程'的基础上，不断采取措施加强管理，山里人吃的是大山里渗出来的矿泉水，纯粹是大自然给予的原汁原味，我们还增加了消毒环节，安排了专人管理。山口村的居民，也都吃上了自来水，同样是当年'甘露工程'打的基础。这几年我们也采取了不少措施，特别是扶贫攻艰工作开始后，不断更新供水管网，提高饮水质量，使水质达到了国家颁布的农村饮水安全的标准，这些变化，都得益于当年的'甘露工程'。"

在严重缺水的陕北白于山区和黄河沿岸土石山区，针对群众居住分散的实际，各地采取以修窖收集降雨为主的措施解决引水困难、吃水困难问题。

"甘露工程"的全面实施，在三秦大地上产生了巨大影响。长期饱受缺水之苦的群众，从中尝到了"甘露"的甜头，感受到了党和政府对农民的厚爱和关怀。"甘露工程"被广大农民称为政府的"德政工程"、贫困山区的希望工程、摆脱贫困致富工程和农民过上好日子的幸福工程。当时在全省各地的引水工地上，出现了一批赞颂"甘露工程"的对联。特别是陕北缺水地区的农民，对"甘露工程"的实施从内心感到欢喜。在榆林市横山等地，出现了人们书写的富有真挚情感的楹联。诸如：

甘露通天地，
恩泽灌古今。

储积千井万窖水，

抗御十年九旱灾。

雨露滋润禾苗壮，

励精图治奔小康

安全供水促发展，

优质服务惠民生。

"甘露工程"的意义和作用远远超出了它解决人畜饮水问题本身，群众饮水思源，真切地感谢党、感谢政府。

二、为解决农民吃水问题奔波的省长

在实施"甘露工程"的几年间，身为省长的程安东，为了解决农村饮水问题，实现既定目标，几乎跑遍了三秦大地的角角落落。在实施"甘露工程"过程中，人们发现，只要是省内与水有关的大小活动，都有他的身影。据省政府机关退休老同志回忆，那时候，程安东一心想解决农村饮水问题，他拒绝了许多政务活动，但只要是与水有关的奠基、开工仪式，庆祝活动，他都要亲自参加，并多次强调要严把质量关。1997年7月3日，在渭南市蒲城县下寨三级抽水站，举行了东雷抽黄续建工程试通水暨泾惠渠渠首加坝加闸竣工、"引马济羊"全线贯通庆祝大会。两日后，程安东与时任水利部部长钮茂生于西安签署水利部与陕西的合作协议。同年12月27日，省政府在大荔县举行渭洛治理工程奠基仪式，程安东带着副省长王寿森亲临现场为工程奠基。1998年5月30日宝鸡峡林家村渠首加坝加闸，程安东在动员大会上给施工人员加油提要求。同年 11 月 3 日，程安东出席了时任比利时首相让－吕克·德阿纳与陕西签署的"陕西综合扶贫项目"签字仪式。该项目的供水子项目由陕西省水利厅负责，在陕北子丹、靖边、安塞、吴旗、延川和渭北三原六县实施。

而时任副省长王寿森和省长程安东一样，为了解决农村饮水问题，几乎奔波了两个"五年计划"，一直到他离休，还奔波在农村引水工地上。当他看到山区农民吃上了自来水，激动地说："自己做了许多之前没有做成的事，看着农民扔掉了挑水担，好像那挑水担是从自己肩膀上取掉了一样开心。"

从"九五"到"十五"，按照水利部新时期治水方针和治水思路，省委、省政府把解决农村饮水问题作为水利工作的第一位任务，实施项目带动战略。自 2001年到 2005 年，5 年间全省共投入资金 11.8 亿元，建成各类饮改水工程 8000 多处，彻底地解决了 290 万农村人口的用水难问题，使 84.6 万人摆脱了高氟水的威胁。截至 2005 年年底，全省累计建成各类饮改水工程 1.46 万处，解决 1470 万人饮水困难，农村饮用自来水人口累计达到 948 万人，比 2000 年提高了 5 个百分点，达到了 34%。农村饮水工程为解决群众饮水困难、促进经济社会发展发挥了重要作用。

三、"母亲水窖"，一支美妙的饮水插曲

2002 年 5 月 25 日，我计划去渭南市富平县采访时，正好遇见在我们社区工作的富平县有名的农民诗人 65 岁的李老九，谈到农村人吃水的变化，他说他可以带我去他的家乡富平县采访农村吃水问题，因为他家就是农村水改的受益者。他说过去自己挑了半辈子水，没想到进入新世纪后，家里竟然通了自来水。他还说，富平人能吃上好水，还要感谢一个组织。我问他什么组织，他笑着说那就是省妇女联合会。因为在富平县农村，除了政府在积极想办法解决农民吃水问题

外，省妇联推广的"母亲水窖"工程也帮了渭北旱塬上农民的大忙。

我们背着五月明媚的阳光驱车到富平县，先后采访了刘集、王寮、华朱、淡村等5个镇10个村，所到之处，听说我们来了解农民吃水问题，许多农民拧开家中的水龙头，让我们看着哗哗流淌的自来水兴奋地告诉我们，要感谢政府给他们引来了水。在北部山区的几个乡镇，说到吃水问题，许多农民都谈了"母亲水窖"。他们说，"母亲水窖"是上级最早帮他们解决吃水问题的办法之一，所以大家铭记于心。在富平县乡间，有一首记录"母亲水窖"的诗，在人们口中流传多年，许多年龄大的农民，竟然能背诵。我们找到了该诗的作者，原富平县文化馆馆长70多岁的李问圃老先生。

在一家文化公司担任顾问的李问圃告诉我："富平县虽然地处关中腹地，但吃水也让人们为难了几十年。富平不但水缺，且水中含氟量比较高，过去无论城乡的富平人，都是一口黄牙。我小时候，出门开会学习，特别是到了省城，都要做到笑不露齿，为啥嘛，怕人笑话。21世纪以来，政府一直在想办法解决农民的吃水、用水问题。先为我们引来了黄河水，就是东雷二期抽黄，一下子解决了我们的浇地问题，后来又开始解决吃水问题。当然现在一切都好了，现在你再看，我们富平的后代，就没有黄牙了，因为水好了。"

说到《母亲水窖》一诗，他说大概创作于2001年，那时候他在文化馆工作，有一次他到北部山区下乡，发现那里的人们家家户户都有了水窖，农民们喜滋滋地告诉他，是渭南地区妇联和县妇联给他们投钱修了水窖。后来他走访了北部山区几个村，发现"母亲水窖"形成了规模。他没有想到，"母亲水窖"竟然让大家如此开心，特别是那些家庭妇女，说到"母亲水窖"，脸上的喜悦之情令他记忆深刻。回到单位，他有感而发，便一口气写成了《母亲水窖》一诗。

　　　　你是埋藏在黄土坡上，

　　　　一只只神奇的宝葫芦。

　　　　时时刻刻释放着生命的能量。

　　　　你是深嵌在篱笆墙里，

　　　　一件件硕大的埙，

日日夜夜吹奏爱的乐章。

你既然选择了一个美好的名字，

就选择了关爱和慈祥。

你既然选择了一个亲切的称谓，

就选择了无私和宽广。

涓涓细流在你博大的胸怀，

汇聚成清亮亮的希望，

时时刻刻温暖着你滚烫的胸腔，

让石缝里涌出甜蜜的乳浆。

竖起来你就是路标，

一个顶天立地的梦想。

躺下去你就是钻石一颗，

释放五光十色的光芒。

释放，聚集，聚集，释放，

你重复着简单的轮回，

储藏几许能量，

你书写着内涵丰富的适当。

这里浓缩着老太太

大嫂子们的喜滋滋的向往，

这里萌发着新媳妇儿姑娘们

脆生生的理想。

这里燃烧朝霞，

这里蓬勃着希望

你释放的能量在这里

画着红艳艳的苹果，

黄亮亮的柿子，

还有花椒园里，

麻酥酥的香。

你吹奏的音符在这里，

变成金鸡高歌牛羊欢唱。

2001年在全国妇联中国妇女发展基金会的关心和指导下，陕西省启动"大地之爱·母亲水窖"工程。"母亲水窖"成为西部干旱地区群众最简单、最经济、最有效的饮用水解决途径，富平县北部沿山一带数千名农民深受其惠。

据资料显示，2000年，为配合国家西部大开发战略，全国妇联、北京市人民政府、中央电视台联合发起，中国妇女发展基金会组织实施"母亲水窖"项目，旨在帮助饮水困难地区妇女及其家庭解决饮水问题。

经过20年来的运作，"母亲水窖"项目由早期的以家庭为单位建设集雨水窖，逐步发展为以水窖为龙头，集沼气、种植、养殖、卫生、庭院美化等为一体的"1+N"综合发展模式；从重点解决群众生活用水困难到解决人畜用水、生产用水，积极推广并实施饮水安全工程，加强水资源的可持续利用等。项目实施10年后，到了2011年，中国妇女发展基金会在总结"母亲水窖"项目实施10年成就的基础上，根据农村饮水实际及项目发展规划，进一步确立了饮水安全工程、环境卫生、健康教育三位一体的发展思路，延伸开展了"母亲水窖·校园饮水安全"等项目。

2018年，项目进一步升级，将环境卫生治理、水源保护和妇女赋权结合起来，开展了帮助居民改善生活环境和提升水源保护意识的"母亲水窖－绿色乡村"项目，成为促进水与环境可持续发展的重要实践。2020年3月22日，在第28个"世界水日"当天，中国妇女发展基金会发布了《"母亲水窖"品牌影响力和社会价值评估报告》。报告显示，"母亲水窖"项目的社会回报率是5.6，即投入1元钱，可获得5.6元的产出，经计算，该项目自实施以来实现社会价值约为42亿元人民币。截至2019年年底，"母亲水窖"项目在以西部为主的25个省（区、市）修建分散式供水工程13.97万个，集中供水工程1890个，校园饮水安全项目939个，共有318万余人受益。20年来，"母亲水窖"项目为解决中国农村吃水问题、助力农村妇女脱贫发展付出了巨大的努力，做出了积极的贡献，也获得了珍贵的荣誉。

2020 年是我国全面建成小康社会、决胜"脱贫攻坚战"之年。"母亲水窖"项目在总结 20 年品牌影响和社会价值的同时，也站在新时代的高度积极规划未来。2020 年，项目开展多样态的宣传动员，特别是重点开展公益探访活动，展示项目实施地群众通过项目发生的生活变化，从 20 年前"吃上水"到 20 年后的"健康用水"，以及未来"水滋养的幸福生活"，推动公益理念深入人心，让更多人从不同层面参与落实国家节水行动方案，倡导全社会形成"珍惜水资源、节约用水、爱护水源"的良好社会风尚。

在陕西，因"母亲水窖"受益的乡村妇女多居住在陕北和关中地区的旱塬地带。2021 年 7 月，我在陕北榆林市的靖边、定边、横山、府谷、吴堡、佳县和延安的黄龙采访时，说起"母亲水窖"，许多乡村妇女都说，要不是"母亲水窖"，她们为吃水而苦的日子可能会更长一些。黄龙县范家卓子镇女作家贾彩琴说："记得 2005 年，全国妇女基金会在我们这里搞过'母亲水窖'启动仪式，说是要给我们这里投资建 100 个水窖，当时一些姐妹听后非常高兴。我们这儿全年降雨量不足 400 毫米，人均可利用水量仅 110 立方米，吃水就更困难了，看到有人帮我们解决吃水问题，自然是高兴得不得了。许多姐妹在仪式现场开心地说：'建水窖好啊！有水了啥都不说，我要先好好洗个澡。'最后大家的愿望都实现了。"她还说："后来政府又实施了饮水安全工程，现在我们这儿的人，不再为吃水发愁了。"

贾彩琴还告诉我，"母亲水窖"工程的实施不仅解决了农民吃水难的问题，还给许多家庭带来了福音。她说她们这里有的夫妻曾因无水吃而闹离婚，女人逃离山区。在农村，水就是女人的命，也可以说水是女人半条命，一个女人能不能将光景过好，水是最关键的。她笑着说："自从我们这儿有了水窖，就有了许多新鲜的故事。过去我们从河里取水吃，不存在水窖的问题，有了水窖后，娃们的安全引起了人们重视。比如那年水窖修成后，有一个四五岁的小姑娘，大人不在身边，她一个人偷偷跑到水窖沿上探着头往下面看，利用窖中的水照自己的小脸。我们一帮女人发现后大惊，有人要喊，旁边人立马上前捂住她的嘴，怕碎娃一受惊重心转移掉到水窖里，另一个人悄悄侧着脚板轻轻地跑过去，一把将那碎娃抱住。后来人们为了防止出事故，就为家家户户的水窖上加了盖子。'母亲水窖'还改变了我们这儿人的习俗，过去我们这儿后生大了说媳妇，第一次娘家的七大姑八大姨来看家，就是看男方的家底，他们第一个要看的是挑水的远近，还要看水桶的轻重和水担的合适度。自有了水窖后，女方娘家人就直接问男方家里有没有水窖，有几窖水。"

贾彩琴生在范家卓子长在范家卓子，小时候从懂事起就帮着家里挑水，从小就渴望不再挑水，没想到后来的"母亲水窖"竟然圆了她不再挑水的梦。贾彩琴写过许多优美的散文还获得不少奖项，其创作的两部反映乡村妇女生活的长篇小说《山丹丹》和《杏花》，书中都反映了山区妇女吃水难的情况。

虽然随着政府饮水安全工程投资量不断加大，新的供水形式替代了当年那些缓解高寒山区和旱塬地区吃水困难的"母亲水窖"工程，但无论是当年，还是今天，"母亲水窖"工程都不间断地造福百姓。中国妇女联合会基金会实施的"大地之爱·母亲水窖"工程，在陕西人饮水史上，宛若一支美妙的插曲，使受益地区的妇女和儿童，感受到了不一样的温暖和爱。

第二章

情牵老区　引水兴业

一、爷台山下的丁户塬村

4月正是渭河平原一年中最美的时节，从西边的大散关到东边黄河岸边的潼关，八百里秦川，此时此刻，仿佛上帝赐予的一块偌大的花色地毯，降落在这一方热土上，一切都在萌动，一切都在生长，一切都在变化。温柔而香甜的季风，像一个手中拿着染料的巨人，在一场雨后的清晨，将染料撒向广袤的渭河平原上，一夜间，田野着上了斑斓的衣裳，山冈披上了锦绣，各种果树的花儿竞相开放，潺潺东流的渭河，在这个雨水饱满的季节，书写着优美的诗行和多彩的华章。

刚刚经历过一波疫情冲击的渭河平原，在季风的鼓动下，从静默中奋起，将过去一年中小心翼翼度过的那些搅裹着疫情的痛楚的时光，深藏在记忆深处。现在，在春光明媚的时节，人们迎着灿烂的朝阳，用力地推开门户，重新振作精神，开启新的生活篇章。

一个清风舞动着花香的清晨，我同这个平原上所有的人一样，将沉闷而苦涩的记忆收起，开始寻访一个叫丁户塬的地方。

陕西省水利厅宣教中心王辛石主任告诉我："丁户塬村在关中北部的淳化县，那儿有个爷台山，你找到爷台山，就找到了丁户塬。"

我踏着晨光风尘仆仆地赶到淳化县，却不知当地人提起爷台山，有说不完的话题和故事，因为爷台山不仅是名山，是旅游胜地，亦是一座承载着革命精神的胜利山，更是一座令人敬仰的神奇山。

1945年7月中旬，国民党军第一战区司令长官胡宗南奉命将河南省抗日前线部队及陕西省韩城、朝邑河防部队西调陕西、甘肃、宁夏边界之淳化、耀县、同官、枸邑（今旬邑）等地，企图夺取关中，威胁延安。胡部以5个师的兵力，进攻关中分区，并集中暂编第59师、骑兵第2师及预备第3师向爷台山发起攻击。驻守爷台山地区的八路军留守兵团新编第4旅一部经过顽强抗击，致国民党军重大伤亡后，于27日晚主动撤出爷台山及其以西的41个村庄。

爷台山像驻扎在陕甘宁边区边界上的一位威武的卫士，不但是边区西南之门户，亦是守卫关中地区的重要屏障。为收复爷台山等重要阵地，消灭进犯边区的国民党军，中共中央军委决定抽调正在生产的新编第4旅主力，教导第1旅、第2旅和正在向抗日前线开进的第358旅向关中增援，并成立以张宗逊为司令员、习仲勋为政治委员的南线临时指挥部，统一指挥南线参战部队。8月8日夜，新编第4旅及第1旅第3团一部向爷台山主阵地发起进攻，未果。9日，第358旅第8团投入战斗，配合新编第4旅第16团再次发起进攻，经4小时激战，全歼国民党军5个连，毙俘连长以下百余人，收复爷台山及其以西的大片村庄。国民党军企图控制爷台山进而夺取关中、威胁延安、全面进攻边区的阴谋彻底破产。

从此，爷台山成了关中人心中的胜利山。而在那次战斗中，山腰西侧的丁户塬村也经历了枪林弹雨，为夺取战斗的最终胜利做出了巨大贡献。

新中国成立后，在党和政府的领导下，丁户塬的人们同三秦大地上许多村子一样，自力更生，发奋图强，伴随着新中国前进的脚步，走上了曲折而漫长的发展道路。由于处在山腰，地域偏僻，交通不便，"贫穷"二字一直伴随着丁户塬人的生活，一代代村民，梦想脱贫的愿望一次次破灭。特别是缺水问题，一直困扰着这个为革命做出过巨大贡献的村子。

30年前，丁户塬村有个叫宋长权的26岁小伙，用拖拉机从山下给家里拉水时，不幸冲下山坡摔死了，从此，丁户塬村缺水吃的名声传到四邻八乡。一个人的不幸遇难，给村子带来了负面影响，导致许多小伙谈恋爱找对象时，女方一听说是丁户塬的，扭头便走，究其原因，没水吃。你们家连吃水都要到山下挑，我咋能嫁给你呢？姑娘们的逃避有她们自己的道理。

有好水才有好生活，水是人生存的第一必需品。人们还说，人是铁，饭是钢，一顿不吃害心慌。缺水的丁户塬人，生存有多艰难，只有他们自己知道。之后的许多年间，因从山下挑水而伤人的事故频繁发生，村民对水的渴望胜过脱贫致富的愿望，许多村民年轻时就盼望有人能帮他们解决吃水问题，可从少年长到老年，还是要从山下往回挑水。吃水成问题，更别说发展经济和产业。地里的庄稼，靠天眷顾，天让收成好收成就好，天让粮食歉收人也没有办法改变。在那个"水利是农业命脉"伟大号召唱响神州大地的年代，丁户塬人也渴望"人定胜天"的好事能光顾村庄，可轰轰烈烈的时代过去经年，没水吃的丁户塬还是没水吃。

二、水利厅来了扶贫工作队

丁户塬村位于爷台山西坡，平均海拔 1200 米，全村 226 户 758 人，2016 年建档立卡贫困户 117 户 348 人，贫困发生率高达 45.9%，属淳化县深度贫困村。由于山大沟深、干旱少雨、交通不便，"偏、远、穷"是该村长期以来的代名词。

时间的车轮滚动进入新纪元之后，陕西省政府实施的"甘露工程"，像从爷台山尖升起的一缕温和美丽的阳光，猛然间照耀丁户塬人渴盼水的心坎。在县政府有关部门的统筹下，吃水问题终于得以解决。山腰上挖出水井，自来水接到部分村民的庭院，有条件的人家吃到了自来水。可那些住在偏僻之隅的村民，只能望山兴叹，望水生怨，他们眼红他人院中的哗哗流水，他们日夜做着同一个梦，那就是有一天自家也能吃上自来水。虽然甘露工程解决了部分人的吃水问题，但由于人多井少，加之地处旱塬，地势高水位低，依旧不能满足所有人的需求。

为了解决村民的吃水问题，使该村真正摆脱贫困走上产业发展的富民之路，自 2014 年 6 月至 2021 年 6 月 6 年时间，水利厅先后派出王晓辉、赵川、李刚、郑坤、耿乃立、季万才等处级领导担任丁户塬村的第一书记和扶贫队长。这些干部到丁户塬后，吃苦耐劳，运筹帷幄，与当地群众一起打井引水，铺设供水管网，硬化村路，改造村容村貌，建设移民新村，引进资金和人才，开展乡土人才培训，垦荒创办种植园、养殖场，购置农副产品加工设施，创建电商平台，与贫困人员交朋友，培养扶持村中能人，通过六轮人员更换连续扶贫，硬是将一个贫困村打造成一个产业兴旺、户户有产业、人人有事做的扶贫攻艰脱贫样板村。扶贫干部努力拼搏，一任延续一任地规划和摸索，每一任都做出惊人的举动，不但使丁户塬村家家户户吃上了自来水，也让山区群众感受到党的温暖。他们取得的丰硕成果，体现了扶贫政策的正确和精准，用丁户塬村民的话说，这些到他们村扶贫的干部，就是政府派来改变山水林田路、改变他们命运、给他们送福的人。

除了派人到丁户塬村驻村扶贫外，水利厅以机关办公室为中心，组织厅机关和下属单位领导干部与丁户塬贫困农户结对帮扶，厅级领导15人，处室主要负责人31人，帮扶干部与丁户塬107户贫困户建立了结对帮扶关系，仅2016年一年，结对帮扶干部累计到丁户塬村看望贫困户150人次，送给贫困户慰问金和慰问品累计10万元。帮扶干部通过办公经费节余、募捐等方式多方筹措资金，为贫困户发展产业落实了扶持资金。

在脱贫攻坚过程中，帮扶干部以水为主题，通过农田水利建设、抗旱应急、农村饮水、水保治理等项目，为丁户塬村累计筹措资金1000多万元，为该村新打机井4眼，新建5座水塔，铺设供水管网18公里，实现全村226户自来水到灶头，而且硬化了村路，打通了所有的机耕路。从开始的"两园三区"到最后发展成"两园四区"：即建成苹果示范园800亩（其中包括200亩节水灌溉双矮密植苹果园），470亩花椒种植示范园，建设4座集中养殖小区，容纳奶山羊、生猪、肉牛3000头。"两园四区"扶贫项目共纳入94户建档立卡贫困户。通过"两园四区"扶贫项目和分散养殖、外出务工、种植杂果等措施，至2020年年底丁户塬村107户建档立卡贫困户全部实现脱贫，村容村貌发生了翻天覆地的变化。山区的夜晚，亮了起来，村民的腰包鼓了起来，人人脸上挂上了笑容。有村民编顺口溜曰：

爷台山呀爷台山，
多年总把好日子盼，
盼水盼得泪湿襟，
盼富盼得望眼穿。
怎敢想——
水利厅来了扶贫队，
厅长处长到山间，

与贫困户签协议，
手拉着手齐攻艰，
带来资金和项目，
几年气象就焕然。
驻队干部把力下，
争分夺秒冲向前，
与民共苦又同甘，
劳心费神忙不闲。
看今朝——
自来水哗哗到灶头，
水泥路通到门槛边，
路灯照得夜色亮，
果园处处飘清香，
花椒用上烘干机，
核桃油四周名气传，
成群牛羊仰脖唱，
猪鸡和声有名堂。
村中电商神通广，
农副产品销八方，
坡上再无闲汉逛，
人人都为产业忙，
男女老少脸挂笑，
山山峁峁换新装。
想想看——
如果不是水利厅，
哪来好事到山冈，
桩桩件件记在心，
脱贫不把党恩忘。

三、李刚，开创产业扶贫之路的人

2016 年 6 月，水利厅安排供水处年富力强的李刚到丁户塬接替赵川继续开展扶贫工作。那时候，李刚的孩子刚刚学会走路，正需要父母照顾。李刚听说组织要自己去渭北爷台山深处扶贫，毫不犹豫地对领导说："请放心，我会兼顾好家庭和工作，一定不辜负组织的期望。"领导看着眼前血气方刚的李刚拍着他的肩膀开心地说："好，等的就是你这句话。"李刚用电话将组织让自己去深山扶贫的事告诉了妻子。晚上下班后回家途中，他心里还没有底：妻子会不会同意他去扶贫？毕竟孩子还那么小。令他没有想到的是，妻子得知他要去扶贫，早早给他做了合口的饭菜，还给他准备了一些常用药品。饭桌边，妻子一边给他夹菜一边笑着说："去吧，这是组织对你的信任，你说你这么年轻，正是干事的年龄，这是多好的机会呀。这次国家搞的扶贫是多大的事，咱们不能参与其中，等咱们老了是不是会有遗憾啊？可惜我不能去，你就代表我和咱孩子奔赴扶贫一线吧，我相信你不会让组织失望，也相信你会给咱孩子做个好榜样。你放心，孩子有我哩，保证给咱把孩子带好。咱俩来个竞赛，看你将扶贫工作搞得好，还是我把孩子带得好。"

第二天一早，李刚告别了妻子和孩子，直奔丁户塬村。翻过爷台山踏入丁户塬后，李刚看到的景象和自己想象的完全不一样。放下铺盖，他一头扎进农户家，通过几天的摸底，他了解到全村 817 人，有贫困户 104 户 307 人，所辖的 5 个村民小组，分布在五条山梁上，最远的离村委会竟有 10 公里。丁户塬村村民来自全国 7 个省份 13 个地区，风俗习惯、家庭情况差异较大，人口流动频繁，村情相对复杂，特别是村民居住得十分分散，有些村民到村委会办个事开个会，得步行十多里山路。尽管如此，李刚并没有被现状所困扰，他通过和村民座谈，了解到村里人有种苹果和搞养殖的传统。他一个一个查看了村中现有的果园，认为现有果园虽然有一定规模，但管理跟不上，加上缺水，直接影响了苹果的产量和品质。晚上回到住处，他将自己看到和想到的记在日记中。当然，在几天的调查中，他重点了解村民吃水的情况，他知道自己这次来，解决丁户塬人吃水问题是重中之重。

月亮被爷台山缓慢地托了起来，温柔的晚风吹拂着村庄旁的树木发出哗哗的声响，讨厌的蚊子唱着令人厌恶的小曲，时不时还赠送李刚一个个小血包……他一点睡意也没有，他在想，自己舍家离亲来这里，到底是为了什么。望着月光，他想起了自己来丁户塬前那天晚上妻子说的话。为什么不趁年轻做点能让自己一辈子都感到骄傲的事？是呀，全国都在扶贫，这是党中央向年轻人发出的号令，自己绝不能辜负大家的期望。村中农户淡淡的灯光已渐渐暗了下去，可他眼前所看到的，除了寂静还有寂寞，剩下的就是寒山瘦水和留守在村中的老人和孩子。他想，要彻底改变现状，必须要下大力气，要带着感情来对待这里的老百姓，哪怕是掉几斤肉又有何妨，必须从内心深处将自己对农民的感情倾注在这次扶贫中，只有如此才能做到妻子说的不负韶华。

李刚从漆黑的院坝回到简陋的房间，还是没有睡意，他翻看了一会儿文件，又在心里念叨着，除了解决吃水问题，必须带动村民搞产业开发，只有大力发展产业，做到果畜互动，以畜优果、以畜促粮、以畜增收，才能走出一条种养结合的有机发展路子。他还想到，扶贫先扶志，如果群众没有脱贫的愿望，就是政策再好，投放的钱再多，搞扶贫的人再努力，也解决不了什么问题。

第二天上午，李刚找来了村干部，他问他们如何才能让村民树立起脱贫的志向。有干部笑着说"有钱，大家才能看到希望"；也有人说，树几个样板，就可以调动大家的积极性；还有人说，现在要脱贫，就要走出去，只要走出去，一个月挣的钱，比在土地上干一年还多。村干部的说法都是基于传统思维，也是实情。过去在城里，不了解农村和土地的关系，虽然自己从事的工作经常与土地打交道，可自己并没有深刻理解农民的心思，现在零距离面对面与群众交流，自己的双脚实实在在地踏在贫瘠的土地上，他一下明白了为什么国家要搞扶贫，为什么还要提倡扶贫先扶志。再次抬头去看窗外，他的思绪在翻腾。听了村干部的话，他也说了一段话，他说："大家说的都是实情，但现在有个现象，在城市的建筑工地，有个不成文的规定，农民工过了 55 岁，不能从事高空作业，过了 60 岁，不能从事建筑业。据我了解，咱们村出去的人，相当一部分是在建筑工地上干活。大家想过没有，现在的年轻人还可以到城市去打工，去建筑工地挣钱，等他们老了城市的工地不要他们了，那时候他们怎么办呢？"

有人说："这倒是个问题，但那是后人的事，与目前我们说的脱贫没有多少关系。"

李刚重新坐下来耐心地对村干部们说："你们知道国家是怎么想的吗？"没有人能回答他的问题。

他说："到 2020 年，中国要消灭绝对贫困，我们丁户塬也不例外呀。所谓的脱贫，并不是让大家都到城里去挣多少钱回来，我们要做的，就是在我们这片土地上脱贫，靠我们的双手，在有限的土地上创造价值。我年轻不了解农村，我想你们都比我年长，你们对土地的感情应该比我深，所以大家不要总是想着如何到外面挣钱，应该把目光收回来，把心收回来。作为村干部，我们自己心里想的是到外面去挣钱，那就是错误的想法，我们要盯住眼前的山水和土地，这是我们的根。咱们在座的各位，不就是靠这些土地养育？那你说现在，一说到脱贫和致富，怎么总想着到城里去挣钱？我们的村干部都有这样的想法，那群众咋想？我们不能对土地失望啊。这些天我做了调查，其实过去咱村是有发展经济的基础的，比如大家种的苹果、花椒，养的牛羊猪，这都是祖上传承下来的基业呀。丁户塬人不是祖祖辈辈靠土地和山坡活了下来？为什么我们村的外来户多，那是因为我们的土地就是风水宝地。所以，作为干部，嫌弃土地的想法绝对不能有。"

有人打断了李刚的话说："李书记说的对着哩，可要搞种植和养殖，得有钱打基础呀，钱从哪儿来呢？"

李刚说："我是这样想的，咱们村干部眼下要做这几项工作：一是首先从思想上，要转变观念，要重新认识丁户塬的土地，要把自己的思想拉回到土地上，只有思想认识到位了，才能做好眼前的工作；二是要动员村民，特别是一些有经济头脑的能干人，让他们以目前村上现有的种植园和养殖场为样板，一边启动种植和养殖项目，一边为后期发展做准备。钱的问题，大家不用过于担心，我会根据咱们的实际情况，想办法申请资金。大家放心，我来自水利厅供水处，我会向单位汇报咱丁户塬的用水情况，一定有办法解决引水和产业发展资金的。"

听了李刚的话，村干部们突然鼓起掌来，几个人异口同声地说："这样当然好说，只要有钱投入，别说我们的思想了，村民的思想也能转回来。"

村党支部书记张元均上前紧紧抓住李刚的手说："感谢你呀，李书记，你有这样的计划，咋不早说呀？放心，只要真正能让大家脱贫致富，没有人不配合你，丁户塬人不会让你失望的。"李刚将张元均拉到一边笑着对他说："我的想法也只是个计划，但我想只要我们将计划做扎实，方方面面会支持我们的。"

通过与村民座谈、与村干部交流，李刚明白了大家在想什么。他更坚定了自己的想法。接下来，他领着村干部将要种植的经济作物品种、地块，扩大养殖牛羊的圈棚，重新做了规划。之后他到淳化县请来了县果业中心、农牧局的专家现场为群众答疑解惑。

经过一段时间的认真分析，李刚想，目前能养会种的人在村中还是少数，要真正让这个村摆脱贫困，还得让更多人行动起来加盟脱贫事业才行，毕竟村中还有那么多贫困户和贫困人口。忙碌了一个月后，他对村干部说，要让全村人一个不漏地脱贫，方法只有一个，那就是要在产业做大做强上下功夫。为了使产业发展计划详细具体，他俯下身子，核实每家每户的情况，他知道，要把面对的情况扎扎实实弄清楚，把实施脱贫的底子弄明白，才好向上级打报告申请资金。村干部说："底子是清楚的，我们村上人写不出来呀。"李刚说："这些我来做，你们要做的是，把群众的心思盘活，说通俗点，就是要让大家一门心思想着如何利用我们现有的资源挣钱。我们的资源就是土地、种植园、养殖园、水、人、路。"李刚的一席话打开了村干部的思维。接下来的日子，李刚日夜连轴转，一家一户进行座谈，一个人一个人征求想法，一个项目一个项目算账，一块地一块地规划，哪儿栽苹果树有利光照、果子甜度高、果汁充分，哪儿种植花椒产量能上去，哪儿办养牛场合适，哪儿办养羊场不会对大家的生活产生影响，哪儿办养猪场不会带来污染，用水和运输饲料方便。李刚想的是，要使村上人人脱贫，必须因户施策，因人施策，因项目施策，只有将每一户、每一个人、每一个项目落到实处，才能真正达到人人有事做、有目标。

经过一个多月的加班加点、没黑没明地调研核实，从小在城里长大的李刚，人变了样子，用村民的话说，他身上的洋气儿没有了，人不仅黑了，还更加朴实，成了真真切切的村书记。李刚自己有时也怀疑：我还是那个西安城的李刚吗？回首自己所做的工作，他给妻子打电话说了自己的感受。妻子告诉他："人到了一定环境，自然就会激发心中的活力，相信你，继续努力，一定会做出成绩。"放下电话他便准备书写申请扶持资金材料，但他心里明白，厅里的钱，主要用于与水有关的项目，如果申请开办种植园和养殖场肯定申请不来。想了一夜，到了第二天，他又改变了主意，他让村干部带着他，开始对沟渠山坡和有流域的地方展开调研，虽然山上没有水，但有流域，凡是有流域或者与水有关的地方，他都要齐齐走一遍，他的扶持资金申请材料，一定要与水挂上钩。为了抢时间加快速度，他顶着 7 月火辣辣的骄阳，山上山下跑了好多天，就连陪同他的村干部都说受不了，可他依然坚持要搞清所有与水有关的情况。

调查完成后，李刚又马不停蹄地赶写申报材料，他在材料中说明丁户塬要钱做什么，怎么做，计划中的"一园三区"如何实施，如何使苹果产业得到发展，水利项目如何实施。有天夜里，他看着自己一字一句写出来的报告和核实的数据，整整一尺多厚，他长长出了一口气，欲将劳累多日的疲惫吐出去。他走出门外，望着星空摇摇头感叹道，这哪是文字和数据啊，这是丁户塬人的命运。他收回目光，紧紧盯着高耸于夜空中的爷台山对自己说，要改变这一方土地上人们的命运，就要和大家一起努力，没有付出哪儿会有收成。返回房间洗了脚，他重新将申请报告看了一遍，这才睡了一个安稳觉。

李刚明白，自己所写的申请，还要经过厅里的讨论和调研，并不是村干部所说的，只要材料完成钱就会到手。令李刚没有想到的是，他将申请报告递交到厅里后，厅里很快就安排人进行了讨论，并协调咸阳市和淳化县有关人士对他在报告中所提出的丁户塬经济发展计划进行了全面调研。

自 6 月底到村上后，李刚先后为村上争取水利项目资金 440 余万元，还争取落实 2017 年丁户塬村水利、林业等项目资金累计 357 万元，其中用于村上农田水利设施项目建设的资金 243 万元，争取并协调 2016 年抗旱应急水源工程建设资金 30 万元。

有了钱，不但李刚有了信心，村干部和村民也纷纷跑到村委会来探消息。村干部开玩笑说："还是咱李书记硬气，这下丁户塬真的有希望了。"有村民拉着李刚的手，要他到自己家里去，说给他做好吃的。村民听说上级要给丁户塬投资搞产业，还打电话告诉自己的孩子，希望他们不要在外面漂泊了，让他们回来参与村上的建设。

李刚则对大家说："我们现在有了资金，一定要把这些钱花到实处，既然上级给钱让我们搞'一园三区'，就要看我们如何实施。我希望大家将心收回来，一起齐心协力在很短时间内将'一园三区'建设起来。"有村民说："我们的苹果虽然有产量，可到了收果期，由于名声不响，总是卖不出好价，如果再发展，将来销售成问题。"李刚拍着那位村民的肩膀说："这一点请放心，下来我会一边按规划建设园区，一边给咱们的苹果想办法找销路。"

安排好村上的事，李刚回到西安，通过朋友介绍，引来了一家四川企业到村上，面对面与农户签订了苹果销售合同。紧接着他又组织村民根据资金下拨情况，开展流域治理和引水工作。

这年冬天，苹果销售出去后，李刚又在养殖场上下功夫，他通过调研后提出，村上所办的三个养殖场，应该走统一配料、统一销售、统一防疫"三统一"的路子。养殖户对他提出的方案大加赞赏并一一落在实处。

到了第二年春天，上级下拨的各路资金一笔一笔陆续到位，正在李刚一心一意组织大家谋划着扩大"一园三区"时，组织要求按照省上统一部署，逐一核查村中贫困户真实情况并进行详细统计。这一工作安排，打乱了李刚的计划，但为了不延误厅里的统一部署，李刚一边组织村民实施规划，一边再一次深入农户一一核对情况。

由于时间紧迫，工作量大，李刚开启了连轴转的工作模式。令大家没有想到的是，到了 5 月初，由于劳累过度，李刚在核准情况时晕倒了。

2021 年 4 月 23 日，在西七路接受采访时李刚对我说，在那些日子里，他压根就没有睡过一个囫囵觉，就是在没有星光的晚上和下雨天，为了抢时间，他打着手电也要深入农户家去核实情况，有时会踩到蛇，摔跤和身上布满蚊虫叮的包更是家常便饭。因为时间紧任务重，他只能拼命地苦战。

由于长时间劳累过度，有天李刚正在与村干部讨论振兴产业实施方案，一头栽倒在办公现场。病好后，李刚要求再度回到村上，组织考虑到其身体状况，重新安排了包扶人员。李刚对我说，自己虽然做了一些工作，但有些遗憾。前不久他去了一趟丁户塬，看到原来所规划的种养业都发展起来了，内心有说不出的激动。他还说，其实丁户塬能有今天，与厅里的大力支持是分不开的，还有那些承前启后的同事，都付出了大量心血和精力。

我问他："你妻子对你的表现如何评价，你的付出达到了她的期望没有？"

李刚笑着说："妻子说，虽然身体出现了问题，但那些经历还是值得赞赏的。孩子现在已经上小学了，我计划有时间，带着妻子和孩子再去一次丁户塬，想让他们看看那一方山水，看看我在那里帮村民谋划的那些产业园，想告诉他们自己在那儿奋斗的日日夜夜。我可以自豪地对他们说，我没有令他们失望，虽然时间短，但自己努力了，还取得了一些成绩，得到了老百姓的认可。"

四、耿乃立，爬水塔的水利专家

李刚离开丁户塬村不久，水利厅将渭河综合治理办公室支流处处长郑坤和科技处 55 岁的副处长耿乃立安排到丁户塬继续开展扶贫工作。与其他人不同的是，耿乃立是主动请缨到丁户塬去扶贫的。2017 年 6 月，得知厅里要安排人去丁户塬扶贫，耿乃立问领导这次扶贫需要多长时间。领导告诉他一年时间吧。他笑着对领导说："我去，保证完成任务。"领导也笑着问他："你行吗？家里的情况和你的身体怎么样？"他依旧笑着说："丁户塬村的条件肯定比战乱时期的非洲科特迪瓦强吧。"领导问他此话是什么意思，他说："2008 年我作为中国政府派遣的 100 名援非高级农业专家，在非洲科特迪瓦整整忙了一年。在国外扶过贫，现在有机会在中国农村扶贫不是更好吗？"

领导想了一会儿，从上到下齐齐看了他一遍说："好吧。不过这次扶贫可能与你在非洲扶贫不同，厅领导的决心很大，这个丁户塬村是咱厅里包的扶贫点，你去后，不光要帮助村民发展产业早日脱贫，还要协调实施水利工程。"

耿乃立将手往桌子上轻轻一拍说："放心，这几十年来，无论防汛还是搞科技工作，咱都不是与群众面对面打交道，这次去与群众吃住在一起，帮他们脱贫，我有信心，不会给咱们水利厅丢脸的。"

对于出生在黄河北岸山西永济农村的耿乃立来说，人到中年，家事缠身，家中有几宗大事需要他处理。母亲患病卧床25年，儿子耿艺成准备结婚。特别是母亲，为了不给几个儿女添麻烦，时不时还厌世轻生，竟然将医生开的药偷偷藏起来，一次性喝下去。母亲一生养育五个儿女，四个在身边，唯有他一直在远离家乡的西安工作。无论是防汛抗旱，还是出差值班，几十年来，他从没有休过年休假，不要说尽孝，就是平时连回家看母亲的时间也少得可怜。不但耿乃立自己心中感到愧疚，几个兄弟姐妹也常常指责他没有孝心，说父母为了他的成长付出最多，当年家里就他一个人考上了大学，十里八乡人夸他最有出息，可说起尽孝，他做得最差。当然，耿乃立有难以言表的苦衷。

谈到此，耿乃立摇摇头对我说："没有办法，自古忠孝难两全，你也知道，咱干着国家的事。特别是我们做防汛工作的，每年一到雨季，有句话说'雨声就是命令'，厅里上上下下心都悬着，没有时间守护在老人病床前呀。"虽然在为老人尽孝方面多次遭兄弟姐妹指责，耿乃立还是毅然决然地走向扶贫岗位，担任了水利厅驻丁户塬村扶贫工作队队长。

丁户塬的生活环境自然要比非洲好，但毕竟在城市生活久了，有些生活习惯对耿乃立来说仍有一定挑战性。比如取暖，在城里享受了多年的暖气，丁户塬没有，晚上冷得睡不着，只有戴着帽子睡觉。活了大半辈子的耿乃立于2017年冬天在丁户塬开启了新的生活模式——戴着帽子睡觉。有时白天忙一天疲惫不堪，到了晚上就和衣而眠。丁户塬地处高寒山区，冬天的冷可想而知。农村房子高大，墙壁没有保温层，为了保暖，只能将农膜贴在玻璃窗户外面。最为难的是厕所在院子外面，冬天夜里上厕所，是件惊险的事情。

耿乃立和郑坤到丁户塬时，厅里之前派到丁户塬扶贫的李刚等人已做了不少工作，打井，搞产业园，打下了不少基础。如何在前面同事工作的基础上，进一步创新，把扶贫工作做实做硬，让村子长远受益，是他们要思考的问题。

他们熟悉村上的情况后，决定继续沿着总体规划思路走。那时候，由于扶贫干部换得勤，村上一个老干部在与耿乃立交谈时对他说："你们单位来的人，个个都是好样的，个个都想着如何帮我们，但人换得太勤了，来了还没有暖热又走了，我真怕你们和过去那些扶贫同志一样呀，把我们的心说热了，一纸调令又走了。"

听了村干部的说法，耿乃立想了一会儿拍拍村干部的肩膀笑着说："你放心，我这次来了，就不走了，不把你们村上弄出个样子，不让大家实现脱贫目标我绝对不走。"

那位村干部拉着耿乃立的手笑着说："你的心我们亮清，问题是你们厅这么大个单位，管着全省人吃水用水的大事，上面还有大领导管着，你自己说了不算呀。"耿乃立拍了拍对方的肩膀笑着说："你放心，我这次来咱们村，就是主动请缨来的，如果厅里要换人，我会主动请求留下来。"

因工作需要，扶贫队不断地换人换岗，可老百姓不了解厅里的情况，他们只看到人来人往，心里多少有些不踏实。如何安抚大家的心？耿乃立想了许久，便决定用行动说话。他和郑坤都是水利专家，他们十分重视丁户塬人的吃水和灌溉问题。他俩用了将近一年时间，根据厅里要求和群众诉求，彻底解决了丁户塬人的吃水问题，还在前面工作队的基础上，扩大产业园的规模，将原来的"一园三区"扩大至"两园四区"，增加了花椒产业园和养殖园。

一年后，因工作需要郑坤离开了丁户塬后，耿乃立继续驻村扶贫。他担心群众对干部调动产生疑虑，便开玩笑对村民说："大家放心，咱们省水利厅在丁户塬村干的事，都是实事，郑书记走后，我会和大家一起，坚持把咱的吃水工程和产业园做好。"为了消除大家的担心，他四处奔波，争取70万元资金，在村里建起一个光伏泵站，解决了苹果树和花椒树的灌溉问题。

高效节水双矮密植苹果园，是丁户塬村历史上第一个灌区，群众没有灌溉习惯，个别群众认为井水灌溉水温低影响地温，有的村干部说用井水灌溉容易造成土壤板结。听了大家的说法，耿乃立认为大家的担心有道理。他在上大学时学的是农田水利工程专业，便立即着手研究村民担心的问题。他自己到城里买来蔬菜种子，自己种菜做实验，同时还向有关专家和同行请教，最后的结论是，村民的担心的确有道理。为了解决深井水灌溉问题，他大胆地提出建设太阳能泵站，并在村旁修建涝池，实施"三水联网共调"。他的想法得到农业专家的认同。他说如此一来，可以为高效生态农业提供水源，解决大家担心的土地板结问题。

说干就干，耿乃立带领村民用了两个月时间，建成3000方涝池1处、太阳能泵站1处，二者供水量相当于5口机井的供水量，不但解决了产业园灌溉问题，也解决了大家担心的水温低形成土地板结问题。当几个村民一边引水浇地一边用手试着流向田间的水的水温时，他们兴奋地说，专家就是专家，要不是专家，就是咱们想破脑袋也想不出这样的好办法呀。

种植园灌溉问题的解决，极大地调动了村民种花椒树的积极性。耿乃立又在想：如何才能使花椒尽快结果并提高产量给村民带来收入呢？

为此，他专门跑到西北农林科技大学，请来专家到村给村民讲解花椒树种植技术，教授群众如何除草修剪，如何套种低秆作物，如何开展种植园春季灌溉。那时候，大家都将精力放在种植园的发展上，养殖园设施已经建好，可适逢奶山羊产业发展进入低谷期。为了推动种植业和养殖业同步发展，耿乃立想到了用现金奖励补贴的办法。他对同事说："教授的到来，点燃了大家的热情，咱们得抓住村民这股热火劲儿，往前推一把，不能让前面的同事辛辛苦苦建好的养殖园里面只放几只羊。虽然现在正处奶山羊养殖低谷期，但情况总会好转的。"

同事武勇问他还有什么办法，他说："咱再想办法让厅里帮咱们。"几个人商量后拿出了意见，将情况向厅里做了汇报，厅里很快帮他们解决了问题。

如此，通过三年的持续努力，到了2019年年底，200亩高效节水灌溉双矮密植苹果园获得大丰收，470亩花椒种植园也开始挂果，4个养殖小区中，奶山羊存栏达到800只、肉牛40头、生猪2800头。

耿乃立对我说，2020年春天令他十分难忘，虽然疫情肆虐，搞得村民个个心慌，但丁户塬村漫山遍野的苹果花开，养殖小区羊牛满圈。他就动员大家多看春天的景观，调节心情。有一天，他和武勇站在山坡上看着满坡架岭的花，看着看着就流下眼泪。他说那一阵子，有憋屈、有担心、有兴奋，看着开满山冈的花，大家不由自主就流泪了。他高兴地对武勇说:"咱们要写一篇文章,题目是《丁户塬的春天》,咱得好好歌颂一下党的扶贫政策,也赞美一下咱的扶贫成效。"

产业发展起来了,自来水入户实行了全覆盖,可耿乃立发现,村里管网供水经常出现停水情况。为了搞清楚问题出在哪里,耿乃立带着武勇开始走访调查。他说,厅里帮扶的村子所建供水管网,应该是建设标准最高的,这经常断水说不过去,必须从管理措施入手调查。

2019年夏天某一日,村里管网局部断水,有位村民登录省水利厅农村供水保障"四级响应"平台,发消息说丁户塬村供水管网断水几天没人管。此消息一出,像捅了马蜂窝。第二天,"四级响应"平台组织省市县乡相关部门赴村上检查督办。进入现场检查,确实有几户人家自来水放不出水。检查组经过深入调查,发现停水系管网压力不足所致,检查组当场提出进行局部管网改造并制订了方案,要求淳化县水利局10日内完成改造。

可令人们没有想到的是,局部管网改造之后还经常出现停水状况。耿乃立着急了,他对队员说:"走,咱们自己再详细查查,还真是怪了,明明一切都是正常的,为什么会出现这样的事。"他带着队员,对所有供水设施一项一项进行了全面查勘测试,最后找到了原因。原来丁户塬属于典型的山区供水管网,供水有明显的压力失衡,有些村民住在坡地,家里时不时发生压力过大爆管现象。还有一个原因,村上的管水员由于多数时间忙于农活或外出办事,遇到问题不能及时处理,造成了断水现象,导致大家意见大,有些村民说管水人"故意关闸"一时闹得矛盾四起。为了解决问题,耿乃立和武勇爬上水塔,检查水塔水位和闸阀,他们发现闸阀开关没有到位,旋开11圈才能达到全开的位置,而管水员却没有做到。解决了问题,耿乃立找来管水员批评了一通。无奈管水人只是普通老百姓,还是贫困户,就是将其撤职又能怎么样呢。

耿乃立对村干部和村民说:"行了,大家放心,咱们这些设备,相对先进,管水员也不全懂,下来,我们工作队还是想想如何根据农村实际采取措施解决问题。"耿乃立查阅很多资料,请教了很多农村供水专家后,确定要为机井安装自动启闭装置来解决农村供水管网经常停水的问题。这套装置安装后,当水塔水位很低时,水位传感器发出无线信号,通过信号中继站,转发给机井闸室,远程启动机井上水；当水塔达到蓄满水位，传感器发出信号，远程关闭机井。经过一段时间使用，取得满意效果，小装置解决了大问题。淳化县组织召开脱贫攻坚工作观摩现场会，对驻村工作队安装机井自动启闭装置解决农村经常停水问题给予热情点赞。这次会议后，淳化县水利局学习推广了丁户塬村的做法，在全县安装120多套机井自动启闭装置，有效解决了全县农水供水管网经常停水问题。

除重大的扶贫事件外，耿乃立更注重从小事入手，帮助村民解决生活中实实在在的问题。

有一年进入寒冬后，村上有个水塔没有水了，管水员检查了三天一直没有找到问题，致使村民整整三天没有水吃。村民跑到村上来找村干部解决问题，有人说天这么冷怕是塔里面的水冻了冰，谁也没有办法解决呀。还有人开玩笑说除非用火将水塔烧热，将冰融化了水才会通。耿乃立从房子里出来坚定地说："就是真的冻了也得想办法，要不，到过年时大家吃水又成问题。咱们必须现场看看再说。"说完，他就带着工作队队员和村干部来到水塔前，抬头看了看水塔就要上水塔，年龄大的村民和村干部极力阻止他上水塔："水塔太高天太冷你年龄大不安全，再说了，上水塔也不应该是你城里的处长上。"他笑着对大家说："你们不是说我是专家吗，我连这样的小问题都解决不了，咋当专家哩。"在大家的帮助下，他顶着刺骨的寒风爬上了水塔，结果发现并不是塔中的水冻了，而是水塔中没有水了。

2020年深秋的丁户塬，天气越来越冷。因为水塔放不出水，村里断水两天了，因为管水员检修防空水塔，没人承担这满满一水塔水的费用，村民大闹村委会。耿乃立得知后立即带着工作队队员，冒着风雨，踩着泥泞，爬上水塔，用一个长竹竿，前段绑上罐头瓶，瓶子里装上高亮度手电筒，插入水塔底部检查情况。借着手电筒水下照明，只用了10多分钟，便通开了堵在放水闸阀前面的杂物，解决了村子几天供水管网断水问题。自制简陋的"水下照明"技术，解决了管水员大闹村委会也解决不了的问题。从此以后，耿乃立"爬高塔的水利专家"的称号在村子传开了，也传到乡上、县上，他还多次被邀请到别的村指导解决供水管网问题。也有人说，水利水利，只有水利专家出面水才能利么。从村民给自己起的外号中，耿乃立突然明白了自己应该如何开展工作，那就是先从小事做起，从实事做起，改变村民对驻村干部的看法。除了上高塔，村民谁家有了事，都喜欢找他，大到给外出务工人员找工作，小到修水管、修家电、修农机，调解家庭纠纷，为田间地头引水浇灌。耿乃立对我说，到丁户塬后，他不单是水利专家，更是杂事专家。他说只有如此近距离帮大家做些细小的事，才能取得村民信任，只有村民信任你，你才能通过小事，将大家的思想往大事上引，大家才能相信你能把大事做好。正因为如此，在后来的种养产业园管理过程中，大家都喜欢听他的。

有一年秋天，丁户塬的核桃丰收了，村民看着核桃丰收却卖不出好价钱，心里很是着急。村干部便找到耿乃立试探着问他："你说咱这地方核桃丰收了，却卖不出好价，有没有啥办法提高核桃的产值呀。"村干部顺口一问，耿乃立整整一晚上没有睡觉，他在想，有什么办法能让村民的核桃增值呢？后来他四处询问让核桃增值的办法。功夫不负有心人，还真让他问到了。他通过各方努力，终于从河南为村上买回一台带壳冷轧核桃油机。这种陕西很少有的轧油机，产出的油不但保持了核桃油的全部营养，而且干净卫生，还是正宗的原生态核桃油。

丁户塬上了年龄的留守人员，普遍文化程度低，对电和机械不熟悉。机子买回来后，没有人会操作，无奈，耿乃立一边学一边研究，很快便掌握了轧油机的功能。他又把自己掌握的技术传授给贫困户姚道忠，并帮他制定了详细的管理制度和加工价格表。有了轧油机，村民的核桃轧成了核桃油，解决了核桃卖不出去的问题。令大家没有想到的是，核桃油深得消费者青睐。为了进一步让姚道忠经营好轧油机，耿乃立整理出带壳冷轧核桃油特点，印制成彩色宣传单，通过网络宣传和村上创办的电商平台，推荐宣传特色产品核桃油。后来他还开了抖音，没想到一下子成为"网红"。一个处级干部开抖音帮贫困户销售产品，消息传出，关中地区的宝鸡、铜川、延安等地的群众慕名前来轧油。

这年国庆节，耿乃立的独生儿子准备结婚，妻子、儿子一次次打电话让他回西安筹办婚事，可他却只回一句话："你们看着办，我实在是走不开。"到了儿子结婚那天，他风尘仆仆地开着车赶到酒店，身上还是在村上穿的沾着泥巴的衣服。妻子将他拉到酒店卫生间让他洗了脸换了衣服，他的干部模样才显露出来。他笑着对我说："要说我能在丁户塬坚持下来，还真多亏了家人的理解。"儿子结婚两年后，孙子已经满地跑了，可爷爷每次回到家想抱抱孙子，孙子总是躲着爷爷。

耿乃立亏欠的不只是妻子和儿子，对母亲的亏欠更多。母亲卧床不起25年，而他能守在病床前的时间不到100天。

2021年3月5日晚上，大哥从山西运城打电话告诉他，母亲病危，想见他最后一面。他接到电话后连夜开车往黄河北岸赶，快到潼关秦东时，驻村工作队其他同志来电话汇报村里供水管网整改落实对接的事情，他因接电话错过变换车道，当他挂了电话后发现自己已经到了河南灵宝，慌乱中从灵宝下了高速，重新再上高速，又搞错车道，把车继续错误地开向三门峡。那边母亲在生命最后时刻想见儿子，这边儿子却一再走错路，只能在三门峡调头重新往家赶，回到家迎接他的是兄弟姐妹的指责和埋怨。但母亲拉着他手告诉他要把国家的事当事做。母亲去世后，兄弟姐妹对他意见很大，他怀着悲痛回到丁户塬后，50多岁的汉子夜夜哭泣难以入睡。为了请求大哥对他的宽恕，他写了封长信给大哥：

> 大哥，看到你在微信上发的内容，知道你心情不好，我想给你解释解释，咱沟通一下。母亲不幸离世，大家都很悲痛，母亲卧病在床25年，多亏你们几个，我的确没有尽到责任，你们怨我指责我，我能理解，你们说五个姊妹我最有出息，咱妈咱爸供我上了大学，可在尽孝上就我做得最差，我也承认，可我的难处你们却不理解……
>
> 这些天我的眼里常含着泪，咱妈的音容笑貌时常在我眼前出现，有次梦见妈妈，妈对我说："立娃你好好工作，国家的事要紧，妈不怪你。"虽然咱妈如此说，可我还是不能原谅自己，总认为自己欠妈的太多了，太多了。
>
> 我也知道，咱妈痛苦难熬，盼着见我我却回不去。不是我不想回去，是我帮扶的村子实在离不开呀。上次听到咱妈吞药自杀寻短见的事后，我恨不得立即飞回山西老家。好在回去后见到了咱妈，妈告诉我她为什么想自杀，就是不想给咱们添麻烦。听了妈的话，我失声痛哭。
>
> 大哥，人常说"忠孝不能两全"，这话我不应该说，可现实就是这样。妈经常给我说的一句话是"把公家的事情要当回事，不要操心家

里"。我知道父母期望儿女有出息，可要有出息，就得做有出息的事呀。

大哥，你不了解水利人的工作特点，在实际工作中，也许你的一个建议或者一个点子，一个应急方案，就能救下几万人的生命和大量的财产，特别是我们这些技术人员，面对灾难，有时很重要。比如2003年陕西境内的汉江、渭河抗洪过程中，你弟就独当一面，提出汉江、渭河上几座大型水库实时调度方案，把位于秦岭以南汉江干流上的安康水文站水位控制在247.96米，两次避免淹没3.7万人，还把渭河洪水位降低0.62米，洪峰推迟1天多时间，避免发生更多的堤防决口。

大哥，我给你说这些，并不是希望你宽恕我，也不是想为自己开脱，我是想把我心中对母亲的愧疚说出来。

2018年，组织让我到这个村扶贫，作为一个党员，我必须要坚守在脱贫攻坚一线。我们水利厅先后给这个村子投资1000多万，我们要是不坚守岗位，把政府投的钱用好，咋对得起组织的培养和信任，咋对得起村民的期盼呀。

大哥，你也是当过干部的人，也是党员，农民生活有多艰难你比我清楚。特别是我所在的这个村，扶贫之前很多村民住在山坡上，几十年没有放心水吃，更谈不上粮食丰收，现在国家扶贫，每个农民从心眼里多么盼望脱贫改变自己的命运。碰巧在这个年代，咱担当了这个角色，国家安排咱干这个事情，咱就应该干好咱该干的。我常常想，虽然我能力有限，没有让妈妈享受更好的生活，但是我按照老人对我的期盼，踏踏实实做人，在工作中发挥了能力，做出了贡献。老人了解我，也肯定我，因儿子的所作所为而自豪。想到这一点，我觉得心里宽慰很多。

大哥，我之所以写信与你解释沟通，是因为我实在太忙，平时电话中三言两语说不清，有些事也不好意思说。今天晚上我静下心来，给你写这么多，希望你仔细看看想想，多理解兄弟。你也可以将我的信转给其他兄妹，让他们看看，他们就知道我在忙什么，为什么不能陪在母亲病床前。我的目的只有一个，希望大家互相理解，互相鼓励！希望大家把日子过好，把晚辈带好，不辜负咱妈咱爸对咱们的心意，兄弟姐妹间减少些埋怨……

三弟：乃立

2021 年 3 月 18 日

深夜于淳化县丁户塬村

耿乃立没有告诉我他大哥是否原谅了他，但我想，他的大哥作为一个生长在农村且担任过村干部的人，看到这封情真意切的信后，一定会原谅自己的弟弟，因为弟弟所做的事，也是他所希望的，因为他是土地的守望者。

五、季万才，解开了山民心结的驻村书记

产业发展起来了，苹果个头大颜色好看了，几百亩花椒园已全园挂果了，数千头生猪、几百只奶山羊富了一批人，冷轧核桃油成为网红产品，小麦、玉米也连年丰收了。

经过 5 年的扶贫，丁户塬人真真切切地感受到扶贫改变了自己的命运，他们没有想到，自己厮守了几十年的贫瘠土地，今天会出现这样的景象，人人见了扶贫干部，脸上都带着笑。

耿乃立明白，村民们在庆祝扶贫带给自己的收获时，喜悦的脸上还有些微的忧悒。果不其然，这一天，村干部找到耿乃立对他说，啥都成了，路修通了，运输也方便了，可这些好东西得从这山里拉出去卖给谁呀。

耿乃立站在村委会门外夏日温和的阳光中，看着眼前的丰收景象，心里同村民一样乐滋滋的，但他细细地琢磨着村干部的话，他知道村干部的担心。他鼓励他们说："既然扶贫能让丁户塬贫瘠的土地上长出了好东西，我们也就能将好东西

卖出去，咱得吆喝呀。"他们几个重新走进办公室，大家坐定后，耿乃立说："现在不比农业社时期，乡上村上安排种啥就种啥，种出来靠供销社收购，现在要买什么都是在网上，产品由快递直达用户，我们要适应这种变化。酒香不怕巷子深嘛，告诉大家，一定不要多虑，咱扶贫工作队，从今天起，就想办法帮助大家打通农产品网上销售通道。"

正在村民们为自己不会销售农副产品发愁时，水利厅又给他们派来一个第一书记，这个人的到来，就是专门帮他们出售好东西的。

2019 年 7 月，厅里下属的渭河生态办科技处副调研员季万才接受了厅里安排，担任了丁户塬村的第一书记。

季万才到村上后，耿乃立领着他在村上仔仔细细地查看了整整三天。季万才向耿乃立提出先看村民的吃水情况，他说："为村民解决问题是咱厅里扶贫的头等大事，你说咱来自水利厅，如果供水没有到位，那就没法给大家交代。"查看完村民的吃水情况后，季万才感叹道："真没有想到，前面的同志做了这么多了不起的事。这么个苦焦地方，家家户户竟然吃上了自来水。"

季万才关心大家吃水问题自有他的道理，因为他从小生长在渭北旱塬上，渭北塬上人吃水的艰难和困苦，他从小就经历和体验过。作为一个在缺水吃的旱塬地区成长起来的水利干部，他和厅里的所有同事一样，心中惦念的还是村民的吃水问题。

两人来到九倾塬，看过几户村民的家庭后，耿乃立告诉季万才："厅里包扶的是丁户塬，包括咱们的厅长、处长等 40 多人，人人都有包扶户，有很多领导真的是用心了，许多人自掏腰包动不动就是几百上千地给这些贫困人员。你看到眼前的一切，绝对不是谁一个人的功劳，是厅里大家的功劳，前面咱厅里安排的驻村扶贫人、驻村第一书记王晓辉、赵川、李刚、郑坤等，都在这块土地上流下汗水。年轻的李刚，为了把工作做扎实，没黑没明地加班，那时候就他一个人，硬生生地累倒在这里。特别是和我在一起相处了一年多的郑坤处长，为丁户塬人吃上自来水，想了许多办法下了不少苦，咱们的几个厅长，隔三岔五地到这儿来安排、部署、督战、查检。"

在返回村委会的路上，耿乃立对季万才说："你看，这个村目前水、路、电、网络、住房、产业、医疗等等都发生了翻天覆地变化，村子也基本脱贫摘帽了。现在要干的事情是巩固脱贫攻坚成效，对接实施乡村振兴。咱们村子苹果、花椒、奶山羊产业发展起来了，包括最近两年700亩土地流转"因果在山"苹果园也建好了，今后的问题是农产品如何卖出去，能不能卖个好价钱。现在干什么事都离不开网络，群众不会网络营销，这样不行。我们一起联手，在离开村子前一定把网络销售电商搞起来，要让群众认识并适应电商，把厅里交给我们的任务完成好。"

他俩在村里的山水间一家一户地查看，先后查看了上丁户、下丁户、宋家凹、北凹、九倾塬几个村民小组，又看了所建成的苹果园、花椒园和三个养殖场。看着压弯枝头的苹果，嗅着漫溢在山风中花椒的清香，耿乃立对季万才说："你来可是有大任务呀季书记！你也看到了，我们的扶贫有了成果，可群众现在最担心的是这些东西咋样才能卖出去。原来村上搞了电商，总感觉发挥的作用不太明显，你比我年轻，主意多，这回全看你的了。"

季万才望着游荡在爷台山顶上的白色云朵想了一会儿说："咱一起想办法，一定要把这一块搞起来，要不咋对得起前面来丁户塬做出贡献的同事们。"

两人走访了村上电商部，看见几个年轻人在忙碌，季万才一边了解销售情况，一边查看了所卖的产品，得到自己想要的信息后，他与街道办的干部进行了座谈，将自己的想法与镇上领导进行了交流。

有天晚上，万籁俱寂，村民们早已进入梦乡，季万才将耿乃立叫到生态涝池边。季万才说："总的思路对着哩，但是难度不小，村里灵醒年轻人多数都外出打工了，留在村里能玩电商的年轻人太少，必须培养至少10个年轻人才行呀。我是这样想的，咱是不是要突出咱厅里几十个处长包扶一个村的特点，想办法更好地发挥这些处长，在消费扶贫上再做文章。这是咱们的优势呀，政府下这么大的力气搞扶贫，目的是什么？还不是想让农民将实实在在的人民币装进自己的口袋？只有这样，才能真正达到扶贫的目的。"

听了季万才的想法，耿乃立说："授人以鱼不如授人以渔，咱们得想办法教给丁户塬人在网上卖货的方法，实现网上销售农产品也可以说是长效帮扶。咱们是搞水利的，真的要搞网络营销，向群众教网络营销，咱还得学。我们先去淳化大槐树村看看，这个村是中国银行帮扶的，村支书以前在外面闯荡过，近年回到村里带领大家搞电商，效果非常好。有一次县上扶贫会议上他介绍过做法，咱们去学学人家的经验。"

季万说："好么，咱明天就去。"

第二天，两人组织了村干部和村上搞电商的年轻人，开车前往大槐树村。进了村委会大院，大院里一派忙碌景象，村民们正在用包装箱装桃子。他们找到村支书，村支书一五一十地向他们介绍了情况。看着装桃子的人戴着口罩，季万才好奇地问，这么热的天，大家咋还戴着口罩呢？村支书告诉他们："这是帮扶我们村的工作人员的要求。"在听取村支书介绍时，季万才一边听一边记。他问村支书："你们这样做销售情况到底咋样？"村支书开心地说："当然好了。你们现在只看到我们的桃子，其实村里的鲜果、干果、杂粮等早已远销北上广。"在回村的途中，季万才对坐在车上的几个人说："看起来那个村支书和咱们一样，可人家的东西卖到了北上广，不得不承认人家比咱们动手早，回去后，咱们也得迎头赶上。"

之后，季万才便开始忙碌起来，他先对村上成立的公司进行了分析并提出改进建议，引导经营公司的周斌、刘军利建立了规范制度、宣传办法及销售措施，还将经营业务重新做了调整。之后他又从外边请老师来村上讲课。村民听说请了专家来教大家如何利用网络销售产品，个个争先恐后地往村里的教室跑，生怕自己占不到好位置。一时间，村委会会议室人挤得满满当当。季万才安排年轻人坐到前面，有些老人有意见。他对村民说："我们请来的老师，除了教大家如何采摘、加工、包装、运输，更重要的是教我们如何在电脑上操作销售产品。为什么要让年轻人坐到前面，主要是让他们给咱把在电脑上销售产品的技术学会，如果掌握不了电脑技术，大家采摘得再好，包装得再美，也没有办法往出卖呀。"

听季万才如此说，许多老人急忙将抢到前面的座位主动让给年轻人。有个老人站在人群中笑着说："大家听季书记的，对着哩，如果年轻人不会在网上操作，那咱们的东西还是卖不出去，大家说是不是呀？"

几场培训下来，村民热情高涨，季万才看到了希望。他高兴地对耿乃立说："真没想到，丁户塬的村民对网络销售热情这么高，令人不敢相信。"

耿乃立说："这里群众基础好，有几个方面因素，一是大家穷怕了，渴望脱贫的心情迫切；二是前面厅里同志工作做得扎实，通过解决一件件丁户塬人老几辈子没有解决的问题，增强了大家对驻村干部的信任感。这就是老百姓，你为他解决问题，他就拥戴你，听你的。百姓的心是最善良也是最容易被感动的，等咱们帮他们将农副产品卖出去后你再看，大家更拥护咱。"

紧接着，季万才对产品包装做了设计，对村里出产的产品进行严格筛选，严把质量关，并对所有产品进行成本核算，引导电商经营者定价。为了熟悉体验网络销售流程，他干脆注册抖音，开直播帮村民带货。

过了些日子，季万才又带着一批村上的年轻人到淳化淳朴纯农业有限公司去学习。公司老板刘军利的女儿，向季万才带去的人介绍了他们主销的产品，其中有苹果、花椒、荞面、挂面、青皮核桃等。季万才听着不住地点头，他告诉老板的女儿："你多给他们讲讲如何突出产品卖点，再给他们讲讲如何诚信做生意。你给他们讲，比我给他们讲意义大，他们记忆会深刻一些，因为你讲的都是些成功的经验。"

通过参观学习，丁户塬的年轻人回到村，按季万才的要求重新对产品包装做了定位。到了这年秋天，村上的农副产品大部分走上了网络销售的路子。

2021年3月25日，在丁户塬的移民新村，正在摘菜的村民祝淑艳对我说："要说把我们种的东西实实在在地卖出去，我们的季书记那可真是下了功夫，他除了帮我们搞活电商外，还将我们的产品一车一车往城里拉，淳化、咸阳、西安，哪儿有销路他就往哪儿拉。我听我们村长说，就连季书记的亲戚朋友同学，也没有少买我们的产品。特别是他们水利厅的人，逢年过节，他想着法儿把我们的东西往人家办公室塞。我们也知道，有些东西可能城里人需要，有些东西不一定适合人家城里人，也许人家并不稀罕，可我们村里人心里亮清呀，那都是在帮我们哩，用心帮我们哩。过去我们也经历了好多扶贫，哪有现在这样干的呀，帮我们种，帮我们收，教会我们管，帮我们卖，用我们丁户塬人的老话说，那就是一竿子插到底。你说，扶贫的人付出这么多，我们这些贫困户，谁心里没有账，都记着人家的好哩。他们虽然是在执行政策搞扶贫，可他们也是真心盼我们好，我们能感受到呀。我告诉你，自我们的农副产品卖出去后，我们村上有几个年轻娃都从城里回来了。有个娃娃给我说，他做梦都想在家门口创业，说是在城里钱好挣，可要看人家的眉高眼低，心里不瓷实，哪有在家门口在自己的土地上自己当老板挣钱安然自在？"

丁户塬人的担心像一抹愁云，而季万才宛若一股从爷台山东边吹过来的劲风，用自己的行动，吹散了笼罩人们心头的愁云。

自从 2019 年盛夏来到丁户塬后，为了解决村民农副产品销售的后顾之忧，季万才的确没少下功夫，他和耿乃立一边组织村民学习新东西，一边加强巩固"两园三区"建设成果，不断扩大种植面积和养殖规模。他们从抓田间管理到抓科学收储、运输，不断地对村民进行不同产业知识技能培训，特别是在农副产品销售上，只要有一线希望，他就会见缝插针地抓住有利时机。

为了使村上产的花椒保证质量能卖上好价钱，季万才各方奔走，为村上争取回来两台大型花椒烘干机和真空包装机。

2019 年春节临近时，季万才和厅里联系，想将村上贫困户种的蔬菜和农副产品卖给厅里职工。腊月二十七日下午，他接到厅里电话，说厅里的干部职工都愿意购买丁户塬的农副产品。那天下着大雪，接到电话后他兴奋地告诉村民："大家可以过个好年了！"转身便号召村民组织货源，之后领着两个村民拉着蔬菜和农副产品送往西安。到西安后，他先帮两个村民在尚德路附近登记了住处，计划第二天将蔬菜和农副产品送交到厅里职工手里。哪知道他刚安排好两个村民，突然接到淳化县政府办的电话，打电话的人告诉他，每个村的驻村书记明天必须到县政府开会，任何人不得请假缺席。季万才给两个村民交代了如何将农副产品送到厅里并安排厅里的同事对接后，开着车冒雪返回淳化。由于他的车没有安装防滑链，过了淳化县城往村里走时风雪更大了，雪覆盖了崎岖的山路，遇到陡坡车不断地打滑抛锚，有几次车在雪地里打转转，差点掉到深沟里。实在没有办法，季万才打电将情况告诉了耿乃立，希望耿乃立想办法找个带防滑链的车来营救自己。耿乃立接到电话后，立即带上村民保荣和阿金，开来了带防滑链的车，沿路寻找季万才。哪知道风雪大得他们看不清路，还没有找到季万才，自己开的车途中失控，在一个山坡处竟然旋转了 90 度。耿乃立三人好不容易找到季万才，眼看快到跟前了，耿乃立开的车刹车失灵，不断地在雪地上漂移，一下子漂移了好几米远。几个人好不容易为季万才的车装好防滑链，季万才的车却打不着火了，检查发现车的电瓶亏电，发动机无法点火启动。他们打电话求助汽车修理人员救援遭拒绝后，只好开着耿乃立的车，到县城买来电子点火器。从县城返回途中，耿乃立的车在陡坡弯道处，又一次打滑失控，车在雪地里旋转了180度。没有办法，耿乃立只得冒着危险，艰难地摆正方向盘，勉强将车开到季万才的车跟前。在零下十几度的寒风中，几个人光着手给季万才的车安装点火器，由于时间太长，趴在车下的人的裤子冻得和地上的泥土粘在一起。几个人在风雪里忙活了整整4个小时，季万才的车才终于发动了。他们本想回到村上整理明天开会用的资料，想想来时山路上的惊险，便决定直接到县城先住下。几个人好不容易到县城后住进旅馆，每个人的手脚都冻麻木了。他们烧了热水烫了手脸和冻僵的脚，又整理明天开会用的资料。第二天早上，当耿乃立再次坐进驾驶室时，却开不了车了，他总感觉车在路上不停地旋转。

季万才对我说："那次遇险真是万幸，说实在话，还真是差一点我们就光荣了，现在想想真后怕啊。"

九倾塬组的残疾老人说："这个季书记呀，说起来是个城里的干部，可做起事来，就是实实在在的村书记，他和耿队长，还有水利厅那个到我们县担任县长的刘县长，他们这些人，一心一意想让我们翻身，光为我们村上的人在外边安排工作就好几十次。就说我儿子吧，过去一直在外边跑，现在好了，季书记他们引来了能人，帮我们建起了果园，我儿子帮人家管理，一个月工资四五千块。这是在家门口呀，就能挣到这么多钱，你说要不是他们，这样的好事，到哪儿去寻嘛。"

为了销售农副产品，季万才没黑没明地来回奔波，母亲住进医院，他也不能在榻前服侍，女儿上学遇到困难，妻子给他打电话，他也顾不上管。好在经过他的努力，丁户塬稳定了产品销售市场，村上的电商也发挥了不可低估的作用。

2021年3月25日，季万才领着我来到下丁户养殖场，场主王平安正在给羊添饲料。看到我们，王平安停下手中活计忙过来迎接，听了季万才的介绍，王平安紧紧握着我的手说："你要是记者，你还真得好好写写我们村的郑书记、李刚书记、耿队长、季书记等扶贫干部，耿队长在我们村时间最长，三年时间真的不容易。是他们改变了我们村的一切。你看，我的羊舍多宽敞，条件多好，水、电、路、网络齐全，我养了这么多羊，年收入几十万，要不是他们，我哪有这些呀。"

据季万才介绍，30多岁的王平安，原来在西安搞汽车修理，2015年看到村上的扶贫干部给村上打了机井，解决了村上人的吃水问题和农田灌溉问题，决然放弃了在西安的工作，回到村上带头开办养殖场。王平安告诉我，这几年下来，他的体会是，在村上养羊，一年的收入，比他在西安两三年挣的钱还多，关键是心里舒坦，没有压力，还能照顾老人和孩子。还有一点，不用看别人的眉高眼低，在城里时，总感觉自己可怜兮兮的，永远都有寄人篱下的感觉，有一种担惊受怕的心理障碍在作祟，老怕做错了什么，还怕别人骗了自己讹了自己。回到村上就不一样了，感觉一切都是那么自然和亮堂，没有在城里背负的那种压力，人是熟人，对山水林田路都感到亲切，你就是遇到什么困难，吆喝一声，大家都会来帮你。特别是这几年，自己通过养羊，成了致富能手，人人看自己都是一种羡慕的眼神。这种感觉，就是在城里待上一辈子，怕也不会有。

眼下，王平安圈里的羊存栏达到230只，不光羊奶和羊能卖钱，羊的粪便也成了抢手的农家肥，整车整车地往外卖。回乡创业的王平安，近期还收获了甜蜜的爱情，当了新郎官，父母高兴得合不拢嘴。与王平安的羊场毗邻的一个养牛场里，几十头肥壮的牛正在吃草。牛的主人告诉我，他原来也是在城里打工，后来村上通了自来水，他回来养牛，现在一头牛卖一万多元，他一年的收入也好几万。

在回村委会的路上，季万才说，他的体会是，扶贫不光靠产业发展提高了农民的收入，最关键的是盘活了土地，改变了农民的生存状态，唤醒了农民对土地的热爱，就像刚才王平安所说，激活土地后，农民不但人回来了，更重要的是精神回归了。"咱有时在城里看到许多农民，比如一些摆地摊的，为了省钱多挣钱，不守规矩，心里多少还有些怨他们，可当你深入乡村，真实地了解农民后，你会感觉这些人和他们在城市的状态完全是两回事，他们勤劳朴实而真诚，对生活抱有热情，对未来充满幻想。我也一直在思考农民和土地的关系、农民与城市的关系、扶贫与农民的精神回归之间的关系，我把自己的思考，记录了10多万字，如果将来有机会，计划出一本书，也算是扶贫工作，除了帮丁户塬人搞产业发展、销售农副产品之外的另一种收获吧。"

第四章

饮水安全　民心所向

一、饮水安全，生活之本

在陕西，从第九个"五年计划"开始，到第十个"五年计划"结束，政府用了整整10年时间，倾力解决农民饮水问题。虽然使许多农民从无水吃到有水吃，大部分地区农民还吃上了自来水，但随着地球气候变暖和水质的不断变化，关于饮水安全、用水质量，农民还有太多的渴望，政府还有许多工作要做。

2006年8月25日，在全省召开的加快解决农村群众饮水困难电视电话会议上，袁纯清代省长谈到："水是人类赖以生存的宝贵资源，是经济社会发展的重要基础。饮水安全事关农村稳定和农民的身心健康，是农民群众最关心、最直接、最迫切的现实问题。我省水资源十分紧缺，农村群众饮水问题更为突出，长期以来广大干部群众为解决农村饮水问题进行了不懈的努力，特别是'九五'和'十五'期间，通过实施'甘露工程'和农村人饮解困、防氟改水等项目，农村饮水条件和农民卫生健康状况有了一定的改善。但随着经济社会发展对水资源需求的进一步增加和饮水安全标准的提高，目前全省仍有1306万农村群众饮水达不到国家饮水安全标准，占全省农村总人口的47%，其中296万农村群众仍然存在吃水困难的问题。"为了切实解决这一突出问题，省政府决定，把解决农村群众饮水困难、保障饮水安全作为推进社会主义新农村建设的重要内容，加大投入力度，加快工作步伐，力争用5年时间解决650万农村群众的饮水安全问题，将原来规划在"十三五"前解决的296万群众饮水困难问题，提前于"十一五"期间解决，使全省农村饮水安全人口达到2120万人，占全省农村人口总数的比例由"十五"末的53%提高到76%，农村自来水入户率由"十五"末的34%提高到45%，为"十三五"前解决全省1306万农村群众饮水安全问题奠定基础。

为什么陕西省政府要将农民饮水看得如此重要？回顾历史，总结经验，主要基于以下几方面的考虑：解决农村群众饮水困难，是改善农民生产生活条件、保障农民身心健康的迫切需要。当年，陕西全省存在饮水困难的 296 万农村群众主要分布在陕北白于山区、黄河沿岸土石山区、渭北旱塬和陕南秦巴山区。长期以来，这些地方的群众吃水多靠打窖、收集雨水。每逢干旱季节，他们只能翻山越岭到离村庄几公里甚至十几公里的地方人担畜驮，耗费大量的人力、物力和财力。在陕北白于山区，不少家庭的精壮劳力，放弃外出务工创收的机会，每天固守家门，起早贪黑挑水拉水，一个家庭每年因取水用水耗费工日 50 多个，严重束缚着农村生产力的发展。而陕南山区虽然水资源相对丰富，但地形复杂，人口居住分散，群众多沿沟坡地带居住。当时袁纯清这样描述陕南农民饮水现状："听水响，看水流，然而吃水贵如油。"那时候，在黄河沿岸土石山区和渭北等地区，还有一部分群众饮用的是高氟水、苦咸水、污染水，许多群众因水而苦，因水而贫。特别是在干旱和农忙季节，群众争水抢水，矛盾时有发生，有的地方甚至发生械斗事件，影响农村安定团结。加快解决农村群众饮水困难，是统筹城乡发展、推进社会主义新农村建设的重要内容。在那次会上，袁纯清特别强调指出，基层干部要把加快解决农村群众饮水困难、保障饮水安全，放在与解决群众温饱问题同等重要的位置，作为造福群众的"民心工程"来抓。他要求基层干部，结合本地实际，真正将"民心工程"组织好、实施好、管理好，尽快改变农村群众饮水困难局面，把党和政府对群众的关怀与温暖送到千家万户。

一个省长对解决农民饮水问题的拳拳之心，不但展露在灯火辉煌的大礼堂里，也回响在每位参会人员的心中。也是从那时候起，在广袤的三秦大地上，一场以解决农民吃水难的问题为主题的大戏拉开了序幕。

自 2006 年到 2016 年，特别是在"十二五"期间，陕西省委、省政府把解决农村饮水问题列为"八大民生工程"之首。省政府提出，让所有农村居民喝上干净的水，是各级人民政府义不容辞的责任。"十二五"期间，陕西省政府累计投入资金 81.3 亿元，建成各类工程 1.4 万余处，使 1429 万农村居民喝上了安全放心自来水，自来水入户率达到 87%，水质合格率提高 30%。在"十三五"期间，陕西省农村饮水安全项目累计完成投资 118.68 亿元，建成工程 2.06 万项，解决 146 万户建档立卡贫困户饮水安全问题。105 个县区设立了工程专管机构，92 个县区出台了"量化赋权"改革方案，879 项工程实行企业化管理。2020 年，全省农村集中供水率达到 90% 以上，自来水普及率达到 90% 左右；水质达标率整体有较大提高；日供水规模 200 立方米以上的集中供水工程供水保证率不低于 95%，其他小型集中供水工程供水保证率不低于 90%。实现水质监测检测双覆盖，基本实现农村饮水工程管理规范化，确保工程良性运行，长期发挥效益。

二、秦岭生香溪，清流润西安

蒋伟：让西安人吃上好水是我最崇高的理想

第一次见到蒋伟是在黑河水库一个小型座谈会上。散会后，在公司领导的安排下，他和焦斌领着我去了金盆水库坝面，在库水泛起的清波中，看到了几只蓝色和白色的漂浮船。我问蒋伟："你们要管好这一库水，一定付出了不少吧？"蒋伟点点头领着我们走近坝埝，望着水库对面摇曳着黄叶和红叶的秋山，像诗人一样动情地说道："为了保障库水纯净，保证西安市民喝上安全水、放心水，记不清我们有多少次好不容易回家刚端起饭碗，接到电话，马上放下饭碗就往水库奔，记不清多少次黎明起身，脸也顾不上洗，牙也来不及刷，一边穿衣服一边往水库跑。记不清多少次，酷暑难耐，与蚊虫共舞，和科里的同事打着手电，沿着河道打捞烂草和树根，与钓鱼人说危害讲道理。记不清多少个月朗星稀、寒风刺骨的深夜，与狩猎人在山林里斗智斗勇来回周旋。记不清多少次被荆棘划破手臂，还要在有限的时间内，将河道防护网断掉的铁丝一根一根重新接上。每场暴雨过后，我们为了与时间赛跑，饭顾不上吃，觉顾不上睡，昼夜连轴转，想着早日将山洪冲下来的枯木树枝尽快打捞干净，保证这一库水的清澈。这就是我们无数个平凡的日日夜夜。在别人看来，我们的工作日日月月年年周而复始，意义不大，可当我每次从这终南山下回到西安城里，看到街道上鲜花盛开、绿树成荫、霓虹闪烁，人们幸福地在广场上跳舞，恋人在花前月下漫步，我便在心中对自己说，这些人的幸福生活，我们黑河供水人也出了一份力呀。望着眼前的一切，那些苦和累会在一瞬间化为乌有，内心剩下的只有满满的自豪感。"

听完蒋伟动情的讲述，几个同行者夸他有才情。他却问我这样汇报行不行。我开心地说："当然行，你这么一抒情，省得我动脑子找词汇形容了。"

之后蒋伟给我转发了他们在 2022 年汛期打捞水库漂浮物的照片。蓝天下，一群年轻人头顶骄阳，手持铁耙站在蓝色清漂船上，将雨后水面上漂浮的大量枯木树枝，吃力地往船上挑。至此，我才完全了解到蒋伟所领导的水源管护部具体是做什么的。而蒋伟却说："这只是我们工作的一小部分，我们不光清理枯木树枝，更多的责任是保护这条从太白山流下来的河。"

后来，蒋伟告诉我："大学毕业后，一下子跑到这个地方，不能与家人在一起，不能与妻子漫步在城市的绿荫下，不能在老人跟前尽孝，后来有了孩子，也不能陪其左右。我一直在思考，这是不是我的理想。时间一长，经过思考，经过自我意识打磨，加上公司党组织不断组织大家学习老黑河人默默坚守供水一线的奉献精神，我才真正认识到我们工作的意义。因为有了我们，西安城的人才能生活得更加幸福。后来我还在想，'80后'到底能为这个国家做些什么？想了好几年，终于想明白了，你说咱不是科学家，不能造卫星上天，那咱把本职工作做好，发一分光，发一分热，不是也在为国家做贡献吗？就像我们说的，西安那么多高楼大厦拔地而起，高楼里的家家户户，哪一个水龙头流出的自来水不是我们送过去的，没有我们，千家万户的生活如何保障？想到此，我如梦方醒，一下子来了精神，可不是嘛，偌大的西安城，没有我们坚守供水一线，那些人该如何生活呀。从那时起，我就想，既然来了，就要安心扎根，要干就要干出个明堂。这不，10多年过去了，虽然有苦有累，但想到自己的神圣使命，内心还是非常激动和满足的。"

说起蒋伟，同事们都说那可是一个实实在在干事的人，不但能吃苦、点子多、有魅力，还特别有爱心。据同事介绍，蒋伟自从参加工作以来，从来不在领导和同事面前叫苦叫累，多大的困难在他那儿都不算事，遇到难事准是他第一个带头向前冲。

2020 年汛期，太白山脉连续多日强降雨，由于持续时间长、雨量大，水库坝前聚集的枯木树叶青草达到 16000 平方米。雨还没有停，蒋伟就带着全科室同事，放弃周末和休息时间，启动清漂船，对坝前水面漂浮物进行打捞。大家从天刚亮一直打捞到夜幕降临，每天连续工作 14 个小时，一帮人居然一口气干了 20 余天。在此期间，他们肩膀上被太阳晒得起了皮，双手被磨出厚厚的茧子，双臂累得每打捞一次枯木树枝上船要疼得出一头汗，即使这样，他们也从没有休息过一天。当打捞到最后一天，大家从船上攀上坝面，个个累得浑身没有一丝力气，一帮人像晒鱼干似的，瘫在地上。蒋伟看到大家的样子笑着说："我们终于战胜了灾情，但我们还不能松气，坝面上的杂物没有了，雨下得这么大持续时间这么长，大家喘口气，我们还要到河道去巡查，看看这场雨还给我们带来了什么新的任务。"第二天，大家再次分组行动，沿着几个流域巡查。蒋伟一边打捞清理河床，一边查看防护网根基是否牢固，一干又是十来天。

"这就是我们的使命啊，我们如果不把事当事做，那西安成千上万的居民吃水就真成了问题。"这是蒋伟的口头禅。

蒋伟对我说："2020 年那次工作量还不是最大的，比那次雨后河道漂浮量大的有许多次。好在我们这一帮子年轻人，个个都是好样的，因为他们知道自己肩上的责任。"他说："水源管护责任重大，谁都知道和理解，但责任不光要写在纸上、挂在嘴上，作为负责人，我必须亲力亲为才放心，要不晚上睡不着呀。有时巡查时，看到河床或者防护栏出现问题，一时解决不了，大家真的睡不着呀，有时做梦，都是在忙碌着打捞枯木树枝或者在山里巡查。"

据同事介绍，在夏季亲水人员较多的情况下，蒋伟要求大家加大值班巡管力度，常常采用"水陆"巡查相结合的方式，每天下午安排专人对重点路口进行蹲守，严防钓鱼、游玩等亲水人员进入水源保护区。据不完全统计，近几年，蒋伟对全长 21 公里的围网巡查累计达 5000 余次，制止钓鱼及游玩人员 4000 余人，收缴鱼竿 100 余副；对水源地一级保护区围网检查 3600 余次，修补围网 1000 余处。

身为水源管护部的带头人，蒋伟在工作中不断探索和创新，他推出的日常工作具体抓、节假日工作突出抓，结合周围环境特点，对一级保护区实行"早巡补、午蹲守、晚打击"的创新模式，得到了各级领导和同行的认可。蒋伟说："我们其实不仅仅是在管护水源，也是遏制亲水人员的违规行为，防止溺水事件发生，不但要确保水源的安全，更要确保人身安全。"

为了提高周边群众的爱水护水意识，多年来，蒋伟先后组织开展了世界水日、中国水周、西安生态日、"迎接绿色十四运，当好秦岭生态卫士"等水源地保护活动，通过散发传单、张贴公告、现场劝离、批评教育等方式，呼吁周边群众提升文明素养，爱水护水不亲水，共守一湖黑河水。为了使更多人了解护水的意义，蒋伟将工作中的体悟写成文章，发表在媒体上，先后有3篇文章被《中国水利报》刊登。他的文章通过陕西广播电视台今日点击、《华商报》、微博等资讯平台传播，起到了良好的宣传作用。

5年前的一个寒风刺骨的冬天，蒋伟带着同事巡查时，在一条荒凉的山沟里遇到70多岁的王永富、张金莲夫妇。他看到两位老人居住在20世纪80年代所建的土木结构梁腐栋蚀的破烂瓦房里，心里很不是滋味，回到单位后，彻夜难眠。他在想，有什么办法能帮到老人呢？想了一夜，终于想了一个好办法。第二天，他便开始组织"爱心你我接力，为您暮年添彩"活动，组织员工出钱给保护区的老人送去了米面油和被褥等生活用品，并帮老人将住房进行了修缮。此善举被省内各大报纸先后报道，给了蒋伟很大启发。之后，他还加入了网络募捐，为社会弱势群体做了许多善事。

2020年，突如其来的疫情暴发后，蒋伟迅速做出反应，他先在部门成立了党员先锋队，调派工作人员对水域加强巡查，严密监测水质。在他的带领下，科室全体员工始终将"疫情防控使命之所牵，爱水护水初心之所萦"作为人生价值取向并融入血液里。他对大家说："保护清水入长安，是我们职责，我们要像保护生命一样保护水。这次疫情，是每一位共产党员的初心淬炼，我们要以百倍的信心打赢这场没有硝烟的'战疫'，管好源头水，为全市人民抗疫做出应有贡献。"

38岁的蒋伟，历任黑河金盆水库管理公司党支部组织委员、纪检委员、水源管护部部长。十几年如一日，为守护一库清泉，任劳任怨、默默奉献，在平凡的岗位上，以博大的胸怀和真切的爱，对待同事和工作，曾荣获西安市"应急值守先进个人""市国资委优秀党员""市环保局环境保护先进个人"等荣誉20余项，其带领的水源管护部获得"西安市国资委共产党员示范岗"等荣誉。

王森：我们的责任就是保障人民的生命财产安全

2022年10月25日中午，在黑河金盆水库的坝面上采访时，我初次遇到王森，那时候他正带领着机电设备科员工在维护泄洪设备。我们刚到泄洪塔，就听到金属敲打的声音，宛若音乐般在山谷回响。沿着泄洪塔闸室外侧约30米高的铁制楼梯攀爬上去，我已经累得喘不过气儿来，可王森和焦斌依旧健步如飞。

王森对我说："走这样的楼梯，比走我们自家的楼梯还要熟悉，哪儿有钉子、哪儿有防滑塄全在心里装着。"王森领着我们上了二楼，我们看到金盆水库大部分水域。王森指着从几条沟汇集到库区的绿汪汪的清水对我说，这一库水呀，才是真真切切的矿泉水。随后王森又带领我们下50米的竖井，进入闸室底部去看水库泄洪闸门。那是一个幽深的竖井，只看到竖井里许多穿着工服的工人正在检修机器。我对王森说："咱就不影响工人操作了。"我们一行到水库坝面上，看着水库中微风吹动的涟漪，王森说："李老师呀，你现在看这景观是不错，可一到汛期，全靠我们这些水库人了，特别是去年雨水相对充沛，还有前段时间连续下大雨，为了保护水库搞好泄洪，我们科的人几乎是连轴转，没有休息日，也不敢休假，我们都怕呀，虽然我大学一毕业就到了这里，可年年只要到了汛期，心里就装着个'怕'字，可以讲，这10多年来，是揣着'怕'字在工作。特别是公司让我负责泄洪防汛这块以来，只要看到天变了脸色，我感觉自己像患了病似的，吃饭睡觉都难得踏实。"

别人也许不理解王森的怕，当我了解了他们的工作性质后，我理解了他的怕。那种怕是一份责任。我想如果每个人都能到黑河水库坝面去走一圈，看到那深不见底的泄洪洞，会和我一样理解他所说的怕。

之后，王森指着水库坝面声音低沉地说："10多年来，我对这个岗位投入的感情要比对家对老婆和娃投入的感情多，家里的事我说不清，可你要说到我们的设备和人，可以说我了如指掌。"

王森2004年参加工作后直接到黑河金盆水库，妻子宫霄同样在黑河输水渠道管理公司将军山管理站工作。王森在机电设备科一待就是18年。18年里，12次被评为西安水务集团和水库管理公司年度先进个人，6次被评为优秀共产党员，有一年还被评为优秀党务工作者，他不但担任了设备科科长，还是公司党支部第二党小组组长。

天底下任何荣誉都是实实在在干出来的，任何事任何人，没付出又怎会有收获。说到付出，我的话似乎触动了王森某根感情线，他看着对面的青山想了一会儿，扭过头看着我说："要说这些年，把精力投入工作中，真正亏欠了孩子和老人，最令我头疼是孩子上学问题，别人家孩子每天上学都是父母轮流送，可我和爱人都在这里工作——爱人在鄠邑区山里的水源地。多年来，我们俩几乎没有送过儿子上学，更别说开家长会了。儿子一直埋怨我们，说同学们瞧不起他，可有什么办法呢。不光我，我们公司的员工都是这种情况，像我们这一拨40来岁的，都存在这样的问题，公司其他同事也一样呀。儿子12岁了，一直由岳父岳母替我们带，从幼儿园到小学，我和爱人送娃上学的次数屈指可数。2009年，岳父做心脏支架手术，一次放了7根支架，那时候工作正紧，我只在做手术那一天照看了一下，便又匆忙回到岗位上。这件事过去十几年了，总感觉对不起他老人家。但有啥办法，我们撑着西安市70%的居民用水，特别是我们这个科室，不仅管供水设备，还有汛期防汛泄洪职责，如果有一点闪失，谁能担起责任啊？我们有时看电视，看到哪里出了什么事故就心有感触。有人总说我负责，可我对我们的员工说，我们的岗位一旦有了闪失，谁也负不了责，我们就是有十个脑袋也负担不起一次事故责任。"

在常人眼里，泄洪不就是放水吗？可泄洪还真不是简单的放水。在泄洪塔闸室内，我看到墙上有许多荣誉牌子被职工擦得一尘不染。据工友讲，他们科这些年之所以能被评为水务集团和公司先进科室，那是王科长一手"抓"出来的。我问在一旁给我们拍照的李二航："你们科长是如何抓的？"他笑了一下说："他担任机电设备科负责人后，只要一有空，就组织大家学习业务知识，除了学习书本知识外，在液压启闭机大修期间，他还与厂家协商，见缝插针地给我们做液压系统知识培训。我们每一个新人到来，他都要手把手教会系统操作，平时值班有空闲时间，他就组织我们进行技术大比武，促进科室技术交流。我们科长有一个特点就是喜欢书，他常对我们讲，与书为友，使人进步。要想把工作做好，没有别的办法，一个是知道责任的重要性，再就是多学习专业知识，知识多了，你脑子就好使了，处理事时应变能力强了点子就多了。在他的办公桌上永远能看到许多书籍，从专业知识到党的理论书籍，他的空闲时间都浸润于学习之中。而在工作中，他无论做什么事，总是以身作则。他的创新劲头常常令我们眼前发亮、脑洞大开。他要求我们必须定期检查液压设备、起重设备、闸门等，要采取'耳听、手摸、眼看'式的巡检，要像对待自家的孩子一样去珍惜和爱怜，绝对不能放过任何一个隐患点。正因为他这样以身作则地带领我们，我们大家都把他视作兄长和老师。他身上有股子劲儿，那就是炽热的情感，他将那份情感带进工作，传导给我们，我们科室自然就成先进了。"

2020年11月份，机电设备科在王森的带领下，陆续开展液压启闭机大修项目。在项目开始前，王森组织员工反复研究启闭机图纸并前往现场确定设备问题，提出检修项目，积极与厂家沟通，一次次修改技术要求，以国家标准严格要求项目质量。签订合同过程中，他多次驱车前往单位与施工方、监理方洽谈，力求做到项目条款逐项落实，保障顺利签约，项目按时开展。在液压启闭机大修过程中，他发现了多处活塞杆报废情况，及时与第三方检测单位沟通，调整项目方案。新制活塞杆过程中，他亲自监造，力求每一环节精益求精。在时间紧任务重的情况下，他以高度的责任感、使命感，有效地开展并圆满地完成了液压油缸大修工作，为保证水库安全度汛和高峰供水打下坚实的基础。

2021年疫情期间，为做好水源应急保障，金盆水库决定春节期间轮班值守。那时王森正好在家里，但他对单位的事还是不放心。除夕，本不该他值班，可他与家人道别后，驱车70多公里回到水库，带着职守人员巡防东西大门，关注设备运行情况，进入闸门区域巡查闸门。他说："水库的安全，关乎西安市居民用水安全，过节期间，正是人们欢聚的时候，疫情已经使大家很闹心了，如果用水再出了问题，那可不是一般的责任。这样的关键时刻，就是让我在家与家人一起过年，我也过不好年。"疫情紧张，王森在水库上连续工作两个月。科里同志对他说："你这样做太对不起家人了。"王森说："身为科室负责人，又是党员，在这样的特殊的时期，我不往前冲，怎么给你们做榜样呢？"

焦斌：与水为伍，是一种荣幸

在黑河金盆水库，有这么一个人，他身材魁梧，走路脚下带风，办事雷厉风行，无论什么工作交给他，他都会不折不扣保质保量地按时完成，大家夸他是一个将军队作风带到了公司的人。

黑河金盆水库管理公司第一党支部书记焦斌，40来岁，2001年入伍后，先后于内蒙古武警总队第四支队特勤中队武警第187师服役，在部队时曾担任班长、军械员、代理排长等职。12年间，参加过非典时期的社会秩序维护、广东海关海上缉私、藏区维稳、汶川抗震救灾、玉树抗震救灾、格尔木抗洪抢险、慕尼黑三国联合军事演习等工作。

2015年1月，焦斌脱下军装，来到黑河金盆水库。在公司8年间，无论是对防汛物资、人事档案管理，还是参与纪检监察工作、书写各种材料等，其表现出的干练作风，深得领导和同事赞许。

焦斌到水库所做的第一项工作便是对库存物资进行整理。在他之前，虽然公司对各类物资的管理要求相当严格，但由于库房和档案做了调整，当时物资、档案存放比较乱。领导让他负责将库房里的各种物资和档案重新整理，并说在三个月内必须完成。

接受任务后，焦斌像一个新兵接到命令似的，一头扎进库房。

黑河水库建成近20年，各类档案的库存量可想而知，如何将档案进行正规化分类管理，对焦斌来说是个新课题，虽然自己在部队担任过军械员，但对于如何将档案归类，心里没谱，只能在干中学。他一边熟悉各类物资的功能作用，一边通过不同渠道寻找相关知识和先进的管理办法。当他有了成熟的想法后，便开始干了起来。

那一阵子正是炎热的七月，为了赶时间按时完成任务，焦斌没日没夜地在库房里忙碌。正在此时，半岁的大女儿被查出来先天性视网膜病变，此病十分罕见，如不及时治疗有失明的可能，而西安各大医院目前尚无法医治，只北京才有治疗此病的医院。妻子焦急地催促他一起去北京给女儿治病。他听后心急如焚，恨不得立马飞回到妻女的身边，带孩子去找全国最好的医生给女儿治好眼睛。可整理库房物资迫在眉睫，集团很快要来检查，如果自己甩手不干，必然会影响公司的计划。这一天，对他来说实在是漫长而苦恼的一天，内心纠结挣扎。一直忙到晚上，回到宿舍他才给妻子打了电话。他对妻子说："我刚到公司，领导把这么重要的工作交给我，这是对我的考验呀，你说我咋能离开呢？孩子的眼病我也很着急，特别想带孩子去看病，只要能治好孩子的眼睛，哪怕卖房、捐献我的眼睛都可以。你先带孩子去看，我这边忙完了就过去。"两个人在电话里聊了许久。妻子想，事实如此，你在部队表现得再好，单位人不知道，刚到单位，的确得让人家认识你。妻子安慰他说："行了，能理解你，工作没多久就请长假的确说不过去，那你好好工作，我带孩子去北京吧。"挂了妻子的电话，焦斌泪如泉涌。

为了按时完成任务，焦斌每天从早晨 6 点一直干到晚上八九点，他将对妻子和女儿的牵挂担心，化成力量，全部投入工作中。由于过度劳累加上天热，焦斌中暑了。为了赶时间，他把输液瓶挂在竹竿上，仍然坚持在库房工作。可令他没有想到的是，液体刚输完，在一次移动一个大箱子时，脚踩到铁器上，脚踝崴了，脚背肿胀得像刚出烤箱的面包。他忍痛拄着拐杖，继续在库房干。大家劝他等脚好点再干，他却说："时间紧迫，我恨不得天永远是亮的，集团要来检查，总不能因这事影响咱公司在集团的形象啊。"

三个月内，打吊瓶挂拐杖，库房几乎成了焦斌与苦难作斗争的另一个战场，他用顽强的毅力和不服输的精神，把堆放在 1000 平方米内的几十吨几百类物资整理得井井有条。标准化的人事档案建了起来，库房的各类物资布置得整齐划一，公司库房物资和人事档案迈进了正规化管理模式。

焦斌的行为大家看在眼里，记在心中。之后，焦斌被安排到党群办工作，在工会工作、纪检工作中，他始终做到全心全意办事，领导交办的任何工作，都能够积极想办法完成。其负责的年度企业目标责任制考评、新中国成立 70 周年文艺活动，不但能按时保质完成，且受到大家高度评价，他本人多次被评为优秀职工、优秀党员、优秀工会工作者等。

采访时焦斌对我说："鱼翔浅底，龙腾深渊，我自己就喜欢挑战，人要有鱼和龙的精神，潭越深越要潜到底，自转业到地方工作 8 年来，无论从事哪方面的工作，我始终牢记入党誓词，不忘初心，延续了在部队养成的不怕苦、不怕累，敢于迎接挑战、勇于创新的作风，只要有任务，不讲条件，只讲完成，就是没有条件创造条件也要完成。"

党群办事务比较多，不但要管人管事，与地方政府沟通，与兄弟部门协作，还有许多材料要写，虽然事务多且繁杂，但任何事只要交给焦斌，领导们都很放心。

2022 年春节前夕，西安疫情反复，公司强化了水源和水库管理，公司安排焦斌对一线员工慰问，协同其他部门对水源巡查，对各个科室实施防疫措施督导检查，将公司防疫动态情况统计上报，连续工作 40 天，一次家没回过。而他的妻子身为医务人员，同他一样奋战在抗疫一线，整整一个月没能回家。两个年幼的孩子只能由年迈的父母看管。孩子常常在电话中用稚嫩的口气问焦斌："爸爸你什么时候回来呀？我们好想你呀！妈妈也不回家，你们俩是不是不要我们了，不要咱的家了？"

长期的家庭缺席，妻子心存不满，偶尔也会抱怨几句。有一天，刚挂了女儿的电话妻子的电话来了。妻子生气地说："你只顾自己的事业，家你不回，娃你不管，难道公司缺了你不行吗？把什么都丢给我，我也有事业有理想呀。"

听了妻子的一通唠叨，焦斌理解她的苦衷，便在电话中安慰妻子："你说的我都明白，可你知道，疫情让全市人人紧张，大家都被封在家里，你说我们不把水管好，被封在家里的人连水也吃不上，或者是生活用水受到什么污染，我们咋给市民交代哩。我们公司人人都一样，都在忙防疫，都没有办法回家。我也知道你辛苦，等疫情结束，我把欠你和孩子的，全给你们补回来，好吧。"

妻子长久地寂静后叹气道："行了，我也就是嘴上发发牢骚，心里感觉平衡点，哪能真不让你顾大局只顾小家呀！知道你们为西安人用水在默默做奉献，你们可得坚守好阵地哟。"女儿要和焦斌通话，妻子在电话中安慰女儿说："爸爸在给咱供水呢，爸爸不工作，我们喝什么，拿什么做饭呀，全西安市吃水咋办呀？行了，你们刚和爸爸说过话，让爸爸去忙吧。"听了妻子的话，焦斌欣慰地挂了电话。妻子与自己从事着不同行业，但无论妻子工作中遇到什么困难，焦斌都会耐心帮其分析原因、整理思路，鼓励妻子。为了支持妻子的工作，他发动同事及社会爱心人士，为流浪乞讨人员筹集了近千件衣物。

焦斌人在党群部，可一旦公司有什么活动，他都会主动参与。他还和公司其他部门员工义务为山沟里的老人送米、面、油等，帮其收拾房屋。平时同事谁生病住院，他会在第一时间去看望。遇到经济困难的，也会解囊相助。为了给女儿治疗眼疾，他和妻子全国四处求医，花去了积蓄，自己还住在出租屋里，但他一次次拒绝了单位给予的贫困补助名额，他说自己还年轻，有克服困难的办法。

2022年夏季，水库中出现了大量的漂浮物，焦斌主动请缨，协助管理部打捞漂浮物，不顾烈日的暴晒，一干就是多日。只要有时间，他就进山参与巡查，同大家一起保护水源。

身为公司第一支部书记，焦斌始终牢记自己的职责，除了不断学习党的大政方针，提高政治修养外，还积极组织党员学习，注重培养优秀青年，向组织靠拢。一些新分来的大学生，思想不稳定或者生活遇到困难，他会主动找他们谈心，帮助他们解开思想疙瘩。他常说的一句话就是，我们天天与水打交道，就应该学习水的品格，保持一种平常心态，荣辱与共，朝着共同的方向义无反顾地前进，要养成坚忍的品行，还要像水一样拥有博大的胸怀，讲奉献而不图回报。

何保利：我是疫情中的守闸人

2020年1月30日，对于沉浸在春节气氛中的国人来讲，是一个终生难忘的日子。正当人们贴好春联准备吃年夜饭时，一个震惊国人的消息，通过不同渠道传进了人们的耳朵。武汉突发疫情，居民生活很快停摆，车靠站，路被封，行人归家不得出门。

北方的天公也不作美，秦岭北山脚下，寒风四起，雪花飘飘。一个叫石砭峪的山口，在沉重的雾气中，只能看见一条灰色的水泥路，像一条线，清冷地伸向大山深处。

这天黄昏时分，管着西安城数百万人用水的一个瘦高个男人，正在寒风中披着大衣接听电话，他声音洪亮地对电话那头的公司经理后成才说："请领导放心，我是共产党员，我会坚守岗位，其他同事来不了没关系，一切都由我顶着，在大家面临困难的时候，我知道自己应该怎么做，绝不会给咱水务人丢脸。"

48岁的何保利，是西安水务集团石砭峪水库管理公司负责向西安供水的闸门守护人，守闸20年，从未出过一次差错。

挂了电话，何保利走出建在石砭峪水库大坝下河道西边石岩上的水闸房，他看了看天色，又转头看了一下高大的水库坝面，自言自语地说道："这是咋回事，快过年了，为什么会有如此严重的疫情呢，会不会和那年的非典一样？"

冷风不断从山沟下面扑了上来，何保利打了一个寒战，转身回到水闸房，急切地扑向放水闸，摸着那些冰冷的金属对它们说："伙计们，咱西安城出了疫情，咱要好好表现，给被困在家里的人把水供好，人们在家里不能出门，水就成了生命中的重中之重，你们可要好好配合我，保证在这特殊时期咱西安人有水用。"

说完，何保利按上级指令开始调节放水量，他调整好了数据，静静地看着控制放水量的标尺，听到水在脚下流动的声音，他才想到应该给爱人打个电话把自己的情况说一下。他告诉爱人："城里的情况我已经知道了，你们在家好好过节，我怕是回不去了，我得守着闸门给大家供水呢。"爱人对他说："只能这样了，那你就好好把人家的事给人家做好，你也要保护好自己。"何保利对爱人说："我给咱把水闸守好，你给咱把家守好，把老人和娃管好，等疫情过去了，家里的家务我给咱做，算是报答你，得成？"爱人笑着说："你就是一张嘴，又不是今天才知道你们供水岗位的重要性，就是没有疫情，这多少年了，哪一年过年你在家待过？放心，爸妈和娃都有我哩，你也想办法吃好，就是一个人也得把年过好。"

听了爱人的话，何保利脸上露出一丝欣慰的笑意。挂了电话，他找来一块抹布爱怜地擦拭着他那些无言的铁伙计，并对着它们说："过年了，我也给你们收拾收拾，咱一起干干净净地迎接新年吧。"

何保利没有想到，外面的情况越来越严重，山外所有的路都封了，听说城里的地铁公交全停了。他想，人都被封在家里，没有人能来接替自己，不过，不管有没有人来，哪怕就自己一个人，也要把放水闸管好，把水供好。

由于事发突然，水闸房里没有准备多少食物，到了第三天，原有的食物快吃完了。怎么办？何保利一天只能吃一顿饭。有一次，他打开方便面正准备泡，爱人打来电话问他："你在那儿有吃的吗？"他声音洪亮地对爱人说："有呀，我们的食物准备得很充足，你放心吧，家里都好着吧？"爱人说："家里都好着哩，就是我们都操心你，怕你没啥吃。"何保利对爱人说："别操心我，我在这儿，病毒又跑不到这里来，你们要听政府的话，好好在家待着，千万别出门别乱跑。"

挂了爱人的电话，不知不觉一滴眼泪滴落在手背上，他用袖口擦了眼睛，用筷子敲打着碗沿说："哪来的眼泪，这算是咋回事，一个大男人，何时掉过泪呀？"

这天深夜，寒风中传来了野鸟的叫声，何保利的肚子饿得咕咕叫，喝了半杯开水后肚子不响了。他披着大衣坐在电炉前烤着双手在想，苦是苦点，可苦我一个人，能让那么多人生活有保障，这不也是一件光荣的事吗？

第五天天刚亮，对班的同事打电话给何保利，问他一个人是否扛得住。何保利乐观地对同事说："你又不是不知道我的性子，一个大男人，有啥扛不住的，没有啥困难，一切都好着哩，不用操心我，放心，我不会给咱石砭峪人丢脸的。"

刚挂了同事的电话，何保利又接到公司领导的电话，他还是那句话："没有什么困难，请放心，我不会给咱石砭峪人丢脸的。"

13个昼夜，一个人，一座孤独的建在石岩边的房子，能听到的只有从脚下泛起来的水声、从山口灌进山里的风声和深夜里山鸟奇怪的叫声。面对寂寞和困难，何保利时刻保持着清醒的头脑，随时接收上级指令，观察闸门开度，关注流量曲线，精确调节水量。13个昼夜，他不知道接收到多少个指令，调整过多少次闸门。夜里心中泛起烦闷时，他用手轻轻摸摸胸前的党徽，回忆起入党时宣誓的情景，身上便充满力量。

一名共产党员，一个普通的供水人，在抗疫之初，面对困难，没有豪言壮语，没有惊天举动，用实际行动践行着对事业的忠诚，对责任的担当，对西安这座千年古城的爱。

田立江：八年时光践行供水人的责任

2022年11月11日，在西安水务集团石砭峪水库坝面上采访完何保利后，站在细雨中等待我和何保利的公司总支书记宋选社笑着对我说："你来了，把我们公司一直在蓝田扶贫的田立江同志也采访一下，这个同志2013年参加市上'两联一包'驻村工作后，在东山村一住就是8年，不但完成了帮扶任务，还被市上评为'西安好人''优秀驻村干部'和'优秀共产党员'。"

我问道："田立江同志在哪儿？"

宋书记说："在我们公司机关，走，咱们一块儿去找他。"

我们一行出了山，在西安城南石砭峪水库管理科的会议室见到了田立江。

四十七八岁的田立江是一个性情刚直的人，说话很直接，他坐在我对面呵呵一笑说："没啥采访的，作为农民的后代，这些年正好逮住机会，又当了8年农民，帮贫困山区的农民做了一些应该做的事，改变了他们的命运，自己感到很开心。"

"讲讲你8年来的经历吧。"

他仍旧笑着，将一双粗糙的大手在桌面轻轻一拍说："有苦，有累，也有喜，总算完成了任务，尽了一个党员应尽的责任。"

我们正在交流，公司经理后成才进了会议室。

田立江即刻向我介绍说："这是我们公司的后经理，我俩一起在东山村扶贫，后经理还在东山担任过4年的扶贫队长呢。"

之后他看着后成才笑着说："后经理你来讲，我不知道咋说呢。"

后成才不但思路清晰，且对东山村的扶贫情况了如指掌。他笑着对我说："你呀，还真得好好写写我们的老田，8年呀，硬是将一个贫困村扶得翻了身，虽然我也在那儿担任了4年扶贫队长，但许多事情都是老田辛辛苦苦一件一件实打实地干出来的。"

我问后成才："你们在扶贫中具体取得了哪些成果？"

后成才喝了一口水接着说："简单说我们做了五件事。首先解决了村两委班子问题，这个是我们老田2013年入村后做的第一件事。老田说他的体会是，农村要发展，农民要致富，关键是支部。过去这个村班子相对散一些，老田去后，组织大家加强学习，讲国家开展扶贫工作的重要意义，讲村上的前景。经过他的引导和镇政府的沟通协调，并征求党员和村民的意见，东山村重新组建了村两委会，使班子形成了凝聚力，在我们后来开展的扶贫工作中，真正发挥了堡垒作用。到了2020年，这个村的支部还被评为蓝田县'优秀党支部'。看到村两委班子有了活力，我们就帮他们找项目，想着如何解决他们的实际问题。村民反映说吃水有困难，那我们就解决吃水问题。你也知道，水是我们的主业。我们从集团争取了 22 万元帮扶资金，铺设了 5000 多米的引水管道。别看这个东山村人口不多，村民住得却很分散，大家住在七沟八岔里，所以解决饮用水问题比较复杂，主要是输水管线长。但老田为了节约成本，领着大家挖水渠，抬管子，最终解决了人畜饮用水问题。紧接着又解决了行路难的问题，我们先后从市国土资源局争取到 180 万元资金，由老田领着村干部搞规划做基础，还加固了几个组的大量滑坡面。路通了，水到灶台了，村民从我们的举动中看到了希望，有人就提出让我们帮他们想挣钱的路数。

"有什么办法能挣到钱呢？老田先跟村干部商量，又回到公司来与我们班子一起探讨。有一回，老田说，东山村野生艾草长得茂盛。他这么一说，引出了大家创意。公司领导到那里一看，的确如此。接着我们就搞市场调研，计划帮村民做艾草加工。起初也很难呀，群众不认为那是什么好项目，说艾草就是长在坡上没人要的烂草。老田就给大家讲艾草在城里是怎么被人们利用的。他通过不厌其烦地做工作，还带人到城里来看，来体验，看城人里用艾草做什么，当然还看艾草在城里卖的价钱。通过实打实地看，村上人不但开了眼界，还认识到了艾草的价值，思想也通了。我们最后帮他们办了艾草加工坊。从采摘、晾晒、粉碎到加工、包装、销售，我们领着村民一起干，现在啊，光这一项每年给村上创收 30 多万元，更重要的是把那些年龄大不能外出务工的老人和妇女挣钱的路数找下了。有了艾草换钱的成功经验，后来我们还搞了粗粮加工。这样一来，一下子把村民的思路搞活了，他们说，没想到自己端着金饭碗还讨饭吃。我到东山村以后，发现村集体没有经济，后来我们就想办法跑项目，从有关部门争取到 75 万元帮扶资金，搞起了光伏发电。这个项目从选址到并网，仅用了 40 天时间。这 40 多天里，我们的驻村干部连轴转，一边跑资金立项，一边领着村民搞基础建设，现在，光这一项，每年可为村集体创收 8 万元，解决了村集体资金短缺问题。

"2020 年，我们领着村干部和村民建起了活动场地，当然，要搞这些，也需钱啊。没有钱怎么办？老田就号召村上有钱的人出钱，没钱的人出力。由于前面工作做得扎实，也为群众带来了实惠，老田这么一号召，大家都响应。用这种方式先后为建设文化广场筹集了 20 万元，我们又动员了 20 多名村民义务帮工，建成了集健身、休闲、文化、娱乐为一体的多功能综合性活动场所，提高了村民的生活质量，受到村民赞许。"

在送我出办公楼时，我问田立江："你在东山村驻村 8 年，体会一定很深刻吧？"他停住脚步看着我的眼睛说："回顾 8 年的扶贫经历，最深切的体会是，心之越坚，行之越远。我也知道，坚守从来不是件容易的事，需要不断地擦拭自己的初心，靠着信念指航，才走到今天，才有了些许收获。2013 年，刚到那儿了解了村上的基本情况后，我就坚信，东山村一定会改变。通过几天的调研走访，我对自己说，我一定会让这个村改变。当时心里虽然这样想的，但对自己的想法没有多少把握。后来与村民交往深了，心劲就更大了，总感觉东山村离西安不算远，周边还有汤峪镇等富裕村，不能让这样的村子再穷下去。我就下决心想办法，一件事一件事抓起来。当然了，现在说起来很容易，可在实际操作过程中，也遇到过许多困难和矛盾。比如移民安置和搬迁，就是你坐在城里想都想不到的事。村上有几户人家房子成危房了，政府在镇上为他们修了好房子，我动员他们搬过去，无须出钱，可他们说啥也不搬。有些人，你下了功夫让他搬进去，你一走，他又回到老房子里。就这一项工作，费了好大劲儿，做了几个月工作，最后两户人家搬到镇上，12 户人家从原来的老地方搬到了村上的安置点，总算让贫困户搬离了危房。8 年间，除了做一些项目外，大部分时间就是在协调矛盾，解决贫困户的思想问题，只有把思想问题解决了，你才能带领他们脱贫。通过这次驻村扶贫，我感受最真切的是要切身体会到农民的苦衷，你越理解他们的苦，你就越理解国家为什么要让城里的干部到农村搞扶贫，你就会想尽一切办法帮他们早日脱贫，你就知道自己担负的使命有多神圣，肩上的担子有多重。我刚到村那天，看到一个 70 岁的妇女，不住地掐手，我不知道是咋回事，后来一了解，此人智力有问题，了解得多了，才知道这个村类似的人还不少。我就想办法从扶智做起。我先让老人、残疾人享受到国家的政策，帮他们办理政府能给到他们的各种补贴补助。之后就是用感情去感化他们，把他们视作自己的亲戚、朋友，一来二去，你到他们家去的次数多了，感情自然就加深了，开展工作也就顺利了。2018年寒冬，有个住在山里的叫侯志善的五保户突发疾病，山里车开不进去，我知道消息后，组织村民用了 3 个小时，连抬带背将其送到医院，使他得到及时治疗，挽救了性命。这事看起来不大，但在村民中产生了巨大反响，大家认为你把一个五保户都那么当事，更别说对其他人了。后来无论啥事，只要我号召，大家都会积极响应。当然了，东山村能取得这样的成绩，不是我一个人的功劳，我们后经理担任扶贫队长那几年，为了找资金找项目，路没少跑，话没少说，苦也没少受，还有公司的其他领导和同志，也都积极出主意想办法，收集信息帮我们，是大家的共同付出，才使东山村有了今天的样子。"

驻村8年，从最初的构想立誓，到最后的目标实现，田立江以咬定青山不放松的韧劲，一路走来，实现了当初所立宏愿，也改变了东山村。就是现在，他去东山村，村民还会兴奋地说："我们的老田回来了！"一句普通的话语，饱含着多少真情啊。

王陈：与水作伴护好水，助推西安的发展和建设

金秋十月的李家河畔，暖暖的阳光洒在清澈的水面上，一阵凉爽的风，将多日的雾霾一扫而光，水波荡漾的李家河，载着浓浓的秋意，载着大山丰富的养分，由南向北潺潺而来，河两岸的山坡上片片红叶像诗一般，盎然地渲染着美丽的秋色。

此时，一个年轻人正在河边用夹子夹起河水中的树枝，浅蓝色的工装在他干净利落的动作中，闪现出一种奇特的魅力。这个年轻人叫王陈，西安水务集团李家河水库库区水域的护水员。37岁的王陈是一名退役军人，三年前被借调到西安市湖河长办公室，好久没有到过自己守护的李家河了，他刚从城市回到山里，便马不停蹄地带着工具来到河边忙碌起来。

自2016年转业被分配到李家河水库成为一名护水员，王陈便开始了兢兢业业的水源管护工作，每天早早地出门，沿河巡查，发现河水中哪怕只有一根树枝、一个空水瓶或者一张纸，无论想什么办法，他都会从水中将其打捞上来，每每遇到亲水人员或者钓鱼人，他都会语重心长地给他们讲道理，讲保持水源纯净的意义，劝他们远离河边。他以勤劳、踏实、勇敢而耐心细致的工作作风，赢得公司领导和员工的赞赏。他工作起来，不择环境、不计得失、坚持原则、不讲情面、任劳任怨、雷厉风行，被大家誉为不褪色的战士。

采访中，王陈憨笑着对我说："我是土生土长的西安娃，打小就在沣河边长

大，本来对水就有一种说不出的情怀。过去常说八水绕长安，咱不知道，现在知道了什么是八水绕长安，我更加热爱自己的工作，知道自己工作的重大意义。跟水打交道多年，爱上了长安的水，和小时候一样，一天不亲近水，就感觉心里空落落的。"

2016 年 7 月，王陈离开了熟悉的部队生活，转业后被分配到西安水务集团李家河水库管理公司，走上了护水岗位，开始了水源管护。工作中，他始终保持着军队的光荣传统和良好作风，以一个战士、一个党员的标准严格要求自己，无论是独自一人在山里巡查，还是与同事一起打捞漂浮物，总是那么专注和认真，虽然管护河道时间只有一年时间，但在不同的岗位上，他认真负责、兢兢业业、辛勤耕耘、默默奉献的作风给大家留下了良好的印象。

2019 年 7 月，西安市河湖长制领导小组，需要吃苦耐劳、爱岗敬业、对西安地区河源水域熟悉的人到领导小组协助工作。从小在沣河边长大、工作后踏实勤劳、拥有丰富知识的王陈被公司推荐参与了此项工作。

在河湖长制领导小组办公室工作期间，恰逢新型冠状病毒肺炎开始爆发。王陈主动向办公室领导请缨参与防疫工作。他被安排到西安市莲湖区土门街道社区协助街道办搞防疫。刚到街道办，他便申请加入志愿者队伍，冲到防疫一线，引导居民进行身份核验，上门入户采集核酸，主动帮助居民买菜送菜，热情帮助老年人解决困难。虽然每天都在做重复的事，王陈却总是热情不减、耐心如初，不但认真仔细，且积极主动，大家送他"热情勤劳的小天使"称号。

有一天，在陪同医务人员上门采集核酸时，一位居民突发低血糖进入昏迷状态，由于车辆出行受限，家人没有办法带已经昏迷的病人前往医院就诊。在万分紧急时刻，王陈主动向社区防疫负责人说，自己的车有防疫通行证，他可以用自己的车拉病人和家属去医院。由于送达及时，患者得到及时救治，恢复了健康。之后，患者和家属多次打电话要当面对王陈表示感谢。王陈对他们说："为你们解决困难就是我们的职责，不存在什么感谢不感谢，以后有困难，就打我的电话，只要能帮你们解决问题，我绝不迟到。"

到了第二天，社区另一位居民打来电话，说自己家的下水道堵了两天了，给物业公司打了一圈电话，没有人来维修，只能请求社区帮忙。接到居民的求助电话后，王陈和社区工作人员即刻赶往居民家中了解情况，经过两个小时检查、疏通，居民家的下水道终于通了。那个居民对王陈说："有你们这些热心的志愿者在，我们就放心。总有人说我们西安的防疫这儿有漏洞，那儿有不足，要我说，疫情的确是个事，但有你们这些责任心强有爱心的志愿者，我们什么都不怕。你们也要保重自己，做好防护，你们是我们的保护伞，也是我们的天，你们所做的不光是帮我们解决问题，你们的行动是给咱西安人吃定心丸药，只要大家团结一心，没有过不去的坎。"

在做志愿者期间，王陈每一天都冲在防疫一线，他热情、善良、耐心、勤快，帮助社区每一户居民，用自己的言行温暖辖区每一个人的心。有同行问他："你咋这么欢实能行呢？"他笑着说："我们的城市遇到大事，男人这时不往前冲，还待何时？"在他的精神感召下，许多志愿者克服困难，积极主动帮辖区居民解决问题，社区防疫工作取得理想成就，受到居民交口称赞。

王陈对我说，在河湖长制领导小组办公室3年，自己相当于又上了一回大学，学到了不少东西。一是对西安的水资源和河湖做到了心中有本账，这对自己今后的工作有很大帮助；二是深刻理解了为什么国家要设立河湖长，意义是什么，明白了如何从实际出发，从手头工作做起，保护好水源，为西安的发展做出贡献；三是参与了防疫工作，加深了自己对社会的认知，提升了自己参与社会工作的责任感，锻炼了应变能力。

2022年9月20日，王陈回到李家水库后，即刻转变角色，与同事一起，开始对库区环境卫生进行整治，他利用3年来在河湖长办公室学到的知识，安排船只进入水库死角，打捞树枝等冲积物，并以此为契机，清理整治水库沿线围网和周边的杂草杂物，擦洗各类标示牌公示牌，维护物防、技防设施等。他早出晚归，坚守巡库一线，晨观夜察，确保库面清洁、水质安全。

采访中，王陈从宿舍里拿出一本《长安八水》对我说，他特别喜欢此书，从中，他读懂了西安的水和与水有关的历史人文知识，以及西安水域的发展变化。他说，这对自己的工作很重要，只有了解西安水的历史，才能管好今天的水，服务西安的发展和建设。

三、延安李永海：我所做的就是为百姓管好水

见到李永海，是在一个阳光明媚的秋日上午，在延安市水务局机关的大楼里。

说起延安与水务有关的话题，他像说自己家里的事一样熟悉，在不到 10 分钟的时间里，一口气说出了延安市改革开放以来城乡饮水的发展历程，包括一些繁杂的数据，都说得清清楚楚。自 1996 年大学毕业后，他一直在延安水务系统工作，先后担任过机关后勤服务所副所长、所长，2010 年担任延安市水资源管理局副局长，从事水资源管理和节约型社会创建工作，2014 年担任延安市红庄水库管理处主任，负责水库安全运行和水源地保护工作。2011 年被评为延安市优秀公务员，2013 年被陕西省水利厅评为水政系统先进个人，2017 年获得延安市五一劳动奖章，2021 年被水利部授予农村饮水安全脱贫攻坚先进个人。

2018 年，李永海担任延安市农村饮水工程建设指导站站长后，领着站上的工作人员，认真贯彻落实中央、省、市决战决胜脱贫攻坚的决策部署，深入全市 13 个县区开展调研，规划饮水安全工程，扎扎实实地开展农村饮水工程建设和管理。任职期间，在他的不懈努力下，延安脱贫攻坚饮水安全各项工作顺利推进，贫困县、贫困村、贫困人口饮水安全全面达标，为全市打赢脱贫攻坚战提供了强力的支撑与保障。

2018 年 7 月，他带领全站职工积极谋划、筹备全市脱贫退出饮水安全达标认定工作。经过半个多月的精心准备，召开了全市贫困退出饮水安全达标认定工作会，自此，认定工作全面启动。会议结束后的第二天，李永海即刻带着队伍奔赴国家贫困县宜川县。上午到达宜川，下午他便在宜川水务局的配合下领着两级工作组成员，翻山越梁，进村入户，对照标准严格认定。虽然他人在宜川的山水间行走，但对全市的饮水安全达标认定工作并没有放松，还通过电话指导各县区认定工作。经过一个月的忙碌，全市贫困退出认定数据基本清楚，为各级政府进行决策提供了详实的依据。

采访中，洛川县农村供水总站站长杨民生说："我们县共有 215 处农村供水工程，6 处千吨万人工程，这些工程在建设过程中，李永海没有少下功夫。"富县

水务局副局长周星对我说:"可以说,没有李永海的指导,我们县饮水脱贫还处在茫然状态。他的到来,给我们的农村供水指明了方向。他不但是全延安市饮水安全工程的牵头人,也是我们县农村饮水水改的带头人。我们县处在峡谷地带,每到冬天,水就结冰,为了解决防冻问题,我们想了许多办法,特别是当初贫困村认定退出那一阵子,李永海几乎跑遍了我们县每个乡镇。他这个人,是个老水利人,不光专业知识过硬,最重要的是他身上有一股子劲儿,心里不光装着政策,更装着百姓,有时就是一件小事,一户人家的饮水没有达到标准,他连饭也顾不上吃,都要想方设法落到实处。他常对我们县上的同志说,陕北人吃水,苦了几十年,苦了几辈人,这次国家提出脱贫攻坚,作为水利人,我们要抓住这样的机会,给老百姓办些实事,解决实实在在的问题,如果错过了这样的好政策、好机会,我们这些水利人咋对得起自己的职责和使命,咋对得起老百姓几十年的盼念?"

在延安市水务局三楼的办公室,李永海看着窗口的阳光笑着对我说:"作为负责农村饮水贫困退出工作的牵头人,我就是想利用好国家这次脱贫攻坚的好政策,抓住这样的好机会,为农民做点事。光坐在办公室肯定不行,只有深入乡村和农户调研,你心里的账才是清晰的,你才能发现问题找到解决问题的办法。当然退出数据的核实只是一个方面,重要的是要把账弄清楚,为后面解决问题打好基础。为什么我要去宜川,宜川是国家确定的贫困县,虽然黄河从宜川大地上流过,可住在山峁上和深沟里的那些百姓,吃水真的太难了。有些人家因为缺水,连给儿子说媳妇都成问题。所以说,如果这个县的底子不清楚,就没有办法向上级交代。我们站包抓甘泉县,我到甘泉县后,先组织县上的同志给他们讲:'脱贫攻坚,吃水问题是最鲜明的标志,百姓种了多少地,栽了多少果树,挣了多少钱,人家的钱在口袋里装着,你是看不见数不着的,可群众没水吃,还要套上毛驴到深沟里去拉水,这是明摆着的。就这一点,你咋能说群众脱贫了?不要说上面来检查,就是自己给自己都说不过去,群众也不答应啊。'我带着队伍到甘泉县后,就是先从解决群众饮水困难开始,当然我们站上的人员都全力以赴了。甘泉县的饮水工程完成后,得到百姓的赞扬。过去做'甘露工程',包括后来全国妇联推行'母亲水窖'工程,帮我们解决了一些农民的饮水问题,可这么多年过去了,过去修的水池渗水了、水坝垮了、输水管道漏水了，管理成了问题，群众吃水还是问题。我就琢磨这样的问题如何解决，经过深入调研并和安塞区的同志探讨，我们找到了解决此类问题的办法，我们就试行综合管理模式。我们水务局、林业局、环保局和镇一级政府协商，把过去农村的三个岗位的工作，统一交给一个人，过去一个村三个板块，三个人来分别管理，林管员一个人，清洁员一个人，水管员一个人，由于报酬低，一个人一个月只有三四百元，造成了管理不到位。不是一个村不到位，一个县不到位，全市这项工作都存在问题，最大的问题是责任落不实么。你说一个月三四百元的报酬，哪个年轻人愿意干？报酬低他们没有办法守在家里，一个月三四百元，不如建筑工地上有技术的农民工一天的工资。但有人愿意拿三四百元报酬，谁呀，村上六七十岁的老年人，可这些老年人，过去一直从事农业生产，当林管员可以，扫村庄里的垃圾行，但让他们管水，就成了问题。管水除了管好水源，给水源消毒，关键是供水管道破裂了要修，居民家的水龙头坏了要换，这些老年人他不会这些呀。所以我们推出了三员一人的管理办法，就是在村上，由一个人承担这三项工作，这样一来，管理人员的收入可达到 1000 多元，能留住年轻人或者中年人，且他们腿脚麻利，懂技术，管理起来就方便了。当然，并不是你要管我就让你管，我们还要选择，选定人员后，管理人员和村上签订责任协议，由镇上或者村上对他们实行考核，合格了，我们才给他们发补助，有一项不合格的，都要从工资中扣罚金。我们在这次脱贫攻坚中探索出的这种新模式在全市推行，受到群众欢迎，也减轻了管理成本。而在镇上，我们成立了运营公司，镇一级的公司除了管理镇街的供水，也将村上的管水纳入管理系统，所以村上的水，由两个部门来监管，一个是村委会，一个是镇上的运营公司。关于管理费用问题，我们建立了长效机制，完成认定工作后，针对全市农村饮水安全长效机制不健全的明显短板，在广泛调研的过程中，充分听取各县区有关工作人员和村干部的意见建议，多次修订、完善全市农村饮水安全工程运行管理办法讨论稿，之后我们主动征求发改、财政、卫健、环保等 10 余个部门的意见建议，并多次向市政府汇报。到了 2018 年 10 月 12 日，我们将该管理办法以延政办函〔2018〕138 号文件正式印发，全市执行。为了贯彻落实办法精神，我们将该管理办法又多次协调对接市财政局，将市级维修养护基金按照每年不低于 160

万元的标准纳入财政预算，同时，督导县区全面落实农村饮水工程专管机构、管理办法和维修养护基金，最终实现了农业人口人均维修养护资金达到10元以上的水平，实现全市全覆盖。此举夯实了管理运行责任，解决了管理费用，将政府主体责任延伸至乡镇政府，监管责任延伸至驻村工作队，将单村供水管理责任延伸至村委会，同时推进水费收缴。从这两年的运行情况看，千人以上工程水费收缴率达到100%，千人以下工程水费收缴率达到95%，使农村饮水安全工程长效运行从制度层面及经费层面得到有效保障。"

解决了吃水困难，但农民吃的水是不是达到了国家要求的标准，一直是李永海挂心的问题。他深知延安是黄土高原地区，水中不同矿物质含量复杂，要使饮水达到国家标准，必须要在改变水质上下功夫。2019年，李永海获知全市水质合格率低于全省平均水平后，立即将情况向局领导反映。后来在市委市政府的高度重视下，水务局及时与卫健部门对接，获得了近几年水质监测数据，对反馈的不合格水样及不达标的水源进行逐一筛选治理。之后，李永海组织工作人员一方面深入县区开展排查整改，另一方面与卫健部门沟通、研判，分析水质问题形成的原因，探讨解决方案。在开展水质达标集中攻坚行动中，他推行了"一周一报告、半月一通报、一月一发单"的调度机制，指导站密切关注动态，及时跟进，随时向分管领导、主要领导汇报工作开展情况，为局党组进一步推动工作提供决策依据，从而推动了全市水消毒措施全覆盖。为了保证农村饮用水达到国家标准，在全市安装各类集中式净化设备38台、消毒设备3429台、家用净水器25745套，最终使全市集中式供水工程消毒设备配套率达到99.4%，13个县区水质合格率显著提升。到了2020年，经疾控部门抽检，延安市水质合格率位列全省第一。

虽然延安市水质抽检合格率全省第一，但李永海仍旧组织力量，制订措施不断巩固攻坚成果。为了进一步规范农村饮水水质检测工作，他组织启动了全市农村饮水水质检测中心资质认证工作。截至目前，延长、宝塔、安塞、洛川、黄龙、富县、子长、宜川、黄陵、吴起、志丹、甘泉12个县（市、区）检测中心取得检测CMA资质证书，农村饮水水质安全巡检水平得到显著提升。他还联合市生态环境局印发了《关于进一步做好农村饮水水源保护工作的通知》。文件下发后，李永海多次赴各县进行调研，全力推进水源保护区划定和保护工作，根据不同情况对全市 4626 处集中供水工程水源，安装水源围网 299 千米、标识牌 4819 块、摄像头 298 个，涉及集中式供水工程 3922 处，集中式供水工程水源保护区保护范围划定率达到 98.4%。

李永海说："现在，虽然脱贫攻坚工作结束了，作为农村饮水安全管理部门，为了衔接乡村振兴，我们还要对农村供水安全保障体系不断完善，使群众饮水满意度不断提升。我们的做法被水利部官网'农村饮水安全红榜'推广，省水利厅于 2020 年 11 月在我们的吴起县召开了'全省苦咸水改水现场推进会暨苦咸、氟超标水质检测培训会'，2021 年 5 月在安塞区召开了'全省水质检测机构 CMA 资质认证工作现场推进会'，会上我们介绍了做法，受到大家好评。"

采访结束后，李永海将我送出水务局大楼，他指着水务局机关的牌子对我说："我们所做的一切工作，就是为全市 13 个县区的百姓管好水，保证大家用好水，而我们指导站这几年所做的工作，就是要让全市的乡村群众饮用上安全水、放心水。群众满意了，我们才放心，哪里群众不满意，我们就奔赴哪里，解决问题，一直到群众满意为止。"

四、榆林吴瑜：百姓饮水安全是我们的责任

在陕北榆林，农村饮水最困难的地方，当数白于山区和秦晋交界的黄河西岸。处在毛乌素沙漠南沿的白于山区，囊括了榆林市的定边、靖边、横山三县，由于地势高、地质构造特殊，这两个地区群众饮水有史以来都非常困难。白于山地区的人们多少年来过着看天盼雨、望云止渴的日子。而黄河西岸的人们，也常因吃水发愁。无论是当地群众，还是各级政府历任领导，对白于山区和黄河沿岸饮水问题多有关注。

令这两个地区人们想不到的是，在政府推行的脱贫攻坚工作中，一个叫吴瑜的人，在组织的安排下，带领一队人马，用了 5 年时间，深入白于山区的山山峁

峁和黄河沿岸的沟沟岔岔，足迹遍布全市 11 个县区，依托扶贫政策，胸揣紧迫感，克服种种困难，组织人力物力，先后实施饮水工程 6543 处、分站供水工程 12565 处。这些饮水工程的实施，有效解决了两个缺水地区人们的饮水难题，使整个榆林市农村安全饮水率达到 93%。

2015 年 6 月，吴瑜被任命为榆林市城乡供水管理办公室副主任，从那一天起，他就想着，既然组织将重担放在自己肩头，自己就要想尽一切办法，完成使命，不辜负组织的期望。

生长在黄土高原上的吴瑜，从小对家乡人吃水的艰难深有体会，小时候就梦想着，自己长大后，一定要办法解决黄土高原上人们吃水难的问题。可在水利系统工作了 20 多年后，他才深刻地认识到，要解决吃水难的问题，是多么不易的事。日常工作中，他走的地方越多，情况了解得越透彻，越对自己小时候的想法产生怀疑。下乡到靖边、定边农村，看到在沙漠边沿，人们用毛驴车拉一趟水需要半天时间，他心里很不是滋味儿。在农村，许多年轻人外出打工，家里只有老人，没有办法，只能买水吃。回到单位，他心里久久不能平静，感到自己很无力无奈。后来随着政府不断采取措施，想方设法改变榆林人吃水现状，实施了"甘露工程"和国家"西部人饮解困工程""母亲水窖"工程等，他的心才慢慢得以平静。

2015 年，吴瑜终于获得了实现小时候梦想的机会。这一年的 6 月，组织让他担任了榆林市城乡供水办公室副主任。走马上任，他深知自己岗位和职责的重要，他暗下决心，一定要抓住这次机会，更好地解决农村人的饮水问题。

从 2015 年 6 月到 12 月，吴瑜一边学习国家关于农村安全饮水的政策，一边学习专业知识，同时深入白于山区和黄河西岸的 10 多个县的乡村进行调研。调研过后，他在日记中写道："要想真正解决榆林农村饮水问题，没有什么更好的办法，只有用政策对照实际，只有学习更多的专业知识，将自己变成一个专家，才能实现心中所愿；只有深入了解每个县每个乡镇每个村的实际情况，站在农民的角度看问题，体会他们的苦衷，才能使自己的思想归属于田间地头和农家灶台；只有舍弃在城市生活的优越感，才能帮农民实实在在解决问题；只有依靠基层组织，动员更多的力量，才能将大家遇到的农村饮水问题归结到一个点上。除了这些，没有什么捷径……"

有了想法和计划，吴瑜马不停蹄地行动起来，他先按局里的安排，奔赴处于白于山区的横山县，他把自己的想法和计划说给县上供水系统的同志，大家听了他的想法，非常赞同。思想统一后，他领着县上的同志深入乡镇和用户，用一个月时间，对横山县计划退出的44个贫困村进行认定。计划虽然周密，可真正落实起来并没有那么顺利。面对困难，吴瑜从未退缩，他对县上的同事说："我们就是为了解决困难才来的，如果没有困难，组织就不会让咱到乡下来。"他以昂扬的斗志和战胜一切困难的决心，领着大家，解决一个又一个难题。县上的同事看到他的行为，受到鼓舞，也提升了信心。在一个村上，他们为了解决蓄水池的定位，爬了整整一天的山，眼看着太阳沉入高原西边的云彩中，大家连一口饭也没有吃，县上负责的同志问他："饿了一天了，明天再来吧。"他看着西边的天色说："那咋行，今天就是再晚，也得把这个村的蓄水池位置找到。"一群人揉了揉肚子从地上站起来说："好吧，谁让你是市上领导哩，我们听你的。"就这样，吴瑜用自己乐观向上的心态、急民所急的情怀，影响着身边的每一个人。那天晚上他们回到县城，已是半夜时分，大家在一起吃饭，兴奋地将啤酒杯举到他面前说："跟着你干事，苦也有累也有，但心里痛快。"他笑着回敬大家："我们的苦和累，比农民从几十里外挑水拉水轻多了，只要我们能为他们造福，苦累算什么？"

作为市里安全饮水的负责人，在推进全市水利脱贫攻坚工作当中，吴瑜除了与县上的同事在一起摸爬滚打外，还要统筹兼顾，从宏观上决策部署。他创造性地开展工作，践行"5+2，白加黑"的工作要求，在下乡的同时，还根据中央、省、市对榆林城乡供水和"农村饮水安全"工作的要求，加班加点编制了《榆林市城乡供水中长期发展规划》《榆林市农村饮水安全巩固提升项目"十三五"发展规划》《榆林市农村饮水安全项目三年滚动计划》《榆林市县城供水"十三五"规划》等指导性规划，为城乡供水奠定了坚实基础。他和主任白利平，舍小家，顾大家，吃住在村上，有时一天步行10多里山路，在规定的时间内，顺利完成了横山、定边两县安全饮水认定工作，使得两县顺利脱贫摘帽。

榆林市地域辽阔，乡村分布面积广，饮水工程量大线长，工程点遍布全市12个县（区）200多个乡镇4000多个村组，工程实施难度可想而知。面对此现状，吴瑜并没有退缩，在短短几年时间内，他带领办公室的同志，走村进户，爬山过沟，几乎跑遍了项目村镇的沟沟岔岔、坡坡洼洼，参与了工程规划、计划下达、实地踏勘、检查验收全过程。他利用5年时间，超额完成12县（区）所有贫困村、贫困户的饮水安全认定，解决了98.2万人的饮水问题。榆林市累计投入建设资金12亿元，建成农村饮水安全巩固提升工程4786处，安全饮水巩固提升受益人数159万人，超额完成了建设任务。截至2018年年底，全市农村自来水普及率达到了93%以上，定边、横山、绥德、米脂、吴堡5县饮水安全认定达标，全部"摘帽"。

2018年7月26日夜晚，子洲、绥德两县发生几十年不遇的重大洪灾，吴瑜接到市防汛指挥部的电话后，和主任白利平立即赶往子洲灾区。由于道路被水冲毁，两人赤脚在洪水中行走了数公里才到县城，那种人生地不熟、在泥水中艰难探路的情形可想而知。当他们穿越县城赶到指挥部现场时，县上的同志抓住他们的手细细地打量，感到不可思议。吴瑜抹掉脸上的雨水说："担心百姓的安危，这股劲儿支持着我和我们白主任啊。"县上的同志让他们休息一下，吴瑜却说："我们来可不是休息的，这么大的水，哪儿有心情休息啊。"转过身，他们就开始在现场协助县上水利系统制定抢险救灾措施、恢复供水计划。

水灾，使子洲县城断水、断电、断气，更谈不上安全饮水。到了第二天天明，县城居民面对惨状人心惶惶，不知所措。吴瑜向县上负责救灾的领导提出，必须先解决大家的饮水问题，如果没有水喝，谁家有个病人怎么办。他向白主任请缨，由自己挑头，先解决居民的饮水问题。

经过一个多小时的查看，子洲县城的供水管网全部被洪水冲毁了，怎么办？吴瑜和白利平商量后，便即刻打电话要求米脂、靖边两个县供水公司，向子洲城区送饮用水。由于路途远，加之暴雨冲垮了路基，几个小时过去了，外调的饮用水到不了，部分居民情绪激动便到处哀求，有些家中有病人的人，抱头痛哭。看到此状况，吴瑜心里一阵酸楚，他站在淹没了双脚的泥水中又向邻县交通、消防和延长石油等单位请求支援。到下午，各路送水车终于到了子洲县城，受灾的居民才开始做饭。可工作了一天的吴瑜，滴水未进。他对子洲县供水的同志说："咱们不能歇，送来的水，只能解决今天的问题，明天群众怎么办？"县上的同志问他还有什么好办法，他坐在一个布满淤泥的台阶上对大家说："从现在开始，我们不要歇着，我们必须尽快修复自己的供水管道，在最短的时间内恢复供水系统。"到了深夜，人们都去休息了，吴瑜还是不放心，便叫了几个子洲县供水的同志，打着手电筒查看县城内可以利用的水源、水井。第二天一早，他组织人员恢复子洲县1号水源井、2号水源井、自来水厂等供水设施。

从灾情发生到全子洲城恢复正常供水，吴瑜连续工作了14天。在那些日子，无论是自来水厂抢修恢复，还是沉砂池的施工现场，处处都有他的身影。有同事开玩笑说他会分身术，感觉在抢险过程中，县城一下来了几个吴瑜。

采访中，吴瑜笑着对我说："我们所做的工作，就是解决百姓的饭碗问题，民有所需，我们必有所帮，民有所求，我们必有所助，民有所呼，我们必有所应，不然，那就是失职，那就对不起组织的培养，往深里说连自己每个月领的那些工资都对不起。"

5年来，为了解决榆林市农村饮水安全问题，使群众喝上放心水、安全水，吴瑜无数次组织工作队，深入白于山区和黄河西岸实地调研，制定供水方案，排查问题。他用自己的双脚丈量着黄土高原上每一寸土地，带着深厚的感情踏进每一户农家，用自己日渐消瘦的身体，扛起了榆林农村饮水安全的大旗，用工匠精神、钉子精神、创新精神，在供水战线上，书写着供水人的故事。

身为丈夫和父亲，他一年365天奔波在高原上，不是在规划现场，就是在施工队伍中，无定河映照着他的身影，芦河岸边有他的脚印，王圪堵水库的坝面上有他洒下的汗水，横山的44个村他一个不漏地走遍了，全市158个乡镇和街办他一个不落地跑遍了，全市6543处集中供水工程和12565处分散供水站点，有一半是他亲自查看，寻找问题，拿出维护办法和解决方案。5年间，妻子和孩子很少看到他的身影；5年间，他由一名普通的技术人员，成长为一名供水行业的专家；5年间，全市农村自来水入户率上升到97.2%。

吴瑜说："这5年来，我没有想别的，就是一门心思想解决高原上人们饮水难的问题，我认为这是一次难得的机会。过去我们也想解决这些问题，也一直在想办法探索，总感觉时机不成熟给不上力。扶贫工作刚一开始，我就在想，一定得抓住这次机遇。好在各级政府还真将农村饮水纳入脱贫攻坚的考核中。最初我看到这样的文件，整整几个晚上激动得睡不着，我就想着：一个人，一生能做多少有意义的事？作为一个公务人员，有多少机会能真正地为群众做些实实在在的事？黄土高原上人们的吃水难题，有多少人想解决，可都没有彻底解决。我们的白于山区和黄河西岸的群众，盼自来水盼了几辈子啊。当然了，这次我们做的成绩，并不是我一个人的，还有我们的白主任，我的同事们，我们的局领导，我们的市党委和政府领导。我暗自想，大家的想法应该和我一样，都想抓住这次机会做点实事，也可以说，我们顺应了天时地利人和。我的理解是，天时就是党中央的扶贫政策，地利就是我们所想的办法，人合就是我们的干劲。这里的我们包括上上下下、方方面面，有我们办公室的人，有每个县水利系统的人，有乡村干部和村民，因为大家形成了合力，心往一处想了，劲往一处扭了，自然成果也就呈现了。老百姓说我们是恩人，要我说，真正的恩人是党中央政策的制定者和各级党委政府落实中央政策的决策者。"

告别时，我问吴瑜今后还有什么计划。他说他们今后的主要任务是加强管理，现在在供水水源地有了设施有了，可以说只是打好了坚实的基础，真正要使农民长期饮用到安全水，吃上放心水，还要在管理上想更多的办法。现在各种制度健全了，关键在落实上，要吸取过去的教训，力争在长久的岁月中，让高原上的人们，不但要用上安全水，也要吃上放心水、方便水。

先天下之忧而忧，后天下之乐而乐，走过多少崎岖路，不问付出言收获。我想这便是吴瑜奋斗 5 年的行为写照。善思得机遇，终圆少年梦，不为谋着意，笑闻高原清流声。这便是他不辞劳苦的情怀。吴瑜多次获得榆林市水务局先进工作者称号，被评为陕西省政府 2017 年改水先进工作者，2021 年还被水利部评为饮水安全脱贫攻坚先进个人。我想，这些荣誉的获得，不但是组织对他付出的肯定，也是实至名归。吴瑜说，对于荣誉，他并不在意，他在意的是，自己所做的，是不是真正给高原上的人们创造了幸福，百姓满意了，他的心中才是最安然的。

五、大山深处的引水团队

冬夜来临，寒风四起，片片飞雪穿越城市的霓虹，静静地落在大街小巷，装饰着人们回家的路。此刻，古都西安的人们披着浓浓的寒气急切切地回家，进了家门暖气迎面而来，拧开水龙头用温热的水洗过手，然后开始做饭或者坐在沙发上泡一杯清茶打开电视机，开始了温馨的夜晚生活。

但谁会想到，当这座拥有 1300 万人口的城市享受着自来水给他们带来的便利时，在秦岭南坡柞水县营盘镇，有一个叫居苗的年轻姑娘，坐上柞水县城通往营盘镇的最后一班公交车，披着飞雪迎着寒风走向自己的工作岗位——西康高速秦岭终南山隧道南口的引乾济石汇流池调水站。

秦岭以南的雪比西安城要大许多，居苗下了公交车，抬头看了看公路两边农舍里灰暗的灯火，然后将脚在地上跺了跺给自己增加信心，她用围巾包住自己的耳朵，开始向北边的秦岭山根走去。她要去的目的地，距离车站约有一公里，她要到调水站，不但要上坡下坡，还要蹚过一条结冰的小河。寒风大了起来，雪也跟着大了起来，居苗走出一段路之后，从地上捡起一根树枝，在空中胡乱比画着，继续向前进发。突然，山坡上传来了狼的叫声，居苗并没有被叫声吓停脚步，若无其事地继续向前行走。她已经习惯了狼的叫声，如果没有狼的叫声，她可能会害怕，有了狼的叫声，她反而会安然一些。

其实，在这段雪路上，沿着居苗行走的路径，冒风雨，顶飞雪，沐酷暑，走过了好几个像居苗一样的年轻姑娘和小伙。在居苗之前，已经有几位同事，断断续续走了好多年，自从西安市开始从柞水县向西安调水，就有人在这条山路上行走了。这些年轻人来到这里的目的，就是将秦岭南边的水，安全地送到西安市民的家中。

他们的名字可以列一长串：李宁、张胜民、侯宏超、汪飞、杨宇飞、卢功星、陈奇、李雅莉、张珂……

我先后两次到过居苗工作的调水站。一次是 2003 年秋天，我随着省政府有关部门领导前往柞水县营盘镇调研。那次领导们调研的主题并不是将乾佑河水引往西安，而是调研西康高速公路建设进展情况。在高速公路建设方领导介绍隧道建设情况时，那位戴着黄色安全帽的负责人对几个厅长说，与秦岭隧道西康高速并行的还有一条18公里长的引水隧洞。这句话令我记忆深刻。2007年4月28日西康高速通车后，每次经过秦岭隧道，我都会想起秦岭隧道旁的送水隧洞。

2019年4月28日上午，我来到了和秦岭终南山隧道并行的引乾济石引水隧洞。

那天，西安水务集团引乾济石公司组织了一个秦岭引水隧洞走长隧活动，邀请了西安部分媒体前往采访，我也在受邀之列。

4月的秦岭南坡，山高水长，四野青绿，鲜花盛开，芳香漫地，阳光洒在一群穿着蓝色工装的青春亮丽的引水人脸上。员工们在公司工会主席熊晓峰的主持下，在公司经理巩科的带领下，在汇流池调水站水文化小广场上，用诗一样的语言，抒发着自己内心对将秦岭南麓的清水引往西安城的感悟和对这份事业的忠诚。

活动仪式结束后，在巩科的引领下，我们一行媒体人穿上高筒雨靴，戴上装有头灯的黄色安全帽，沿着偌大的蓄水池池壁，踩着一把铁梯先期下到清洗干净的10多米深的清流池，然后走进了18公里长的幽深的引水隧洞。

隧洞呈不规则的正方形，高宽3米左右，几十个人沿洞前行，悠悠黑暗漫漫袭来，各种回声渺渺而至，负责生产管理的干部手持手电筒向我们介绍着隧洞清洗的时间和周期，同时也介绍每一处所见的不同设施的功能以及年送水量、水质保障措施等。至此，我才彻底明白，古都西安市民家中自来水的源头和送水人所付出的艰辛。悠长的隧洞里，四壁没有一丝杂质，看不见水藻苔藓之类。省上几个女记者惊叹，真是太让人不可思议了，想不到输水的隧洞如此干净。

这是我第一次近距离见证西安市民家中自来水的来历，也是第一次全面了解了引乾济石公司的职能和作用。不由得从内心发出赞叹、惊喜和感慨！

30多年前初到西安工作时，只知道西安城里的人，吃着秦岭北麓的水，有黑河的水、李家河的水、石砭峪的水，却不知道水是如何穿越秦岭，流到石砭峪水库，送到西安市民家中的。这次采访，不但使我明白了西安城里自来水的来历，也见证了引水人为了这座城市所做出的贡献。

当然，营盘调水站只是引乾济石公司将水直接送往西安的一个闸口，那些清冽冽的水，如何从四面八方汇集于此，还有更多的工序和故事。

认知引乾济石公司要从一个人说起，这个人叫巩科，西安水务集团引乾济石公司党支部副书记、经理，在本书开篇有过简单介绍。

巩科之前在西安污水处理公司担任党群工作部部长、机关党支部书记，是西安污水处理系统有名的写材料高手和宣传干将。2019年秋天，我突然接到巩科电话，他告诉我他被调到西安水务集团引乾济石公司担任经理，我去柞水县找他，他人却在西安水务集团公司总部。单位相关人士向我介绍了引乾济石公司的基本情况后，我便对书写这家专门为西安引水的公司产生了浓厚的兴趣，对书写巩科产生了兴趣。

巩科，一个与水为伍、造福百姓的水务人，为了追求梦想，从苦焦的乡村到城市，为了让三秦大地上的水，涵润出祥和，给人们带来幸福，又从繁华的都市到偏僻的大山沟。10多年来，面对西安城里向北流淌的污水，他与污水处理公司领导殚精竭虑，为保卫关中腹地的蓝天白云奋斗不止；到了柞水引乾济石公司后，面对来自青山绿水间的山泉，不断调整思路，在西安水务集团领导的支持下，与柞水县政府和守着一方清水的当地群众协调合作，保证了地方的利益，又为西安市民引来了清泉水。在他眼中，每一位企业员工，都是优秀团队重要的组成部分，都是引水行业的精英。正因为他怀揣大梦，做事雷厉风行，无论他走到哪里，身上的朝气，都能感染身边的同事和工友，而他心中的所想所思，始终都与水分不开，与百姓生活分不开，与企业的责任分不开。

2019年11月1日，是巩科到引乾济石公司工作整整满一年的日子，他写了一首诗《红叶尽染乾佑河》，引起大家的共鸣：

> 在一个金风染红秋叶的时节，
> 我，带着责任，带着希望，
> 翻越苍茫的父亲山，
> 怀着憧憬和理想，
> 来到了孝义柞水，
> 一个被青山绿水拥抱的美丽之乡。

清风吹拂着我的思绪，
绿水洗涤着我的灵魂，
责任，催促着我的脚步，
梦想如一座煅炉，
那熊熊烈火燃烧着，
我那一抹青春和激情。

我不是旅行的人，
亦不是观光者，
我是要把山里的清泉，
送往秦岭之北，
供给西安千万市民享用的水务人。

寒风中，爬坡过坎，进沟涉河，
笔记本上记下了看听思践，
追赶超越、夯实基础，
标准化管理、作风强化。
我们用言行践行着，
情系百姓、服务社会的宗旨。
铸造水务铁军的誓言，
像一粒粒待发芽的种子深埋心底。

春光中，完善制度体系建设，
细化职责分工，在内强素质、
外树形象中彰显品质。
职工成长、企业发展成为永恒的目标。

夏日里，经受热的考验、水的洗礼，

看到的是发展机遇，

狠抓了人才队伍和企业文化建设，

推行了科学精准施策。

生产运行新模式的开启，

见证了实干希望和信心。

大风大浪中，初心如故，使命清晰，

看到输送的清水洇润古城，

心啊，有多少快乐和欢喜。

又是秋风至，又是秋叶红，

想到播种的艰辛、耕耘的点点滴滴，

前进中的困惑、现实中的无奈，

五味杂陈搅动心绪。

回顾一年的时光，

收获多少自信，

磨炼了坚强意志，

是困难给了我们勇气，

是责任给了我们力量，

是团结给了我们智慧。

天道酬勤，是不破的真理，

团结一心，是取胜的法门，

当我徜徉在温馨的秋风里，

我的思绪在飞扬，我们——

之所以提前完成生产目标，

领导的支持是巨大的动力，

同事的合作是成功的基石，

心中的梦想给了我们勇气。

又是一个深秋的季节，

红叶染尽了河流，

相同的日子，我心依旧，追梦不停。

努力吧！兄弟姐妹，

让我们携起手来，

在收获的季节，

继续埋下种子，

带着新一轮的梦想，

向着太阳升起的方向再度出发！

在柞水采访时，县水利局有关领导这样评价巩科，说他的到来，将静水变成了动水，将沉浮在企业的能量激活，将流淌在山间平静的清泉，舞动出浪花，使石砭峪水库不但改变了颜色，也加快了流速。

而职工却说巩科不但是一个智慧的掌舵人，也是一个勤奋的摇橹高手，他带来的活力，激活员工的梦想和情感，也给企业未来发展营造了新的希望。

巩科曾经对我说，文化是一个企业的主心骨，文化不但能产生凝聚力，也可以使企业员工知道自己的未来。

写到此，我想起了 2019 年国庆时，巩科让我帮他修改过他们公司员工创作的一篇演讲稿，其中有一段写得特别感人：

甲：如果把引乾济石公司比作一棵树，我们每一个员工就是一片四季常青的树叶。

乙：如果把引乾济石公司比作一片海，我们每一位员工，就是海中的清水一滴。

合：正因为有了这无数个"一片叶"和"一滴水"，树木才会枝繁叶茂，海洋才能波澜壮阔。

甲：站在今天时间的节点上，回顾 20 年来我们走过的路程，我们可以骄傲地说，我们，没有辜负政府的嘱托，我们，没有失信人民。

乙：我们的老一辈供水人，他们不是诗人，不会用漂亮的诗句，讴歌自己的职业。他们不是歌者，不会用动听的歌喉，吟唱自己的岗位。他们只是平凡的引水人，在自己的岗位上尽职守责。

合：可正是他们，用忠诚和热情，创造了平凡中的伟大，用行动和信仰书写伟大中的平凡。

甲：时光行走到今天，历史迎来了我们这群默默无闻的引水人，我们会用朝气蓬勃的活力，接过老一辈供水人的接力棒。

乙：我们会不断地学习、钻研、开拓、创新，用我们的实际行动，脚踏实地去拼搏，去发奋，做新一代的引水人。

甲：我们会踏着老一辈供水人的足迹，演绎新的传奇，编织新的故事，创造新的奇迹。

乙：既然我们选择了将引水作为自己的事业，那就要做好风雨兼程的准备，不去想身后，不会惧怕身后袭来的寒风疾雨。

甲：既然我们选择了将供水作为自己的前进方向，我们就要义无反顾，勇往直前，在自己的岗位上尽职尽责，让青春绽放美丽。

乙：我们将会用自己的智慧将自己打造成水的品格，厚德载物，奔流不息，坚忍不拔，永不屈服。

甲：我们是引水人，寒来暑往，风餐露宿，不会磨灭我们的意志，反而历练了我们面对困难的立场。

乙：我们是引水人，披星戴月、头顶骄阳，不会毁掉引水人的梦想，反而强化了我们对未来的憧憬和向往。

合：作为新一代的引水人，我们会结合当今时代发展潮流，认真体悟社会主义核心价值观，爱岗敬业，诚信友善，相信路在脚下，梦在前方。我们会发挥自身价值，团结合作，齐心协力，铸就一个爱岗敬业、尽职尽责的团体，引好水，服好务，争当新时代最美引水人。

通过一行行诗句，我体悟到那一群引水人的朝气和活力，在他们心中，责任和担当与祖国的繁荣息息相关，与人民的福祉紧紧相连。他们中间，有些人在秦岭的山水间，为了保护水源，使西安市民喝上干净水，一干就是10多年，从小年轻到白发挂腮，有些人大学一毕业，就离开繁华的城市，一头扎进山沟，与山路为伍，与风霜作伴，与日月相依，将个人的困苦抛却脑后，心中只有责任和使命。

说起给西安引水，引乾济石公司职工有说不完的话、道不尽的回忆，从2006年引水工作正式开始，年轻人分批从西安城到柞水，有人在大山里踩踏着苦索慢慢变得成熟，有人在山水间成家立业。他们的成长伴随着事业的发展，他们的生活由单纯走向多元。

自到柞水工作后，每次与我谈话，巩科总爱说这么一句话："源清则流清，源浊则流浊，我们的责任就是采取一切办法让源清，促流清，以水养水，用水护水，只有源清，我们才放心，吃水的人也安心。"

2021年3月21日中午，在巩科的办公室，我对他说："我想听听职工的声音，了解他们的经历和他们内心都在想什么。"巩科笑着对我说："这个简单，下午我让我们工会熊主席将大家组织起来，一起座谈，你好好听听我们的员工都是如何做的。"

当日下午，在引乾济石公司的会议室里，我不但见到了公司的员工，也听到了他们发自内心的声音。在座谈会开始时，我笑着对参会的员工们说："我就是想了解你们的工作和生活，了解你们的经历，想听听你们的故事，当然我更想了解你们如何将秦岭南坡的水，顺畅地送到西安，保障了西安市民的饮水安全，促进了西安的城市发展。"

我的话刚落音，公司党支部书记杨超将自己的手在笔记本上点了一下笑着对我说："其实呀，我们在座的每位员工，都有自己的故事，经历也很丰富，有苦难，有欢喜，有眼泪，也有欣慰。"他将目光从我脸上移开面对大家继续说道："大家就敞开了给李老师讲吧，注意，要有艺术性，要有文采，毕竟李老师是要写书的嘛，当然，更要真实，真实才是我们的主题。"

真实才是主题。杨超的话，让我的思想在一瞬间有些抛锚。正在我思考杨超的话时，党群办公室主任李邦国第一个开始讲述——他是引乾济石公司的元老：为什么政府要实施引乾济石工程，主要是西安市缺水，我们的水，是对西安城市供水的补充。当然西安市民除了吃我们柞水的水外，还吃黑河等其他地方的水。在成立引乾济石公司之前，修在长安县和柞水县之间的石砭峪水库就一直为西安供水，但那里的水不是柞水的，是秦岭山上的。如果我们将这一段秦岭视作分水岭的话，石砭峪水库中的水是分水岭以北的水，可以说是北方之水，属于西安市长安区。那时候，石砭峪水库也归西安水务集团管，但水的汇成面属于长安区。后来随着西安城市人口的不断增加，需水量增大，政府在建西康高速时，同时规划了从柞水引水到西安的引水隧洞。隧洞建成后，2006 年 3 月，成立了引乾济石调水工程管理中心。2009 年，由西安水务集团接管调水管理中心，2010 年又将调水中心改为引乾济石公司。当然，水不是直接送到西安，而是通过隧洞将柞水的水送到石砭峪水库，经过调蓄，最后送到西安水厂，再做净化处理，流入千家万户。我们所做的工作，叫引水，而不是供水。顾名思义，我们是初级操作手，我们是将秦岭之南的水引到秦岭之北。那时候，我们就开始接管石砭峪水库，由于条件差，无论是我们从柞水这边向汇流池引水，还是在不同的河流上拦截水中的漂浮物，闸门全是靠人工手摇，一摇就是几个小时，有时到了晚上，胳膊疼得连吃饭的碗也端不起来。调水池和水库的闸门没有梯子，只有镶嵌在坝壁上的铁管拉手，上下就靠脚蹬手抓，十分危险，但大家没有人叫苦，我们都过来了。我说的这些都是真实的。

党群办公室负责人刘鹏：我一直在基层工作，2006 年开始引水时，从公司坐车到工地再到汇流池，要走几个小时，就是坐公交车，下了车还要步行 4 公里，因为我们的工作点大部分在深山沟，有些还在无人区，交通极为不方便。为了提高工作效率，后来我买了摩托车，过去从公司到工地，在工地上要工作一周才能回到公司，现在一天就可回到公司。从事水业，需要现代化的设备，可那时候没有电脑，我们测水流量全靠眼睛去看。生活更不用说，你想想，在山沟里，有时吃饭都成问题，特别是冬天，睡觉也是问题，根本谈不上取暖什么的。记得有一年过春节，没有电视，我让孩子回了老家，留下妻子与我一起值班。2009 年后，西安水务集团接管公司，条件发生了根本性变化，首先配备了电脑，我们可以通过电脑监测水的流量，也可以用现代设备办公。当然现在的情况是好了，芝麻开花节节高。

公司党支部书记杨超：我是 2017 年 8 月由市水务集团到引乾济石公司的。将乾佑河的水送到西安城，可以说是陕西第一个南水北调工程，运营了十几年，现在看来是双赢，总投资 2.1 亿元，现在年调水量达到近 4000 万立方米，相当于 120 多个汉城湖。我们的石砭峪水库，不但发挥了调水作用，也是西安应急水源。同时，我们的存在，为柞水县的水资源开发起到促进作用，反哺了柞水经济。目前我们公司每年向柞水补偿 1200 万元。回顾我们走过的路程，有艰难也有收获。目前公司有 70 名职工，58 名是柞水的同志，12 名是西安的。柞水的同志大多数是老员工，就是过去柞水水电公司的员工。而这 12 名来自西安的员工，基本上都是年轻同志，他们抛家别亲，一心扑在工作上，他们的故事，我们熟悉了，不觉得有什么，因为我们是事中人，可让外人听了，还真是让人感动。像刚才大家讲的，有些年轻的女同志，大学一毕业就来到这里，生了孩子，没有办法管，不能陪伴在孩子身边，对老人也谈不上尽孝，有时遇到水情紧张，比如夏天的盛水季节和秋天的暴雨时节、冬天的枯水季节，半个月回不了家。特别是遇到下雪下雨天还要防汛、排涝、调水、护水，那种艰难外人是不了解的。有些年轻同志想提升学历，也没有时间和机会。像我们一些老员工，可以说，辛辛苦苦几十年，将半生贡献给了引水事业，从年轻时开始跋山涉水，一直到爬不动了，心里还想着引水的事，把工作当成了事业，把岗位当成了一生的理想，几十年如一日。他们如此付出，就是为了秦岭北边的人们吃上放心水，有了放心水，政府心里安宁，百姓生活安宁。可以说，我们的每个员工，都能写成一本书，都经历了不一样的人生，也是值得书写的人生。当然了，过去的困难和艰苦已经过去了，现在我们已经走上正轨。

生产调度科副科长崔敏：我是 2006 年到引乾济石管理中心的，那时候还不叫公司，水务集团还没有正式接管，我到这里主要做管理，包括财务。那时候西康高速还没有通车，我每次从西安过来，先走西万公路过宁陕的广货街，翻越黄花岭，再翻秦岭，然后才能到柞水。我平时晕车，这一趟行程得五六个小时，到了柞水身体像散了架似的，半天缓不过来。我们来了之后，就租住在药王村的民房里，手机没有信号，逢下雪天，就更遭罪了，没有取暖设施，实在冷得不行，就烧点热水，将手泡在热水里取暖。想回家也回不去，几个年轻人眼含热泪站在雪地里看从南边向北边行驶的火车宽慰自己，默默地对着火车说："请你带个信给我的母亲，告诉她我在这儿挺好的。"那时候年龄小，总是想家，手机没有信号，想打电话也没法打。住在乡村饮食条件也很差，几乎天天吃方便面。那时候我们老想，多亏了发明方便面的人，要不我们都不知道怎么生活。好在到了2007年西康高速通车，我们从西安来回就方便了许多。但我们公司的一些老同志，就在那样的环境中，一待就是10多年，目的只有一个，就是让西安城的人有水用，有水吃。

办公室主任张珂：我是孩子满月那天到柞水来报到的，这些年来我所经历的和大家一样，也可以说我们是公司发展的见证者和参与者。我感受最深的是，我们有一支团结奋进、不断开拓创新的队伍，这支队伍里面，除了老一代引水人外，我们的共青团员也发挥了模范带头作用，可以说，每一个青年，都是优秀代表的化身，都是奔着理想来肩负一份责任。我被我们的团员和优秀青年的精神时时感动着。在我们的队伍中，有许多同志可能不会说一句励志的话语，但他们用行动践行着青春的誓言，用细微的举动落实每一份责任。我想公司之所以蓬勃发展，青年的力量不可小看。当然，干任何一件事，都是需要付出的，只有付出才有收获。在我们的青年中，每一个人，在工作岗位上都是铁骨铮铮的，都是开拓者和创新者，但在每一个人的背后，都有一段引水人经历的辛酸史。就拿我来说，来时孩子才满月，现在孩子都上学了，作为一个父亲，这些年来，几乎没有陪伴过孩子。我给大家讲这么一个故事。由于不能陪伴孩子，慢慢长大的孩子便思念父亲，有时孩子看到别的同学经常有爸爸接送，可他没有，他就在想，我的爸爸在干什么，为什么总是妈妈接，爸爸不接呢？是不是爸爸不爱自己？有一次孩子与我的对话，让我心酸了好一阵子。那时候孩子大概四五岁吧，有一个周六我回到家，他扑到我怀里问我为什么老不接他，是不是不爱他。为了让他明白我在干什么为什么不能接送他，我将他引到家里的水龙头旁边，我让他拧开水龙头并用手接着哗哗流淌的水，我问他这水能做什么用。他说能喝能做饭。我又问他："如果咱家里没有水了，会是什么样子，如果你们幼儿园也没有水了会是什么样子？"他将水涂抹在自己的脸上，扭过头笑着对我说："如果家里没水，那就没饭吃没水喝，幼儿园没水，小朋友都会哭。"我再问他，没饭吃没水喝会是什么样子。他说，那就会死人，人就会渴死、饿死。我将他抱到客厅，帮他擦了脸上的水让他坐下问他："你知道咱家里的水从哪儿来的吗？"他说是从管子里流出来的。我说："你知道水是咋进管子里的吗？"他摇摇头说不知道。我对他说："爸爸就是往咱家水管里装水的人，如果爸爸天天接你上学，那就没有时间往咱家水管里装水了，家里就会没有水，你们幼儿园也就没有水了。"他静静地看了我好久说："爸爸，我以后再不要你接我了，我也不想你了，你就好好往水管里装水吧，要不，我们幼儿园没水了，那些小朋友就会饿死，咱家也没有饭吃了。"这是一个很普通的故事，我想在座的同事都经历过。也许外人不知道我们所经历的这些，可我们每个人都经历过。我常常在想，这些经历不就是我们职业的特殊性吗？用那句俗话讲，我们所做的不就是辛苦"一个人，幸福千万家"吗？这些经历对我们每个人的成长，都是至关重要的。也正是因为我们所经历的这些艰辛，引水事业包括我们的公司才一天天壮大起来。有时开车出了秦岭隧道，看到辽阔的关中平原和远处林立的高楼大厦，我就想，要是没有我们这些引水人的付出，这座山还会有如此生机吗？当然，我说的不单纯是我们，是我们所有奋斗在引水战线上的人。

工会主席熊晓峰：我是柞水本地人，2004年进入引水这个行业，那时正是公司开始施工阶段，给我印象最深的就是西安的同事们来了，没有办公条件，十多个人租住在两间民房里，而且时不时还要换房，工程到哪里，就在哪里租房。特别是2005年6月，适逢汛期，高速路没有通，西安的同事怕正在施工的工程受损，绕道商洛，冒着瓢泼大雨翻山越岭赶到施工工地。还有四个同事从西安出发，顺着铁路穿越秦岭走到柞水，铁路进洞人进洞，铁路过涧人过涧。那样的天气，铁路边随时都会有泥石流出现，可我们的同事，为了保护工程真正是舍生忘死，最终到达小峪口工地，保住了正在施工的工程。2005年国庆期间，龙潭发大水，所有的公路全部被水冲毁，而我们的同事放弃休假，冒雨守护工地，使工具和材料没有一点受损，最后顺利完成了施工。那时候，我调过来时间不长，对这个单位不太了解，看到办公条件如此艰苦，心里多少还有些疙瘩，可看到西安过来的同事如此拼命地对待一份事业，我在想，人家城里的大学生，不分男女一个个如此拼命为了什么？时间久了看得多了，我的内心被深深感动，后来我想，和这些人在一起共事，多么幸运和光荣啊，从此我下定了决心一直走到今天。我想这就是引水人的精神，外人不知道的精神。这不正是社会需要的奉献精神吗？

公司党支部副书记、经理巩科：一群人为了使西安市民能用上终南山的水，为了前方的城市各项事业能健康发展，扎根深山默默无闻地奉献。这就是我们公司所有员工的情怀和境界，是使命和责任的担当。无私无畏拼搏，克服困难努力，我们不但完成了政府交给的任务，也实现了集团的目标任务，同样为城市反哺农村、优质资源合理开发利用、保护青山绿水贡献了力量。这几年我们坚守相互促进、共同受益的发展理念，在大家的共同努力下，用我们的信心和力量，担起了社会责任。企业也在不断发展，员工也在不断进步，这是一个务实、团结、拼搏、奉献的团队。公司各项工作在水务集团的领导、关心和支持下，每年都迈上新台阶，近几年实现了跨越式发展。多年来，公司领导干部职工薪火相传，接续奋斗，留下了多少汗水和泪水，故事太多太多，留下了无尽的回忆。看着绿水青山，望着山高水长，感觉一切都很值得。在新的历史时期，我们还有许多想法和计划，但归根到底只有一条，那就是服务百姓，服务社会需求……

告别了引乾济石公司的员工，告别了柞水，那些引水人的声音不断在我耳边回响。

当我穿越秦岭，走出大山，面对秦岭之北平原上林立的高楼大厦，我又一次想到了"厚德载物"。那些奋战在秦岭山里的引水人，不正如水的品质一样，坚毅而勇敢，利万物而不争，用自己的牺牲精神为众人缔造了幸福与安康吗？

第五章

幸福之泉　流入农家

一、秦巴怀抱，汉地行韵

披着五月的阳光走进汉中

5月，是汉中平原一年中最美好的时节，也是我最喜欢的时节。我对汉中平原有一种独特的喜爱，自1993年那个春暖花开的时节，第一次踏上这方充满活力而富有诗意的热土，我就被她醉人的风景所吸引。30年来，只要双脚踏上汉中平原，兴奋、惬意、开心、激动，就不由自主地从内心涌出。特别是在阳春三月，金灿灿的油菜花盛开，走在汉中平原上，感觉自己像张开了一双大翅膀的雄鹰，有种凌空翱翔的欲望。白色的房舍，富饶的田畴，亭亭玉立的水杉，一片片倒映着蓝天白云的水田，巍峨而朦胧的巴山，西边连绵起伏的定军山，北边隐约可见的绿色秦岭，将汉中平原紧紧抱于怀中。自西向东潺潺流动的汉江，宛若一条闪着银光的飘带，携带着大自然的善意，将一方热土，装扮得诗意盎然。远远看去，汉中平原像一幅上苍赐予秦岭和巴山的色彩艳丽的水彩画。在这幅美丽的画卷中，有拜将台的宏伟，有武侯祠的深重，有旱莲的妖艳，有褒河水轰隆隆的涛声，有汉中三堰美丽的传说，有蔡伦造纸的遗迹，有张骞西行的身影。

现在，我就行走在汉中平原5月萌动的诗意中：油菜花谢了，茎秆上的果实用另一种暗黄，装饰着广袤的平原；水田中的水更亮、更清澈了；路边的水杉更绿了，绿得让人有一种想拥抱的冲动。

为什么我会在5月这个热风劲吹的时节，在布谷欢快的余音中，又一次来到汉中平原？是因为原陕西省省长袁纯清的一句话。

2021年4月25日下午，陕西省水利厅宣教中心王辛石主任应我请求，发给我一份资料，其中有时任陕西省代省长袁纯清在2006年8月25日"加快解决农村群众饮水困难电视电话会议上的讲话"。袁纯清说:"陕南山区地形复杂,人口居住分散,群众多沿沟坡地带居住,听水响,看水流,然而吃水贵如油。"

15年时间过去了,陕南人的饮水是否还像当年袁省长说的"贵如油"? 2021年5月8日,披着雨后的朝霞,我急切地奔赴秦岭南边的汉中盆地,想寻找答案,看看经过多年的脱贫攻坚,陕南地区群众的吃水问题,是否有所改善。

车出了秦岭悠长的峡谷,汉中平原像幅偌大的花色地毯展现在我眼前。我从洋县黄安镇阁堡村二组开始采访,沿汉江前行一段路程后,离开汉江沿岸,进入山区,走向西乡县桑园镇政府和桑园镇火地沟村,再到西乡县柳树镇小龙村、柳树村、堰口镇板桥村、古城村、民主村、分水岭村,南郑区大河坎镇中所营村、勉县同沟寺镇同沟寺村、晨光村,褒河镇褒河村,留坝县的城关镇青羊铺村、武关驿镇武关河村、河口村,我整整用了一周时间,通过走访、观察、与群众交流,了解汉中市农民饮水的实际情况。得到的答案自然是令人欣慰和兴奋的。如今的汉中农民,不再是"听水响,看水流,然而吃水贵如油",无论是在深山老林,还是在广袤的平原地区,家家户户都吃上了自来水。

在勉县,每走过一个村庄,就会发现村庄外水房是最美的标志性建筑,虽然并不高大,但当你看到黄墙蓝瓦的供水房鲜亮地兀立于村庄外的田间地头,你会感到,那是另一种时代的产物。有人说,20年前,在村庄里,学校是最美的建筑,而今天,美丽的水房,替代了当年学校的景观。

西乡县柳树镇阁家沟村四组组长、农村水管员、农民作家王明星用一首诗《农民吃上自来水》,记录了汉中农民吃上自来水的现状,情真意切,准确生动。

无论山有多高,
无论沟有多深,
无论是热闹的村庄,
还是偏居一隅的山区,
自来水的哗哗声,
如一首时代的颂歌,
唱响在每一户农家的庭院和灶头。

因为有了自来水，

女人们不再为没水吃而落泪，

男人们不再因挑水而摔伤筋骨。

不分房舍的高低，

不分墙体的黑白，

不分道路的远近，

不分坡陡还是沟深，

只要有炊烟的地方，

都有自来水的欢唱。

这是党恩的体现啊，

是政府对农民的关心。

水还是那些水，

但又不是那些水，

过滤、消毒更加精细，

向上流、向下流，

都是为了滋润每一颗心，

孕育每一个生命。

就连那些鸡和猪、花和草，

也沾了自来水的光，

它们显得自豪而快乐。

有一个老人对我说，

想不到呀，现如今，

挑水的扁担，成了文物，

那些养育生命的水桶，

硬生生被历史遗弃。

而我却感觉到，

何止是木水桶、塑料桶，

同时被时代遗弃的，

还有母亲叫嚷挑水的声音，

父亲那红肿的肩头，

挑水时走过的石子路，

那些寒风和鸟鸣，

当然还有一些痛苦的记忆。

汉江与汉中

汉中位于陕西西南部，北依秦岭，南屏巴山，中部为盆地。全市辖 11 个县区和 1 个国家级经济技术开发区，幅员 2.72 万平方公里，其中盆地占 6%，浅山丘陵占 36%，中高山区占 58%，总人口 384 万。境内生态环境良好，资源丰富，景色秀丽，气候湿润，素有西北"小江南"和"秦巴聚宝盆"之美称，被誉为"地球同一纬度生态环境最好的区域"。

历史悠久的汉中，是汉文化的发祥地。自公元前 312 年秦惠文王首置汉中郡，迄今已有 2300 多年的历史。公元前 206 年，汉王刘邦以汉中为根据地，筑坛拜韩信为大将，明修栈道，暗度陈仓，逐鹿中原，平定三秦，统一天下，成就了汉室天下并延续 400 多年。自此，汉朝、汉人、汉族、汉语、汉文化等称谓一脉相承至今。 在九州华夏无论什么地方，汉中人都会以自己生长在汉中而骄傲。汉中人骄傲的缘由有四点：一是他们有丰富的水资源；二是他们有清爽的空气和温润的气候；三是他们拥有开遍山川丘陵的金灿灿的油菜花——汉中是我国著名的油菜花基地之一；四是他们来自汉文化的故里。

一泓清泉，长渠碧波，涟荡千里，汇通江河。汉江，以自有的方式存在和流通，应世生变，串州接府，承古载今，润物育人，记录历史，涤荡尘埃。郦道元在《水经注》中说汉中因汉水而得名，故而汉中的水资源十分丰富，形成汉中固有特色。长江支流汉江在其境内干流长 270 公里，流域面积为 1.96 万平方公里，占全市总面积的 72.3%，出境水量占丹江口水库年均入库水量的 60%。汉中境内汉江水系流域面积 10 平方公里以上的河流有 373 条，其中流域面积 1000 平方公里以上的河流 4 条。多年平均自产径流量 99.8 亿立方米，全市人均水资源量近 4000

立方米，高于全国和陕西省人均水平，经过有关部门监测，汉江出境断面水质符合Ⅱ类标准。水源涵养区的汉中，亦是我国南水北调中线工程所在地和重要的水源地。

自加压力解决农民吃水难

近年来，为一方百姓管水的汉中市水利局，为了让全市农村群众喝上干净水、放心水、安全水，他们依据相关规定，将群众饮水与全面建成小康社会、打赢脱贫攻坚战密切结合，采取"工程补短板，行业强监管"的总基调，通过不同措施和方法，力促全市群众饮水问题清零。

全国水利系统先进个人、汉中市水利局农村供水科科长芨志超说："近年来，我们市累计完成饮水安全投资 14.48 亿元，新建、改扩建农村供水工程 2155 处，铺设供水管道 2.5 万公里，修建蓄水池 5000 余个，改善提高蓄水池 202 万个，惠及 47.65 万建档立卡贫困人口。汉中市水利局在农村群众饮水安全建设方面，创下投资最大、建成工程最多、受益群众最广等'八项历史之最'。全市农村自来水普及率达到 99.3%，所有农村群众不但吃上自来水，且饮水安全均达到国家现行标准。"

据芨志超讲，为了彻底解决农村供水工程小而散、建设不规范的问题，汉中市水利局相继统筹谋划、改革创新，尽全力织密全市饮水工程"安全网"。

——在实施农村饮水安全工程的过程中，全市水利部门摒弃过去"拉管子、修池子"的老套做法，自加"三个压力"：围绕标准更高、受益面更广的要求自加压力；围绕把安全用水送到农户庭院灶头的标准自加压力；围绕以脱贫攻坚为契机提升整个农村饮水安全水平自加压力。在脱贫攻坚过程中，全市 1578 处简陋供水设施得到改造提升，922 处供水工程加装净化消毒设备，13 处千吨万人规模化工程实现通水发挥效益。

——在实施农村饮水安全工程的过程中，水利人自觉按照工程规划设计、技术指导、工程标识、管理办法、专人负责"五个统一"的要求，规范各环节程序，促进工程建设管理的科学化、规范化，使农村供水工程建设质量和标准大幅度提升。

——在实施农村饮水安全工程的过程中，市、县（区）、镇（街道办）、村（社区），四级合力，上下对接，纵向联合，因地制宜，结合水情、民情实际，打造了一批诸如黄花河、药木院等标准化示范工程和农村饮水安全"最美工程"。这些工程，成为乡村一道道靓丽的风景线。

——在实施农村饮水安全工程的过程中，为了鼓励水利人爱岗敬业、弘扬正能量，激励一线管水人员工作热情，市水利局牵头，连续多年组织开展了"最美农村供水工程、最美管水员和水利人和睦家庭"网络评选，鼓舞了士气，树立了正气，集纳了人气，形成了焦点，带动了全市农村供水工程建设管护水平不断提升。

——在实施农村饮水安全工程的过程中，汉中市水利局局长李代斌亲自起草、市政府办公室出台了"运行管护十条标准"，健全了管护体系，力促全市所有镇办实现管理机构、专管领导、业务专干"三明确"，所有村（社区）实现专人管理、制度公开、水价合理、收支台账、及时维护、合理薪酬"六个有"，落实落地"水费收缴管理、服务公示公开、设备管护维修、工程定期巡查、供水应急保障、管水人员培训、年度考核评比"七项制度，推动从水源到水龙头全过程精准管理。针对工程"建了没人管、管不好"的难题，市水利局广泛深入开展专题调研，征求基层管水、群众用水等各方意见建议，大胆改革，不断探索，建成具有汉中特色的农村供水工程运行管护体系，挖掘总结并在全市大力推广适应不同供水规模、不同环境的建后管护"六种模式"。牵头带动9个行业部门分工履职、密切配合，合力构筑饮水安全屏障，全市11县区全部制定专管机构、出台运行管理办法，设立了维修养护资金池，年均落实维修养护经费2200万元，涌现出汉台区西沟村、勉县晨光村、留坝县武关河村等一批管理科学、群众满意的亮点工程。

——在实施农村饮水安全工程的过程中，汉中市水利局坚持以水养水，推动长饮幸福水的原则。紧盯量化赋权、水费收缴、水源保护关键环节，分类施策、推动工程长效稳定运行。全市11县区供水工程量化赋权率、水费收缴率、水源保护到位率已由2015年末的9%、13%、11%均大幅提升至90%以上，每年定期对6300余名基层管水员进行培训，考核合格后颁发资格证，实现持证上岗。"以水养水、良性循环"的保障机制初步形成。

——在实施农村饮水安全工程的过程中，建立"三项机制"打造监督体系。有效监管是饮水安全的重中之重，为保障饮水安全不漏一户、不落一人，汉中市水利局建立完善饮水安全监督管理三项机制，动态排查，成立了由主要领导亲自负责、分管领导具体主抓、8个县级领导分片包联的农村饮水工作组。工作组除常态化对分管片县区饮水工作监督指导外，每年年末对脱贫摘帽县区饮水达标情况逐户复核确认，每季度分别利用一周时间，随机抽取平川镇、山区镇各1个县进行解剖麻雀式核查，从水源到水龙头平茬齐过，查找剖析、逐一解决存在问题。仅2020年累计核查镇办45个、工程1247处，有力推动了饮水问题整改落实、巩固提高。

——在实施农村饮水安全工程的过程中，坚持回访监督制度，按照"市有清单、县有组织、镇有人员"的要求，完善了农村饮水问题回访监督体系。饮水安全明白卡50余万份发放到户，公示服务监督电话，畅通群众反映饮水问题渠道，累计受理解决群众反映饮水问题52个，对用水人反映的问题定期回访；落实专人通过脱贫攻坚大数据平台，定期对建档立卡贫困户饮水情况开展随机电话抽查，对反映问题立行立改，确保群众饮水满意率100%。立法保障，为进一步推动管护制度和标准落地见效，市水利局广泛开展立法前期工作。通过积极争取，市人大常委会对农村供水制定地方性法规，从法律层面规范保障全市农村供水事业可持续、高质量发展。

十条标准促饮水安全

为了使各级组织对农村饮用水在管理过程中，有具体的标准可依，确保农村饮水安全工程长效运行，2020年4月23日，市政府办公室根据《汉中市人民政府关于切实加强农村饮水安全工程运行管护的意见》，结合全市的实际情况，出台并下发了《关于决战决胜脱贫攻坚饮水安全运行管护十条标准的通知》：

水质水量要保障：供水水质达到生活饮用水卫生标准，净化消毒设备常态化运行，正常使用率100%。

管护责任要落实：按照"分级负责，以镇为主，属地管理"原则，全面落实县区政府主体责任、镇办和供水单位运行管理责任；水利、生态环境、卫健、农业农村等部门按照职责分工,分别落实工程运行管护,水源地保护区(范围)划定和防护设施完善、水质日常监测、人居环境整治等行业监管责任,形成政府主要领导负总责、分管领导具体抓、镇办全面落实、部门协同推进的责任机制。

人员机构要健全:逐级健全完善农村饮水安全运行管理机构。每个镇办依托现有机构,做到"三明确",即明确1个管理机构、明确1名专管领导、明确1个业务专干。每个行政村实现"六个有",即有人员管理、有管理制度、有合理水价、有收支台账、有专人维护、有合理薪酬。

量化赋权要到位:完成农村供水工程资产评估和产权量化分析,精准施策推行承包、租赁等管理方式。

管护资金要保障:县区财政建立完善补贴机制,按照"经费保障不足部分由地方补齐"原则,设立维修养护资金池或将维修养护经费列入财政预算。对因自然灾害损毁和水费收入不能覆盖成本的工程足额补贴,保障群众基本用水需求。

水费定价要合理:千吨万人供水工程由县区水利部门指导定价;集镇供水工程水价由受益镇办组织定价,报县区水利部门备案;联村、单村供水工程由镇办确定水价范围,村委会通过"一事一议"协商确定具体水价;分散联户供水工程由受益户自行协商分摊维修管护费用。

计量设施要入户:结合实际推广实施"一户一表"、集中水表池,安装预付费计量水表。

水源保护要全面:千吨万人供水工程全部划定水源保护区,所有集中供水水源插标量界,做到"三有三没有":有警示标志牌、有隔离防护措施、有定期巡查,保护区范围内没有与饮水安全保障无关的设施、没有污染物排放、没有违法建设项目。

管护运行要规范:因地制宜推行"联村式、单村式、自主式、物业式、民企式、托管式"6种管护方式。建立健全"水费收缴管理、服务公示公开、设备管护维修、工程定期巡查、供水应急保障、管水人员培训、年度考核评比"7项制度,保障农村饮水安全工程长效良性运行。

人民群众要满意:工程规划设计、建设方式和管理模式要广泛征求用水群众意见建议,饮水安全明白卡100%发放到户,供水监督服务电话100%告知到户。

用好陕西城乡供水微信公众号和回访监督平台，及时关注供水舆情、解决群众饮水问题，保证农村集中供水群众用水满意度不低于90%。

苌志超说，为了使十条标准精确、精准，真正成为全市处理饮水安全问题的纲领性标准，李代斌一个字一个字对十条标准进行推敲，曾前后十多次组织相关人员讨论，征求基层管理人员意见。标准下发后，得到了全市水利系统人员的积极响应，成为全市农村饮水安全的铁律，为促进饮水安全发挥了极大作用，取得了理想的效果。

在汉中采访期间，无论是在乡村还是机关，人们说起农村饮水安全，都会提到市委书记方红卫。据了解，方红卫在担任市长期间，就农村饮水安全问题，每年都要深入农户家庭进行调研，查看水源地，检查管网铺设，与农民座谈饮水安全的诸多问题，听取农民的想法。在许多会上，他一次一次强调：

——农村饮水安全是脱贫攻坚"两不愁、三保障"的重要指标，是"县摘帽、村退出、户过关"的必检事项。要直面问题找差距，必须强化工作责任感、紧迫感，对照标准，直面问题，细化措施，整改落实，确保群众吃上干净水、放心水。

——要聚焦问题强整改，对照省脱贫攻坚饮水安全"水质、水量、方便程度、供水保障率"四项标准，努力做到保障水质水量、落实主体责任、完善管理机制、量化赋权到位、规范管护方式、保障资金投入、计量设施入户、水费合理定价、全面保护水源、让人民群众满意。要紧扣关键抓整改，在"十条标准"的框架下，围绕节约饮水、清洁饮水、饮水安全，进一步细化工作措施，切实推动脱贫攻坚饮水安全政策在基层落实落细。

——要多措并举抓整改，推动问题整改清零，建立应急保障机制，完善回访监督机制，实实在在解决群众用水需求。要通力协作抓落实，要夯实责任。县区政府切实履行主体责任；镇村切实担起管护责任；水利部门切实履行行业监管责任；卫健部门抓好农村饮水水质安全日常监测；生态环境部门抓好农村饮用水水源地保护。

——要严督实考，对问题整改、水费计收、水源保护、水质提升、量化赋权等重点工作，采取"月统计调度、季督察暗访、年排名通报"的方式，切实推动问题整改；要依靠群众，加强节水、护水、有偿用水的宣传，与基层干部、群众进行深入座谈，既有效解决问题，又及时化解矛盾，全面完成农村饮水安全各项工作任务。

一个市长，将农民吃水问题当作重要工作去抓，去落实，大会讲，小会讲，城里讲，乡下讲，对干部讲，对农民讲，且具体到每个细小环节，体现出执政者对农民饮水安全的重视和关心。正因为有如此关心农民吃水的市长，汉中全市农村自来水入户率才能位居全省前列，农民才真正享受到自来水的香甜和便利。正因为有了执政者的重视，水才没有像当年袁纯清省长所说的"贵如油"。

汉中市水利局局长李代斌说："保障群众饮水安全，需要久久为功、持续发力。对我们来讲，脱贫达标不是终点，而是新的起点。面对未来，我们将以更坚定的信心、更顽强的意志、更果断的措施，持续巩固水利行业扶贫工作成效，针对不断变化的实情，采取不同措施，通过我们的不懈努力，让全市所有农村群众长期稳定吃上安全水、放心水！"

节约用水　一种共识

在汉中采访期间，还有一个现象给我留下深刻印象，即节约用水。无论是与政府官员交谈，还是与普通百姓交流，抑或是在各级组织提供的与水有关的资料中，节约用水像人们说话时常用的口头禅一样，被不同群体的人们时时提起，在各种文本中出现。进入汉中城区，我采访了住在汉江岸边大河坎街区的南郑区中所营街道办中所营社区副主任57岁的张宝成。那天他下班后，我赶到他家采访，走在洒满夕晖的街巷里，打问村民村上谁是水管员，村民将我领到张宝成家。听说我要了解居民吃水问题，张宝成满脸兴奋，他让爱人从客厅搬出小方凳，摆出长谈的架势。采访过程中，他说的一件事，不但令我印象深刻，且使我感到不可思议。

张宝成说，他们社区有个规定，每个村民出钱买水时，无论什么情况，一次性买水不能超过100元。我好奇地问他为什么，他说是社区规定的，为了号召村民节约用水。我说：在全陕西省，你们汉中是水最丰沛的地方，而且你们就住在汉江边，汉江的水，滔滔不绝，为什么还这么注重节约用水？张宝成笑着说："正因为水多，我们才要提倡节约用水。老辈人有一句话，'常将有时想无时，莫到无时想有时'，这是咱中国人的传统，再说了，虽然汉江的水多，但我们不能光顾自己呀，我们要支持国家大的建设方略，支持南水北调。我们的汉江水，一是要往北京调，二是要往秦岭以北的关中调，所以说节约用水是我们这一代人必须要做且要做好的事。"

说话间，张宝成的爱人从屋里出来，走到庭院的大铁门里面，她同样笑嘻嘻指着院门后面靠在院墙旁边的一堆生了锈的铁器对我说："这是我们家过去吃水用的抽水机，我们都吃上自来水10年了，可是老张不让我扔，他说他在村上管水，要将这些东西长久地放在这里，让年轻人知道，过去我们农民是如何吃水的。我们家离汉中市近嘛，空房子也多，我们家也招了一些年轻的房客，每招进一个房客，老张第一件事，就是给年轻人讲用水规则，讲节约用水。有些年轻人说，用水多少是我们自己的事，我们出钱就是了。可老张却毫不留情地对人家说，钱是你的没有错，可水是国家的资源，要在我这儿住，必须接受我的规则。曾经有一个年轻人，住在我们家，用水不讲究，只要他在，就能听到水龙头哗哗地流，听着就让人心疼。老张呢，嫌人家年轻不节约水，硬生生地将人家劝走了。"

听了爱人的话，张宝成接着说："在我们村，大大小小的人都知道节约用水，节约用水成了人们的自觉行动，所以，对于浪费水的人，大家都不太喜欢。"

离开张宝成家，夕阳正在收拾晚装，来到汉江岸边，晚风乍起，对面的城市亮起了霓虹。脚下，一江承古载今的红波在河岸内缓缓涌动。望着东行的江水，我不由得抬头去看张宝成的村庄，一种敬意油然而生。汉江岸边的人，节约用水的故事有多少人知道呢。守着江水做着节约用水的事，说出来也许人们不相信，可事实就是那样，我再次想起了张宝成说的那句古语：常将有时想无时，莫到无时想有时。现实生活中，有多少人能理解这句古语的真正含义呢？

在西乡县柳树镇阎家沟村四组水管员、农民作家王明星家的厕所里，两个白色的塑料水桶里，装着洗菜用过的水，用于冲厕所。我和王明星站在他家后面一个偌大的湖边，我看着碧波荡漾的水面问他：你们这儿不缺水呀，为什么还要把洗过菜的水存下来冲厕所呢？他看着对面波光粼粼的湖面说："农民嘛，节约成了习惯，虽然现在自来水通到家里了，水费也不贵，但节约用水成了人们的习惯。我管着组里的水，也在天天号召大家节约用水哩。水这东西，在我们汉中的确不缺，可过了秦岭，到了你们关中，特别是陕北，那就不一样了。我去过陕北多次，还有山西与陕西交界的地方，那一带啊，水实在是太缺了。所以，自我开始管水后，我就常给村民讲，水就是德，水里包含着善，我们节约用水，就是在用行动讲德，用行动在行善，也许我们所节约的水，通过蒸发，会帮助别的地方。有村民说我是作家，爱想象。我对他们说，人嘛，就是要有想象力，过去我们吃水要到山下去挑，那时候我们也在想象着，什么时候，我们农村能像城里人一样，把自来水引到家里，再不受挑水的苦。现在呢，不是实现了吗？这就是想象的力量呀。村民认为我说得有道理。他们说，一定听你的，咱都节约用水，咱都做善事。我们村的节水意识就是这样形成的，只要我开会，我都要强调节约用水。当然这也是政府的号召，我们汉中市各级领导都有节约用水的意识，无论你看新闻还是读报纸，都能看到这样的消息。老百姓说，讲这样话的领导，是知民心懂民苦的人。"

在西乡县堰口镇马家湾村元坝组，住在茶山脚下的 51 岁的村民谭明友，通过扶贫政策，由穷变富。过去他家里只有四间低矮的土房子，住着父母、弟弟、女儿和儿子，还有两个没有成家的叔叔。这些年，享受了扶贫政策，再加上自己的努力，不但盖起了两层八间漂亮的楼房，家里还置办了太阳能、皮沙发、三开门冰箱。

2021 年 5 月 9 日晚，我前往他家采访。其妻子借着灯光正在用自来水管冲洗牛圈，他发现后，当着我们的面将妻子数落一顿。妻子关了水龙头说："牛圈味太大了，不冲洗到处都很难闻么。"他告诉妻子："要冲白天冲，用洗菜水冲，自来水冲多浪费水呀。"

他返身坐在沙发上对我说："不是怕出钱，我也不缺钱，过去穷，现在脱贫致富了，我有钱了。我搞起了五养，养牛、养羊、养鸡、养猪、养鸭，年收入 20 多万。可这节约用水，是一种习惯，过去我们从山坡下挑水，将人挑怕了。现在你看，自来水到院里头了，但节约用水是咱的老根本呀。过去我们从坡下挑水上来，太难了，所以，现在有了自来水，更要节约，这种习惯不光我们这一代要有，子孙辈也要有。儿子每次回来，他看到我，不敢胡乱浪费水，有一次他开着水龙头，在看手机，我发现后，给了他一耳光。我是要他记住，在我们家，节约用水是一种传统，从老辈人那里传下来的，不能看着现在用水方便了就随意糟蹋。"

西乡县桑园镇副镇长姚春雨领着我去他们镇火地沟村采访时，村党支部书记、村委会主任55岁的阮德荣，句句离不开节约用水。他说他们村606户村民1853人，人人都知道节约用水，自己作为村上领导，自从有了自来水后，一直给大家讲如何节约用水。他说他们村之所以能被评为全国先进村，与他倡导节约用水有很大关系。

在洋县黄安镇阎家堡村，年轻的村党支部书记、村委会主任许鹏对我说，他兼着村上的管水事务，他们村在汉江南岸的高坡上，看着离汉江水近得很，可解决村民用水问题费了大力气。从接通自来水开始，村上就制定了详细的节约用水措施和奖罚制度，一旦发现有人浪费水，开着水龙头扯闲话让水白流，他都会组织村干部现场研究处理，动员村民到现场开节约会。这成了惯例。有个年轻人在外地打工，回来后开着水龙头让水白流，一帮子人在庭院里打牌。水管员发现后告诉年轻人要节约用水，年轻人说水管员管得太宽了。他父亲听后当着众人面打了儿子耳光，因为他父亲当年就是因为挑水摔伤了腿。他们采取的办法就是用当年吃水的难，教育今天的年轻人节约用水。过去我们眼看着山下的汉江水哗哗流淌，可老一辈人挑水挑怕了。他指着山下的汉江说："过去老一辈人就是从江里取水吃，你看看这山有多高，挑一担水来回得半个小时呀。"

在留坝县武关驿镇一处农家乐里，一位女老板将洗菜用过的水存起来，然后提到厕所里用于冲洗厕所。她告诉我：农民就是这，越是有，越讲究节约，习惯了，主要是过去从山下挑水把人挑怕了。她抬起头看着远处高山上的流云笑着说，当然了，这节约用水，也是政府号召的嘛，咱也在响应政府号召哩嘛。

节约用水，成了汉中人的习惯和共识，也是人们道德修养的体现，这就是中国农民，一个从来不会忘本的群体。站在汉江岸边的阳光下，望着诗意盎然的汉江，我又想起了袁纯清省长那句话，"听水响，看水流，农民吃水贵如油"。如今，汉中人水龙头到了灶头，可他们依然固守节约的传统，用行动诠释着另一种水德。

二、水是安康魂，甘泉润民心

先进称号的背后

2021年5月19日，在浏览网页时，无意间被一条关于全国农村饮水脱贫先进集体的新闻抓住了眼球。消息由一个署名为周传水的作者所发，最初发布在安康新闻网和陕西省水利厅的官网上。看过消息后，为印证消息的真实性，我立即点击进入了水利部官网，找到了水利部《关于表彰全国农村饮水脱贫先进集体和个人的通报》，证明了此消息的真实性。

消息标题为《石泉县水利局荣获全国农村饮水脱贫攻坚先进集体称号》。

自2016年脱贫攻坚战打响以来，石泉县抢抓农村大兴水利的历史机遇，强力推进解决人民群众最关心、最直接、最现实的饮水安全问题，累计争取项目投资6000余万元，建成饮水工程634处，配套消毒设备273台（套），安装蓄水池安全防护围栏683个，解决9.1万群众的饮水安全问题，其中贫困人口1.9万。最具有代表性的熨斗镇板长、麦坪两个深度贫困村因受喀斯特地貌所限，水资源极度缺乏，常年没有稳定的地表水源，村民大多是逢下雨天蓄水以备生活之需，引水难、吃水难是当地村民常年的心病。为此，石泉县水利局不负重任，一方面跨镇跨村协调水源引调，提前与镇、村、户沟通，化解水源引调而产生的矛盾分歧。另一方面针对水源取水的技术难题，认真分析管线铺设数据，充分做好项目实施的前期设计会审。他们克服高温酷暑、荆棘毒虫、材料运输困难等多重阻力，精心测量管线，肩挑背扛、骡托马运施工材料，全力保障施工进度。最终于2018年12月建成两个村级标准化水厂，解决了两个深度贫困村祖祖辈辈水质差和缺水的问题，取得的实效得到了当地群众一致好评。

抓好水厂建设的同时，石泉县水利局按照落实"三个责任"和"三项制度"的总要求，夯实政府管护主体、行业部门监管、运行单位管理"三个责任"，在各镇、各村悬挂三个责任落实公示牌160块。同时，围绕管理机构、管理办法、管理经费"三项制度"落实县级农村饮水安全专管机构1个，镇级饮水安全管护工作机构 11 个，村级运行管护单位 150 个，明确农村供水工程管护人员 160 名，下发农村用水户明白卡 3 万余份，公布了供水服务热线、监督电话和相关管护责任人名单，与供水工程管护人员签订了管护协议书，并积极推进落实水费收缴，使农村供水工程管护能力显著增强。同时，为保障农村饮水安全长效稳定，石泉县水利局以管得好、长受益为目标，在常态化开展农村饮水安全工程管护培训基础上，结合当地实际制定了《农村供水工程运行管理办法》《石泉县农村供水回访监督工作方案》《石泉县季节性缺水应急预案》《石泉县脱贫攻坚水利类扶贫资产管理办法试行》等管理制度。

为了更深入地了解石泉县水利局在脱贫攻坚期间所做的工作和成绩。2021 年 6 月 7 日，我从西安出发，专程前往石泉县进行实地调研。上午 10 点钟，在石泉县水利局见到了水利局副局长李品室。谈到获水利部表彰，他笑着说："我们所做的工作，和其他地方没有什么大的区别，要说有区别，就是我们下足了真功夫，流足了汗水。在外人看来，我们石泉地处陕南，水资源相对丰富，人均占有水量 3650 立方米，远远高于全省平均水平，可是在全面落实农村饮水安全这个问题上，我们这里的情况，比关中地区要复杂得多，实施起来比陕南其他县难度还要大。"

问他为什么。

他依旧笑着说："我们这里虽然山清水秀，但整体条件比其他地方差得多。差在哪里呢？主要是农村人居环境不能与人家比。就说关中地区吧，水资源虽然比不上我们，可人家是平原，农民居住地相对集中。一个村打一口井建个水塔，安上水管，全村可以统一供水，而我们就不行，我们的农民，大部分住在沟岔里和山坡上。这就是我们的弱势，所以在落实饮水安全方面，我们的付出就要比别人多。但通过几年的努力，我们克服了种种困难，全县水利系统上下扭成一股劲儿，形成合力，实现了农村安全饮水全覆盖。同时，我们在全面推进乡村振兴新征程中，巩固拓展脱贫攻坚成果，进一步提升农村供水保障和服务水平，不断增强人民群众获得感、幸福感和安全感。水利部也许看中的是这一点吧。"

"实至名归！"我对李品室说。

之后我问他："周传水是你们局里的人吗？"

李品室哈哈一笑说："你找对人了，周传水是我们局的笔杆子，你要采访，找他就对了，他也是我们局脱贫攻坚包村干部。我们全县在农村供水方面的资讯，他都十分清楚，我们的所有对外宣传材料都是出自他的手。"

说罢，李品宝便打电话叫来了专门负责新闻宣传工作的周传水。

周传水40来岁，高个儿，着一袭得体衣衫，人长得精神，一脸书生气，有着文人的睿智和行政干部的干练。相互介绍后，得知我这次来石泉的目的，他便跟李品室说："要不要带李作家去板长村实地采访？这样写出来的东西才会更接地气。"

李品宝想了一会儿转过头对周传水说："问题是谢小龙身体不方便，要不你就带作家去板长村跑一趟吧。"

在下楼的间隙，我问周传水谢小龙是谁。周传水告诉我，谢小龙是他们局下派到板长村的驻村第一书记。

我对周传水说："你想办法联系一下谢小龙同志，咱们在一起聊聊。"

周传水叫来了谢小龙，我便对谢小龙做了简单采访。通过交谈我才知道谢小龙在板长村担任第一书记4年多，为板长村做了许多事情，解决了很多实际问题，由于劳累过度，腰部受伤。对于不能一起去板长村，谢小龙表示了歉意。随后，我便和周传水坐上了去板长村的车。

沿汉江行走

在前往板长村的途中，我对周传水说："我多次来过你们石泉县，特别是你们县城南边汉江上的高架桥，很有气势，因为这座桥，我总感觉你们县是个大县。"

说到石泉县的来历，周传水说："我们县的名字，还真是因水而得。1928年石泉直属陕西省，因石泉县城南一里有甘泉，上刻'甘泉'二字，从石窝出，县以得名。"

我们沿着汉江一直向东南方向走，令我感到新鲜的是，石泉人对汉江的保护方法和措施十分周密，两座大型水库在县城首尾相接，形成了"一江两湖映山城"的独特奇观。一汪蓝色的江水，静卧于两座青山之间，车行在江岸上，如行走在画廊里，一步一景，步步皆景，汉江，就像一颗璀璨的明珠镶嵌在秦巴汉水之间！

周传水告诉我："保护汉江是我们水利局的主要责任之一，这些年，我们按照习近平总书记所讲的，加大生态保护力度，加强南水北调工程沿线水源保护，持续抓好南水北调工程沿线区、受灾区的污染防治和生态环境保护工作。习总书记曾讲到，要把实施南水北调工程同北方地区节约用水紧密结合起来，以水定城，以水定业，调水和节水这两手要同时抓。所以，我们在保护这一块，想了许多办法也采取了相应措施，通过宣传和创新，我们着重推行'健全三个体系，完善三项机制，落实三大措施''三个三'河长制模式，深入推进河长制工作，形成了共建、共治、共享的良好格局，取得了明显成效。主要是老百姓自觉行动起来，对我们保护工作的开展起了关键作用。还有就是采砂这一块，我们现在全部都叫停了，因为南水北调是国家的大事，汉江水源三分之二在陕西，我们作为汉江水源地之一，要保证一江清水不被污染，才能真正用行动配合国家的大政方略。"

"春来江水绿如蓝"，看着眼前水天一色的景象，我想起了这句古诗，这也是我第一次看到大江里的水呈现蓝色。我在想，如果没有被保护，汉江水会不会呈蓝色呢？

说到我们要去的板长村，周传水说："这个村是我们县五个深度贫困村中条件最差的村。自扶贫工作开展以来，包村干部领着村干部，围绕贫困户脱贫标准，抓实'三有'稳定增收工程，强化住房、教育、健康、生态、兜底、金融等'八个一批'帮扶措施，稳步推进脱贫攻坚各项工作。主要是在解决村民吃水问题上，真是下了大功夫，为了保障村民吃上自来水，县上投资，我们局的技术干部和施工队伍翻山越岭冒着酷暑从 15 公里外的邻镇引来水，才保障了这个村的村民吃水。其中的艰辛我们的施工队和驻村干部深有体会。这种做法在全省可能都没有，你说城市或者镇街吃水，从外边引水，这是有可能的，为了村民吃水，下如此大的力气，应该是很少见的。"

我说这的确是件新鲜事，在我采访的上百个村子里，还没有听说过农民借水吃的情况。

我们的车离开了汉江边的公路，开始向西南方向一条被绿色拥抱的山沟行进。

周传水告诉我，要去的板长村，就在这条山沟里。

只见两山间距很近，山坡下没有土地，只有一条干涸的小河将两山自然分开，山上森林茂密，青翠欲滴，就是不见河中水流。看着美丽的景色，我好奇地问周传水："这里山很大，植被也丰富，为什么河中不见水呢？"

周传水告诉我："怪就怪在这里，在我们县，就这条山沟属于喀斯特地貌。你看这山坡和石头，还有路上的沙粒，和其他地方的是不一样的。喀斯特地貌，像一个奇特的漏斗，下雨时天上掉下来的雨水，只要落在地上，全漏掉了。这条河被当地人称作干沟河。要么说，让你来这个村，正因为情况特殊，我们在这个村的饮水问题上，真是想足了办法，实在找不到水源。谢小龙领着村干部和我们县局的专业同志，光找水源地，就花了将近半年时间，最后才想到从别的地方借水。"

离开汉江行驶了 15 公里左右，我们到了板长村。

听村书记讲心思

板长村村委会建在干涸的小河边上，村委会是新建的小楼，小楼台阶下不到 5 米便是干涸的河床。在村委会南北，有三座农舍，一户是村党支部书记郭万民，另一户是山上移民至路边的梅金发，还有一间板房。村上 90% 的农户住在山坡上，就是开办在村委会对面的电商门市，也只是一间低矮的小板房。

周传水提前打电话告诉了郭万民我们要来，我们赶到时，他正在为我们准备茶水。

看我们在观察村委会的两层气派的小楼，郭万民走过来对我说："这房子是我们的包联单位县水利局帮我们修建的，过去我们村委会也在这儿办公，只有两间快要倒塌的土房子。"

我问："没有修村委会之前，驻村干部来了住在哪里？"

郭万民说："就住在破旧的村委会。"

郭万民带我们走进了村委会一层集中办公的地方，三间房子是通间，两个年轻人正在办公。

郭万民很认真地给我介绍情况，他已经打开了手中的资料。我问他："你什么时候担任村书记的?"我想打消他的急切劲儿,将采访做成交流或者交谈,不太爱听被采访者中规中矩的材料汇报。

我随便一问,自然打开了郭万民的话匣子,他合上了手中的资料,开始给我讲他的个人经历。

郭万民担任村书记时间并不长,但他15年前已经担任了村民组长。年轻时,郭万民一直在南方打工,后来回到村上,在大家的推荐下担任了村民小组组长。那时候,有了在外闯荡的见识,郭万民发誓要用自己的"新头脑"改变村上的贫困现状,可每当他走访村民时,看到一座座空洞的房舍,一个个长满荒草的院落,一条条被杂草覆盖的小路,一块块荒芜的田地,他在外边酝酿的改变贫困面貌的激情一次一次被山风吹散。没有办法,他又外出打工,但打着打着,心劲又回来了,如此年复一年。一直到了2015年,国家实施扶贫战略,郭万民一下子如一夜醒来的梦中人,他仔细研究了国家的扶贫政策,似乎浑身充满干劲儿,他经常一个人在山路上徘徊,看着实景,谋划着未来。他听说县上会派第一书记帮助村上发展,他也盼着上级能派人来帮他实现心中的梦想。

在那些日子,他一次一次走访组里的一些留守老人,征求大家意见,看看扶贫干部来了之后,最先解决什么问题。凡是他问过的男女老少,给他的回答只有两个。老年人语重心长地对他说:"你要是还当组长,真要做实事,你就给咱想办法解决吃水问题,咱们吃水实在是太难。"而一些青年人笑着对他说:"你一定要想办法,给咱找门路挣钱,出门打工太难了,你要是能让我们不出去打工也能挣钱,我就天天请你吃酒。"

听了村民的心声郭万民一夜一夜难以合眼,有时睡到半夜醒来,他会借着月光看山、看树、看月亮、看干涸的河床,他多么希望屋檐下的小河里能流出清澈的泉水啊。到了白天,他为自己在夜里的幻想暗自发笑,这喀斯特地貌,哪儿能有泉水啊。

终于,郭万民盼来了县水利局扶贫干部。

郭万民对我说:"第一次见到县上来扶贫的人,听了扶贫工作队谈了对我们村发展的想法,我们组里许多老年人激动得流下眼泪,特别是谈到要让大家吃到自来水的事,许多人和我一样,那天晚上睡不着觉。大家就聚到一起议论,有人担心这次扶贫会和过去一样，只是走走过场，县上的干部来了，住些日子又走了。我告诉大家不会的，请大家放心。人们问我，凭啥那么肯定，万一这次扶贫和过去一样该咋办。我告诉大家：'这次国家领导已经讲了，要在 2020 年实现全部脱贫，如果包村干部所包的村子脱不了贫，包村干部就不能离开。而且县水利局的王局长也讲了，在板长村，要把解决村民吃水问题当作扶贫的头等大事来抓，所以请大家放心，这次的扶贫，绝对不会像以前一样。'大家听我如此说，个个精神振奋、情绪激昂啊。其实，那时候我也吃不准，但我想中央领导所讲的，应该会落实吧。

"到了第二天，扶贫工作队的同志让我说说想法，我把大家的担心告诉了新到的第一书记谢小龙。谢书记第三天又组织大家来开会，他先问大家：'你们谁知道我们水利局是做什么的？'有人回答是防汛抗旱的，也有人说是管汉江捞沙子的，还有人说水利局是下雨时防泥石流的。谢书记挺起胸膛，拍了拍双手笑着说：'大家说的都对，不过我们还有一项工作，那就是管大家吃水的。'这时候就有人说：'那你这回就管我们吃水吧，我们挑水挑怕了，挑了几十年了。你要是能让我们吃上自来水，像你们城里人一样，我们给你立碑、修庙，让我们的后代都记你的好。'谢书记听了大家的话，依旧笑着说：'那倒没有必要，咱扶贫工作队的干部，就是为改变板长村的现状而来的。我在这里可以给大家说个硬气话，这次我们来，一是一定要解决大家吃水的问题；二是要改变咱板长村的面貌，帮大家发展产业共同致富；三是要想办法让大家不出山就把我们的土特产卖到全国各地去。希望大家能积极配合我们的工作，如果解决不了问题，我们就不会离开板长村！'谢书记的话说完后，大家开始鼓掌。我听后也是激动万分，我在想，这不是帮我圆梦来了吗？还真的没有想到，今天，谢书记当初说的，全成了现实啊，你说我们山里人能不感谢他们吗！"

周传水听郭万民说到此，喝了一口茶插话道："还是要感谢党的扶贫政策和各级政府的支持。"

郭万民说："那是当然的，但我们板长村人，主要还是要感谢你们局里的同志，为了我们吃水，从局长到包村干部，大家没有少花心思想办法啊。"

引来甘泉润民心

板长村位于熨斗集镇西北方向 5 公里处，面积 11.02 平方公里，6 个村民小组，常住人口 247 户 804 人，党员 32 人。耕地面积 2038 亩，几乎全是坡地，林地面积 15205 亩。改革开放后，人们形成了惯例，眼睛向外看，所以全村以劳务输出为主，也有传统产业，比如蚕桑、拐枣、养蜂等，是老几辈人延续的传统种养业。2018 年，全村居民人均可支配收入 7467 元。

全村有建档立卡贫困户 142 户 453 人，2020 年全部完成脱贫，村上有名的梅可荣、熊菁菁、严元兵、严友发、梅金德几个贫困户也全脱了贫。

郭万民告诉我，经过驻村扶贫队的帮扶，全村目前全部完成脱贫，安全住房全部解决且都已入住；没有义务教育阶段辍学学生；所有的贫困户家庭成员全部参加医保；饮水安全已全部达标。这几年，板长村成立了村扶贫互助协会和村集体股份经济合作社，在县水利局和电力局的支持下，引进了投资建了 210 千瓦光伏电站，不但增加了村民收入，还解决了人员就业问题。最让板长村人感到幸运的是，扶贫工作队彻底把吃水问题解决了，这是过去想都不敢想的事。郭万民感叹道："我做梦也不会想到，我们条件这么差的穷山沟，竟然能把挑水扁担扔了。"

周传水插话道，板长村海拔在 500 米—1500 米之间，有史以来，受喀斯特地貌所限，全村水资源极度缺乏，常年没有稳定的地表水出露。每逢天降暴雨，地表沟道方可见到混浊的雨水汇流。暴雨一停，所有的地表水要不了多久就不见踪影了。这个村有人口居住已有约两千年历史。一直到 2015 年，全村的农户仍然要靠天然或者人工砌小水坑存蓄雨水作为饮用水源。蓄水坑内小动物和落叶等杂物混集，卫生条件十分恶劣。村民长期饮用这样的水，一是水质水量无法保证，二是身体健康受到极大损害，看病又需高昂的医疗费用，村民生活无幸福可言。人畜饮水困难成为制约板长村群众生活条件改善的痛中之痛。

郭万民接过周传水的话说："我有时到外边去学习，外地的同行听了我说的情况，笑话我说我是在编故事。他们压根不会相信汉江边的村子没有水，我也是有口难辩哩。"

没有水源，如何解决板长村的吃水问题，是水利局包扶人员面对的难题。在县城吃饭时我问谢小龙："听说你们从邻镇借水到板长村，解决了板长村的吃水问题。"

谢小龙笑着说："是呀，为了彻底解决板长村有史以来村民饮水极度困难的问题，2017年初，我们王溪泉局长和局里的技术人员，来到板长村，通过实地调研，提出了解决板长村饮水困难的基本方略，当时有一个指导思想，就是板长村饮水水源不能受地域局限，不管花多大的代价，哪怕是到外地借水，也要彻底解决板长人的饮水困难。

"有了这一基本方略，我们驻村工作队，汇聚全村之力，开始了艰难的找水过程。我根据当时在村上的人手，与村干部商量，决定兵分两路，寻找水源。第一组由70多岁的老支书孟存锡带队，领着我们驻村工作队队员翻山越岭，经过几天的努力，找到了两处出露的泉水。可技术人员到实地一查看，出水量太小，根本满足不了全村村民的用水需求，而且那些水利用价值很低。后来我们又找到了一处地下泉水，但只略微能听见流水声，难以弄清楚水流动向及水量大小，水量稳定性难以预测。第二组由60多岁的村监委会主任楚文金带队，引领驻村工作队队员翻越木竹山找到了两处泉水，但所处位置高程太低，若作为抽水水源，后期机械设备维护及使用成本太高，村民难以承受。

"当时，为了找到水源，我们还信奉了一句民谚'山有多高，水就有多高'。大家多么希望在高山深处的密林中，能找到一股清泉，我们甚至还找来水文资料和一些历史书籍，希望从中能找到水源的线索，可是后来都失望了。为此，我们开始了长达一年的找水之旅。查了大半年，还是没有找到理想的水源。板长村属于喀斯特地貌，根本就没有水，就是下雨，喀斯特地貌结构像个筛子，不存水啊。大自然的神奇与地质构造的特殊，造成了木竹山北麓水资源丰富、木竹山南麓水资源极度短缺的现状。我们县的后柳镇长兴村五组果园沟，位于木竹山北麓，与板长村仅隔一架山梁，直线距离2.3千米，该沟道有多处泉水出露。水源与用水区域之间的这一架山梁，成为制约自流引水的客观难题。为了破解这一难题，我们带领测绘人员，历时20天，终于选定了管线铺设路线，计划沿长兴村——麦坪村——高兴村——板长村铺设管线，管线铺设长度15千米，绕过了不能跨越的山梁，引水至板长村六组，水源高程达1073米。

"有了水源，做了详细的规划，但板长水厂厂址的选择，让人颇费脑筋。第一个厂址选项是第六村民小组的周家堰塘，该处海拔 980 米。如果把水厂修建在这里，板长村六组还有 19 户 78 人覆盖不了。如果这 78 人都能受益，水厂厂址抬高，就会面临水头不够的风险。经现场踏勘分析，并多方请教咨询，终于明确选择板长六组张远举房屋旁作为水厂厂址，该处海拔 1026 米，可使这 19 户 78 人全部受益。

"水厂厂址确定后，紧接着工程进入紧张施工阶段。听说我们确定了厂址，王溪泉局长马不停蹄地赶到现场，经过分析研判之后，王局长给我们下了死命令，他要求工程必须在 2018 年 8 月底建成通水。

"王局长走后，我们便开始组织施工。施工过程中，最难的是运输管道，人力缺乏，只好用骡子驮，15 公里长的管道，一节一节穿越密林。在运输过程中，由于没有路，骡子在人的牵引下绕着树林和荆棘走，人呢，遇到荆棘，也没办法绕，太阳、黄蜂、毒蛇、蚊蝇，像是考验我们的决心和意志似的，全登场了，几天下来，骡子累倒了好几头。有一天，我们局施工队队长陈长安对我说：'我都是 50 多岁的人了，干了一辈子工程，从来没有哭过，可是干这个工程，我哭了好几次！施工条件实在是太差了！'我们局负责板长村供水工程的技术管理员吕波说，板长村引水工程，是石泉县饮水安全工程历史上铺设管线最长、海拔最高、施工条件最恶劣、技术要求最高的工程，没有之一！

"记得施工时，由于难度大，一时找不到好的办法，大家日夜在山上坚守，饿了就吃随身带的方便面，渴了吃些熟悉的草茎和草叶。主要是在林区不能动烟火。说实话，那难度真的是不可想象。最终，通过大家的加班加点艰辛努力，加上村上群众的帮忙，总算把水引到了村头，引到了村民的院头，送到了各家各户的灶头。"

我说这三个"头"是省水利厅提出来的供水标准。

谢小龙说："是呀，我们总算不折不扣地实现了。这项引水工程，总投资 320 万元，从后柳镇长兴村果园沟引水 15 千米，跨越 4 个村引水至板长村修建的净水厂，覆盖全村 80% 农户，建设人饮工程 4 处、水窖 28 口，铺设供水管线 40 千米。经过我们的艰苦努力，2018 年 8 月 26 日，板长村饮水工程顺利通水试运行成功。

"为了保证工程建成后村民长期受益，也怕形成'重建轻管'的现象。禹纪奎和李品室两位副局长，三番五次到村上来，指导村里成立了用水协会，明确了管护责任人，帮村民制定了水价。截至目前，饮水工程正常运行。可以说，这一举动，结束了板长村世世代代无水吃的历史，村民说他们从昨天的干沟河里逃了出来，生活在'甘泉涌流'的今天，要是他们的老先人知道他们如今不用寻水吃，恐怕也会在天堂里笑出声。"

　　在郭万民的引领下，我们来到建在山腰上的水厂，他打开水厂的门向我介绍水厂的净化流程。水厂内，环境优美，各种设备擦拭得干干净净，厂区四周被绿色植物簇拥着。站在水厂院墙外明媚的阳光下，温暖的风送来了阵阵花香。郭万民亲昵地抚摸着绿色的供水机笑着对我说："这就是我们板长人梦的种子，有了它，板长人发生了许多变化，他们活着有了心劲儿啊。"

　　周传水指着厂区西边的密林向我介绍着当初引水的艰辛。他说："不要说村民了，就是我们也不敢想象，能把水从这么深的密林中引过来，这样的做法，怕是全国都是少有的。"

　　我问他："借了别人的水，还给对方付钱吗？"

　　他肯定地说："不用付，我们局里和县政府会从其他方面给水源地一些优惠政策。"

　　看完水厂，在返回村委会的半山坡上，我们正好遇见了刚从西安回到家的邹应成老两口，他们正在晾晒被褥。

　　郭万民向我介绍说，邹应成的儿子在西安生意做得很大，老早就把老两口接到西安去了。

　　我走近邹应成老两口，问他们为什么不好好在西安住着享福，跑回来做什么。

　　老太太拉着我的手笑嘻嘻地说："你说那么大个西安城，咋就搁不下我的心么？我想着还是我们这里好，你看看，这山多青，这天多蓝，还有这空气，这到处开着的花，到哪儿出钱能买到嘛。"老太太说着，一只蓝色的蝴蝶飞到她的头顶上方，似在对她的回归表示欢迎。

　　阳光下，邹应成一边为我们敬烟一边说："主要还是挂念咱这老窝呀，老婆子说得也对，城市那么大，娃对我们也好，可是我们的心，还是不安分，可能是在这儿住惯了吧，总觉得这儿好，主要是清静。过去娃把我们接到省城，主要是担心我们从山下挑水伤着。"他指着下山的路对我说："你看，过去我们吃水，要从山下往上挑，我们俩老了，挑不动了，有几回，我挑着水，连人带桶摔到沟里去了。这不，现在听说国家扶贫，给我们把水接上了，还是自来水，我就想，我还是要回来，首先娃不用再操心我挑水了。从内心讲，总感觉咱这地方美，咱的美和城市的美没法比，城市也好，人家有人家的好，咱这儿有咱这儿的好，都好哩。但要说住着舒服，还是咱这儿，主要是咱这空气好，还有这乡亲，你说大家从小一起长到老，多日不见想哩呀，再听听这鸟叫声，比啥音乐都好听。咱不能说人家城市不好，主要是咱喜欢咱这老窝，人说叶落归根嘛，咱老了，还是要守着咱这老地方，这就是咱的根呀。"

我们正说笑着，来了几位邻居看望从西安回来的老两口，我们便告别两个老人向山下走去。

是的，人在不同的环境中成长，总有一些牵挂是任何东西无法替代的，老两口的情在山里，城市再好，替代不了他们对故园的那份情。情是人的精神支柱，也是人活着追求的东西，人若忘却情，那将是一种悲哀。

在村委会北边，我们见到了从山上移民到平地的74岁的朱秀品。说到扶贫，老人说，国家推行的扶贫政策，是她这一辈子遇到的最真实的事，没有扶贫，也许她还在山上住着，还会因没水吃而发愁。

我问她："原来在山上住时，吃水问题咋解决？"

老人拉了一个凳子坐在我和郭万民中间说："靠天，我们这地方不知道为啥，说是在陕南，在山里，可就是没有水，过去我们在门前挖个塘，等天降雨，天让我们吃多少，我们就吃多少。遇到天旱时，天不下雨，我们就跑下山到处找水。山高没有办法担水，我们就用背篓往山上背，这一背就是几十年哟。"

我又问："现在都好了吧？"

老人起身将她家的自来水龙头打开，让我们看她家的水。关了水龙头，她重新坐在小凳子上说："女人啊，对水最亲，你说没有水，这个家就没有办法当么，人家公家人说，水是一切，要我说，这水就是人的命，没有水，人的命就活不旺青。"

郭万民笑着说："现在有了水，你就好好把命活旺青啊。"

老人依旧笑着说："有了党的好政策，咱这一沟人，都会把命活得旺青哩。"说完，她拍着郭万民的肩膀放声大笑起来。

问水哪得清如许

在我即将离开板长村时，碰巧遇到了刚从山上检查完输送管道回到村上的胡伟，我让胡伟谈谈驻村期间的感受。

胡伟搓了搓双手，将我们引到村委会门前护栏边的太阳地里说："要说感受吧，2017年是最不平凡的一年，那时候，按照县政府脱贫指挥办的安排，我们局包抓最偏远的两个深度贫困村——熨斗镇板长村和刘家湾村。你可能了解到了，板长村是五个深度贫困村中情况最差的一个。我们局在熨斗镇的脱贫攻坚工作已到了第三个年头，包抓工作也由过去的走读式扶贫变成驻村专职包联，两个村的驻村干部由原先的2人增加到了5人，随着脱贫攻坚工作力度的加大，财力增加，基本让村民摆脱了"吃水难""出行难""致富难"的艰苦生活。过去，最偏远的二组，住在海拔1000米的青林山上，27户人家77人，仅贫困人口就有7户27人。上山下山一个往返需要3个半小时，陡峭的山路，在山林中盘旋。最艰难的地方村民背着货物上山，要手脚并用才能够上去，就像电视里报道的贵州那些地方。我第一次上青林山，看到沿途光滑明亮的岩石，还以为是一道独特靓丽的风景。当村民们告诉我成因时，我心里大为惊叹。可以想象这里的村民日夜穿梭在山路上，经过多少岁月，才将这坚硬的岩石打磨成今天的样子。从山顶俯瞰，一条新修的公路像巨龙一样，呈"之"字形迎面扑来，真可谓：

> 山险风景秀，
>
> 人杰地自宽。
>
> 顶峭松多瘦，
>
> 崖悬石尽牢。
>
> 攀登汗如雨，
>
> 归来腿愈酸。
>
> 不为贫困苦，

脱贫不畏坚。

"我刚到村上时，一位村民告诉我，路再难都不算啥，最恼火的是没有水，吃的是坑塘水，蚊虫飞舞，落叶满塘，水都成了绿色。大家都自嘲自己吃的是真正的绿色水呢……

"听到这些，我心里酸酸的，感到特别难受。日复一日，年复一年，村民们就是在这样恶劣的环境里繁衍生息。

"面对如此特殊的环境和恶劣的自然条件，我们局的领导看在眼里，急在心上。我记得我们王局长当时深有感触地说，没想到板长村的条件这么艰苦，新中国成立几十年了，村民吃水还这么难，这是我们水利部门工作的失职啊……

"有一天，王局长带领我们到6组贫困户周世豪家，问他最需要解决什么问题。周世豪说：'啥时候把吃水的问题解决了，就好了！'王局长轻轻地拍着他的肩膀说：'老哥哥，我这次回来，就是来解决这个问题的。'

"后来，我们就一心一意解决了板长村的吃水问题。当然，有了水，也推动了产业发展。今天，这儿的山货特产，通过网络可以卖到全国各地。"

实 至 名 归

石泉县在全县实施的农村引水工程，不但得到了百姓的赞许，也引起了各级政府的关注。他们推行的一系列举措，真实地体现了扶真贫、真扶贫、解民忧、谋福祉的扶贫宗旨。

在石泉采访期间，所到之处，凡是谈到与农村饮水有关的话题，那些朴实的农民，无不伸出大拇指，称赞水利人的作为。他们说："这次国家扶贫，无论是政府的政策，还是扶贫的干部，都真正尽了力，我们从他们身上，看到了国家脱贫的力度，体会到了党对人民的爱。"

2021年6月8日下午，在石泉县与汉阴县交界的池河镇，一位叫黄玉婷的大姐对我说："这回扶贫呀，算是把我们农村妇女解放了。"

我问她此话怎么讲。她用手捋了捋额前花白的头发笑嘻嘻地说："不用再挑水了，这就是解放。过去呀，我们这一带，农村妇女最怕的就是挑水，现在就连我们那边的山里人，也吃上自来水了。"她指着南边悠远的山峦说："我娘家就在那山里边，小时候家里就是挑水吃，长大了，不想挑水，就嫁到了这平原地儿上来，没想到到了这儿还是挑水，一挑就是几十年。现在快老了，挑不动了，令我没有想到的是，自来水一下子到了灶头上，这不是把我们解放了是啥。"

通过实地采访了解到，在解决农村饮水安全工作中，石泉县所取得的成就确实令人瞩目。我想，他们被水利部表彰，乃实至名归。

告别石泉县时，我问王溪泉局长："面对未来和国家实施的乡村振兴战略，在解决了全县农村吃水问题之后，你们还会有哪些举措？"

王溪泉说："下一步，我们将按照国家饮水安全巩固提升相关政策要求，做好'十四五'农村饮水安全巩固提升规划。同时，积极争取农村饮水安全维修养护项目资金，及时做好各镇农村饮水安全管护责任落实的监督检查，不断完善管理措施，使水真正在乡村振兴过程中发挥应有的作用。这几年，扶贫、引水、驻村，带领农民发展产业，很好地锻炼了我们这支队伍。我想，这支队伍摸准了农民思想脉络，吃过苦、作风过硬，在实施乡村振兴战略过程中，会不断总结经验，发挥更好的作用，抓住时机，在这一方富饶的山水间，续写水利人的风采。"

三、汉阴模式，至臻尽美

汉江绕过县城的地方

五月，正是陕南一年中绿色最浓的季节，油菜花的金黄退却后，嫩绿的秧苗为大地涂上另一种萌动的色彩，香樟的深绿、柞树的浅绿、柏树的墨绿、秧苗的嫩绿，像从天上撒下来的绿色的网，罩在秦岭和巴山之间的汉阴大地上，将这一方独特的山川绣成醒目的画卷。

正是在这个令人浮想联翩的时节，怀着探寻汉阴解决农村饮水安全之策的想法，我踏上了这块诗意盎然的土地。

从媒体获悉，汉阴县在农村饮水安全工作中，做出了富有成效的业绩，其独特创新的做法，切切实实地解决了全县 27.2 万农村人口的饮水问题。2019 年在全国农村饮水安全脱贫攻坚推进会上，水利部对汉阴县饮水安全管理工作给予充分肯定：汉阴县通过量化赋权、确权登记明确农村供水工程所有权、管理权和经营权，引入民营企业参与经营农村水厂，服务全县 52% 的农村常住人口；政府建立企业承包考核奖惩制度和经营退出机制，加强监管，实现了供水水质达标、群众满意度提高和供水单位良性运营。

2019 年 10 月，陕西省副省长魏增军，向全省水利厅和扶贫系统做出批示，推广汉阴县智慧水务管理模式。2017—2019 年，汉阴县农村饮水安全工作连续三年在安康市供水管理考核中排名第一。2020 年，汉阴县水利局荣获安康市脱贫攻坚突出贡献奖，荣立集体二等功。

踏上这方锦绣的土地，初步了解到汉阴的做法后，我才知道为什么魏增军副省长要指示全省学习汉阴，为什么安康市水利局会授予这个县水利部门集体二等功。

据了解，近年来，汉阴县在资金短缺的情况下，不等不靠，采取多种措施，先后筹集资金 1.69 亿，用于改善农村饮水条件，实施农村饮水安全项目 9 批 359 个，使全县自来水普及率从"十二五"之初的 65% 提升到 99.31%，集中供水率从"十二五"之初的 55% 提升到 96.48%。

漩涡镇上七村党支部书记兼村委会主任覃培钊对我说："这次国家倡导的扶贫，增长了我们三个见识：一是国家和政府将我们生活在高山巅上的人当事哩，国家将我们看得比我们自己看自己还重要哩。二是我们见识了党的干部工作作风，特别是我们县水利局的包村干部的工作作风，他们一心一意为民着想，千方百计为我们解决吃水问题，令人感动。我们住在这海拔上千米的山巅上，从古到今，吃水一直是老大难问题。为了使全村人吃上自来水，从 20 世纪 80 年代开始，我们先后启动了四次工程，最终效果都不理想。这次就不同了，为了将水引上山，县水利局下了大功夫，实现了我们想吃上自来水的愿望。我们这山上，也出了不少人才，可我们从没想过，自来水能通到我们家的院落，流到我们家的灶头上。我们村一些老人说，就是做梦也从来没有梦到过，我们会将背水的背篓扔到沟壑去哟。我们这里老几辈人，靠从山下背水吃挑水吃过日子，现在情况完全改变了。三是见识了国家扶贫的力度，不说别的，就政府帮我们建起的电商平台，给钱让我们发展产业，也是没人能想到的。现在啊，我们的山货也上网了，只要有人要，我们在家门口就能卖出去，还有我们想要的东西，哪怕是出产在海南的椰子、出产于新疆的大枣，只要是在咱们祖国的大地上，都能送到我们家门口了。你说这样的日子，过去谁敢想呀。我本身喜欢文学创作，搞文学创作的人，都有一个共性，那就是善于想象，就是我自己，也从来没有想到，我们这山顶上的人，竟然能吃上自来水。"

覃培钊说，农民吃上自来水，在汉阴不是个例。采访中，给我印象最深的是那些建设在大地上的醒目的水厂，无论是在平原和丘陵地区，还是在高山峻岭间，那一栋栋白色的标配水房，成为时代的符号。白色的墙体、黑色的铁门，背靠青山，头顶白云，每个水房院落整洁，室内窗明几净，那些产自当地的清洁饮水设施和机器，日夜不停地弹奏出盛世和谐曲。漩涡镇供水公司经理胡龙庆笑着说："我和同事守护的水房中，弹奏出来的是山里人的命运交响曲，水房里的机器响着，我每天才能入睡，否则，我的心就难安，觉就睡得不踏实。"

汉阴县地处陕南秦巴山区腹地，北枕秦岭，南倚巴山，凤凰山横亘东西，汉江、月河分流其间。汉阴县与安康市汉滨区、紫阳县、石泉县、宁陕县和汉中市镇巴县毗邻，是安康市所辖9个县中，少有的拥有平原的县。境内雄秦、秀楚、丽蜀接壤，山川秀美，人杰地灵，历史悠久，文化底蕴十分深厚，有阮家坝、杨家坝等新石器时代遗址，文庙、文峰塔、古城墙等古代遗留建筑。清朝遗存下的千亩围堰梯田不仅装点了该县漩涡镇的山地，也成为4A级国家旅游景区。漩涡镇上七里村，被人们誉为天上的街市，是秦巴山区海拔最高的村庄。

汉江在汉阴境内流长21公里，水资源相对丰富。令人们想不明白的是，从西而来的悠悠汉江，到了石泉县，不沿通畅的丘陵地段前行，而是在石泉县城南10多公里处，向南弯去，似怕分割了汉阴小平原似的，将一种特殊的地貌生生地留给汉阴，构成了汉阴独特的地貌版图，形成了丰富的文化内涵。

诗画同框的凤堰古梯田

汉阴县水利局农村供水科科长、技术工作站副站长汤自超带领我们走过高高的凤凰岭。天正在下小雨，他看着车窗外分不清天地的茫茫云雾遗憾地说："要不是天阴，你们可以看到云海。"的确，车窗外，天地浑然一体，只有雾和树缓缓地从车窗前隐约而过。

车在浓密的雾障中走过30多公里山路后，我们来到漩涡镇田凤村。在山腰弯曲的山路上，司机将车头一调，我们进入美丽的画卷中。此地是凤凰山的南坡，雾气相对稀薄，我不由自主地向山下望去，凤堰古梯田的田凤片区尽收眼底，真是不可思议，比想象中的美了不知多少倍。

车由山上往山下缓慢地滑行，那一层层的梯田，由山上盘旋到山下，绿色的秧苗，将那些台阶清晰地勾勒出来，一坡连一坡，构成了独特的风景。难以想象，古代人用了多少时光，于艰难岁月中，在荒凉的山地上，以镢头为笔，画出如此令人叹为观止的画卷。

置身其间，目光所及，像昔日歌中所唱："层层梯田满山坡。"汤自超指着分布在山坡上的农舍告诉我，这是他曾经包扶的村子。南边是新发展的550亩茶园；北边是富硒粮油生产区；沟底和田地边是金银花生产基地。

看我对眼前的风景产生兴趣，他笑着说："当然，这些成就不是我自己一个人的，还有同事刘定龙、常敏、常琳等。因当时局里有其他安排，我在这里工作了200多天，就回到局里，由我的同事刘定龙接替了我的工作。"

按原来计划和汉阴县水利局副局长吴金勇的安排，刘定龙要和我们一起到田凤村介绍情况的，但因为单位有急事，刘定龙向我说明了情况后便回到局里处理事务去了。

面对我的惊叹，汤自超告诉我，田凤村的梯田，只是漩涡镇凤堰古梯田的一部分，在整个漩涡镇，还有凤江梯田、东河梯田和堰坪梯田，分布在漩涡镇黄龙、东河、堰坪和茨沟村，连片共有1.2万余亩。

我不停在采访本上记着汤自超介绍的情况。他说："2010年，凤堰古梯田被评为'陕西省第三次全国文物普查十大新发现'，2013年被水利部命名为'国家级水利风景区'，2014 年被农业部命名为'中国美丽田园'，被林业部纳入陕西汉阴凤凰山国家森林公园，2019 年被国务院公布为第八批'全国重点文物保护单位'，目前已建成全国首个移民生态博物馆。随着县委、县政府'农旅富民'发展战略的不断推进，以及陕南地区生态旅游产业的发展壮大，加之脱贫攻坚与乡村振兴有效融合，凤堰古梯田景区迎来了发展机遇。目前景区面积 38.78 平方公里，属于灌区型水利风景区，依山傍水分布在海拔 500—650 米之间，梯田级数均在 300 级左右，梯级层高 0.3—1 米，级宽 3—15 米，最长达 600 余米。梯田依靠黄龙、茨沟、冷水和龙王 4 条沟的溪水自流灌溉，潺潺流水四季不绝。"

说起凤堰梯田的历史，汤自超让司机将车停下，看着对面村委会的办公楼说："据史料记载，从乾隆年间起，这片梯田经过十几代人的营建，至今已有近300 年的历史，创下了北方首开梯田的奇迹。多年来，这里从未发生过水土流失以及山体滑坡等自然灾害。凤堰梯田不仅是目前秦巴山区发现的面积最大、保存最完整的清代梯田，更是湖广移民开发陕南的'活标本'和中国农耕文化的'活化石'。"

汤自超所讲的梯田的来历，更是令人难以想象，不但反映了汉阴人的宽厚，也彰显出湖广人的开拓奋发进取精神。

300 年前的清朝，有一个年轻的湖广人，沿汉江一路西行，到了今天的漩涡镇一带，饿着肚子的年轻人到一户地主家讨饭吃，地主看其年富力强，便将年轻人留了下来，为自己干农活。有心计的年轻人，看到四处荒地连绵，溪流淙淙，山清水秀，便心生一计，白天给地主干活，到了晚上，偷偷扛起镢头，溜出地主家的大院，到无人处的山沟里借着月光给自己开荒。经年累月，天长日久，年轻人所开的荒地，比地主家的田地还多。地主看到年轻人肯干能吃苦，便对年轻人说："你自己去干吧，好好种地，比啥都好。"年轻人便将自己的际遇告诉了湖广的老家人。老家人听说巴山怀中的汉江边有地可种，便一拨一拨携家带口沿汉江而来，投靠年轻人。到了漩涡镇，勤劳的湖广人，各自占坡为地，开始修筑梯田，历日旷久，便有了今天人们看到的凤堰古梯田。

虽然不知道故事是真是假，但今天的我们，站在山下放目四望，密密梯田，犹如天梯直上云端，若隐若现，宛如仙境。加之生态环境优美、形态原始，山高水长，房屋交错，白墙灰瓦，山花遍地，更加衬托出凤堰古梯田的自然美、古朴美和文化美，吸引着来此观光的人们流连忘返。

据了解，2020年12月22日，依照国家《旅游景区质量等级的划分与评定标准》与《旅游景区质量等级管理办法》，经安康市级旅游景区质量等级评定委员会推荐，陕西省文化和旅游厅组织验收、认定、公示，凤堰古梯田景区被正式认定为国家AAAA级旅游景区。

凤堰古梯田之所以出现在汉阴的凤凰山南坡，我想主要还是因为此地水资源丰富，这些梯田因水而生，因水而旺，因水而存续。倘若没有丰盈的水资源，哪儿会有今天的大美呈现在世人面前？

来到田凤村的年轻人

听说我一直在采访书写扶贫故事和关于农民吃水条件改善的文章，过去一起做媒体工作的已退休的朋友陈辉一脸疑惑地问我："驻村干部这些人到了村子后，到底能为村子做什么？"

是呀，在城里待久了，我也有过如此疑惑，可通过一年多的采访调研，通过一个个人物的亲身经历，一个个村庄的变化，一件件事实的考量，我的体会是，驻村第一书记等帮扶干部，不但是改写乡村历史的人，也是改变贫困人员命运的人，他们通过自己的付出，将党的扶贫政策不折不扣地送到老百姓心坎上，贯彻在自己的言行中。他们不但是为党旗增光的人，也是为乡村添彩的人。不光乡村的人们能记住他们，就是乡村的山水林田路，也会为他们打造隐形丰碑。

正是第一书记的到来，使位于巴山深处的田凤村——这个沉睡在大山里的贫穷落后的村庄，与世界缩短了距离，享受到信息化和现代化的福利；也正是扶贫干部的到来，真正解决了田凤村的吃水问题、道路问题、产业发展问题、山货销售问题、农民就业问题。驻村第一书记的成就，不但证明了帮扶干部驻村的重要性，也证明了党的扶贫政策在农村推行的必要性。

农舍贴在山体四周的田凤村，虽然拥有大片的梯田，可在能吃饱饭不是生活全部的今天，田凤村照样是一个十分贫困的村子。该村常住人口522户1753人，经过汤自超、刘定龙、常敏、常琳等驻村干部按国家贫困标准一户一户对扶贫对象动态调整核准，建档立卡，确定了贫困人口 204 户 662 人，贫困人口占全村人口的 40%。

采访了漩涡镇田凤村党支部书记兼村委会主任吴纯鹏（34 岁）后，那一瞬间，我产生这样一个观点：是几个年轻人用三年多时光，改写了田凤村的历史，他们用青春的汗水和着闪光的智慧，将一个贫穷落后的村子，打造成旅游胜地，打造成脱贫攻坚的样板村。

2017 年 6 月 22 日，32 岁的汤自超被汉阴组织部派到田凤村担任第一书记，而 2019 年 3 月 4 日接到县委通知来田凤村扶贫的刘定龙也是 30 来岁。3 个年轻人，3 个共产党员，仅仅用了 3 年多一点的时间，硬是将一个贫困村的帽子抛到九霄云外。3 年间，3 个年轻人联手建起 1 个水厂，实施 3 个饮水安全项目，使水质达到国家标准，彻底解决了田凤村的吃水问题；修建全村通组道路，新建道路 5 条 7.2 公里，对 1 条 4.9 公里的道路实施"油返砂"，修建了组组通沥青（水泥）路，使从县上开来的客车通达村头；实施村通动力电和户通照明电，实现了全村通信网络全覆盖。

在产业方面，他们编制了田凤村旅游发展规划。村集体合作社成立云山云海农旅有限公司，以旅游观光服务为核心，种植金银花 100 亩、油菜 500 亩、水稻 620 亩、烤烟 400 亩、茶园 550 亩，培育农家乐 8 家。他们通过土地流转、劳务带动、订单生产等方式，将贫困群众镶嵌在产业链条上，促进 145 户贫困户稳定增收。同时村集体通过深加工，开发富硒大米、菜籽油、干菜礼包等扶贫产品，组织成立 3 个专业合作社，发展富硒粮油、金银花、干菜等产业。2020 年实现销售额 25 万余元，村集体实现利润 5 万元，集体产业从无到有，集体经济不断壮大。

他们经过广泛调研，决定与"田梁农家"合作发展电商平台，借助其信息优势、技术优势和市场优势，定点采购贫困户农特产品，带动周边蔬菜、散养土鸡、腊肉、土蜂蜜、干菜、土豆粉等特色产业的发展，通过线上电商销售、线下游客消费，使农产品就地"生金"，年销售额突破 200 万元，带动 100 余户贫困户增收。

吴纯鹏年轻时一直在广东打工，2010 年回到村上，2018 年担任村党支部书记。见过上级派来的和自己年龄相仿的第一书记汤自超，吴纯鹏回到家兴奋地对家人说："这回好了，田凤村有望摆脱贫困了。"家人问他为什么，他说："年轻，有见识，有魄力，关键是我与他交流了一下，他的想法和我一样。这样一来，做起事来就好合作，我还怕上级给村上派个年长的同志哩，年龄大的人，思想保守，胆子小，做事爱瞻前顾后，甩不开么。"

家人对吴纯鹏说："那你一定得好好配合人家，人家是公家人，关键是能弄来钱，人家弄来钱，你的想法不就实现了。"

这一夜，吴纯鹏激动得没有睡着。另一个睡在村委会厦房里的汤自超也没有睡好。两个人想的是同一件事，如何在短时间内改变村子的贫困现状。

第二天，两人都起得很早。

太阳从东山顶上将霞光照到田地上时，吴纯鹏带着汤自超齐齐在各组看了一遍，他们看水源、看田地、看道路、看农舍、看农作物，用了整整一天时间。

到了下午，两人走到一农户家，看到有人还在从沟渠里挑水吃，汤自超停下了脚步。他问吴纯鹏："还有人挑水吃呀！？"

吴纯鹏看着挑水的人说："原来引的水管，由于年久失修，有些地方坏了，苦于没有钱修，所以，有个别家庭，还得挑水么。"

汤自超将情况记在工作日记上。他们又走访了几户人家，发现住在高山上的人家，有的在用不合格的管子引水吃。

吴纯鹏对汤自超说："由于村民居住的地方高差大，位置低的地方经常爆管，位置高的地方就不能正常供水，所以群众大多选择自行在山沟拉管子，接未经处理的沟溪水饮用，有的人不得不挑水吃。"

在返回的路上，汤自超对吴纯鹏说："我看是这样，你也知道，我是水利局派来的，水利局是做什么的，就是管农民吃水问题的，咱先从解决大家的吃水问题入手，在较短时间内，让家家户户都吃上自来水。"

吴纯鹏看着血气方刚的汤自超，又抬头看看远处的层层梯田一脸难为情地说："让大家都吃上自来水，当然是好事，也是我们盼望已久的事，可是钱从哪儿来呀？关键是咱没有钱呀。"

汤自超合上日记本，将一只手拍在吴纯鹏的肩膀上信心十足地说："你先给咱组织干部做计划，确定水源，钱的问题，交给我来想办法。"

几天后，汤自超回到水利局，将自己在村上了解的情况向局领导做了详细汇报。局领导当即决定，一定想办法，解决田凤村农民的吃水问题。

最终，通过项目协调，汤自超争取到了资金，新建了水厂，并将全村管网进行全面改造，使田凤村家家户户吃上了干净水、放心水、安全水。

解决了吃水问题，汤自超与吴纯鹏商量要改造过水路面。由于田凤村稻田多，且稻田全在高处，稻田坝埝中渗出来的水，流经路面，导致村路处处是泥泞，再加上从山上林间渗下来的水，多处跨越沟道的地方没有过水涵洞，全要经过路面，使一些土路无法行走，特别是一到下雨天，孩子上学成了问题，也有人冒险通行，经常有危险事件发生。下一次雨，就要抢险一次，村干部参与防汛救援都困难，原因是村里的道路建设标准比较低。

与解决吃水问题一样，村领导和驻村干部达成一致意见后，汤自超再度回到县上，想办法筹钱。通过争取项目，将全村的过水路面全部改造成过水涵洞，村民再也不担心雨天出行安全问题了。

解决了吃水问题和交通问题，汤自超又筹划为村上建设一个文化广场。田凤村属于山区村，地形比较陡峭，村民没有集中活动的地方。为了解决群众饭后休闲娱乐的场地问题，汤自超又一次采取争取项目的办法，要来钱，将村委会门前的田坎整修，并将场地硬化，建起了文化广场。

前后不到半年时间，汤自超做了三件事，不但村委会干部叫好，村民更是将汤自超视为恩人。

在村委会门前的广场上，汤自超看着对面一层层绿茵茵的稻田对我说："刚来村里的时候，既有新鲜感又感到担子非常重，因为我一直在水利局做专业技术工作，对农村工作没有经验，没有办法，只能在干中学。万事开头难，扶贫怎么干？我只有自己探索。最早，我用了一个月时间，一家一家地入户了解情况，精准识别，和村干部一次一次讨论，摸清了底子，确定了数量，才有了初步的思路制定措施。在如何真正帮助贫困户走出贫困方面，我们真的想了很多办法。"

在田凤村，熊哲贵是村上致富的大能人，汤自超很早就瞄上了这个能帮他在驻村工作中施展身手的好帮手。

汤自超说:"熊姨的'田梁农家'是村上最早开起来的农家乐,现在随着凤堰古梯田的名气越来越大,前来旅游观光的人也越来越多,而且当地的土特产在她这里也打开了销路,供不应求。我就想着把贫困户的东西都从她这儿销出去,帮助贫困户增收,没想到,还真成功了。"

有了成功的经验,有了"田梁农家"的样板和效应,村上先后开设了8家农家乐。这些农家乐,除了供游客吃住外,还销售大米、野生菌、野生绞股蓝等农产品。仅2018年,全村接待游客近万人,营业收入100余万元,8户35人实现稳定增收。

我们来到黄龙庙对面山坡上的稻田边,汤自超指着对面静悠入画的黄龙庙和庙两侧的瀑布说:"美丽的风景和淳朴的农耕文化是田凤的优势,非常适合发展生态旅游,现在村子里的黄龙庙、魔芋包景区,都为生态观光农业带来了收益,这些景观的开发,推动了整个村子脱贫致富。"

据吴纯鹏介绍:当初为了动员村民走发展生态观光的路子,汤自超没少下功夫。他先是到田间地头、房前屋后与村民进行沟通,做村民的思想工作,为后期的规划实施统一群众思想。在外人看来,这层层梯田好看、漂亮、富有诗意,可祖祖辈辈生长在这里的人,觉得梯田是没有美感的,有的只是讨厌,因为和平原地区比起来,光为稻田里施肥,村民就要多花许多力气。再加上农作物的单一,水的来路不畅,遇到天旱为水发愁,收割时又要一捆一捆从山上往下背,那种艰辛,村民尝够了。所以,在田凤,有多少人想逃离呀,逃离这些辛苦。但汤书记来后,就不一样了,他像一个诗人,或者是画家,既可对着层层梯田抒情,又可为大家画出美好的未来。正因为他有勃勃雄心和坚定的信念,硬是将一村人的心说活了,大家就跟着他一起走,走到今天,甩掉了贫困的帽子,走出了美好的日月光景。

村民付家祥说:"汤书记刚到村上那阵子,不管天晴下雨,都跑到农户家里问这问那,产业发展呀,你要怎么致富呀,给你指路哇。人家拿工资的人都想要让我们这个地方变样,我们自己呢,也应该考虑一下深思一下,有好多事情,都是因为思想落后呀,进行不下去。就说修个路吧,很多人说你别动我的,这个地我要种的……实际上，汤书记、刘书记、吴书记，三个年轻人，做了细致的思想工作，才改变了大家的思想。你看现在，路有多宽呀，全铺了水泥路，路面上也没有水了，产业也发展起来了，我们不出村，产下的东西，通过网络，就能卖出去。过去这些事，谁能想到呀。"

汤自超深有体会地说："在将近两年的驻村工作中，我始终认为，只有真正坚持驻在村里与群众同吃同住同劳动，真正贴近群众，群众才能感受到你的所思所想，才能认可你，相信你。群众信任你了，才愿意跟着你走，你所想的事，才能行得通。"

田凤村五组村民杨继民，因严重烧伤导致右上肢截肢，多年前在煤矿务工的丈夫不幸发生矿难离世，留下她和 4 个孩子。针对"单膀子女人"杨继民的情况，汤自超开导她走出身体受伤、家庭受创的阴影，鼓励她扩大养羊产业。在他的帮助下，杨继民成为该村养殖大户，每年养殖收入超过两万元。

杨继民激动地说："原来养得少，为了应急，今天卖一个，明天卖一个，家里开支都不得够，是汤书记有心，帮忙给我联系，一下子买回 40 多只羊羔。这回好了，养成了，一次卖掉，一下子就收入了好几万块，这不就脱贫了嘛。"

转眼间，离开自己担任第一书记的田凤村已经快两年了，可在汤自超心里，自己还是田凤村的第一书记。村民见了他一口一个汤书记地叫着，而那些被他扶起来的村民，见到他，如同见到亲人回家，这个拉着他的手问长问短，那个拽着他的衣襟请他到家里去吃饭。这个要让他带些土特产，那个让他给家里老人孩子捎点心意。村民的行为不但感动着汤自超，也感动着我们。这也许就是汤自超所说的信任和认可，村民一旦认准你，你就是他们的恩人。

作为一名年轻的扶贫干部、水利人和奋战在一线的第一书记，汤自超用他的担当和奉献，用真心、真情和实干精神，践行着自己在党旗下的铮铮誓言，为田凤村的发展打下了基础、铺平了道路，为群众健步走向脱贫致富的康庄大道做出了贡献。我想就是多年后，田凤村人也不会忘记这个年轻人用青春和汗水为他们所做的一切。

守望初心的第一书记

汤自超因工作需要离开田凤村后，组织又派水利局行政科副科长，年轻的刘定龙担任田凤村的第一书记。

在刘定龙的微信朋友圈里，人们看到了这样的诗句：

> 家中有女待哺中，
> 目睹美照意重重。
> 待到田凤脱贫后，
> 不负百姓不负卿。

汤自超曾对我说，刘定龙是一个文学爱好者，经常写一些文学作品发表在报纸和网络上。读了他的诗，算是领教了他的文学素养。从教师改行做行政、从县城到偏远的田凤村，从机关办公室到扶贫一线驻村担任第一书记，在扶贫战场上，刘定龙和汤自超一样，以实际行动践行了一名共产党员的初心和使命。

到田凤村挂职，对于刘定龙来说，比起同事汤自超要难一些。用刘定龙的话说，有难也有利。难在汤自超已经做得很出色了，在村民中威望很高，基础打得很牢固，特别是群众基础，非常扎实。而自己要在汤自超已做工作的基础上，开辟新的思路，难度可想而知。

后来读到与刘定龙一起包村的常琳写的一篇记叙刘定龙在扶贫过程中所做的工作的文章，我对刘定龙说："你做得并不比汤自超差，是你们两个和你们的同事，包括常琳，再加上田凤村的吴纯鹏书记，是你们几个年轻人，用闪亮的青春和汗水，彻底改变了田凤村的命运。"

到田凤村驻村后，刘定龙的微信通讯录里多了近百个好友。

"老邹，你的房子室内装修弄完了没？"

"老吴，你的房后没滑坡吧？"

"谢师傅，烤火时记得通风啊！"

"老王，身体好些没，药还有没有？"

…………

刘定龙把群众的事装在了心里，群众的冷暖他全知道。

刘定龙刚到田凤村那会儿，为了尽快调查村情户情，便夜以继日地走村串户进行调研，被狗追，被胡蜂蛰，好不容易进了门，有的人还不给好脸色，踏了多少群众的门槛，"攀"了多少亲戚，连他自己都记不清了。

"通过一户户地走访了解，通过一次次和村民交友谈心，真心实意帮村民解决实际问题，慢慢地群众接受了我。现在大家不是都有微信吗？那时候，无论走到谁家，先加他们的微信，几天下来，我加了一百多人，有事我就让大家在微信中讨论，包括一些致富的信息。这样一来，管用了。"刘定龙笑着对我说。

三组村民吴兆明说："那一年，天下连阴雨呀，我收了两篮子乌红辣椒，眼看就要烂掉哟，我给刘书记发了个微信，他很快就帮我卖掉了。"

邹兴顺家养了10箱蜜蜂，出售蜂蜜时为装蜜蜂的罐子发起了愁。刘定龙看到微信留言后，自己掏钱从网上把罐子买回来送到邹兴顺家里。

这样的事，刘定龙做了一件又一件，有的自己做过都忘了，可田凤村人却记着。

刘定龙说道："正是因为给村民办了实事，所以经常看到田间地头的村民大老远地挥手热情招呼我到自家坐一下，吃饭喝茶，说说暖心话语。"

驻村后，为了巩固前面的工作，改变村容村貌，刘定龙和村干部协商，组织起一支"红袖章"队伍，对户内户外环境卫生进行监督、清理、评比表彰，现在的村部整齐卫生，村子干净明亮。

刘定龙同汤自超一样，来自水利局，同为水利人，关注的还是水，除继续改造村路外，他组织村民修复渠道3.5公里，铺设灌溉管道4公里，修复堰塘1口，新建河堤80米。

帽子哥，实名吴明付，为分散特困供养户，因常年戴着帽子而得名，他家距离村级道路1公里左右，房屋破乱不堪。因长期独自一人居住在山林之中，智力弱化，不知年月，不明秋冬。2017年村里给他安排了房子，但他一直不愿下来居住。

如此恶劣的居住条件，刘定龙看在眼中，急在心头，多次上门劝帽子哥"出山"。刘定龙说："一次劝访返回村部途中，骤降大雨，湿透了衣服，在下山时还摔了一跤，尾椎骨摔在硬石之上，半天才爬了起来，随行的人说送我去医院，我本以为没事的，然而这一痛就痛了两个多月。即便如此，劝帽子哥搬家的事，我从未打退堂鼓。为了说动帽子哥，我拄着拐杖，多次去他住的山林中。我的想法是，无论如何都要让他住到安置房里，哪怕做不通工作，找人抬，也要将他抬出山。不是说扶贫路上一个都不能少吗？"

经过无数次劝说，安排好帽子哥的新房，还是没做通帽子哥的思想工作。怎么办？那就找他的亲戚，一起做他的工作，先带他到新房里试住。他会竹篾编制手艺，我们就动员周边群众邀请他做手艺。如此一来，他的心性变了，这个老哥老哥地叫他，那个师傅师傅地喊他，他觉得自己活得有了意思，受人敬重了，觉得集体生活有意思了，住进新房便不再提回老房子居住了。

像帽子哥这样固守老思想的村民不在少数，在脱贫攻坚奔小康的路上，刘定龙对照标准反复研判，因户施策，一户一策，不放弃任何一个人，不放弃任何一项短板，也不放弃任何一个机会。在他的努力下，17户群众的住房得到修缮加固，6户群众住进了新房，22户群众的饮水问题彻底解决。

"刘书记来到我们村以后，帮助我们村解决了很多问题，也做了很多好事实事，村里的基础设施明显改善，村容村貌也有了很大改观，村民关系也很融洽。"老党员吴大林发自内心地给予刘定龙高度评价。

当初，刘定龙接到组织安排他驻村的电话后，把情况原原本本地告诉了已怀孕7个月的妻子王敏。刘定龙知道，一旦驻村，他就不能每天接送上小学的女儿了，家里大小事务都要甩给妻子打理。他既心疼妻子又牵挂孩子，内心很矛盾。

在刘定龙左右为难之时，有天晚上，妻子王敏拉着他的手宽慰他说："这是组织对你的信任，对你能力的肯定。这次扶贫可是党中央的号召，你说咱年纪轻轻的，作为党员，不能为党分忧，不能给国家添力，那咱要青春干什么？青春不就是用来奋斗的吗？放心去吧，家里的事有我哩，到村上回不来，多给打电话就行了，放心，家里的事，我保证在微信里给你天天汇报，你放一百个心。"

面对妻子真诚的目光和鼓励的话语，刘定龙流下了眼泪，他答应妻子："你放心，一定不会让你失望。"

刘定龙说："3月4日，当我接到报到通知后，虽心有不舍，但还是毅然背上行囊，和工作队员一起在田凤村住了下来，并立即投入紧张的退出研判、查漏补缺、发展产业等工作。我每月驻村时间都在26天以上。"

"当你决定去担任脱贫攻坚第一书记时，我正好怀孕7个半月。准备生宝宝的头两天我独自一人住在医院，你奔波在村里；月子里，你仅有的两周陪产假还是在加班里度过，两周后我晚上一个人带娃；现在宝宝100天了，你依然忙着扶贫，每周只回来待一天，有时甚至一两周都回不来。对宝宝来说你是陌生的，所以你抱她，她会认生，会哭闹……自从家里有了驻村扶贫人员后，我才深切体会到他们的工作是那么不易，舍小家为大家，熬更受累，毫无怨言，所以请善待身边的每一位基层扶贫干部吧。"

以上这段话是2019年8月29日，刘定龙妻子在朋友圈中所发的感想。

5月16日，刘定龙妻子独自一人住进了医院，约好了医生18日手术分娩。当时已到村级合作社成立的关键时期，刘定龙赶到医院已是17日晚上9点多。女儿刘霖希告诉他："妈妈前几天挺着大肚子还在给即将出生的宝宝准备衣物，她对我说：'爸爸正在帮山里人摆脱贫苦，咱们要自己做好准备，你到时候可要帮妈妈呀。'妈妈还问我喜欢妹妹还是弟弟，我说都喜欢。"多乖的女儿呀！

刘定龙说每每想起这些，都会惭愧地流下眼泪。

妻子分娩时，刘定龙原本请了15天的陪护假，可他只陪护了9天，妻子刚一出院，他又急匆匆地回到了田凤村，每天只能通过视频对妻子安慰一番。到村脱贫退出的关键时期，他每月回家的次数越来越少，一转眼，二女儿刘睿希快半岁了。刘定龙满怀歉疚地说："每次回家总想抱抱孩子，可孩子越大越不认得我了。看到孩子不让抱，我只能强忍泪水转过身去。"

刘定龙对我说："要说在扶贫中我取得了一点成绩，那真的与妻子的支持是分不开的，后方的支持给了我信心和力量。我想在整个扶贫过程中，与我一样情况的人很多。我的体会是，参加扶贫工作，担任第一书记，是党向我们年轻一代发出的号令，是组织对我们的考验，也是政府给我们这个年龄段的人提供的一次难得的认识国情、了解农村、亲近农民的机会，有了这些历练，相当于拥有了财富，在今后的成长过程中，也就有了资本吧。"

产业是贫困户精准脱贫、稳定脱贫的金钥匙，也是乡村振兴的坚实基础，如何做强产业，带动贫困群众稳定增收，是刘定龙思考最多的问题。田凤村地处凤堰古梯田核心景区，有黄龙庙、魔芋包等引人入胜的景点，村子的旅游发展潜力巨大。刘定龙和村委班子及广大群众一起围绕旅游做文章，使村子走上一条"农旅结合"产业致富之路。

凭借该县实施"加入一个组织、发展一项产业、奖补一笔资金"的"三个一"产业发展机遇，田凤村成立了农丰茶叶专业合作社，村上102户贫困户成为股民，每户配发5000元产业奖补资金入股合作社。在林场与梯田之间开垦出200余亩梯地，建设观光茶园，为该村打造休闲养生、摄影、绘画及文艺创作的胜地奠定了基础。

一到旅游季，村里农家客栈接待压力陡然增加，刘定龙就一户一户上门发动群众收拾好自家住房，缓解农家客栈接待压力。

家住田梁农家客栈隔壁的贫困户冯忠保便是受益者，他家腾出两个卧室作为客房，一个月下来增收3000余元。村上还鼓励原有农家客栈扩大经营规模，并培育新客栈3家。

"不能让游客空着手走。"刘定龙对村民说。

刘定龙还在帮助群众卖家里"土货"上下起了功夫。在刘定龙的指导下，"田梁农家"客栈成为本村的游客接待中心、外贸中心。刘定龙建议展销中心，将本村电商服务中心交给"田梁农家"经营，鼓励周边贫困群众种植游客需要的"山货、土货"。并将富硒大米、菜籽油、土蜂蜜、干菜等通过游客或电商平台销往全国各地。

鼓励群众种好管好梯田，让梯田里春有油菜花，秋有稻谷香。组织兑现产业奖补，调动群众种植积极性，在大量劳动力外出的情况下，保持水稻种植500亩，油菜种植750亩，为旅游观光奠定了基础。

我告别田凤村时，党支部书记吴纯鹏动情地说："今天的田凤村，产业发展起来了，山货搭乘农旅融合的快车，未来，我们将通过讲好农耕故事吸引游客，打造亲子农耕体验园、观光茶园、摄影基地留住游客，重点发展富硒粮油、茶叶、林下养蜂、干菜加工等产业，让景区人气更旺，让游客满载而归。我们现在取得的这些成就，得益于政府的政策，更得益于两任第一书记，是他们不辞劳苦地付出，才有了田凤村的今天。我希望借你的笔，对他们表示感谢，对国家推行的扶贫措施表示敬意。我住在深山里，不知道外面的情况，但我深刻地体会到，是国家推行的扶贫政策挽救了我们的村子，是扶贫干部改变了我们的村子，是产业发展拯救了我们的村子，我们欢迎人们到我们村来旅游观光，欣赏 300 年前古人为我们留下的家业——古梯田，同时也希望大家支持我们，使我们同全国农民一起，抬头挺胸地奔向小康大道。"

将水引上山顶的人

要是不到汉阴采访，还真不知道，在陕西境内、巴山怀中，还有一个如此令人不可思议的村庄。

在漩涡镇的稻田边，汤自超告诉我，下一个要去的地方是"天上的街市"。我在大脑里过滤了一下，陕北佳县的地容地貌在一瞬间浮现在我的脑海中。

开车的师傅告诉我："我们这儿'天上的街市'比起佳县来，要险要几分，海拔要比佳县高出几倍。"

由漩涡镇到"天上的街市"，我们整整走了 40 分钟，最后一算里程 22.4 公里，且全是上山路，由此可见山有多高。

车穿过大片灌木林，甩掉浓密的雾障之后，"天上的街市"终于出现在我们前面。的确如开车师傅所言，街市比佳县高出许多也险要几分，但毕竟是个村庄，比起佳县也小了许多。

"天上的街市"其实就是漩涡镇上七村，是原上七古镇集镇所在地。资料显示，早在 1949 年前，上七古镇迁址于终南寺，有漆树崖绝壁千仞，险要可想而知。"上七"名字的来历是，凡是从四面八方山沟到街上赶集往返之途均有七里之遥，所以古人将山上的街叫"上七里"。古时街上只有几十户人居住，因终南寺闻名遐迩，尚有湖广、河南、陕川等地客商云集从事商贸，主要交易布匹、茶麻、木耳、药材、骡马等商品。终南寺逢庙会时，人山人海绵延数里，从而带动上七区域经济交流发展。古时的上七集镇双面街道，曾由紫阳和汉阴两县共治，以街心为界，一家管半边。古镇虽小名气却很大，原因是其地理位置优越，上七集镇是临近三县紫阳、汉阴、镇巴的边陲经贸、军事重镇。革命时期，街道两边驻扎有红师和国民党官眷，成为国共两派政治军事要塞，街上现有原紫阳县保安团长胡宝玉公馆。全国解放后乡公所迁址集镇改称莲池乡政府，1968 年成立上七乡人民公社，1981 年落实土地承包责任制后上七公社更名为上七乡人民政府，2002 年撤乡并镇后，只保留了上七村民委员会，2015 年镇村综合改革期间，合并了原终南寺村、营盘村、松河村为现在的上七村。

山顶还是那个山顶，老街还是那条老街，传说还是那些传说，该逢集时还逢集，当赶庙会时山周围的群众照样赶庙会。政府将机构撤了，更多的年轻人走出山门去打工，老街上的人越来越少了，但传统的东西并没有丢，人们对家乡的爱更浓了。老街大落，一些爱赶集的老人走在大街上有些失望，他们望着远处山顶发出哀叹，连伸手邀云、比划太阳的心劲也没有了，因为街上少了人气。可随着扶贫工作的开展，人们的希望重新被点燃了。用覃培钊的话说："人气又回来了，如果国家进一步推行乡村振兴战略，上七古镇昔日的繁荣景象一定还会回到上七里来，大家都盼念着哩。"

说起上七村别名"天上的街市"，人们一定会认为很富有诗意。当我站在村庄东头小学门前的广场上，看着头顶上厚重的铅色雾幔，感觉的确很有诗意：雾包围了山顶上的村庄，远处有云海出现，云海中冒出的山头，像大海上的小岛，若隐若现，整个旷野，有种云涌天低树的动感。那一刻，我想，如果是个天晴的日子，在街市上行走，一定会像小时候背诵过的一句诗那样浪漫：

"借着太阳抽锅烟，扯片白云能擦汗。"

我想那首诗的作者，一定到过上七村，到过"天上的街市"。

"我们这地方，看着的确很美，云里雾里的，可是，过去上七村人的苦，外人是看不到的哟，特别是吃水问题，苦了好几辈人。"村党支部书记覃培钊坐在电脑前，打开他的工作笔记，一边看着一边对我说。

"现在呢？"我问他。

"现在当然好了呀，我们上七人，沾了国家扶贫政策的光哟，要不是来了第一书记，要不是来了水利局的人，实心实意帮我们解决吃水问题，那个盼念哟，还是没有尽头吧。"

说过笑过，覃培钊领着我们走下村委会办公室的二层小楼，走进"天上的街市"。虽然天下着蒙蒙细雨，街市上却人来人往，特别是村委会周围人更多。覃培钊告诉我们，村卫生室正给村民做体检，山下的人都到村委会来了。

走过两边皆门市的弯曲街道，昔日的石板路已经没有了，全换成了水泥路面，但临街的门面木板门还在，只是不同于其他古镇，这里的门扇全是朱红色，给人一种火红热烈的感觉。覃培钊一边走，一边向我们介绍着一些房舍和它们昔日的主人。

至此，我才感觉到上七村是一个有故事的地方，除了村子建在海拔高地势险峻的山顶上外，其厚重的历史和丰富的文化，更是令人流连忘返不舍离开。

托起村子街景的山顶位于漩涡镇西南部，距镇政府约22.5公里，全村13个村民小组，农村常住人口共638户2191人。主要产业有油茶、烤烟、传统种植养殖，通乡公路直达山上老街。

现在的上七村集镇，依旧是紫阳及镇巴经济文化交流的重要枢纽。村内有千亩油茶，秋有硕果累累，冬季茶花飘香四溢，并有特色杜鹃、珍稀文木等。集镇四季均被四周山谷里升腾起来的云雾缭绕着，犹如仙境，曾被文人墨客誉为：巴山怀中的"布达拉宫"、"天上的街市"和"陕南小汉口"。

上七古镇至今已有600年历史，为当时汉阴县南区经济、文化、交通的中心。据清初史料记载，在当时陆路交通不发达时，上七里古镇上通西安，下达安康，是繁华的商埠重镇，在鼎盛时期，店铺多达百余家，行业多达几十种，人口千余人。有两句民间顺口溜记载了旧时商贾往来的繁华情景："千茧挑长安，担盐半月还。""脚歇上七里，一气出漩涡。"

上七老街建筑群沿山梁而建，最早始建于明朝初年，集清朝咸丰年间建成的终南寺和老街古民居于一体，街道以青石板铺成，建筑结构大多数为四合院，具有典型的陕南风格。现有终南寺、老街石板桥、陕南抗日第一军纪念馆、忠信和客栈等昔日建筑保存完好。

上七古镇被人们称为川陕"茶马古道"上的一颗明珠，有着丰厚的历史底蕴和文化内涵。老街上有丰富的传统民俗留存，是研究陕南民俗文化的最佳场所。该地区传承至今的特色民俗有：赶集、逛庙会、彩龙船、舞火狮等。

在汉阴，有一对父子同为上七村的扶贫干部，他们为了解决上七村吃水问题并肩作战的故事，被传为佳话并被多家媒体报道。

两年前，在上七村，如果你要找王书记，人家就会问你："是找老王书记还是小王书记？"

那时，上七村有两个"王书记"。

父亲王道平，是汉阴县水利局的工程师，几十年来，一直从事水利工程规划建设以及乡村饮水设计施工和管理工作。2017年，按照组织要求，担任了上七村第一书记。王道平的儿子王汉珣，也是汉阴县水利局的职工，2018年接替了父亲的职务，担任了上七村第二任第一书记。"说起父子俩，那可是我们县扶贫领域响当当的扶贫'父子兵'。"汤自超和覃培钊异口同声对我说。

2021年6月10日傍晚，在汉阴凤凰国际宾馆，我采访了年轻帅气的王汉珣。那天，正是他上任城关镇副镇长的第一天。他对我说："本来今天是要陪你一起去上七村的，只是我今天到镇政府报到去了。"

我说："恭喜你，这么年轻，就走上领导岗位。"

说起在上七村接替父亲做第一书记的事，王汉珣笑着说："你今天可能听说了吧，人们都说是我夺了父亲第一书记的权。这是民间版本。我爸毕竟上了年纪，开会一坐一天，每次加班到深夜，看他不停地往太阳穴上抹风油精，有时候还大把地吃药，筋疲力尽的样子，我心疼啊！好在组织对我们父子也很关照，让我去担任第一书记，为我爸减轻了一些负担。我爸一辈子与水打交道，是个个性比较强的人，对水和农民感情都很深，他认准的事，一定要搞彻底。就说为上七村引水的事吧，那是他的奋斗目标呀。他曾对我说过，他的奋斗目标是让上七村人全都吃上自来水。他做到了，你今天去也看到了。这次能将自来水引到'天上的街市'农民的灶台前，的确是一件非常不容易的事。父亲总算实现了自己的心愿，我想他卸任后，心里就能轻松一点。特别是引水那些日子，实在是太难了。一是寻找水源地，复杂得很，先后找了10多天，我父亲总不满意，不是水源不充分，就是怕水位低，将来往上抽的时候费电。上七村的农户全都住在山上，你看到的山顶上的农户，那只是很小的一部分，大部分村民住在山腰上，分散户也多。要按省上的要求，送水到灶头，难度相当大，选择水源地至关重要。二是管网铺设也有难度。人常说，无石不成山。村民住在山上，而山上全是石头，开槽非常困难。浅了怕冬天冻，也怕山猪之类的野兽胡刨乱抓，早早将管子刨坏了，深了挖不进去，所以要计算，还要预测，要预测到管子未来的命运。三是管子的运输要靠骡马，因为许多管子是埋在林子里的，林子里没有路，人扛不进去，所以运输难度也很大。四是要做村民的思想工作。在山里，村民吃没有处理和净化的溪水吃惯了，你要给他们引上自来水，有些人还是不太支持的。你给他讲溪水不安全，他说吃了几辈人了，也没出现啥子问题，所以，做好思想工作显得尤为重要。包括发展产业，做村民的思想工作，比做出力下苦的事还要难。好在，通过我爸和同事以及村干部的努力，最终将问题全解决了。这一点，我对我爸很是敬佩呢。我爸曾对我说过一句话，令我印象深刻，他说，在20世纪七八十年代，老听人们说，没有不讲理的群众，只有没有讲清的干部。我想，这句话对我、对在基层工作的人，都很有用。我爸就是信奉着这句话，在开展工作，他首先要求自己给群众把道理讲通，可这个道理，讲起来是很难的，百姓嘛，百人百姓呀。"

赞美了父亲一番之后，王汉珣不由自主地笑了。

我也跟着他笑了，我说："这句话我在基层工作时，也听过，也运用过，的确如此，细想想，道理很深刻。"

上七村党支部书记覃培钊介绍："上七村的吃水问题，一直以来是大家关心的大事，政府也想了许多办法，先后四次引水上山，就这一次做得最彻底，关键是王氏父子，是真心实意为我们解决问题。为了解决村民饮水问题，他们没少吃苦，在那些安装水管的日子里，每天天刚放亮，他们父子背着工具就下山，去监督工程质量，总怕哪一块没有做到位。有时天下着大雨，也阻挡不了他们父子的行动。棘刺伤皮肤、蚊虫叮咬、手脚带伤，对他们来说是家常便饭。"

说起被儿子"夺权"一事，王道平在电话中深有感触地说："说实话，我也不忍心让他当这个第一书记，在上七村干了这两年，我最了解第一书记这个差事到底有多辛苦，我自己差点都干不下来了。可儿子硬是给组织说，让他来替换我。"

父子俩同时住进上七村后，儿子王汉珣发挥年富力强、知识面宽、干劲足、业务精的优势，主抓资料的收集、校核、整理，经常是白天入户走访，晚上加班加点整理信息，有一次连续在村上工作25天没回家，忙得头发都顾不上理，年轻帅气的他，整天胡子拉碴，衣服上都泛出酸味。而父亲王道平，发挥年长、信任度高、人脉广的特长，为全村基础设施建设和产业发展跑项目、搞协调、抓质量，推动各项工作向前发展。

在帮扶工作中，父子俩总是挑硬骨头啃。老王书记包了5户贫困户都是光棍汉，其中一个还是好吃懒做的"酒鬼"，还有一个是见到领导就抱腿的人；小王书记包的贫困户也都是老弱病残。在他俩的真情帮扶下，"酒鬼"参加了修脚师培训，并在外地开了家足浴店，特困人员和五保户也实现了集中供养，老年人也同儿女签订了赡养协议。一次听说老王书记病了，"酒鬼"还给他发微信红包，虽然他没收，但这份情却让他非常感动。他说，看到一个人的改变，就像看到自家不懂事的兄弟发生变化一样，内心有一份喜悦，也觉得自己收获了小小的成功。

自来水送到农民的灶头后，父子俩联手推动产业发展，经过一番走访调查，与村民深入交谈，与村干部一起商讨，大家一致认为，依据当地水土状况和林木资源优势以及种植传统，发展油茶产业前景比较广阔。项目确定后，父亲让儿子下山，去向县镇领导汇报。

令父子俩没有想到的是，他们确定的油茶种植项目，两级政府领导都非常看好。得到支持后，父子俩带着村上的年轻人和一些在外打工有了积蓄的能人，前往我国油茶种植大省湖南多地进行考察、学习。那时，村民最担心的是，自己种下的油茶，收获后卖不出去。经过考察学习，村民们开了眼界，有了信心，看到了湖南人靠种油茶改变了生活，走上了致富之路。回到村上，大家都同意种植油茶，过去一些想不通的人也想通了。

看到村民有了积极性，父子俩便发动能人大户投资20万元成立了铭鑫油茶专业合作社。

紧接着，王汉珣又帮村上完善了电商业务。

到了2019年，经过父子俩的努力，全村改造油茶600亩，新栽植油茶1000亩，户均种植油茶6亩多。

为了解决交通问题，王汉珣多方协调资金，为村上新修水泥路4公里，使水泥路通到每个村民小组。

穿越上七村的松河，河道多年行洪不畅，严重影响到安置点20多户移民的住房安全，每到汛期，村民总担心河水暴涨，冲毁自己的房舍。在父子俩的多方奔走协调下，争取资金100多万元，建起450米长的松河堤坝，保护了河岸，给新安置的移民吃了定心丸。

松河安置点住户柯昌虎说："现在下雨，终于可以睡个安稳觉了，真是感谢两位王书记给我们办了一件大实事，他们不愧是为百姓着想的党的好干部啊。"

汉阴模式的推广

2019年10月31日，一份由汉阴县委和县政府向陕西省政府有关部门汇报本县解决农村饮水问题情况的材料传到陕西省副省长魏增军手上。魏增军阅后，当即批转给省扶贫办主任文引学和时任陕西省水利厅厅长王拴虎。魏增军明确提出："汉阴饮水管理经验，可以学习推广。"

来自汉阴县的汇报材料题目为《打造智慧水务 助力脱贫攻坚》，材料中详细介绍了汉阴县在解决农村饮水安全方面的具体做法和所取得的成效。

2020年7月，由时任陕西省发展研究中心副主任李三省牵头，省政府研究室课题组赴汉阴，对汉阴县解决农村供水问题的经验进行了专题调研，形成《让6.8万贫困群众喝上放心水——汉阴县"三化"联动农村饮水安全模式调研》的调研报告，并呈报给时任陕西省委常委、宣传部部长牛一兵。

自此，汉阴县在农村饮水方面的做法和经验，在社会上得以广泛传播，一些地方和组织不断前往汉阴县学习、参观、交流。

国家水利部门通报，副省长指示推广经验，省政府研究室专题调研，各路媒体争相报道，安康市水利部门连续三年表彰，外地人不断前来取经。汉阴县到底是如何做的呢？经过几天的采访，我认为以下几个方面是汉阴县解决农村饮水安全工作的特点：

一是夯实组织保障，强化主体责任。汉阴全县水资源总量5.388亿立方米，人均水资源量1796立方米，达全国平均水平的78%。根据资源优势，该县依照

"节水优先，空间均衡，系统治理，两手发力"的新时期治水思路，将农村饮水安全工程视为"民心工程""德政工程"。

二是立足长远发展，科学制定规划。县政府先明确了规模工程优先部署、单村水厂因村布局、小型工程适度补充的全覆盖建设思路。以衔接经济社会发展需求为规划设计导向，按照城乡联网、整体推进、资源共享、应急互助的一体化供水要求，依据"能大不小、能联不单"的原则，打破行政区域界线，构建区域大管网联通工程，确定建设规模和工程布局的合理性。

三是拓宽投资渠道，多方筹措资金。"十二五"期间，县政府通过多种渠道，争取到中央农村饮水安全专项建设投资8769万元，争取省级财政投资1189万元，落实市县级地方投资720万元。"十三五"以来，县政府累计投入5554万元，利用银行贷款资金9765万元，建设总投资3.84亿元的洞河水库。利用社会资本，通过市场化改革引进社会资本参与运营管理，民营水务企业共计投入资金800余万元。

四是建管融合创新，保障工程质量。全面推行农村饮水安全项目建设公示制度以及用水户全过程参与的工作机制，慎重选择水源，严格落实工程质量责任终身制和质量监管责任，严把原材料进口关、设备采购关、施工质量关和竣工验收关，确保工程质量和施工安全。

五是推进量化赋权，明确管理职责。全县369处农村饮水安全工程落实了产权。通过公开竞争，选择有实力、懂工程管理的专业人员或企业组建民营水务公司承包经营，放开农村供水工程经营管理权。全县共有10家民营企业承包经营了43处农村饮水安全工程。

六是实施过程监控，保证水质达标。严格执行农村饮水安全工程建设、水源保护、水质监测"三同时"制度，落实"管水厂必须管水质"的基本要求，实施从源头到龙头的全过程水质安全管理。部分民营供水公司自建试验室，配备专职化验员每天检测20项常规水质指标。同时，建立健全了水质检测监测联动和信息共享机制。

七是构建智慧水务，提升服务能力。全县在重要水源地安装摄像头，指挥部与河长办同频共振、协同作战。每个标准化水厂安装智能监控，在水厂关键位置安装预警设置，并与相应管理员手机远程连接。

八是聚集各方力量，取得显著成效。"十二五"以来，汉阴县累计建成集中式供水工程369处。通过产权制度改革，保障了农村饮水安全工程的长效运行，实现了农村供水事业"以水养水"的改革初衷。

汉阴县饮水安全之所以取得令人瞩目的成就，与领导的重视和关心密不可分。无论是县委书记还是县长，抑或主管县长、水利局局长、水利局下设部门各司其职，皆将饮水安全当作头等大事来抓。

县长刘飞霞除了多次到施工现场检查指导工作外，还隔三差五往水利局跑。她一次一次对水利局的干部和职工讲："习近平总书记多次强调农村饮水安全在脱贫工作中的重要性，我们一定要不折不扣地领悟习总书记的讲话精神。'两不愁、三保障'是检验贫困户稳定脱贫的重要标准，而农村饮水安全是实现贫困户'两不愁、三保障'的重要一环。"她要求，水利部门要把保障农村饮水安全工作作为重中之重，密切关注全县各镇饮水安全动态；要抢抓机遇，编制好"十四五"水利建设规划，夯实水利建设基础；要统筹水资源，强化城乡供水保障建设，着力提升综合保障工农业和商贸供水能力，实现供水用水供需平衡；要深化水利机制改革，完善和优化长效管护机制，用好市场化手段，总结提升并推广智慧水务建设；要加强能力建设、信息化建设，紧盯重点区域。她还强调，要建立长效机制，继续大力发展水利事业，打造一支水利铁军。

时任县委书记周永鑫、水利局局长王良斌，两个人在位时，上下配合，互通有无，全力以赴抓农村饮水安全工作。为了能将清华大学研制的净水项目引入汉阴，周永鑫多次前往北京，像一个宣传员，将汉阴的优势一个不漏地说给专利所有人，最终使项目落地汉阴，不但造福汉阴，也为保障全陕西农村饮水安全发挥了积极作用。

没有退休之前的王良斌，跑遍了汉阴的山山岭岭和每一个乡村，人们说，今天汉阴的农民吃上了放心水和安全水，全靠他"主谋"，没有他谋划，也许农村饮水就不会是这个样子。他人退休了，可他留下的名言，依然响在每一位水利人的耳边。他说："水是安康的魂，我们要建设小康社会，要让大家过上幸福生活，但如果吃水不安全，群众谈何安生，谈何幸福，谈何小康。我们水利人是干什么的？就是要把水这个魂保住，守住，摁住，只有管住水，汉阴的人民才能真正安康和幸福。"

正因为有了王良斌等主管领导对农民饮水工作的重视，汉阴才有了所取得的成就和被推广的经验。

第六章

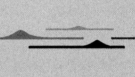

与水为伍　造福吾乡

一、生命在奉献中闪光

农妇李汉珠的心里话

下过一场雪后，秦岭南坡柞水县的山川被雪水浸润得一片清新，每座山梁北面都被雪覆盖着，而向阳的地方，树木显得精神抖擞，山水林田路像画家笔下的版画，彰显着一方山水之美。

由柞水通往山阳县的高速公路，像一条灰白色的飘带，悠然地漂浮在巍峨的山水间。由于路面的雪被各种飞奔的车辆碾压得了无踪影，再经过过往车辆的热气喷冲，路面与周围山地形成鲜明对比，路在崇山峻岭间分外显眼。

2020年11月20日，柞水县杏坪镇云蒙山村一位种木耳的朋友告诉我，他的木耳今年丰收了，让我去看看，帮他写点宣传资料。电话中，他兴奋地对我说，要感谢习近平总书记，是习总书记今年春天到他们柞水县小岭镇金米村视察，给了他启发。习总书记说"小木耳，大产业"。他听了习总书记的话，放弃了在县城做的基建工程，回到家乡云蒙山种木耳，没想到，习总书记像给他们做了广告似的，他的木耳刚一收获，就有不少客商纷纷订货，他所种植的木耳一下子销售一空。

11月25日，我的车到了柞水县杏坪镇中山村山下时，却没有办法上山了，原来为了充分利用山上的资源发展木耳，柞水县政府在2020年夏天投资700万元，对上云蒙山的路进行改造，工程正在建设中，所以上山的路被机械挖断了。

站在山下仰头望去，云蒙山高耸入云，如何上山，成了许多上山采购木耳的人的难题。看到我们一行人为难的样子，中山村热情的村民建议我们将车停在他们家门口。听此建议，我们把车停在山下，大家徒步上山。由于路基被机械挖得凹凸不平，加上雪正在融化，我们踩着泥泞的山路，用了一个半小时才爬上山顶。

在高高的山顶，令我没有想到的是，家家户户竟然都用上了自来水，对这一发现，与我同行的许多人都感到吃惊。

看到一个老妇人正在庭院的自来水龙头下洗衣服，我走近老人。老人笑嘻嘻地告诉我，她叫李汉珠，76岁了。说起自来水，李汉珠停下手中的活计，从家中搬出一个小凳子给我，她坐在我对面，向我谈起山上人吃水的历史。

她在衣襟上擦了擦手上的水，又搓了搓，整理了头上的头巾，指着对面高山上的3户人家对我说："别看他们住得高，人口少，他们和我们一样，也吃上自来水了。这是这两年政府开展扶贫工作给我们带来的实惠啊。"她转过身子，用手向我指了一下身后的一座高山说："这山后面，还有几个村民小组，现在和我们一样，也吃上了自来水。你可能不知道，这是几十年来想都不敢想的事，可现在实实在在地变成现实了。你是不是想了解这些？如果你不嫌话多，我就给你多说一些。"

我笑着对她说我就是专门来了解吃水的事的。

李汉珠是个善谈的女人，也许是用上了自来水，解决了她半生的苦恼，说起话来特别激动，脸上显露出幸福的神色。

她用手指着山下说："我娘家住在山下，就是你刚才上来时，山下那个村子，那儿吃水比较方便。自我20来岁嫁到王台子后，你可不知道，挑了40多年的水呀。有时是从半山腰挑，挑一担水得半天时间，多数日子，是靠天吃水。过去我们就在后面的山根挖一个坑，等天下雨，下满了，我们这几户人家才有水吃，吃完了，天天看着太阳，看着云。为什么要看云？因为云里有雨呀，盼着云多起来，天就会下雨给我们，我们就能吃上水，因为我们这儿山高呀。"

我问她："挑了几十年水，有没有让你最难忘的事？"

她抬头看了一会儿对面的高山，转头又看了看自家的房子说："肯定有呀，你这一说我全想起来了，说起挑水呀，这一生最难忘的事发生在我30岁那年，肚子里怀着孩子，大概有7个月吧，男人外出为生产队搞副业去了，我一个人在家，要喂猪还要上工挣工分。有一天，我去山腰挑水，因为怀着孩子，我只能挑半桶水，那是六月天，我挣扎着将水从山那边挑了上来，突然间，对面山上冒出一道闪电，接着，这周围山上的乌云呼呼呼争着抢着往一块儿挤。看着云在涌动，我的头就晕了，我将水桶放在土路上，看着云在空中翻滚着翻滚着，天就暗下来，不一会儿，东边的云蒙山顶上，滚下一个大火球，接着又是一个大闪电，从南到北，像一把铁匠烧红了的刀，仿佛要把天劈开一样。闪电一过，大闷雷就来了，轰隆隆轰隆隆的，我看到对面山上起了乱燥雨，便挑起水桶，往家里奔，刚走了两步，大雨一下就从天上扑了下来。雨的力气大得没法说，一下子将我推倒在地上，水桶不知跑到哪儿去了。我丢开水担往家里跑，一个闪电将我推到堂屋，我倒在地上不省人事。过了一会儿，又一个炸雷将我打醒，我想，肚子里的孩子肯定没有了，下意识地摸了一下肚子，肚子还鼓鼓的，我挣扎着跑到灶房，将几个木盆放到屋檐下，喘着粗气看着白雨自天而降，放声大哭，庆幸孩子保住了。雨过去了，太阳重新出来了，我再去找我的水桶，水桶已经不是水桶了，成了木片片散落在泥地里。我抱着木片，呆呆地站在山顶上，看着太阳又从云缝里慢慢出来。我不知道说啥好，我对太阳说：'你呀，为啥要我和开玩笑嘛，你知道不，你躲起来了，我的儿子差点没了。'太阳还是那张毫无变化的脸，那时我感觉自己浑身没有一丝力气，索性坐在水桶旁边的泥坑里，眼泪不住地流呀流，一直流到太阳从对面那座高山上溜下去，山上走上来几个人，将我抬进家门。这样的例子太多，我给你小伙几日几夜也讲不完呀。我们山里的女人，命苦呀，山野的男人们很少挑水，几乎都是女人挑水，有人怀了身子，挑水路上孩子流产了，还有人将孩子放在家里，从山下挑水回来，孩子让狼叼走了。我也后悔过嫁到这山顶上，要是在我娘家，我就不用跑那么远的路去挑水。"

李汉珠一口气说出了一摊子往事。最后她笑着说："还是那句话，做梦也不会想到，我老了老了，竟然吃上了自来水。你说这世事，谁能想到呀。还有这几年，自从我们吃上自来水，山下那些管水的娃呀，隔三差五地就到我山上来，看看我们的水管，查查水源，还给我们的水消毒。去年冬天上了冻，我们的水管坏了，没有水吃着急呀，那天，家里来了客人，正愁着没有水，没法招待客人呢，没想到，山路上响起了汽车的声音，我出门一看，是送水车来了。你说政府想得多周到呀，放在过去，冬天有没有水吃，谁管你哩。你说我们这些住在山上的农民，什么也没有为国家做，国家倒把我们放在心上了。你上来也看到了，国家投了许多钱，正在给我们修水泥路哩。你们是大地方人，帮我们捎话给政府，给习总书记，告诉他，我们现在的生活好得没法说呀。去年，习总书记到了我们柞水来，看金米村种木耳，习总书记走后，我们这儿的木耳卖得可好了。"

海拔千米高的山上，农民也能吃上自来水，这是我没有想到的。下午到了山下，我又走访了几户农家，适逢村上有一位村民要进县城，我请他上了我的车。他告诉我，他们村山上山下所有的农民，都吃上了自来水。他说："你要了解柞水农民吃上自来水的事，你就去找县上的城乡供水公司负责人张永志，这个人呀，年龄不大，弄的事不小，他这几年专门管为农村拉自来水的事，我们这儿的人都叫他水神哩。"

难以忘怀的 10 年

柞水县城乡供水公司在县城南边的石镇一组，当我如约赶到公司后，就被公司墙上的"不能把饮水不安全问题带入小康社会""把供水服务送到村里头，把党的温暖送到群众的心里头""工匠精神，追求卓越，乐于奉献，情润万家"等红色标语所深深吸引。正在我用手机拍摄那些文字时，张永志从公司大门进来了。

张永志说得最多的一句话就是："不瞒你说，我们终于解决了农村人吃水问题，10 年呀，整整摸索了 10 年。"说到动情处，他扭过头，将目光投向窗外。窗外，阳光下冬日的山峦起伏有序，如蟠龙般静卧在秦岭怀中，给人一种坚定的力量。

从 34 岁到 44 岁，正是张永志挥洒青春的岁月。

10 年间，在柞水县委、县政府以及县水利局的领导下，张永志带领他的团队，栉风沐雨，风餐露宿，夜以继日，加班加点，或在荆棘丛生的大山里摸爬滚打，或在荒无人烟的沟壑中寻找水源、建设水坝、凿渠槽、埋管道，硬是用舍我其谁的拼搏精神，使全县实现了自来水城乡全覆盖。他和他的团队用青春、心血和汗水在乾佑河畔创造了一个又一个传奇，他用责任和热情，改写了秦岭山区农民吃水的历史，实现了农民祖祖辈辈渴望吃到自来水的美好愿望。

面对取得的成就，张永志扳着指头对我说："我们整个工作分四步走：第一步，打造精品供水示范点，作为村镇供水骨干性工程，体现科学化管理水平，确保发挥良好的社会效益和经济效益；第二步，重点发展集中供水，以精品供水工程为龙头，带动集镇供水工程改造升级，达到水源有保障、水质达标、供水服务有保证，逐步推进收费管理，确保良好的社会效益；第三步，扶持村组供水，以集中供水站为支撑，指导和帮扶村组供水日常管理，建立村组供水服务管理站，确保村组供水工程有人管；第四步，惠及偏远山区，在走好前三步的同时，以村镇供水管理体系为依托，对偏远山区的分散供水提供公益服务。我们经过10年的艰苦奋斗，使全县农村98%的人口用上了自来水，是全省首家达到农村供水的XCN标准的单位。"

他说："今天的供水服务中心，楼体漂亮，环境优美，工作出了成绩，赢得百姓和上级的良好口碑，可很少有人能想象到，这个供水中心当初是什么样子……"

艰难的起步

成立于1995年的柞水县石镇供水站原有职工6人，承担着县城周边石镇、下梁等区域企事业单位及居民万余人的饮用水供给任务，当时苦于没有资金，加之经营管理不善，导致企业运行几乎处于瘫痪状态。到了2002年，水站无力经营，一个供万人用水的命脉型企业彻底垮掉了，6名职工带着无奈和眼泪下岗回家。

水厂没有了，可石镇这块地方却在时代劲风的吹拂下，并入城区。因县城区域内地方有限，石镇成了县城向外延伸发展的必然选择。2010年，柞水县中学等相关单位搬迁到新城区后，石镇供水站的倒闭给辖区带来严重的水荒，县中学3000多名师生和2000余名群众整天为吃水备受煎熬，由此而引发了一系列社会矛盾。

无水吃的老百姓，天天到政府要水吃，水荒事件很快引起了县上领导的高度重视。为了尽快解决辖区水荒，给公众一个满意的交代，2010年9月，组织把年富力强、管理才能突出的张永志从县自来水公司调整到石镇供水站担任站长。那时，张永志已经是县自来水公司的副经理。组织寄希望于张永志，希望他能够扭转被动局面，使企业起死回生，使新城区上万人不再因吃水困难天天到政府门前"要水吃"。

当张永志满怀激情到石镇供水站报到时，呈现在他眼前的景象使他极为悲伤。他听说原来石镇供水站七坪水厂曾投资400多万元建厂，可眼前的厂院杂草丛生，破败的门窗，锈迹斑斑的铁锁，杂乱的石头、砖头遍地皆是，一片荒凉不说，就连吃饭睡觉的地方也没有。

张永志独自一人默默地站在院子里，他觉得一股寒风从背后袭来。他细细思量，这哪是寒风呀，才9月，热浪刚刚退却，何来寒风。他知道，是自己面对眼前的情景，心里产生了奇异感觉。他慢慢蹲下身子，静静地看着眼前的一切。大概过了10多分钟，他缓缓地从地上站了起来，抬头看着天空，太阳似乎在高空对他笑。他用双手使劲搓了一下脸，再看看周围的学校和阳光下错落有致的房舍，他对自己说："组织让咱来，是组织信任咱，咱绝不辜负组织的期望。"那时他才34岁，他想起了一句话：青春不就是用来挥洒的吗？何不试试，用自己的青春，在这方杂乱的地盘上，描绘一张精美的图画，然后为它着色，使它释放光华？

经过一番痛苦的思想斗争之后，张永志毅然决定，鼓起勇气，走马上任。他在想，毕竟还有这么个摊子，毕竟还有这么个新城，自参加工作后，自己就与水打交道，看看这学校，看看这么多楼房，没有水，几万人如何生活和工作？他走出院子，站在一个土台上，放眼眺望，新建的街区，鳞次栉比的楼房在太阳光下泛出不同的色彩。他想，政府花费了多少心血，才建起如此使人们向往的街区，改革开放几十年来，有多少农民做着城市梦，他们奋斗几十年，含辛茹苦挣钱在此买了房子安了家，想住进城里，实现他们的梦想，不能因为没有水吃，让他们对政府失去信心，对生活失望，使美梦破碎。

这天下午，太阳已经偏西，张永志终于下定了决心，挑起重担，再艰难也要豁出去。他重新细察了院子里的一切，看到了两个轱辘子、一辆架子车、一条拉车的绳子。他弯下腰从地上捡起绳子，紧紧地握在手中，用心掂量着绳子的分量。

晚上，张永志回到家，白天的景象像影子紧紧跟随着他。这天，他吃饭没了胃口，更是没有办法入睡。他坐在灯光下，从抽屉中拿出一张纸，将下午看到的场景画在纸上。他在想，过去人们不是常说，一张白纸好画最美的蓝图么，那我就将这张蓝图画出来。可这哪是一张白纸呀，是白纸倒好说，这个摊子后面，还有 160 万元烂账。这是一个令张永志难忘的夜晚，上床睡不着，起来又不知道该干什么，一直到了天亮，他还在思索着茫然的未来。

天终于亮了，张永志早早起来，用凉水洗了脸，找出一身像样的衣服穿上。他想，要走马上任了，要见大家了，总得给大家一点信心，也给自己一点自信。

张永志在这天上午，找回了已下岗多年的 6 名职工。老职工雷云、伍篾银、李芳、徐芳琴等，听说水厂要恢复生产，早早来到水厂，但看到年轻的张永志，心里并没有多少兴奋，在他们心里，30 来岁的张永志也太年轻了，这样的毛头小子，能把一个烂摊子弄起来？他们面对张永志，渴望重新就业的心劲一下减去一半。而张永志并没有考虑那么多，他把自己想了一夜的计划告诉大家。当他说完自己的计划后，那几个下岗工人一瞬间改变了对他的看法，因为面前这个年轻人说出的计划，也是他们原来想过却没有实现的。关键是张永志给他们每个人安排了角色，并说明了如何才能让水厂起死回生。他没有说官话套话，他说出的话，每句都是实实在在的。大家听了他的计划，又看到了希望，脸上露出了笑容，但也有人对他的计划并不感兴趣，还有人净说些打击他积极性的风凉话。他将大家组织到杂草滩中语重心长地说："有这个摊子，总比没有强，大家想想看，过去，这石镇周围是什么样子，现在呢，是不是楼房多了，路宽敞了？大家再好好想想，政府为什么要把城市向南扩，我们展望一下，这里将来会是什么样子，我想大家心里应该有数吧，如果大家愿意，就回来，我们一起携手创造未来，如果有人不愿意与大家一起重新创业，也可以退出。"

没有人愿意退出，因为大家被失业的痛苦日子折磨够了，有人知道眼前这个血气方刚的年轻人，年纪轻轻就担任了县自来水公司副经理，相信他一定会带着大家将水厂重新建起来。

而张永志在这个风中飘荡着成熟气味的秋天，一一给大家分配工作，他说，厂子虽小，但要和正规厂子一样，部门要健全。他首先让雷云负责炊事和采购，让伍篾银领着大家清理院中杂草，让徐芳琴担任会计和出纳。他和 6 名下岗工人，用了 7 天时间把院内杂草清除得干干净净，同时他还按计划租赁了民房，半个月后，在大家的注目下，他和员工们一起将供水站的牌子再次竖了起来。

说是供水站，什么也没有，只有一个空场子和一个空牌子，就连带领大家清除杂草的那些日子，吃饭的钱也没有。怎么办？张永志就与工人捡拾院内外破铜烂铁变卖后买了柴米油盐。为了筹措启动资金，他不但将自己半年的工资搭了进去，还到处找亲戚朋友借钱，还是不够，实在没有办法，他以个人名义从银行贷款10万元。为了早日开展工作，他放弃了休息。大家看到他日夜忙碌，同他一起放弃了所有节假日，全身心投入到建厂工作中，当初那些说风凉话的人，看到张永志真心实意想成事，放弃了走走看、实在不行了就掉头的念头，有人甚至还主动帮张永志凑钱想办法。

大家在一起议论说："这个张永志还真是个弄事的人，为了这个厂子，他真是费尽心思，这么好的年轻人，我们怎能不帮他呢？说是为了办水厂，说白了还是为了我们大家，他把厂子办成了，我们不就有了岗位，有了饭钱么。"有人甚至到吃饭时，悄悄回自己家里做好饭，带到厂里给张永志吃。

体悟到大家对自己的信任，张永志更来了精神。他笑呵呵地对大家说："你们给咱好好守摊子，我给咱想办法跑资金，这个水厂是大事，不光给我们提供就业岗位，也是我们吃饭的饭碗，更重要的是能为群众解决用水问题。只要有大家的支持，我张永志绝不会让大家失望，更不会让上级领导失望。"

张永志依靠顽强的毅力，走沟过坎艰难地挺了过来。等台子全部搭建好后，在县主管部门的鼎力支持下，他带领职工甩开膀子大干快上，前后奋战3个月，不但为石镇机关和居民供水铺设了主管网，而且对水厂进行了全面修复改造，至2010年年底，终于使柞水中学和周围的广大居民吃上了干净卫生的自来水。

水荒的有效解决，不仅使下岗职工看到了希望，而且使诸多社会矛盾得到解决。至此，石镇供水站，真正成了一个像样的企业，成了一方百姓生活的依靠，而这离张永志上任只有短短3个月时间。

一定要让农民吃上自来水

虽然解决了周边单位和居民的用水吃水问题，但张永志深深明白，搞好一个企业，绝不能等、靠、要，而是要发挥企业自身的造血功能，供水企业要想长效运行就必须在挂表收费上狠下功夫。石镇供水站辖区系城乡接合部，居民吃水缴费意识淡薄，工作推进难度相当大，为此，张永志经过深入调查核算，结合实际情况，制定了合理的收费政策和供水服务24小时值班制。可是问题还是出现了，许多居民对收费有了异议，他们认为石镇是农村，不是县城，特别是一些农民，对用水收费毫无概念，更谈不上自觉交费。面对此问题，张永志组织员工走村串户进行宣传，将供水服务送上门，以优质的服务感召用户，稳步推进挂表收费政策。在人性化政策的感化下，广大用户对供水站的工作给予了大力支持，良性循环的供水服务收费模式基本形成。如此运行了整整4年，到2014年年底，经县政府批准，依托石镇供水站组建了柞水县村镇供水公司。

供水范围在扩大，企业员工在增加，服务在延伸，水厂原来只为石镇周围单位和居民供水，现在要负责全县村镇供水，原来的办公用房不够用了，为了给职工创建一个良好的工作环境，这年冬天，张永志在水利管理局的支持下，采用PPP模式，建起7层办公大楼。

2015年3月18日，柞水县村镇供水公司正式挂牌成立，此举标志着企业租房办公已成为历史，企业的目标也扩展为让全县农民都吃上自来水。

新的公司注册资金2000万元，固定资产8000万元，在册职工53人，内设行政部、财务部、经营部、工程技术部、规划设计部、水质检测中心、水表检验维修中心和施工服务队等8个职能部门。

在张永志的精心运筹下，公司逐步走上正轨，各项工作按他的设计有序进行。虽然在供水行业工作了10多年，但张永志的工作中心始终都是城镇。城镇与农村的区别在于，居民用水吃水不出钱是几十年形成的惯例，要让他们出钱，他们哪儿有概念呀。当年在城乡接合部虽然遇到了同样问题，但毕竟那是政府建的新区，离县城近，群众的工作相对好做一些，可现在要让住在深山的农民交钱吃水，那是要破传统的事。如何解决问题，张永志对公司的员工说，只要深入宣传，向农民讲清道理，相信大家一定会接受。张永志想起了过去人们常说的一句话：没有不听话的农民，只有没有向农民讲清道理的干部。虽然企业工作人员不是干部，但道理是一样的。

接下来的日子，张永志将公司的工作人员分成9个工作队，深入大山里9个乡镇 2000 多个农户，面对面地向农民讲道理讲实情。另一方面，他强抓服务，用细微的行动感召大家。他自己上山下乡，哪儿艰苦，哪儿工作难做，他奔赴哪里，哪里山高路远，哪儿就有他的身影。经过全体员工的不懈努力，不到半年时间，全县 80% 的农民，接受了用水收费的事实。张永志在开总结会时对员工说："谁说农民最难缠，现在我才明白，农民是最讲诚信的，也是最讲义气的，当然也是最讲实际的，我们今后要想长足发展，要想让公司壮大，离开农民不行，农民，才是我们最亲近最实际最了不起的衣食父母。"

打响脱贫攻坚战

精准扶贫战役打响后，张永志多次组织员工认真学习习近平总书记关于农村饮水安全的讲话精神，重温李克强总理的指示：要让所有农村居民都能喝上干净的水，全面解决贫困人口饮水安全问题，确保农村居民长期稳定喝上"安全水""放心水"，实现农村饮水安全的历史性转变，为脱贫攻坚和乡村振兴注入源动力。

在学习的过程中，张永志想以脱贫攻坚艰为契机，变压力为动力，抢抓机遇。他经过调研，结合工作实际，制定出了"四层级、四步走"的发展思路，推行以村镇供水公司为龙头、以集镇供水站为支撑、以村组供水为基础的村镇供水管理一体化的三级管理模式，实行流域供水工程，大力发展集镇供水，实现规模化经营，重点帮扶村组供水，惠及偏远山区，以点带面，整体推进，实现全县村镇供水服务全覆盖。

为如期完成县域农村脱贫攻坚饮水安全建设任务，张永志又向公司企管会提出了"送供水服务下乡"的工作宗旨，全力把县域农村供水保障从"温饱线"推向"小康线"，相继整合成立了石镇、凤镇、红岩寺、曹坪等 9 个基层供水站，建立农村饮水安全县、镇、村三级联动工作机制，对村组供水管理推行"三个一"政策，解决谁来管、凭啥管、怎么管的问题，将基层供水服务管理站建到村一级，成立村级供水服务管理站 71 个，培训村级供水管理员 142 人，为农村脱贫攻坚饮水安全工程建设提供了强有力的人力保障。

在他心中，脱贫攻坚是时代赋予自己的使命，就像他喜欢的路遥小说中的人物一样面临的——时代召唤着自己。过去不是常常苦于英雄无用武之地么，现在，时代将这么重要的担子放在自己身上，何不一拼。那些日子，他总感觉到自己浑身有使不完的劲儿，有做不完的事。紧跟时代步伐，依托脱贫摘帽政策，筹集水管、水龙头、阀门等供水物资，发放给缺水吃的贫困群众，派出公司专业技术人才，吃住在农民家中，现场组织指导群众开挖管沟，免费为群众安装水管和水龙头。三年间，公司共安装管道1368.64千米，新建金米、石镇、马台等大型水厂4处，建成下梁镇西川、曹坪镇窑镇、凤凰镇双河村等一批小型集中供水工程，建成截渗坝112座、引泉室42座、蓄水池108座、泵站5座、水处理厂5座，改扩建水处理厂2座，修复截渗坝100余座、蓄水池90余座，为15057户农户安装入户水龙头，使全县79个村（其中贫困村51个，13659户42606人）实现户户通水、饮水安全达标。3年来，经过日复一日的辛苦奋斗，目标一个个落到实处，真正实现了把供水服务送到村里头，将放心水送到村民的锅里头，将党的温暖送到群众的心里头。

公司运行按照一龙管水、人财物一盘棋、工程布局四大流域、建设标准精细化、信息管理多层次、产业发展多元化的总体思路，秉承"立足基层让自来水由城到乡，服务农村农民，将放心水送到灶前锅头"的工作宗旨，以优质过硬的作风，内强素质、外铸品牌、突出服务民生的原则稳步推进供水事业健康发展。在水利管理局的强力支持下，经过短短3年的爬涧过坎，艰苦创业，终使供水服务链条延伸到了全县71个行政村，为全县的村镇供水保障起到了关键作和。

农村供水不同于城市，点多、面广、线长，管路分布于沟壑之中，受气候及自然灾害影响，时常发生断水故障，因此管网维修就成了公司职工意志力的试金石。连续三年隆冬，蔡玉窑、曹坪等高寒山区故障不断，张永志在全县来回奔波。水情就是命令，只要接到用户告急电话，工作人员就会顶风雪冒严寒第一时间赶去抢修。他们用诚信树立起了企业的优质品牌，赢得了党和政府的嘉奖：从2016年至今，公司先后被市委市政府、县委县政府、市县水利局评为"先进集体""脱贫攻坚先进集体""水务工作先进集体"，2017年被县脱贫攻坚领导小组授予"扶贫济困、你我同行"奉献奖。

打赢脱贫攻坚战，饮水安全是关键。在这场没有硝烟的战斗中，张永志在全县成立了东、西、南、北饮水安全工程四大指挥部，安排施工人员长期蹲点。为了调解施工中凸显出来的企群矛盾纠纷，张永志总是第一时间深入村组组织召开协调会，在他动之以情、晓之于理的劝说下，许多错综复杂的矛盾纠纷，都被消灭在了萌芽状态。多年来张永志总是发现矛盾苗头后迅速出击，认真调处，使矛盾纠纷不过夜、不积累、不升级，营造了和谐温馨的环境。为了将饮水安全的触角延伸到全县镇、村、组、户，他倡导成立了村级供水服务管理站，每站配有 2 名水管员，长期排查隐患，确保群众一年四季能够吃上安全放心的自来水。

3 年来，在脱贫攻坚的实践中，张永志不断砥砺前行，不仅承担着全县脱贫攻坚饮水安全的重任，而且还自告奋勇地包扶着边远山区蔡玉窑镇湘子沟村 3 个贫困户。为了使其尽快摆脱贫困，他经常上门入户，嘘寒问暖，排忧解难，全面落实国家惠民政策，并想方设法把贫困户胡学进的妻子安排到了清洁工这个公益岗上，使其全家有了长远的固定收入，感动得胡学进热泪盈眶。

工作上风风火火雷厉风行，然而面对家庭张永志却亏欠颇多。妻子在关中的泾阳县医院当护士，夫妻二人长期两地分居，家中上有年迈且体弱多病的父母，下有一个上初中的女儿和一个正在上幼儿园的儿子，父母、妻子、儿女均需他关怀照顾，可他的精力全放在了工作上，哪有时间照顾家呀。他的车一年跑了 10 万多公里，给家里连 2500 公里也没有跑下。为了工作，他的腿已跑肿，人们不知道的是，他患有三高，常年服用药物。许多人问他如此拼命究竟值不值得，他坦然一笑说："只要全县群众家家户户都吃上安全放心的自来水，就是要了我的命也值……"

一个共产党员的党性原则，一个山城水务人的博大胸怀，尽在普通而实诚的言语中。

来自水利部的鼓励

水是生命之源，是生产、生活和生态的命根子。

2018 年 5 月 18 日，水利部农村水利水电司副司长张敦强一行到柞水县调研。那天，天降大雨，张敦强在省市县领导陪同下，冒着瓢泼大雨走进柞水县村镇供水中心，看到楼梯上鲜艳的标语，脸上露出了笑容。张敦强一行听了张永志的汇报，更是不住地点头称赞。由于雨大，张永志的汇报很简单，他对张敦强副司长一行说："现在的农村，家电下乡有了，农机下乡也有了，就连手机下乡也有了，可农村人真正缺少的，是吃上干净安全的水，我想做的就是领着我的团队，把干净安全的自来水送到农民家里，送到农民的灶台上，把党的扶贫政策送到群众心坎上，用我们的行动体现党和政府对农民的关怀，让农民和城里人一样，吃上干净安全放心的自来水。这是我选择这份工作的初衷。"看到领导脸上露出了笑容，张永志摆脱了拘谨，放开胆子说："我从小喜欢路遥的小说，也有过像路遥小说中的人物那样对理想的渴望，我的想法是，要干成一件事，必须要俯下身子，舍得掉肉，要有野心，也要有虔诚之心，我已经做好了准备，计划用两到三年时间，让全县的农民，无论他们住哪里，都要像城里人一样，吃上干净安全的自来水。"

张永志简短的介绍，不但赢得了张敦强副司长一行的认可，也赢得了陪同张敦强一行考察的商洛市和柞水县领导的赞同。

那天，张敦强副司长被张永志的话深深吸引。到了晚上，他谢绝了县上安排的晚饭，让秘书将张永志叫了出来，一行三人，在县城夜市地摊吃了小吃。张敦强认为，张永志是一个有想法的年轻人，在他的调研中，遇到的人不少，但像张永志这样真心实意为农民做事的人不多，他想与张永志做更深入的交流。下午，看了他的公司，听了他的汇报，了解了他的想法，张敦强想再听听他的看法，他想找到解决农村饮水安全的好办法。他认为眼前的年轻人已经有了一些想法，且付诸实践并取得了好的效果。

雨后夏夜的山城，凉风习习，热闹非凡，他们吃着地摊上的烤肉，像普通朋友一样，侃侃而谈。到最后，张敦强笑着对张永志说："就农村饮水这件事，你已经有了一定的经验和体会，能不能就这件事在具体落实中还存在哪些问题，给我写一个具体的东西，当然不是现在就要，你写好可以用电子邮件的形式发给我。"

张永志答应了张敦强。张敦强走后不久，张永志经过认真思索，结合自己在工作中的体会和遇到的问题，以及自己与周边几个县同行的交流，写了一份材料。他在材料中指出，农村饮水安全，高度提不上去，进度缓慢，如果能解决好三个一，事情就好办了。他写到：要有一个明确的管理机构；要有一个服务团队；要有一个专业的技术队伍，重点要落实好谁来管、怎么管、管到什么程度的问题。张敦强接到张永志的材料后，表示很实用。之后，张永志发现，虽然寄给张副司长的材料没有公开发表，但水利部后来关于落实农村饮水安全的要求，有些条款与自己当初的建议不谋而合。

这年 6 月 18 日，水利部在吉林长春召开全国落实农村饮水安全专题会，张敦强点名要张永志参加并介绍经验。出发前，陕西省水利厅李少一处长语重心长地对张永志说："你这次去，可是代表咱陕西介绍经验，一定要做好充分准备。"张永志对李少一说："请李处长放心，咱实打实地说，做了什么就说什么，没有做的，咱不说。"

到了长春，张永志才发现，参加会议的全是一些领导干部，就是在会上介绍经验的，也多是省市县领导，只有自己一个人是企业代表，但他并没有紧张，站在话筒前，他自信而风趣地说："前面领导们讲的，都是我们这个行业看路的问题，我来给大家讲讲，如何拉车。"他的开场白赢得了全场掌声。紧接着，他将自己公司所做的工作，向与会人员做了汇报。

晚上，张敦强副司长又将张永志叫到自己的房间，对他上午的发言，给予赞扬，跟他进行了深刻的交流。张敦强副司长还是希望他在农村饮水安全方面做更多的探索，多提供信息，再创出佳绩。

从长春回到柞水，张永志的想法多了起来。他听东北的同行说，在东北，一到冬天，天寒地冻，许多农村的水管全冻了，群众无法用水。他想到了柞水的情况，可不是嘛，像山大沟深的红岩寺镇，每到冬天，气温总比其他镇低出几度，农民的水管也会被冻住。他经过调研，向县上递交了申请报告，他希望县上能为公司添置送水车和储水罐，防止到冰冻天气农民没有水吃。他的想法得到了县上的支持，之后，公司在当年便添置了 18 辆送水车、100 多个储水罐，每每到了冬天或者大旱时节，服务站的送水车便会将水送到没有水吃的农户家中。

一个吊庄户也不能漏掉

秋风已经很凉了，前面还是山坡。谌文志背着工具问张永志："这儿只有几户人家，咱们还要把水引上去吗？"

张永志直起腰，擦去脸上的汗，看着坡上一片在秋风中摇摆的枯草和远处被树林掩着的房舍说："只要有一个吊庄户，咱也得将水送到他们家。"

2019 年 9 月 15 日，谌文志领着张永志来到山大沟深的凤镇大寺沟村二组，这里住着 6 户 20 位留守老人。村民的住房十分简陋，6 户人家全住在山上的阴坡且住得很分散，用水利行业的行话讲全是"吊庄户"。他们几个人在山坡上规划了一整天，才决定管网如何走，水从哪儿引。经过几天的施工，水终于接通了。60 岁的村民周发感动得将自己舍不得吃的东西全拿了出来。周发拉着张永志的手激动地说："我想我这辈子都快到头了，没想到你们还真把水送来了。"王华梅、雷诗莲、王礼玉住在另一面坡上，比周发住的位置还要高，而关春社和关春湖，虽然同住在一座山上，却相距较远。张永志、谌文志领着大家一连在寒风中忙活几天，才把 6 户吊庄户的管网设计好。由于这些吊庄户住的地势高，山下的水位低，他们只能采取二级泵抽水的办法，水要抽两次才能送到村民家中。

看到村民用上了自来水，张永志对谌文志说："这些吊庄户，他们住得偏，还都是些老弱病残，所以他们更需要我们关心。山上这些住户，多半是贫困户，如果我们不把水的问题给他们解决了，他们还能指望谁呢？如果这次不解决，哪儿还有机会解决？你知道为什么习总书记要提出精准扶贫吗？就是要通过精准的方法，将党的温暖真正送到贫困户心里。我们的做法，就是用行动传递党的温暖，落实精准扶贫的方针和政策。"

听了张永志的话，谌文志一边收拾工具一边说："是呀，我明白了，难怪大家说你想得和我们想得不一样，你心里装着老百姓，我们还得好好调整自己的思想呢。"

进言献策履行职责

为了解决全县 13 万农民的饮水问题，张永志用了整整 10 年时间，用双脚丈量了县境内的沟沟岔岔，只要有人住的地方，就有他留下的脚印，为此，他被大家推荐担任了县政协委员。政协委员对别人来说，也许是一份光辉，可他对我说，这个政治名份，对他而言是一份重要的职责。他也利用委员这个名份，解决了不少工作中的问题。每次开会，他向政府进言的，只有一件事，那就是如何尽快解决山里人吃水难的问题。好在他的进言,政府领导每次都很重视,并积极采取措施落实。

2021年2月2日,在县政协会上,张永志又一次将自己对农村饮水安全日益突出的问题,向县政协提出了3200字的建议,以下是他的发言内容最后一部分:

直面困难方显勇毅　　未雨绸缪破解难题

……解决我县农村饮水安全面临的困境刻不容缓,因此我们提出以下几点建议:

一是在丰北河建设一座中型水库,实现"北水南调""北水西调"。柞水县丰北河地处柞水县暴雨集中带,水资源相当丰富,但是没有得到充分利用。柞水县是商洛6个县中唯一没有水库的县,这严重影响了我县群众用水安全和经济发展。刚刚过去的2020年寒冬,农村供水破冰而行,就为我们上了生动的一课。丰北河水库的建成对全县水资源分布是一种极好的平衡,能够有效解决水资源时空分布不均的问题。夏季蓄水,冬季供水,既能向乾佑河流域县城调水,又能向社川河流域"小、凤、杏"一体化供水,解决全县季节性缺水问题,实现"一库两调"。这不仅能为我县人民群众饮水安全提供强有力的供水保障,也能为县域经济快速发展开辟新的领域,有助于落实2021年中央一号文件对"加强中小型水库等稳定水源工程建设"的要求,用行动落实习近平总书记来柞考察时对我们提出的要求。

二是打破体制瓶颈。针对现有管网不完备、急需解决后续县域农村供水资金投入问题,大胆招商引资,引进战略合作伙伴,围绕"优质水资源"做好"水文章",实现市场化运作,按照市场规律经营企业,达到合作共赢的目的,让政府卸下包袱,让企业轻装上阵,形成政府给政策、企业做市场、群众得实惠的局面,从根本上解决县域农村供水长期稳定发展的问题。

三是转变村民用水意识。伴随着"十四五"规划的落地,"四个不摘帽"政策的延续,村民既要共享改革发展带来的成果,又渴望过上幸福生活,喝上放心水。因此,政府既要在政策上扶持,科学合理定价,也要引导群众正确认识农村饮水安全工程,理解水的资源意识和商品意识,正常缴纳水费,自觉爱护饮水安全工程,形成人人参与管理、户户关心水利的良好氛围。同时,供水企业也要履好职、尽好责、供好水、服好务,践行新时代水务国企使命担当,最终达到政府放心、群众满意、企业发展的目的。

四是加大财政资金对农村供水工程的扶持力度,全面推进城乡供水一体化。受水资源分布和地理位置影响,目前县域农村供水保障问题仍然存在一定的阶段性和反复性,因此保障农村供水安全工作将是一项长期的工作任务。"十四五"期间需要在巩固农村供水工程已有成果基础上,不断聚焦农村供水工程的运行管理和维修养护,加大财政资金对农村饮水安全的扶持力度,落实中央一号文件,在运行管理上完善农村水价水费形成机制和工程长效运营机制,全面推进城乡供水一体化建设步伐。在工程建设上实施规模化供水工程建设和小型工程标准化改造,完善农村供水工程配水管网和入户配套设施,发挥工程最大效益,加快形成水利基础设施网络,为乡村振兴提供强有力的水利支撑。

万物水为先,谋事利为民。总之,我县农村饮水安全面临的是不得不进、必须前进的局面。直面困难方显勇毅,未雨绸缪破解难题,希望农村饮水问题能引起各级领导的高度重视。民生无小事,安全大问题,让我们共同努力,以破解柞水县农村饮水问题为契机,推进柞水县各项事业的蓬勃发展。

张永志的建议在会上引起了委员们和参会领导的关注。他对我说,他的所有建议,都是在实际调查过程中一点一点形成的,也是自己在实际工作中的体会,希望引起政府重视。

吃的是党给我们的甜蜜

2021年3月23日，在红岩寺供水站对面的农家院里，候天顺正在招呼大家喝水，明媚的阳光洒满庭院，小圆桌上摆放着各种水果和花生瓜子，特别是阳光下的桔子，在初春灰色的背景下，显得十分耀眼。说起村民吃上自来水的事，经台村徐家定弹掉手中的烟灰，一脸笑意对我说："前几年，我们吃小水。噢，对了，啥是小水，你们城里人恐怕不知道，就是从河里直接引到井里的经过净化处理送到农户家的水。小水的水量是根据天气而定的，有时天大旱大冻，河里水就没有了。现在呀，我们这儿全吃上了大水呢。啥又是大水？就是镇上建起的水厂，经过几道工序处理，然后送到村民家里的水。大水比小水好多了，大水和城里的自来水一模一样，24小时全供应，一年四季不断供。"他说着，又看了看桌子旁边其他人，那几个人微笑着点头对他的讲述表示赞同。大家的肯定似乎给了他鼓励，他转身指着马路对面的曹坪供水服务站接着说："你看，在我们这个镇上，要说机关吧，目前就供水站门面最好看，也是与我们关系最密切的单位。我们看到这个房子感觉很亲切，心里暖和得很，无论我们的水出了什么问题，水站的人，随叫随到，从来没有延误过。我们镇上水站的服务是没说的，这要得益于我们县上村镇供水公司张经理的领导。他把农民吃水这个事当事做，这些年，特别是这几年，扶贫工作开展以来，他几乎每一周都到我们这儿来，没有人不认识他，我们大家都叫他水司令。"

30岁的红岩寺水管站站长陶毅说："我是去年春天到站上工作的，之前一直在外边打工，对这一块并不了解，后来干着干着，觉得挺有意思。为什么呢？因为老百姓把你当神一样敬哩，老百姓越看重你，就说明你的责任越大。我们农村人有句俗话，说二尺五子是假的，人人爱戴。意思是说，人，无论做什么事，都喜欢接受夸称。噢，对了，夸称，用普通话说就是表扬和赞美。老百姓不住夸称我们，我们就有了精神，就会将事情做得更好。我刚到岗时，由于对这一块不是太了解，县公司的张永志经理天天到我们站上来，领着我们到村民家中去，一户一户搞设计，调整管网，为村民安装水龙头，整整搞了一个春天，才把我们辖区所有村民的水管重新弄好。我们红岩寺和柞水其他地方不同，依托秦岭，山势高，海拔1100米，属于真正的高寒山区，到了冬天，有3个月时间，全是结冰期，最低气温达到零下20度以上，几乎和陕北差不多。气温一低，村民的水管就全冻住了。为了解决村民在这3个月的吃水问题，我们购置了送水车，添置了储水罐，只要群众没水吃，我们就坚持给群众送水。"陶毅指着服务站门前的储水罐和送水车解释道："去年冬里，我们这儿就比较冷，气温最低时，低至零下23度，我们站上的员工，几乎天天都在为村民送水。有时，为了帮村民融化结冰的水，再冷的天，再寒的夜，我们都得连轴转。有一个村民要给儿子娶媳妇，要待客，结果天下了雪，水管冻了，他们着急呀。我们收到信息后，几个人冒雪忙碌了整整一个晚上，终于将冻住的水管融开，水通了。天明时，这家主人将待客用的好吃好喝送给我们吃，我们很感动，没想到他们比我们还感动。农民说，水是农民的命根子，也可以说，我们掌管农民的命根子，所以我们必须要管好这个命根子。只有如此，才能对得起政府交给我们的重托，对得起村民对我们的信任。"

红岩社区二组71岁的田亚辉说："说老实话，活了快一辈子了，从年轻时，就怕挑水，没想到，这老了老了，嗨，将水龙头盼到自己的灶台上了，这是过去不敢想的事。你们可能不知道，我们这儿的人呀，几乎都住在半坡上，年轻时挑水把人挑够了，也挑怕了。连做梦也不曾想过，啥时候，自己能像城里人一样，吃上自来水。没想到，这回真实现了！这是党的政策好呀，也是政府执行得好，当然，我们县上这些管水的和镇上服务的娃娃们，落实得也好，要不是他们真心实意做这件事，我们也不会有这么好的福分。"

红水岩水站水管员候天顺说："我们给大家送去的水都是天眼水，我们的工作，从县上到镇上，都有严格的制度，我们必须做到：不干净的水，不开闸门；不安全的水，不入管网；不卫生的水，不上百姓的灶台；没有消毒的水，绝对不会让群众食用。这些，我们都有明文规定，我要是违反了，我这水管员就得下岗。"

杏坪镇中台村党支部副书记黄洪亮说："山区人能吃上自来水，放在过去那就是天方夜谭。我们村8个村小组2480人，自来水入户达到98%。为了解决冬季吃水问题，水管站配备了发电机，以及水桶水箱储水罐，谁家没水吃，打个电话给水管员，不一会儿，送水人员就会将水送到村口。现在的水吃不完用不完，村民说我们吃的是党恩，喝的是国家赐给我们的幸福和甜蜜，党中央的扶贫政策，就是一缕温暖的阳光，在我们不经意间，就突然照到秦岭怀里，温暖到我们心上了。"

凤镇社区郎庙小区三组居民孟涛说："凤凰古镇是我们商洛有名的旅游景区，我在凤镇经营农家乐多年了。农家乐靠什么经营？靠水，没有水，就没有我的农家乐。过去开饭店，最令人头疼的就是水，这两年，镇上修了大水厂，水质好了，我的生意也跟着好了，收入自然也增加了。过去啊，到了夏季天热时，游客多了，总有些年轻人，吃过饭后，要喝凉水。咱不敢让人家喝，因为水质不行，怕喝了惹出麻烦，人家再拉个肚子啥的。这两年水质好了，我才敢让游客喝凉水，他们喝后还说水甜呢！有些人，还专门用瓶子装了水，说带回去，让家里人也尝尝山里的矿泉水。"

交通小区47岁的郭军说："我们这儿这次水改，管网升级，主要得益于国家搞的精准扶贫，各级领导重视，把农民吃水当事来做，关键是这个体制好，从县上到镇上，再从镇上到村上，这些管水的人用了心，不光是服务好，他们的责任心也很强，这些作为用户我们都能感受到。我们这儿目前农户通水达到100%，扶贫发挥了大作用，要不是扶贫，可能情况没有现在好。"

一支热心为农民服务的队伍

张永志刚参加工作时，在柞水县小岭铅矿工作，那时他十七八岁，无论在什么岗位，他总喜欢用欣赏和好奇的目光看矿上的人和事。令他敬佩的是，矿上层层领导，无论安排什么工作，总是想得很周全，就是一个带班的班长，无论是讲话还是安排活计，在他眼里，都是十全十美的。也是从那时候开始，他悄悄学着领导的工作方法，记日记想事情。日记记多了，他悟出一个道理，为什么大家都喜欢听领导的，不光领导有水平，更重要的是领导的言行总是温暖人的心。再后来他进一步明白，人，是一切事情的决定因素，领导为什么要关心下属，因为所有的工作，包括生产和安全，全是靠员工干出来的。那时候他就想，如果有一天自己当了领导，也一定要像矿上领导一样，无论做什么，在什么时候，都要关心员工。

2010年，张永志担任了村镇供水公司领导后，想的第一件事是，做好供水工作，首先要建立一支"三过硬"的服务队伍。他心中的"三过硬"是：一、人品过硬，人品也就是这个人的思想和意识；二、作风过硬，他说一个人的作风是否过硬，不能取决这个人本身，要看上层的设计和引导；三、技术过硬，他说技术是后天的，技术是对事而言的。他在组建队伍时，把持着这三条原则。他在选用人时，还有一个不成文的标准，除了以上"三过硬"外，这个人在生活中经受过磨难，有过生活历练。他说一个人受过苦，经历过磨难，有过背井离乡的切身之痛，你现在让他在家门口工作，他一定能把工作做好。

30岁的小岭供水站站长张宇君，2012年结婚后，丢下媳妇外出打工，在新疆一个矿山选矿厂脱水车间干着繁重的体力活。新婚即别离，张宇君每每下班后，总会选择站在一个高坡上，久久地南望，他思念家乡，更想念新婚的妻子纪欣。他说虽然矿上的活累点，但比起对家人和妻子的思念，那些累活脏活根本不算什么。后来妻子纪欣生了女儿张梓淇，他再没有出远门。她怕妻子一个人带孩子太累。也是在那时，国家提出精准扶贫政策，他想和妻子在家乡创业，便凑钱在凤凰古镇开办了服装店。又过了几年，妻子生下二女儿张嘉桐，一家四口，仅靠一个小小的服装店，维持生计有些艰难。正在张宇君准备再度出门打工时，他看到了县村镇供水中心招聘小岭供水站站长的广告。妻子纪欣动员他去揭榜，他有点不自信。妻子对他说："你所经历的苦难，就是你的资本。你有过苦难史，你就会更加珍惜一个新的岗位。再者说了，你不是从小就说，要为家乡建设做贡献，这不机会来了。送水，也不是多难的技术活，只要你用心为老百姓做事，什么也不用怕，我相信你一定能胜任。还有，这小岭离咱家也不远，我们一家还能在一起，我在家将两个女儿管好，你安心工作，有啥不好。"担任站长后，张宇君常常想起妻子纪欣的叮咛，他认真负责，细心为大家服务，有时一天24小时坚守在工作岗位。他从内心珍惜这份工作，他说他没想到，自己梦想了多年的事，现在变成了现实。

与张宇君一起在小岭供水站工作的34岁的明茂，前些年一直在广东打工。父亲去世后，66岁的母亲最令他担心。有多少次，明茂在南方的深夜，渴盼能在家乡找一份差事，不为挣钱多少，只要能照顾母亲就行。2020年4月，习近平总书记到柞水视察的新闻播出后，明茂异常兴奋，他二话没说，辞掉广东的工作，马不停蹄地回到家乡柞水。在朋友的介绍下，明茂加盟了小岭供水站的工作。明茂说："现在的工作自己非常满意，能为家乡的发展出力，多年来是自己梦想的事，现在终于实现了。"最令他感到开心的是，离母亲近了，在家门口工作，既能挣钱，还能照顾母亲。当然，最关键的是想娶个媳妇成家，他说过去总在外边飘，也曾谈过对象，可是人家一听说他是大山里的，转身就走了。现在回到家乡，就找本地的，想着一定会有有缘人与自己相遇吧。

在小岭供水站还有一个女职工叫孟雅。孟雅的丈夫在广东创业，自己一直在家带孩子，孩子慢慢长大后，孟雅想着找事做。她说，年轻时在外打工，感觉很浪漫很青春也很开心，结婚后忙于照顾孩子，觉得自己老得快了，干什么事儿都没有了心劲儿。现在好了，在供水站工作，离家也近，既能照顾孩子和老人，还能挣钱。她笑着说，没有想到，国家倡导的扶贫，竟然给自己带来了第二个青春，让自己觉得生活比年轻时更有意义了。

柞水县 9 个供水站的站长和 40 多名工作人员以及 142 名村级水管员，基本上都来自本镇和本村，大部分人都有过背井离乡的打工经历，现在，他们都实现了在家门口工作的愿望。是扶贫政策的召唤，是供水的机会，使他们告别了在外漂泊的生活。

48 岁的杏坪供水站站长王宗智说："年轻时，总是在外边奔波，没想到现在终于实现了在家门前工作的愿望，离家近了，离亲人近了，孩子和老人也好照看。有了这么好的条件，我们一定发奋工作，报答政府。我们站上有 32 个水管员，管着 16 个村 7000 人的吃水，6 个人日常维护供应，群众对我们的服务非常满意。"

凤镇站长谌文志 2018 年担任站长，三年来，对工作一丝不苟，虽然离家近了，可照顾家的时间却少了。他说他们站管着 15 个村 1.9 万人的吃水大事，站上配备有 3 辆送水车、1 辆工具车皮卡、两辆轻卡，算是柞水县最大的供水服务站。30 个水管员，个个都是尽职尽责的优秀员工。为什么大家热情高，责任心强？关键是公司张永志经理管理有方，张经理总对大家说："虽然我们只是个管水的送水的，但大家用心细细地想一想，我们是在落实党的扶贫政策，是把党对农民的温暖，用我们的行动，送到农民心里。我们的工作做好了，社会文明程度就会提高，农民对党就会感恩，那样，我们就完成了政府的重托。"

张永志说："从目前来看，我们这支队伍，基本上实现了我当初的设想，也达到了要求，这是我感到最为满意的地方。"为了这支队伍能适应环境和工作，张永志每个月对大家进行一次培训。他说技术培训是最简单的，关键是人的思想教育和引导，要让大家从内心敬畏工作岗位，将敬畏体现在行动中，把党的温暖实实在在地送到农民的心里。

在柞水县的9个镇上，像农民描述的一样，镇中心供水服务站的门头是最显眼的，无论是处在高寒山区的红岩寺，还是在大山沟里的曹坪或川坦地区的杏坪，像凤凰镇这样的中心镇就更不用说。在服务中心，农民像城里人一样，只要将用水卡交到服务人员手里，充值就可以续水。有个农民说："过去呀，总想住到县城去，原因是城里吃水不愁，现在没有那样的想法了，这农村比县城还自在，就用水方便这一点，硬是打消了我去县城买房的想法。"

针对柞水县村镇供水所取得的成就，县水利局分管此项工作的副局长王春生说："这个张永志呀，近年来的确在解决我县农村饮水安全方面，特别是农村扶贫工作方面，做了许多实实在在的工作，替政府分了忧，给农民送去了福。他用心用意所做的工作，有五个我们没想到：一是没想到他能把这件事做成。当然了，农村饮水安全本身就是一件大事，当初组织调他去水厂时，有许多顾虑和担心，担心他年轻，看到那么个破败的景象会退缩，但没有想到，他竟然坚持下来了，在什么都没有的情况下，领着几个退休职工，将组织交给的担子挑了起来，把责任扛了起来。有了他的坚持和开拓创新，我们县在农村饮水方面创造了奇迹，不仅改写了历史，更使百姓得到了实惠。二是没想到他的办法总是那么多。他身上有一股子劲儿，无论做什么，喜欢身体力行，他发挥大家的智慧，践行科学的方法，完成了一件真正体现扶贫政策落地的工作。三是没想到发展得如此快。他建起了一支作风和技术过硬的供水队伍，形成县、镇、村三级网格式管理模式，没有留下死角。他选用的人，个个都是有过打工经历的人，他借用了这些过去在外打工人的经历，教育引领大家，珍惜当下，为建设家乡做贡献。他用这种方法激励激发大家的热情。可以说，张永志是一个会做思想工作的人，大家都信服他。四是没想到群众评价如此高。这几年，特别是精准扶贫工作开展以来，老百姓真正体会到了扶贫政策给他们带来的实惠。在我们县，农民家家户户吃上了自来水，这就是扶贫政策落实的具体体现。五是没想到他能从群众手上将水费收回来。过去我们在设计农村供水方面，想得比较复杂，关于收费这一块，说得很早，但真正落实得比较晚。张永志将这一块做得比我们想象得好，因为他抓服务，温暖了农民的心，比如冬天上冻后村村送水，解决了老百姓的困难。老百姓是最容易被感动的，老百姓尝到甜头，缴费就不是问题。"

在山城柞水，张永志是一个小人物，但这个小人物却有大担当、大情怀。是他用长达10年的艰苦探索，终于找到了一条为农村供水的新路子；是他以山的浑厚、海的广阔，诚信务实的品质，敬业、创新、追求卓越的作风，把党的政策用行动落实在群众的心坎上；是他用情系于民的博大胸襟不仅使山城村镇供水公司实现了跨越式发展，而且使自己的生命因奉献而闪光。

二、与灾情赛跑的供水团队

不堪回首的记忆

"还得往上走，才能到我们去年抢险最艰难的地方，你看，就那一块，还有上上下下这些黑色的粗管道，全是我们去年新换的。"洛南县石坡镇供水中心负责人齐勇指着眼前的道路，打开车门下了车，我和李华也下了车。

明丽的阳光照在秦岭怀中七月的青纱帐上，山地河岸东边的道路有一些被洪水冲出的豁口，有些地方虽然已经修复，但修补后留下的被水冲过的痕迹依稀可见。

我们三人站在石坡镇香山村一块茂盛的玉米地边，齐勇指着路边又一条匍匐在玉米地旁的黑色送水管道说："你看，这就是我们去年饿着肚子与洪水抗争铺设的输水管道。那天铺设管道的情景简直不敢回想，想起来就让人难受，不说别的，就肚子饿的程度，是我长这么大从来没有经历过的，用眼冒金星比喻，毫不夸张。还有比这更惨的，正在我们饿得抬不动管子的时候，突然嗅到了肉香味儿，大家还以为是谁为我们送来了吃的，好几天没有吃过一顿正常饭了，方便面那种味道，已经改变了大家的嗅觉，所以，闻到肉香味，大家都无比兴奋。黄厂长派人顺着香味去查看，查看的人穿过玉米地沿着泥泞小路走向东坡根冒着炊烟的农户，看到的是电力公司抢险的人正在吃饭。是人家的肉香经过风的传播，触动了我们的嗅觉。打探的人回来后，更是坐在地上起不来了。唉，不说了，不说了。"

齐勇说不下去了，他摇摇头，发出一声感叹，蹲在玉米地边，又开始埋头抽烟。

太阳红杠杠地照耀着大地和山峦，远山呈现出浓重的黛色，除了河中的流水声，一切都很安静，青纱帐将一河两岸的土地笼罩得严严实实，流火的七月，绿色塞了山沟，水泥路边不同颜色的草丛中，不时有蝴蝶和蜻蜓在开心地追逐嬉戏，河套中的流水声和远处鸟儿的鸣叫声，像一支田园奏鸣曲，打破了正午的宁静。

齐勇看着河套中的流水，沉浸在痛楚的回忆中，这个我向黄敏厂长点名要见的爱说会说的年轻人，一时没有了语言。他在河边蹲一会儿，又从我们身边跑开去，披着明丽的阳光，去了土地的另一边查看那条像小时候我们看到过的巨蟒一样的幽黑的送水管道。他长久地蹲在地上，用手亲昵地抚摸着管道接茬，之后又往前走一段，用脚踩着地上的管道，那一阵他一直沉默着，还不时抬头看着远方的大山。

突然间，天地暗了下来，闪耀在所有叶片上的太阳光不见了，我们抬头去看天，蓝天被一块偌大的乌云阻挡了。齐勇从田地边慢腾腾地走了过来，他对我说："你看，为什么这地方总是到了夏天容易遭灾，这云就和别的地方不一样么，刚才还是晴空万里，瞬间就乌云密布了。"

李华似乎看出了齐勇的难堪，她想将他从沉痛的回忆中拉出来，她指着北边的黛色山峦声音洪亮地问齐勇："哎，齐经理，你看，这就是人们说的黑山吧，还真的和南边的山不一样耶。"

我顺着李华手指的方向看去，还真发现了黑山的黑。

齐勇又走到我们身边，看着远处的黑山点点头赞同了李华的说法，我发现他的眼眶有些泛红。他继续抽着烟想心事，时不时看着裸露在河岸东侧那一段输水管道。

黑山是洛南县一个村的名字，地处洛南北部山区的秦岭南坡，过去曾经是一个乡政府的所在地，叫黑山乡，后来撤乡并镇后，黑山成了一个村，归属洛南县石坡镇。

黑山的名字如何得来的，不得而知，但它的确是一座名不虚传的黑山。在黑山的南边，所有的山，都是绿色的，唯有黑山，同样长着茂盛的树木，可看起来，那些树木被一层黑色笼罩着，呈现出了与南边山峦不同的颜色。

也是这个村，在2020年8月6日那场洪灾中，损失最大，洪水几乎将洛南县县城水厂为该村铺设的所有供水管道全部冲毁。用齐勇的话说，有些地方连管道的魂影也找不到了。

为了使受灾的村民能早日吃到水，齐勇他们的突击队，在黑山一带忍饥挨饿拼命奋战了半个月，才恢复了黑山、香山南北几十个村的供水管道。齐勇说："那是他长这么大，经历的最难忘的事。"

说罢，我们一同上了车，齐勇说："咱们去一下香山村，当心一会儿雨来了。这地方的雨说不清呀，说大就大了。"

车在新修的水泥路上行走，偌大的雨滴，开始敲打我们的车窗，像有人用拳头拍打似的。看着眼前的一切，我想起了2021年3月12日，在洛南县城水厂采访厂长黄敏时，他也说过，去年的救灾，是他经历过的最难忘的事。他说，当年当兵在部队训练时，也感觉苦和累，但比起2020年的救灾，那简直不值一提。

灾情就是命令

2020年8月23日晚11时，洛南县县城水厂办公室负责人李华，将自己写的一首记录单位同事在救灾过程中的感人事迹和她的自己所思所想的诗歌《一路同行》发给我，我当即在陕西市政网上给予发表，之后在9月份的杂志再次发表。李华告诉我，她的诗在洛南县供水系统引起极大反响。

一场突来的暴风骤雨

袭击了洛南的山川

家园被洪水围困

良田被泥沼淹没

河堤道路，满目疮痍

人们陷入痛楚之中

一夜之间

水断、路断、电断

无情的洪水

吞噬了供水管护设施

浑浊了生命的源泉

灾情就是命令

通水就是责任

保护人民生命财产刻不容缓

我们的供水人

即刻组建起救援突击队

第一时间

带上救援物资

奔赴灾区一线

背负着使命的供水人

心里装着受灾的乡亲

看到眼前的一片废墟

来不及流泪

来不及喘息

投入紧张的救援

背着老人淌河越岭

给乡亲送去食品和水

架起一条条供水管网

整整七个昼夜

供水人，泥里雨里

渴了一碗农家水

饿了一包方便面

累了困了在篷布下打个盹

睁开眼睛继续干

衣服，分不清是汗水还是雨水

时间，已经不分白天和夜晚

秉承"献身、负责、求实"的水利精神

用忘我书写了人间真情

用责任描绘出平凡中的大爱

用艰辛铸就了感动

用行动赢得了尊敬

是你们，我的兄弟姐妹

我的战友伙伴

用自己的奋不顾身

为乡亲们营造了希望的绿洲

用自己的汗水

化解了人间疾苦灾难

阳光总在风雨后

暴雨之后彩虹现

洪水退去甘泉来

供水真情涌人间

看吧，我们的供水人，

头顶飘扬着鲜艳的红旗

脚下踩着热情的大地

我们用赤诚将党的温暖

传递给受灾群众

我们用责任书写出

供水人的忠心赤胆

让我们携起手来

团结一致，共同发奋

战胜灾难，重建家园

请相信，我们的供水人

一定会重新将生命的甘泉

复还给亲爱的乡亲

请相信，我们会再接再厉

营造出一个美好的明天

　　时间回到 2020 年 8 月 6 日晚，一场无情的洪水席卷了整个洛南县北部山区，一夜之间，11 个镇遭到洪水冲击，人民群众的生命财产安全受到严重的威胁。8 月 6 日开始，日最大降雨量 282.5 毫米，为 2003 年洛南县 "8·28" 洪灾以来的最大暴雨灾害，洛水苍茫，路断桥塌，水位突破有史以来水文记录的最高值。

　　据媒体报道，此次洪水灾害造成洛南县麻坪镇、石门镇、石坡镇、巡检镇、寺耳镇、保安镇、洛源镇、城关街办、柏峪寺镇、灵口镇、三要镇 11 个镇 89 个村 698 个组 24500 户 75503 人受灾，农作物受灾面积 1667.3 公顷，其中成灾面积 1375 公顷，绝收 239 公顷，受损农作物主要为烤烟、玉米、大豆、核桃等。水毁公路约 113 公里，水毁河堤 166 公里、桥梁 26 座、变压器 4 台。冲毁车辆 14 台、挖掘机 1 台，损坏房屋 21 户 63 间，造成财产损失 1435 万元。石门镇、石坡镇、麻坪镇等镇灾情严重，部分村电力、通讯中断，202 省道中断，全县因水灾造成直接经济损失共计 15549 万元。

2021 年 3 月初，一个阳光明媚的日子，我与陕西省水利厅一位高级工程师在一起讨论这条由权威部门发布的消息时，我有一个一直想不通的问题：这样重大的消息中，为何竟然没有提到被水冲毁的民生工程送水管道？对方一脸凝重说："是呀，这是历史形成的惯例，人们在统计灾情时，忽略了这一块。"

之后，我到了洛南县县城水厂采访，就此问题与水厂厂长黄敏探讨时，他却笑着说："这并不奇怪呀，过去人们吃河水，没有自来水，也没有送水管网，所以，每当遇到灾情时，人们习惯按过去的统计范围进行统计，不统计送水管道损毁情况，也许以后这种情况会改变。"之后他想了一会儿声音低沉地说："无论人家有没有统计和报道，我们该做的工作还是要做，那是我们的责任。在那次灾情中，抗洪救灾，不但见证了我们这个团队一心为群众服务的决心，也锻炼了我们这支队伍，这是我自部队转业到地方后，经历的一件迄今想起来很苦涩也很自豪的事。虽然灾情给人们带来了灾难，可通过灾情我们看到了人心和人的精神面貌，特别是我们厂里的职工，在这次救灾中，的确令我刮目相看。"

40 多岁的退伍军人黄敏是洛南水利系统的老职工，从部队转业后，在县水利机关工作了 10 多年，2020 年初担任县城水厂党支部书记兼厂长。黄敏告诉我，担任厂领导职务快一年多的时间，他从来没有休过假，除了有几次亲戚家过事，一年 365 天，他 360 天都在工作岗位上，不是在厂里，就是在乡村。特别是脱贫攻坚期间，他多数时间在北部山区，主要是带领厂里职工解决石坡、巡检一带农民吃水问题。他们辛辛苦苦用了几年的时间铺设的送水管道，没想到一夜间，被洪水冲得啥都没有了，想起来就心疼。他说在那次抗洪救灾中，他们风风火火地赶到香山、黑山一带，看到自己铺设的送水管道被水冲没了，许多同事哇哇大哭。一是心疼那些材料，那是大家顶烈日冒严寒一节节铺下的，那管道上记录着大家的汗水，凝结着闪光的青春记忆啊；二是那些管道承载着政府对农民的关心，也牵系农民对美好生活的向往。许多人一辈子挑水吃，刚将挑水担扔掉，没想到一场暴雨让他们又回到从前，又得从旧家具堆里重新找到挑水的担和水桶。黄敏动情地说："我们为啥在那样艰苦的环境中，急着抢修供水设施，就是不想让群众过于难受，想用我们的举动，唤回大家开启新生活的信心，当然也是想让大家感受到政府对大家的关心。当时我们挑灯加班，半夜时分，有村民为我们送来吃的，看到我们抬着水管摸黑过河，村民说，是我们与灾情赛跑的精神，让他们感到活着的意义。有些人房子被冲了，处于绝望中，可当他们看到我们为了给他们解决吃水问题下的那些力气，吃的那些苦，他们觉得自己的心眼太小了。还有一个 70 多岁的老人告诉我，是我们的行动唤醒了他们村的人，他说我们晚上加班的灯，给了他们活下去的勇气。"

突如其来的洪灾

2020 年 8 月 7 日清晨，黄敏正在水厂值班，突然接到县水利局水旱灾害防御中心的电话，通知他立马前往水利局与局领导一同前往北部山区察看灾情。黄敏放下电话，开了工具车便往水利局赶。陪同局领导前往受灾严重的石门、石坡、巡检等镇查看灾情的路上，车开到洛河边，发现前往石坡的道路已经被洪水冲毁。黄敏看着石门河中的滔滔洪流想，灾情如此严重，自己水厂负责的北部山区供水管道一定被洪水冲毁了。他将自己的担心告诉了局领导。局领导对他说："你将我们放下，赶快回去组织抢险队伍，必须以最快的速度克服一切困难，将输水管道修复好，使受灾群众早日有水吃。"

"是！"黄敏像在部队时一样，用高亢的声音回答了局领导的指示。

天还在下雨，黄敏回到水厂时已是上午 10 点钟。他将自己看到的灾情向水厂办公室的同志做了详细说明。他让厂办公室负责人李华，立刻通知水厂职工，全部到水厂集合。他告诉李华，无论谁，只要是水厂的人，必须参加抢险救灾，无论是正式工还是临时工，女同志也不例外。

李华和几位在厂里的同志不停地打电话，通知在外作业的职工，而黄敏和其他几位职工，心急火燎地打开水厂的仓库，清点着救灾物资。

不到半个小时，所有职工全冒雨赶到了水厂。黄敏将自己在路途中看到的灾情向大家做了说明。他最后说："我们厂里就这么多人，女同志在厂里值班做好衔接工作，特别是与局里的对接，必须 24 小时在岗，任何人不得离开水厂。你们除了与上级联络外，还要做好后勤保障工作。所有的男同志，全部往北山走，现在，北部山区的灾情我们并不太清楚，洛河、石门河的洪水如此大，巡检、石坡一带的情况肯定更糟糕，因为北部山区依靠秦岭，山大沟深，过水面积大，情况一定不会乐观，局领导要求我们，要在最短时间内，以一不怕苦、二不怕死的精神，做好这次救灾工作。现在，考验大家的时候到了，平时我们在一起，稀稀拉拉可以，但这次的救灾，我们厂绝对不能拖县上的后腿，这也是我们亮相的时候。大家平时总说我们是一群默默无闻的人，是幕后英雄，那么这次，我们到底是什么，我们就做出个样子，让全县的人们看看我们，认识我们。谁要是在这次救灾中，不精心，不用心，不专心，别怪我不客气。我是军人出身，这次救灾就要像军人打仗一样，牺牲自我，为北部山区的农民早日有水吃，发挥我们的智慧和力量。大家有没有信心？"

"有！"十多个年轻汉子高亢的回答声响彻云霄，久久回荡在洛南县城北边的土塬上。

"还有。"正在大家准备散场时，黄敏又叫住了大家，人们又重新站入队列。

黄敏挥舞着手接着说："大家把家里的事安排好，多带点衣服，北部山区比县城冷，这次抢险时间可能会长一些，都给家里人说说，让他们放心。"

有人问吃饭咋办。

黄敏说："吃饭的事到了石坡再定。"

黄敏对我说，关于吃饭的事，他当时的决定是个错误，可以说是害了大家。令他没有想到的是，真正到了水灾现场，哪有饭可吃，大家吃了整整一周的方便面，有时没有方便面吃，就用凉水充饥。

令人震惊的现场

一个小时后队伍出发了，一面"洛南水利应急突击抢险队"的队旗，被齐勇插在工具车上，两辆救灾车拉着各种送水管道和两台发电机，在黄敏的带领下，翻山绕道开向石坡镇周湾村。令黄敏没有想到的是，一路上所看到的水患，使他们不知道自己还能不能活着回来。大路不能行走，他们只好从石门镇绕道翻山。终于到了他们管辖的供水区域石坡镇周湾村，放眼望去，哪儿有路，出现在他们眼前的道路几乎没有一条完整的，许多秋田也被水冲毁了。大部分村民被安置在学校和村委会。好在天终于放晴了，太阳伸出头似在看这人间悲剧。

面对此状况，黄敏思考了一会儿对大家说："情况就是这样，我们的任务就是尽快修复供水管道，让村民和各路救灾人员先有水吃。"

他们正说话间，第三分公司经理石坡供水站负责人齐勇也赶到了。黄敏说："齐勇，你得想办法给大家弄些吃的，我和何立新各带一个队，先分头查灾情，我们把底子摸清后，再开始实施救灾。"

看着滔滔河水，齐勇为难地说："要说吃的，只能吃方便面了，路不通了，只能想办法从镇上往上背了。"

黄敏看了大家一眼说："总之，吃的任务就交给你了，无论你想什么办法，让弟兄们有吃的就行。"

齐勇带着人转头去为大家买吃的，其余的人组成了两个查灾小组开始检查被水冲毁的送水管道。

黄敏、杨明、吴玉曦、孙亮为一组巡查黑山、香山一带；何立新带着胡昕归、张博、孙江波前往太子坪。黄敏要求，到了下午，统一汇总情况。

可是到了下午，赴太子坪的第二组一直没有回来。黄敏他们已经开始工作。他一边从工具车上往下搬东西，一边不停地打电话给何立新，电话却一直无法接通。

齐勇问黄敏："晚上大家在哪儿睡觉呀？"

黄敏看着渐渐暗下来的天色又看看几个队员说："在哪儿睡，灾情大家都看到了，县局要我们以最快的速度恢复供水，哪儿还有心思睡觉？今天晚上就不睡了，大家把咱们带来的帐篷搭起来，我们一边干，一边轮流打个盹。"

杨明问黄敏："晚上干，没有灯咋办呀？"

黄敏抬头看了看天空说："把工具车车灯打开，用灯光照明吧，只能这样了。"

天擦黑的时候，去太子坪的另一队人回来。

他们向黄敏汇报了太子坪的情况，那儿的灾情比黑山、香山这一带还严重。

黄敏看着几个没精打采的人说："先想办法给大家弄些吃的，吃过之后，立即前往太子坪，今晚大家就别想睡觉了，挑灯夜战。这是命令，没有什么商量的余地。谁要是嫌苦嫌累，现在就说出来，可以立马走人，但我有一点要给大家讲清楚，如果这次临阵脱逃，你以后就不是水厂的人了。"

没有人愿意离开，几个临时工走到黄敏跟前对他说："请黄厂长放心，我们都是有心有肺的人，我们只想做英雄，没有人愿意做狗熊，谁今天若临阵逃脱，他就不是男人，就不是娘生的。"

黄敏放下手中正在干的活直起腰笑了一下说："你们还当真了，我只是给大家打打预防针而已。"

胡昕归走到黄敏跟前，拉了他的手放在自己的胸膛上对他说："黄厂长，你伸手来摸摸，我们每个人的心，都是热的，洛南遭了这么大的灾难，是个人，是个男人，都不会临阵脱逃，你太小看我们了。"

黄敏伸开双臂紧紧地将胡昕归抱住。

在场的几个人，被他们俩拥抱的动作感染着，不约而同地掉下激动的泪水。

正在此时，采购的同志从石坡扛了方便面，带来了热水。

吃过方便面，天已经黑了下来。有人将大家吃过的方便面盒子收拾起来用火点燃了。冷风开始由河套里向岸上刮。黄敏看了看天空，脱掉自己的鞋，一边倒鞋里的水，一边看着大家说："是这样，大家今晚就不要上去了。齐勇、何滨，你俩想办法给大家找睡的地方，万一找不到，大家就睡在我们带来的简易帐篷里，明天一早，我和一组的同志，一起上太子坪，看看那里的情况。"

二组组长何立新说："往北走的路全被水冲垮了，我们的工具车上不去呀。"

黄敏重新将滴着水的鞋穿在脚上，接过何立新递过来的香烟点燃后吸了一口说："那我们就多去人，抬设备，无论想什么办法，也要将水管送到太子坪。"

找住处的人回来后告诉黄敏，这附近找不到住处，东坡根只有几户人家，被电力上救灾的人占用了，另外几户人家的房子，被水冲得东倒西歪，房子里全是泥，人没有办法进去，听说房主被政府转移了。

黄敏抬头看了看天说："算了，我们一部分人，身体不好的，摸着路，沿河道走下去，到石坡街上去，一部分人想办法住在这工地上。帐篷有限，住不下这么多人，大家还是要养精蓄锐，到了明天，我们就没有时间睡觉了，必须以最快速度恢复供水设施，万一不行，我们轮班倒，要不，转移的群众回来了，没有水吃，也是问题。"

没有人愿意去石坡街，大家都想与黄敏在一起，守在工地上。有人提出："要不我们连夜干，大家可以现在就轮班倒，反正这些活早晚都是我们的，早干完早结束，也能让山里群众早日吃上水。"

黄敏想了想说："也行，那咱今天就不休息了，分两班倒，干起来。"

说是分两班倒，黄敏刚让人将工具车灯打开，所有的人，都操起了工具，准备抬管道进入施工现场。

大家按黄敏的安排，先将20公分的黑色水管从车上抬下来，然后用绳拴住，四五个人用木杠子将水管抬往河东岸。到了河边，河中的水一浪接一浪地翻滚，抬管子的人下不了河，没有办法，大家暂时将水管放在河岸边。有人自告奋勇下河试水。试水的人刚将脚伸进河水，一个浪打来，人就倒在河岸上，抬水管的人放下抬杠，立即扑过去抓住了探水人的肩膀，结果人被抓住了鞋却被水冲走了。

怎么办？黄敏走到河边，看着汹涌的河水，返身走到大家跟前说："我看今晚想办法休息吧，河水太大了，太操心，我把你们带来，要对每个同志的安全负责，你们要是出了什么事，我如何给你们家里人交代？是这样，明天水一定会小的，明天我们起早点，把今天的时间夺回来。"

他们正说着，天又开始下雨了，不能施工，大家心里很是着急。黄敏命令大家进入帐篷休息，十几个人挤在帐篷里，伴随着雨声和河水的涛声，谁也没有睡着。到了半夜，雨实在太大了，他们又重新移动了帐篷和工具车，大家坐在一起，等待天亮。不知道什么时候，雨住了。大家从帐篷里出来，看着天上的月亮。有人提出可以借着月光做些准备工作。黄敏抬头看了看天阻止了大家。他说："我们绝对不能冒险，我要对你们每个人负责，无论谁，出了事，都是我的责任，大家还是静下心来，好好休息，明天根据天气情况，我们好做安排。"

与时间赛跑

第二天，天出奇地晴，太阳带着新鲜的气息出来了，它的光辉像一股新生的力量，给了人们新的希望。可河水不但没有下降，反而更高了。怎么办，总不能等吧。

黄敏让人烧了开水，泡了方便面吃过后，他对齐勇说："你在这里组织大家查看不过河的水路，想办法先开展工作，主要是找到没有冲毁的管道，用风机将管子里的泥冲洗出来。先不要安装新管子，我和何立新他们这一组人，再上去看看，做到心中有数，也好做个计划，万一不行，我们就想办法用人力，将拉来的水管往上抬。"

齐勇说："咋抬呀，没有路，这上去快十里路呀。"

黄敏说："那也得抬，没有路我们走河岸，也可以走玉米地，不管咋说，管子必须要上去。"

说完，黄敏领着何立新他们扛着一些小型工具往北走。令黄敏没有想到的是，眼前的惨状，比南边还要严重。大部分道路被水从根上掏空了，他们只好绕到玉米地里往前走。他们走了大半天，才走到香山村委会。何立新告诉黄敏，上面的路，都是这样子，车上不去了，只有动员大家将管子往上抬。

黄敏想了一会儿问何立新："能不能找些村民，来帮帮咱们？"

何立新站定脚步，看着香山村委会的办公房说："昨天我也这样想的，还问了许多人，年轻人全出去打工了，村里只有一些老年人和在家过暑假的孩子，哪儿有人帮忙呀？你看，水灾这么严重，许多人的房被水冲垮了，有些人的庄稼被水抹平了，人们自救还来不及哩，哪有人能帮到我们呀！就是有，也是一些老人，我们操不起这个心呀。"

"也是呀，只有我们自己想办法了。"黄敏看着眼前被水冲毁的田地对何立新说。

他们还是抱着一线希望来到了香山村委会，村干部正在开会商量救灾的事，黄敏将自己的想法说给村干部，村干部为难地说："哪儿有人呀，我们也在发愁谁来救灾哩，村上的年轻人都外出打工了，剩下的全是老年人和儿童。我知道你们是在帮我们，可我们有心无力啊。"

听了村干部的话，黄敏理解村干部的难处，他对何立新说："咱还是想咱的办法，人家说得也没错，这个节骨眼上，到哪儿找人呀。"

之后，黄敏又领着几个人扛着工具向北边的太子坪走去，来到了黑山村红庙组。

黄敏问何立新："你们昨天把太子坪的情况弄清楚了没有？"

何立新说："清楚了，太子坪村一共 19 个村民小组，在册人口 2038 人，经常用水的人口是 1000 人。这个村一个组一个蓄水池，一共 20 个蓄水池，80% 都不能用了，有的直接被水冲毁了，有的里面全是泥浆，如果要重新启用，先要将蓄水池清理干净修复好，然后才能安装大管子。"

黄敏说："行，按你的想法去做，先将蓄水池清理干净，然后再说主管道的事。"

一路上所见，和香山南边没有什么区别，路断地淹，送水管道被水冲毁，有些管道裸露在外面，有些管道被冲得不见了踪影。黄敏对何立新和随行的胡昕归、张博、孙江波说："现在看来，哪儿都一样，也不用往上走了，上面的情况你们已经掌握了。我想是这样，你们一边清理蓄水池，一边将埋设管道的路径找到，管道没有冲毁的，我们接着往上续，但首先要将管道中的泥冲洗干净。原来的管道没了的，我们重新铺设。"

何立新说："这样一来，我们还需要大量的管道呀。"

黄敏说："这你不用管，我给局里领导汇报，让局里帮助我们解决管子的问题，我们的任务是一定要弄清底子，做好计划，一边施工，一边等待局里帮我们购买管道。我先下去，你们尽快把底子弄清，需要什么，给我说。还有，你们这一组，吃住自行解决，还是那句话，安全第一，速度第一，质量第一。你一定要带好大家，必须保证安全，所有的安全责任，你来负责，出了任何事，我只拿你说。"

黄敏走到齐勇他们面前时，鞋也穿帮了，裤脚也烂了。由于半天汤水未进，黄敏坐在湿地上，再也没有力气起身了。

大家知道黄敏一定是饿了，齐勇示意何滨先给黄敏泡了一桶方便面。吃过后，黄敏觉得顿时长了精神，他想把灾情向局领导汇报，掏出手机一看，手机早就没电了。何滨见状，立即将自己的手机递给黄敏。

大家都在忙着清理管道中的泥浆。

黄敏一边按局领导的手机号一边问何滨："周湾水厂的蓄水池好着吧？"

何滨搓着手上的泥走过来说："好着哩，幸亏我们那时候将水厂厂址选在坡根，要不这次也和其他蓄水池一样遭殃。"

黄敏用何滨的电话先给水利局领导汇报了情况，得到了答复。局领导告诉他说："你们缺什么，弄个清单出来，我给县政府汇报后，想尽一切办法，将你们要的东西送给你们。"黄敏听后，脸上露出了微笑。接着他又给厂里值班的人打了电话。他站起来走到一棵核桃树下对厂办的值班人员李华说："想办法，给我们弄些吃的，还有我们的帐篷压根不够，再想办法给我们买几顶帐篷。你们弄好后，我这儿安排人回去拉。"他还问了厂里的情况，对方告诉他一切都好着哩。他将手机还给何滨并对他说："今晚，你先下去，想办法给大家弄吃的和找住的地方，这样下去不行，水管没铺好，把人一个一个累倒了，事情更不好办。"

他们正说着，公路和电力上的抢险人员从他们身边走了过去。

已是中午时分，又到了吃饭时间，黄敏对何滨说："你跟这里人熟，快想办法，烧些开水来，看看这些方便面够不够大家吃，不够的话，你还得想办法，就是没有钱，赊也得多赊一些，这一个个的都是吃饭的年龄，不能让大家饿着肚子干活啊。这可是在你管辖的地盘上，你不能让大家饿着呀。"

何滨转身看了看正在用电机冲洗管道的齐勇，对黄敏说："行，我知道了，我这就去想办法。"

吃过方便面，有人累得实在不行，就倒在湿地上睡着了。黄敏看着同伴一个个像泥猴似的，心里很是难受。他将躺在地上的人拉起来说："大家到帐篷里休息一会儿，到了一点钟，都起来继续战斗。"

这天晚上，原本说好让大家一起到石坡街去睡个好觉，可到了晚上，没有人愿意去。有人说太远了，嫌麻烦，有人说，累得实在走不动了。有人说："走那么长时间的路，还不如我们快点把活干完，早点让村民吃上水，也了却我们的心愿，完成了局里交给我们的任务。"

没有办法，黄敏在这件事上已经指挥不动大家了，无奈，他也遂了大家的心愿。到了晚上，几辆车灯打开，大家又开始铺设管道了。一直干到夜里两点钟，黄敏下了死命令，每个人必须进帐篷，任何人不得在外边。

到了第六天，需要的管道送来了，铺设管道的地槽也挖好了，能用的被水冲毁的管道也清洗过了，经过大家的突击，三天时间，周湾到香山一段，基本通水了。黄敏又将突击队转移到黑山和太子坪一带，用同样的方法，连续作战，修复了黑山、太子坪30多个村民小组的供水工程。

有村民看到家里的水通了，拿着吃的来感谢他们。有人送来了煮熟的玉米、红薯和土豆，有人拿来白馍，有人送来油泼面。

突击队员终于吃上了正经饭。有队员说："早送来多好，这几天，天天吃方便面，我嗅到泡面的味儿，都恶心哩。"

齐勇说："村民是受灾人群，那些日子，他们连自己咋吃都没时间想哩，有些人至今还在外面住着，哪能顾上咱们呀！这算是对咱们付出的奖赏呀，快吃，咱们到了石坡街，让何滨美美地请咱们一顿，算是为咱们庆功吧。"

听了齐勇的话，人人脸笑成一朵花，只有黄敏没有笑，他看着大家一个个像乞丐似的，心里泛起一阵阵酸楚。整整半个月，弟兄们跟着自己，天天吃方便面，夜夜睡帐篷。有的人脚被石头扎破了，用凉水洗一下伤口接着干；有人家里老人和孩子生了病，悄悄在电话中安慰家人；有人肚子饿了，偷偷到山根掬一捧山泉，喝过之后接着干。大家虽然没有怨言，可队员们的举动，黄敏看在眼里，记在心上。大家没有豪言壮语，有的是面对灾难勇往直前的行动。谁说现在的年轻人颓废了，工作没有责任感？在黄敏眼里，自己所带出来的突击队员，个个都是英雄，是把大众疾苦装在心里的英雄。黄敏对齐勇说，等这次救灾结束后，自己一定要好好请大家吃一顿，感谢大家为厂里争光，为洛南的供水人争气。

孙江波说："我已经没劲吃你请的了，我请假，让我回去美美睡上三天三夜。你看，这半个月来，一直睡在这湿地上，我的身子长出了这么多红疙瘩，我回去后，先治病，比吃你请的饭重要多了。"

杨明说："我回去后，第一件事是美美洗个澡，感觉一下人泡在热水中是什么滋味。你们看看，我的脚都成发面了。家人总说我黑，这回回去，我让他们看看我的脚有多白。"

吴玉曦对杨明说："你别打岔，要我说，黄厂长请我们，必须要有好酒呀，无酒不成宴呀。"

孙亮哈哈一笑说："得有个烧鸡，好好补一下，把掉在这里的肉和汗水，全补回来。"

黄敏站在一处土坎上，声音洪亮地说："请大家放心，这回回去，我豁出半个月工资，一定请大家，吃、喝、洗、泡，包你们个个满意，我姓黄的说话算数。"

张博伸手跟黄敏击了个掌说："君子一言。"

大家齐声高呼："驷马难追。"

正在此时，太子坪村党支部书记王月明带着村干部来看望突击队的队员，大家都围了过去。

王月明紧紧握着队员们的手激动地说："太感谢你们了，你们给了我们一村人希望啊，要不是你们，我们的日子不知道该咋过呀。"

正在王月明向突击队员表示感谢时，水利局领导打来电话给黄敏，让他带着突击队员赶赴麻坪一带，协助第二供水分公司，抢修那里的供水工程。

接到通知后，黄敏对大家说，谁不愿意去，可以提前申请。和从前一样，没有人愿意掉队。

黄敏又带着突击队，带着工具，翻越几道山岭，前往50多公里外的麻坪镇。

一 面 国 旗

大自然是善良的慈母，同时也是冷酷的屠夫。大自然孕育了人的生命，同时也无时无刻不在玩心计，破坏着人类的安静生活。一场暴雨，让人们看清了大自然的另一张面孔。

暴雨留给北部山区的创伤，使一帮年轻人认识了大自然恶的一面。黄敏的突击队到了麻坪一带，令他们没有想到的是，麻坪的灾情比起北部山区更加严重。

水利局给突击队的新任务是在最短的时间内，修复麻坪一带10公里长的供水设施。

面对新的任务，突击队员们和之前一样，分成两组，开展工作。好的一点是，麻坪有热饭吃，有热水喝，还有睡觉的地方。虽然睡在村委会的地上，但比起在北部山区睡在河岸边的帐篷里要舒服得多。

有一天，大家正在河水中清洗被黄泥堵塞了的管道，有人看到水中漂来一面五星红旗，齐勇扑过去，一把将国旗从水里捞了出来。大家看到国旗，全围了过来。最后，有人将国旗清洗干净，插在了他们的工具车上。

又是夜以继日、挑灯夜战，突击队员用10天时间完成了管道修复，不但受到当地群众的赞扬，也受到了组织的奖励。

水灾无情人有情，大灾面前，一帮年轻人用闪亮的青春，用热血和汗水，用忠诚和责任，写出了供水人的精神风貌。

黄敏曾对我说："在灾难面前，人人都有一种潜能，那就是为了实现心中的目标，可以抛弃一切。这帮年轻人，不但令我感动，也令我敬佩，从他们身上，我领悟到了人的天性的另一面。这些与工作、责任没有关系，纯粹就是人的天性，我们不是英雄，也没有想着要做英雄，我们只是在灾难面前，用行动表现出了人的天性。"

正在黄敏他们对 2020 年北部山区损毁的送水管道进行完善之时，2021 年 7 月 22 日，又一场暴雨袭击了洛南县整个北部地区。据中新网西安 7 月 26 日报道，洛南县"7·22"特大暴雨洪涝灾害造成全县 16 个镇办 172 个村（社区）77961 人受灾，直接经济损失近 17 亿元，目前没有人员伤亡报告。7 月 22 日至 23 日，陕西省洛南县突遭暴雨洪水袭击。统计数据显示，此次灾害已造成 121 户 527 间房屋倒塌，损坏房屋 1485 户 4884 间；玉米、烤烟、果蔬等农作物受灾面积 3078.06 公顷，成灾 2169.33 公顷、绝收 1485.99 公顷；灾害造成县城通往石门等 7 个镇的道路中断，巡检等 9 个镇办 37 个村 17 条 10 千伏干线、2 条 10 千伏支线停电，造成 35976 户群众电力中断；洛河沿线 6 个镇办部分河段河水漫过河堤、公路，基础设施损毁严重。

7 月 28 日，黄敏告诉我，7 月初我去采访时看到的石坡镇周湾水厂的院墙和大门在这次洪灾中被水冲走了。我急切地问他齐勇的情况。黄敏说人都很安全，要不是接到局里的防汛通知，提前让人做了撤离准备，这次被水冲走的怕不只是大门和院墙了。

去年水灾后，齐勇被调到石坡供水站担任临时负责人，他就住在周湾水厂，7 月初我去采访时，还在齐勇住的房间里休息了一会儿，当时齐勇还将我领到建在半坡上的净化车间，向我介绍村民用水的净化流程，没想到，距离河岸有一定距离的水厂的院墙和厂门，在此次洪灾中，未能幸免，可想 2021 年的灾情不比 2020 年小。

也是在这个月，正在西安石油大学学习环境工程的我的女儿李蔚，听从洛南团县委的号召，于洛南县水利局实习，她的任务是每当政府发布雨情资讯时，在水利局有关科室的安排下，往洛南县各镇政府打电话通知降雨资讯，让镇政府做好防范工作。女儿告诉我，水利局的领导，最挂念的是洛南北部山区。有时，领导们只要看到天一变，就夜夜守在水利局值班室，只怕哪儿的群众没有通知到。女儿说，通过实习，她最大的收获并不是学习到了什么，而是见证了政府对老百姓的关心，水利局工作人员对防汛工作的重视，每个人心中都装着对那一方大地上农民的爱。

此时，我正在洛南县进行专题采访，原计划跟随黄敏他们去北部山区，黄敏用手机给我发来了他们挑灯夜战的图片。他告诉我，他们利用一年的时间，修复完善的送水管道，在这次暴雨中又遭到重创，有些地方比去年的损失还要严重。没有办法，他们又得重演去年的剧情，睡帐篷，吃方便面，有同事伤了、累了，依旧不舍离开施工工地，做到了轻伤不下火线。他还说，比去年好的一点是，他吸取了去年的教训，方便面带足了，热水有了。

2021 年 8 月 28 日，我离开洛南时，黄敏他们还在北部山区修复水毁工程。

我问黄敏："什么时候救灾工作能结束，你们什么时间能回到单位？"他说现在还说不清，今年损失比去年严重多了，恐怕得用整个冬天，才能将被水冲毁的供水管道和蓄水池完全修复。

一群普通的供水人，连重大灾情新闻里也不曾出现的他们，为了一方百姓能吃上安全水、放心水，一直在默默付出。

在返回西安途中，我想起了洛南县退伍军人事务局让县城水厂上报的关于黄敏的先进事迹，不由自主打开与黄敏不断通联的微信，那一张张挑灯夜战的图片，那一双双被石头磨破的双手，那一双双被水泡得发白的脚板，那一张张涂着泥巴的青春笑脸，那一个个被抬杠磨烂的肩头，那一身身涂满污泥的衣服，那一碗碗无味的方便面，记录着他们的青春，诠释着他们的使命。

灾情无情人有情，在灾难面前，总有人用忘我的精神，为他人减少痛苦，营造方便，在人类与大自然斗争的过程中，总有人为了他人的平安和方便，用生命和汗水，书写华章。

三、百姓爱戴的"穿山豹"

南郑区农村供水管理中心主任李斌，算是个与水打交道的行家里手。1989 年中专毕业参加工作后，李斌的工作生活就是与水打交道，近年来，这位高级工程师的主要任务就是解决全县农民吃水问题。从 2016 年至今，李斌带领他的团队，顺利完成了保证全区农民吃上自来水的艰巨任务，其领导的县农村供水管理中心，连续数年被评为省、市、县和水利系统先进单位。

几年来，由于多数时间，李斌在深山密林里替农民找水，不畏艰险，不惧困苦，不怕蚊虫叮咬，不嫌百姓啰唆，老百姓戏称他为不怕千难万险的"穿山豹"。

采访中，我对李斌印象最深的就是他整天忙着到处给农民找水源、安装管网，忙着和村干部谋划饮水保障工作。在他的办公室，他挽起裤腿，小腿上被蚂蟥叮过的伤疤、被荆棘刮破的伤痕清晰可见，那些伤疤成了他翻山越岭、淌涧穿溪、爬沟过坎为农民找水吃的有力见证。

1973 年出生的李斌，年纪不大，头上却显现出苍苍白发，那些短茬白发从另一个角度、用另一种形式记录着他对事业的敬重和对百姓的爱。在他办公室的南北两面墙上，我看到两行并排悬挂的金光灿灿的奖牌。白发、奖牌、伤疤，这些自成体系的混搭物件，证明了一个人在追求事业征途中的林林总总。我问李斌，有没有流过泪，有没有抱怨过。他仰起头看着我的眼睛憨笑着说："肯定有嘛，任何一个人做任何一件事，哪能一帆风顺呀。"他说每一个人实现梦想时，肯定会有痛，肯定会有苦，肯定会有累，可不是心中有目标吗？想想自己能早日给他人带来幸福，那会是一种什么感觉。"说实话，在工作中，也遇到过悲观、失望和误解，每当这个时候，我就努力仰望天空，天空那么大，它会容纳自己所有的不愉快和委屈。"

李斌说到此，我突然间想起了一句古语：欲戴皇冠，当承其重。不是吗，天下所有的荣誉，皆非侥幸偶得，必先付后得之。

这就是一个常年与水打交道的人的胸襟。欲流之远者，必浚其泉源，欲成大事者，必净其心志，欲达目的者，必弃其私念。

为了全方位了解李斌，我找到了 2019 年汉中市劳动模范登记表，看到李斌的申报材料，表格中这样描述他：

李斌多年来一直参与南郑区水利项目的设计审查、造价评审和方案编制审查工作。2011 年至今，被聘任为南郑县防汛抢险技术专家，多次参与县内防汛抢险技术方案制定和现场指导工作；2013 年被县委、县政府授予抗洪救灾先进个人；2013 年，被陕西省发改委聘任为综合评标专家；2017 年被聘任为南郑区水利建设项目设计审查专家、水利项目稽查专家；2016 年 12 月当选中共汉中市第五次党代会代表；2018 年被评为汉中市水利系统行业尖兵。

南郑县 2017 年 9 月撤县设区，县城虽然处在汉江南岸川道，但大部分村庄却蜗居在大巴山的崇山峻岭间，山大沟深，林茂枝密，荆棘遍地，南边与四川省巴中地区接壤，东边绕过城固县与西乡县相连，西南的黎坪山区，部分村庄距县城上百公里。如此复杂的地形地貌，有约 20 万村民住在深山里，在那样的条件下，解决农民饮水安全问题，难以想象，那是一件难度多么大的工作。

2016 年，扶贫工作开始后，领导给李斌的任务是，要采取一切措施，在 2019 年年末，完成全县供水任务，让所有的农民按国家制定的标准吃上安全放心水。在水利系统工作久了，李斌深知此项工作的重要性，当然他也知道任务的艰巨。可他还是毫不犹豫地接受了任务。

李斌说，为了解决农民吃水问题，多年来，他跑遍了全区每一个乡镇和村庄，每一个村的水源地和供水方式就是一张图，这些图全装在他的大脑里。令他最难忘记的是找水源，那种艰难，是一般人想象不出来的。那些年为黎坪镇、两河镇、黄官镇、红庙镇、小南海镇找水的日子，特别是在地处南部巴山深处的碑坝、福成镇找水的经历，如今想起来，都还历历在目。

2017 年 9 月，阴雨连续下了 20 天，正是脱贫攻坚的关键时刻，可红庙镇西沟村农民的吃水问题还没有解决。

9 月 17 日，李斌同工作人员一起，冒雨赶到西沟村。本来想着，到了地方雨会小一些，没想到山野的雨比川道还大。怎么办？来了，就要开展工作。看着村民那期盼的眼神，李斌对同事说："干！不就是雨吗？我们又不是没有经历过。"说完，在村长的带领下，他们开始上山找水源。雨下了 20 多天，山溪像人造瀑布一样，不断地从山腰上倾泻下来，他们一行人沿着山溪，一直向山上攀爬。上到一个石坡上时，李斌一不小心竟然沿着溪流滑了下来，庆幸悬崖边有一棵松树，阻挡了李斌，才没有出事。在众人的搀扶下，李斌重新拽着树枝向山上爬，快到一个平台时，他感觉膝盖下面有点疼，原以为是石头或者树枝划破了皮肤，大家帮他挽起裤腿一看，一只蚂蝗正在往他腿上的肉里钻。蚂蝗是一种奇怪的虫子，如果它钻进人的皮肤，不能用手往外拔，即使拔断它的身子，它的头照样能往肉里钻。有经验的村长，让李斌坐在溪流边的石头上，他用手不住地拍打着蚂蝗周围的肌肉，蚂蝗才慢慢地从李斌的腿上退了出来。大家看到李斌腿上红刺刺的血洞，劝他说："我们下去先治伤，雨住了再上来找水源。"李斌抬头看看乌云密布的天空，依他多年的经验对大家说："这雨怕还要下些时日，我们的任务太紧了，不能停，必须在今天天黑前找到水源。"

大家搀扶着李斌继续往前走，由于腿疼，抬脚不方便，没有走出几步，他感觉鞋中有什么东西，他刚脱了鞋准备查看，一个浪头打来，竟然将他的鞋冲走了。真是应了屋漏偏逢连夜雨，种种不幸接连而至。大家又一次劝他，还是改天来吧，再急也不在乎今天一天呀。李斌说："上一趟山太难了，我们既然来了，就要坚持到底，不能半途而废。"好在同事余敏将被水冲走的鞋找了回来。

大家一直在山上走，走过荆棘林，穿过沟道，终于找到了理想的水源。晚上回到村上，村民听说找到水源，个个开心得直鼓掌。村民拉着李斌的手说："你呀，为了我们这些山里人，把心操碎了，我们看在眼里，咱政府有你这样的好干部，是我们山里人的福气啊，我们不知道咋感谢你哟。"

李斌笑着对大家说："这是我们应该做的，不用感谢，只要大家能吃到好水、安全水、放心水，就是我们最大的心愿。"

还有一次，也是在大山里找水源，一连找了好几天，才找到合适的水源。李斌回到家里，家人一看，他的脸上到处是血印，家人还以为他与人打了架。他笑着安慰家人："就我这个性格，能和谁打架，只能和山里那些杂草和荆棘打架，这是那些荆棘给我留下的纪念。"

李斌说，自己之所以如此辛苦地为群众找水源，是因为看到了山里群众吃水的难处。他说，按说脱贫攻坚，为农民解决吃水困难是政府的事，可老百姓的举动，常常会使他感动。

有一次，同样遭遇华西秋雨，连绵 20 多天，李斌领着施工队去小南海镇青石关村为村民安装供水管网。他们提前将水泥和水管从县城运到大山里，计划施工队到来后，出钱雇当地农民，将水泥和水管往山上运。在前往山里的途中，他们商议，如何想办法将材料往山上运。有人说："大雨下了这么久，满山都是剑竹林，找个下脚的地方都难，怕是没有人会帮我们，山高路滑，除非那些要钱不要命的人才愿意干。"可等他们到青石关村后，发现有人砍出了一条羊肠小道，修水坝所用的水泥和其他材料，早已被人用骡子运上了山，堆放在他们勘察好的水源地。运材料的人怕雨水淋湿水泥，还用剪开的塑料袋，一层层将水泥包裹得严严实实。他们想，雨如此大，山路如此艰险，一定是赶骡子的人，想借机捞钱，提前将他们用的东西运上山，然后向他们要高价，因为山民们知道，钱是国家出，不要他们个人掏腰包。他们一连冒雨干了三天，每天都是深夜才从山上回到村里。工程完工后，他们与村民算账，而那些提前将材料运到山上的人提出，运输材料不要钱。

李斌听了村民的话，感到异常吃惊。他们怎么也想不到，村民干活居然不收钱。人说山里人纯朴，在他们心里，山里人已经纯朴到了傻的程度。正当他们百思不解之时，村长说话了，村长说："你们可能感到意外，你们不知道，我们村几辈人背水吃，都背怕了，现在好了，政府关心我们，你们又这么辛苦地来为我们修水坝埋管道，我们不知道咋感谢你们哩。这力我们不出谁出，我们山里人，看起来有些土，可我们知道谁对我们好，我们心里有数哩，我们不会做昧良心的事。"

一连在雨中干了三天，那晚，村民用自己烧的酒招待了李斌和随行的施工人员，大家含着眼泪都喝了几杯。

李斌说，这么多年来，自己之所以不顾一切、排除万难去给农民找水、送水，一方面是本职工作需要，更多的是满足农民的渴望，也有收获，自己一次次沉浸在山里人淳朴的感情中，慢慢孕育出了忘我精神。他说："一个人生活在现实中，往往会被现实中一些情感所浸染和滋润，美好的情感，像一剂良药，祛除了人们心中的杂念，迸发出了善良的动力。"

令李斌难忘的是，有一次在福城镇为大营村找水源，理想的水源地在半山腰上的溶洞口，到山下直线距离有 800 米，有一条过去村民砍柴和采药的小路，许多危险路段贴在山崖上，上山得手脚并用，而山下就是深不见底的福成河沟，稍有降雨，石皮打滑，根本找不到能够踩稳当的地方。没有办法，只能绕道近两公里，一边砍柴割刺藤，一边打草惊蛇，向山上爬，可爬了一段距离后，所有人的鞋里都钻进了蚂蟥。没有办法，只能退下山，到村民家中找到高勒雨鞋，继续上山。现场确定了水源和管道走向，最终在 1 个月后，使山上的 60 多口人吃上了干净的自来水。

李斌回忆说："这些年来，我感觉自己一直在忙于为村民找水吃，有时连做梦，也在上坡下涧地为村民找水。由于南郑的地理位置特殊，大部分村庄在远天远地的大山里，吊庄户也不少，可是为了不使他们因水而贫，我们圆满完成了任务。我们还有另外一项任务也完成得相对理想，那就是倡导群众节约用水。现在我们建成的农村集中供水管网漏失率已经由原来的 30%—40%，降到了 6%—7%。这是我们感到十分欣慰的事，虽然我们南郑的水资源相对充沛，但节约用水是我们一直倡导的工作，我们觉得这项工作和解决群众吃水一样重要。"

20 多年与水打交道，5 年多时间在深山密林里为农民饮水找水源，从一个普通水利人成长为高级工程师、水利专家，李斌说，是农民的渴望给了他动力，是大山和密林给了他智慧，是时代给了他机遇，只要自己还能跑，还会一如既往地为百姓跑。百姓如水，自己若鱼，水无鱼照流，鱼无水则息。

四、守护"甜水井"的村书记

（一）

一个有故事的水井，在黄土高原的山坡下为人们供水几百年，它除了满足人们的生活所需，还凝聚着一村人的思想意识，承载着人们的道德修为。一个陕北汉子，在有故事的水井边，领着村民一干就是 43 年，他不但见证了水井的变化，守护着水井的传说，还用水井留给人们的精神遗产，改写了一个村的历史。

这口水井位于清涧县 210 国道旁路遥小镇北边的康家湾村。站在国道边，抬头可见一排排整齐的蔬菜大棚和棚外山坡上的香瓜、辣椒等经济作物，这些景物将建在半山坡上的村委会院子衬托得如画一般。走近了才发现，院内有花坛、石桌、花棚架、商品展厅、生产车间，院外有漂亮的村办养老院、文化广场。面对如此景象，谁也不会想到，这些竟然都与一口水井有着千丝万缕的关联。

说到眼前的一切，村民们异口同声说："要说我们有这样的好风景，要归功于我们的康书记，是他带领大家，苦干了几十年，硬是将一个名不见经传的贫困村，建设成了'省级卫生村''市级文明村''社会主义核心价值观示范村'和'省级现代农业示范园区'。"

2021 年 7 月 21 日上午，我终于见到了被村民称赞的原村党支部书记康斌军。通过采访，我感觉到，康斌军不但是一个能干会干敢干的村干部，更是一个乐观开朗、性情豪爽的陕北汉子。

66 岁的康斌军，从 1974 年起，就先后在村农牧场担任过团书记、民兵连长、白家塬林场场长、副村长、副书记等职务。令他没有想到的是，如此埋头一干就是 43 年。

康斌军笑着对我说："这些年来，在各级政府的领导下，在村民的共同努力下，我们村创造了许多第一：在清涧县境内的 210 国道上，我们是第一个安装上路灯的村；我们利用社会力量协办模式，办起来全县第一所民办幸福院；我们还是第一个创办了'康家湾'品牌的省级现代农业示范园区；村子里办起的养鹿场生产出了鹿茸酒，也是全省第一家。"

康斌军说的这些"第一"，被清涧县委、县政府评定为"康家湾"模式在全县推广。

（二）

在村委会大院的石桌旁，我问康斌军："听说你们村的吃水问题得到了彻底解决，我这次来主要想了解一下村民饮用水情况。"

令我没想到的是，如此一问，竟然打开了康斌军的话匣子，他将一杯刚从生产车间下线的鹿血酒推到我面前对我说："你若真想了解我们村的吃水历史，你就将这杯酒喝了，我得慢慢给你讲，这可是说来话长的事。"

看到我品尝了他们刚出产的鹿血酒，康斌军拍拍手笑着说："我现在就给你讲我们村上的吃水历史。"

康家湾村有 6 个村民小组，大部分村民住在山腰和山顶，20 世纪 70 年代，村上只有一个水井，叫钱井，一口井供着全村上千人吃水用水。

我问："井叫钱井，一定有故事吧。"

他双手摸了一下头笑着说："肯定有故事，要么咋能叫钱井呀。"

他向我们讲了这样的故事……

明朝年间，在一个炎热的夏天，有一个官人背着褡裢沿着今天的 210 国道由北向南赶路，官人走到康家湾时，满头大汗，口渴难耐，他发现路边有一口水井，井口很大，水位很高，井内的泉水清澈见底，远远地能看到水中倒映出的蓝天白云。官人喜出望外，他便轻轻放下肩膀上的褡裢，撅着屁股，撩起官帽去喝水。喝足水之后，官人长长出了一口气，用双手从井中掬了水出来到井外洗了自己的脸，然后依依不舍地起身，急匆匆地沿着山路背着明丽的阳光向南走。官人走后，村上有一个村民去挑水，挑水人放下水担，正准备从井中往上吊水，却发现井台边有一个灰色褡裢。村人捡起褡裢打开一看，褡裢里面全是官钱。村民便抬头寻找丢钱的人，可那时，整个山路上空无一人，村民想，丢钱人丢了钱一定会着急，他便定定地站在井台边等候失主。左等右等，不见失主回来。村民便喊来住在附近的村民同自己一起等，大约过了一个时辰，从南边的山路上，走过来一个满头大汗穿着官服的人。

穿官服的人看到有人拿着自己的褡裢，急忙接过去打开一看，褡裢里面的钱，分文未少，官人便感动地趴在地上要给捡到褡裢的人磕头，几个村民从地上拉起官人异口同声说："使不得，使不得。"

穿官服的人连忙从褡裢里拿出钱，要感谢捡到褡裢的人，又被几个村民谢绝了。穿官服的人告诉捡钱的村民，他所带的钱，是皇家急用的钱，如果钱丢了，他和家人的性命也就保不住了。

看到几个村民不求报答，穿官服的人对村民说："是这样，你们拾金不昧又不要回报使我感动，我就给你们的水井起个名字吧，就叫它钱井吧。"后来，那个官人处理完事务，又来到康家湾村，专门给村上送来一块石碑立在钱井边，石碑上刻着"拾金不昧"。石碑在康家湾一立就是几十年，也成了村上的传家宝，它不但是对康家湾人高贵品质的赞扬，也成为教育后人的活招牌。康家湾人从此以石碑为傲，教育后人积德从善，此种风气被延续到今天。

随着时间的推移，后来人们又将康家湾的水井叫德井，表示康家湾人注重道德。因井中的水甘甜清澈，后来人们又将德井叫甜水井，名字一直沿用至今。

康斌军说："这块石碑的来历呀，虽然是往事，但正是因为有了这块石碑，我们康家湾人的心劲提升了。它是对百年前康家湾人品德的肯定，所以，这块石碑成了康家湾人的传家宝，百十年来，人们用石碑的故事传播老祖先的品德，教育一代一代康家湾人，牢记祖德并不断传承。"

20世纪六七十年代，在大集体，人们生产劳动以生产队为单位，凡年龄到了16岁的青年男女，不念书的人，都得参加集体劳动。而几个生产队的人吃水全靠甜水井，每天清晨，人们所做的第一件事，便是从甜水井中为家里挑水。由于挑水的人多，住在山上的人怕误出工，便在黎明时分挑着水桶到山下挑水，天旱时，水量减少，有些人晚上三四点就起来排队挑水。最多的时候，约有五六百人排队挑水，有时井中的水不够人们挑，人们就只能在井边一边等一边学习毛主席语录，或者唱革命歌曲。当东边山上的太阳慢慢升起时，可以看到东西两座山上，男男女女挑水上山的身影，那种情景，很是壮观，有些人挑着水桶便开始唱陕北民歌和清涧道情，那些传统小调，是一个时代人们精神生活的体现。人们唱歌的目的还是想用歌声缓解肩膀的疼痛。有时也因挑水产生矛盾，大打出手，但一说到石碑的故事，那些伸出手的年轻人，即刻将手收了回来。也有人因挑水，男女相识，相互帮助，产生爱情。

康斌军说，通过挑水，可以看出很多人的思想觉悟和道德修养，通过观察挑水人的举动，村干部琢磨着从中选拔培养年轻的村干部人选。

听见我们在聊挑水的事，54岁的康家村苹果大王康怀信笑嘻嘻地对我说："说到挑水，那种苦呀，你们是想象不来的，我为了给家里挑水，磨破了好几个垫肩哩，现在说过去的事，感觉那是一种甜美的回忆，可那时候，我们总盼着，啥时候能不再挑水啊，天天盼月月盼年年盼，一盼就是几十年呀。"

村上种植园的经理康成利从工作车间走过来也笑着说："那时候，苦是苦，可人们的心劲足呀，清早起来先给家里的水瓮中挑满水，然后到生产队出工。有时候我们的水井要淘洗，一帮子年轻人就像显示本领似的，挤着抢着跳到水井里。有些年轻女娃，刚从学校回来，不会用扁担钩子吊桶，桶就掉到井里面，她们不会从水中往上捞桶，就坐在井边哭，有好心的后生就跑过去帮她们，一次两次，就恋成了婆姨。这样的故事可多哩，我们后来就把这种行为叫作水井文化。"

我们正说着，有人过来插话说，他听王二妮唱过一首歌，就是专门说陕北女娃娃挑水的故事。我问他："歌名叫什么，你会唱吗？给大家唱一曲。"那人憨笑着说自己不会唱，但他记得那歌特别好听。

后来我还真找到了王二妮唱的那首陕北民歌《女孩担水》，歌曲由贺艺作词，冯晓泉作曲，以担水为背景，描写了陕北女子向往爱情的故事，歌词流畅，诙谐有趣。

（三）

岁月的脚步行进到 1998 年，康家湾人的吃水问题得到了初步解决。那时候，随着陕西省政府推行的"甘露工程"，康家湾一下子打出五个水井，昔日人们排队挑水的情形得以改观，几乎每个村民小组都有了自己的水井，也是那时候，部分村民在政府的资助下用上了自来水。

虽然有了自来水，可是由于水源有限，水井相对浅，加之村民居住分散，管理粗放，许多供水设施过几年便不能用了，大部分村民依然为吃水发愁，一部分住在偏僻地方的村民照样还得用扁担挑水。

康斌军说，到了 2018 年，脱贫攻坚工作开始，在县水利局的重新规划下，康家湾人的吃水问题才真正得到解决。他说着，顺手将一组照片发给我。从一张当时接通自来水的照片中可以看到，清涧县水利局为康家湾送来供水管道和水泵，为了赶时间，64 岁的康斌军领着村干部冒着大雨抬水管上山。

说起那次与风雨抢时间抬水泵的事，康斌军说："那时候，县上各部门脱贫攻坚的担子都很重，时间很紧迫，我们看到县上的同志为我们送来了供水管道和设施，没有办法，我们也得替县上的同志想，便组织人力往山上抬管道。那一天正下着大雨，大家说我年龄大了，不让我参与往山上抬水管，言说路不好，怕我这老胳膊老腿生麻达。我一边从地上捡起抬杠放上肩膀，一边对他们说，有什么呀，别看我老了，只要我还有力气，我就要为康家湾人做实事。我们要感谢县上的同志，下这么大的雨，为了我们放弃休息，加紧施工，我们咋能不积极呢。走，看我的。说着，我们村干部领着村民，冒着大雨，硬是将一车水管和水泵送到半山腰选好的位置上。"

我们正说着，返乡回到村上办企业的康成利为我们送来了刚从果园里摘下的水蜜桃。

康斌军接着说："其实那一天也是康家湾人最难忘的日子，听说县上送来水管，许多村民都主动来卸车抬管子和水泵，那种热闹场面许多年都很少看到了。为什么大家的热情如此高？还是想早日解决吃水问题。中央领导说，吃水问题在农村是脱贫攻坚的主要任务，依我个人看，这样的提法太精准了，正因为党中央和国家重视，这回才真正解决了我们村的吃水问题。可以讲，当时的农民，啥都不缺了，你看这山上山下，路修好了，水泥也铺上了，路灯也安装了，我们的产业和旅游都搞了起来，就只有吃水这一个问题始终阻碍着我们村的发展。现在好了，有了水后，我们村的一切都活了。你说，要是没有水，产业咋能发展起来。所以我说，中央将解决农村吃水问题作为大事来抓，是非常重要也是非常及时的，我们村就是因水而兴，因水而活，因水而变，因水而富。现在呀，为了保护现有的供水设施，保障村民及时用水，我们村安排了专人管水，还设置了井长，建立了制度，村民的吃水用水，一旦发生断供或流通不畅，只要打个电话，很快就会得到解决。大家说，这是中央的脱贫政策为我们解决的实实在在的问题，就目前我们康家湾这种景象，完全可以用14个字来形容：村风端正人气旺，安居乐业致富忙。"

（四）

"文话说：水是世界的一切。可我常说，水是农村发展的全部，如果没有水，别说发展产业，就是村民家里没水吃，那也会和村干部拼命的。"康斌军说。

第六章　与水为伍　造福吾乡 ┃ 233

如今，康家村在县水利局的帮助下，共打出了6个水井。每个井深都在30—70米，不但有了净化设备，还配备了防冻设施。有些水井用于村民食用，有些水井用于发展生产。

用康斌军的话说，水通了，什么都来了。这几年，康家湾村先后办起了养鹿场、养牛场，还办起了两个酒厂，生产的鹿茸酒，刚一出车间，就被人们买走了。2014年，村上平整土地110亩，河堤帮畔410米，建成温室大棚9座，打造标准化羊子养殖基地1个。2015年，建成标准化生猪养殖基地1个，建成占地3000平方米的特色农产品市场1个、小杂粮加工厂1个、标准化拱棚10座。

康斌军指着村委会房前屋后长满各种植物的土地说："有了水，在外做生意的本村人看到了前景，纷纷回到村上，利用土地发展生产，一下子将村里的产值提升起来了。许多原来在外面打工的人，看到在村里用水方便了，有了工厂，他们便不再外出打工，开始在村上创业。原来在外面打工的康怀信，一次种植了1200亩果园，为了灌溉，自己投资打了水井，修建了水塔。还有村民搞起了育苗基地，种植了木瓜、无花果、樱桃、葡萄等。这些产业的发展，解决了村上40多名劳动力就业问题。我常常在思考，农村发展的意义到底是什么？这些年，有些人看到农村冷落了，挣了钱，带着婆姨和娃娃住到城里去了，可我通过调查得知，那些住进城里的人，那些离开土地的人，他们到城里后，日子过得并不如意，特别是一些年龄大的人，挣不来钱了，住进城里成了儿女的负担。我就想，作为农民，土地养了我们几辈人，今天你们咋能舍得抛弃土地呢？后来我又想，农民逃离了土地，责任并不在农民，是我们的村干部没有将工作做好。我们一直倡导缩小城乡差别，如果城乡真的没有了差别，农村和城市一样方便，哪个农民愿意丢开土地住到城市去？所以，我一直在琢磨，如何才能真正地缩小城乡差别。其实这也是我这些年来领着大家努力干所追求的目标。当年，我曾对大家说，一定要让大家过上好日子，利用我们的土地，让大家在家门口创业，不但要让大家不愁吃还要有钱花，现在这些都实现了。我自己呢，也退居二线了，算是实现了当初给大家的承诺。我想，这就是农村发展的真正意义所在吧。其实啊，国家也看到了农村的问题，眼下国家提出乡村振兴，我想那意思就不就是要想办法把农村搞得活泛起来么，让农民回到土地上。所以说，在乡村振兴这一块，其实我们村是提前做了工作。当然，政府和组织也给了我们不少支持，这是我感到特别欣慰的，县上领导把我们所创造的发展模式叫'康家湾模式'，一直在全县推广来着。"

<h2 style="text-align:center;">（五）</h2>

在康家湾采访时，一些年龄大的村民说："早在 30 年前，康斌军担任村党支部书记后，就要求村干部们放开手脚大胆地干。他天天对大家说，只要能改变康家湾的贫困面貌，干部可放下一切压力。他还对村干部说，群众骂怕什么，人家骂只能说明我们没有干好么。他常挂在嘴边的一句话就是：只要是为了摆脱贫困，就是干错了，责任由我来承担。"

就这样，康斌军带领班子成员，一步一步谋划着村子发展远景，经过几十年的筹划、实践，从一无所有成为现在的富裕村。

康斌军说："那时候，我心中的目标不仅是要将村子建成清涧第一个全面脱贫的村子，更是要让康家湾率先成为榆林市小康第一村。"

在回忆往事时，村干部康平川说："那时候，再苦再难的事，只要老康在，我们就有主心骨了。在我们心里，康书记就是一面不倒的旗帜，在他身上，有着一名共产党员的担当意识，肩负着全村发展的责任。几十年来，康书记以自己无私无畏的人格魅力和高尚品格，凝聚民心，率领康家湾村民创造了康家湾村一个又一个的辉煌。可以说在发展过程中，每一处细节都有他的身影，每一个项目都有他的血汗。为了充分利用水用好水，在河堤帮畔工地上，他搬运沉重的石块，与大家一起干，建大棚时，他也和村民们一起负重过河，将钢筋水泥运到工地。"

除了发展经济，康斌军还将抓村风建设放在重要位置。210 国道经过康家湾村的路段，弯急路窄，时有车祸发生。在很早的时候，康斌军就立下一条不成文的规定，只要是在康家湾村路段发生的车祸，人人都要保护好现场，义务抢救伤病员，谁也不准从中谋一分利。

几十年来，康家湾人人践行此规定，没有一个人因抢救人和车获过利。端正的村风，为村子赢得了人气，吸引了方方面面的投资，使村子逐步建立起了多元发展的新型现代化农业格局，由此步入了脱贫攻坚快车道。

康平川说："2015年冬天，为了平整土地，康斌军冒着严寒，带领班子成员在山上一块一块地查看地块，规划来年的发展，整个冬天，没有歇息，一直到了年三十晚上，等村民们转完火塔，庆祝新年的热闹场面结束后都10点多了，我们村干部才回家吃饭。初一吃完早饭就开碰头会，研究发展规划，给人感觉，就像那一年没过年似的。"

告别了康家湾村，回望建在半坡上的产业园和产业园里忙碌的村民，我在想：要是没有康斌军这样一个有理想和远见的党支部书记，要是没有解决水的问题，康家湾村哪会有今天的景象呢？

五、护水劳模的四季

（一）

秦岭深处，牛背梁脚下，一条静静流淌的老林河，见证了历史的变迁，见证了一河两岸人民的生活变化，也见证了一位朴实的护水人——农民工郑永贵，对老林河水的爱，对工作岗位的敬重，对供水事业的奉献。

郑永贵是西安水务（集团）引乾济石管理有限公司的农民工，也是西安市2020年新晋的劳动模范。我见到郑永贵时，他正披着明媚的春光，一手提着乙烯袋子、一手拿着一个特制的铁夹子捡拾老林河中的矿泉水瓶。听说我要采访他，他抬起头憨厚地笑着说："没有啥可采访的，这是我的工作。"问他对工作的理解，他依旧憨笑着说："没有太多的想法，就是想通过自己的努力和付出，让西安人吃上干净安全的放心水。"说罢，他轻轻地坐在河岸边一块白色的石头上，看着潺潺流动的老林河水悠悠向北流去。清凌凌的河水，映照出秦岭的巍峨和草木的秀色，映照出蓝莹莹的天空和洁白的云朵。后来我才知道，郑永贵屁股下面坐的那块镶嵌在河水中的白色大石头，曾经救过他和一个少年的命。

我们一同到了郑永贵管理的架在河岸一侧的机房，机房建在水上，水从房子的脚下流过时，轰轰作响。郑永贵轻轻地打开窗子，一股清新的空气穿堂而过，空气中夹带着五月的花香。

1972年出生在柞水县营盘镇老林河边的郑永贵，从小喝着老林河水长大，他做梦也没有想到，有一天，自己会成为老林河水的管理者，他更没有想到，在门前畅流千载的朴素的老林河水，会通过长长的隧道，穿越秦岭的腹腔，被输送到秦岭之北，成为千年古都西安人的生活用水。也正是这股清悠悠的河水，滋润了历史名城，改变了山里人的观念，也改变了郑永贵的人生。

2003年，陕西省启动了南水北调工程，将秦岭南边的水，通过18公里的长隧道，输送到夹在秦岭中间的石砭峪水库，经过净化后，又输送到西安市民的灶台旁。2009年，西安市水务集团在改革过程中，接管了引乾济石公司。流经郑永贵家门前的老林河，是乾佑河的支流，自然成为南水北调的水源地。时年37岁的郑永贵，以农民工的身份加入了引乾济石管理公司，不知不觉，一干就是11年。

整整11年，郑永贵由一个老林河岸边的旁观者，成为一个勤劳而忠实的管理者。身份的改变自然带动了思想的变化，也使郑永贵的命运发生了改变。他深有体会地说，自己从小在老林河边长大，喝着老林河的水，逮过老林河中的鱼，也在老林河中游过泳，与发小们打过水仗。漫过悠悠岁月，由一个少年成长为壮年，几十年来，自己一直深爱着这条家乡河，但对河的感情，从来没有像今天这样真切。自己压根也没有想到，自家门前的河水，会成为西安市民的饮用水，更没有想到的是自己能成为直接参与河水管理的人，这份荣耀是自己一生的自豪。他一边用毛巾擦拭那些闪着悠悠之光的机器，一边说，这不仅仅是一份工作，也是一份责任，更是公司对自己的信任。

信心鼓动着干劲，催促着责任，11年来，郑永贵夜以继日地奔波在老林河岸和管理站，用敬畏之心，履行责任，用饱满的热情管理河水，他把心中的爱，体现在日常工作和生活中，得到人们的认可，受到公司的褒奖，先后荣获各类先进奖10多项。

（二）

如何在平凡的岗位上，做出不平凡的事情。郑永贵趴在窗口低头看了看河水，语气坚定地说，做好本职工作，保证水源不被污染，让西安市民吃上放心水、安全水、优质水，就是自己吃多少苦，受多少累，也心甘情愿。

郑永贵的确没有让人们失望，为了保证河水不受污染，10多年来，他徒步巡查河流走过的路程累计达到2100多公里，坚守岗位3000多个日日夜夜。在苍茫的秦岭南麓，他早迎日出，晚送夕阳，冬踩冰雪，夏顶酷暑，一心一意护理着老林河的清水。他用行动，树立了西安水务铁军的"金"字招牌。他不但用真情书写了一个农民工对工作岗位的敬重，同时，也把自己最美好的青春年华，奉献给了西安市民的吃水事业。

在工作实践中，郑永贵根据自己所处的岗位和工作范围，不断探索新的工作方法，创造了"三精确""四到位"工作模式。三精确：经手的数字精确，操作流程精确，供水流量精确。四到位：思想意识到位，工作责任到位，安全措施到位，应急方案到位。他推行了"三精确""四到位"工作方法后，老林调水站效益大大提高了，他从实践中摸索出来的工作方法得到了公司上下一致认可。

郑永贵的大胆探索、不断尝试、不断创新的工作方法，取得了良好的效果。引乾济石管理公司累计向西安调水2亿多立方米，老林调水站就输送了8100多万立方米，实现了安全生产3600多天。

11年来，吃老林河水长大的郑永贵，始终坚守着自己的岗位，他常常对人说，这条河，就是自己书写人生的阵地，只要自己还是水务集团的一员，就不会让河水受到污染。人们经常看到，郑永贵总是提着一条编织袋，手中拿着军工铲，行走在河道和岸边，只要看到水中有塑料袋、饮料瓶，他就会想尽一切办法打捞上来。据不完全统计，自工作以来，郑永贵累计从河水中打捞出的塑料袋、饮料瓶、烂鞋袜、木棍棒等足有6000多袋。

秦岭深处的牛背梁区域，山高沟深，森林覆盖面广，每逢夏季汛期，河水安全是人们最担心的事情。而这个季节，正是高峰供水期，也是郑永贵最忙碌的时候，他会根据自己日积月累的工作经验，分析气象变化，预判水情水势，研究降水数据，从而制定安全防范措施，调控调水闸位，确保安全调水，平稳度汛。

每逢连续降雨天气，郑永贵会日夜守护在机房和值班室，时刻关注着水位变化。有一年，大雨连续数日，河水暴涨，郑永贵连续 40 个小时不曾休息。洪水冲来的树枝烂草和各种垃圾，堵塞了闸门，眼看安全事故将要发生，郑永贵奋不顾身，系上安全带，就要只身下到闸口打捞堵塞物。同班工友看汹涌的河水和翻滚的浪涛，拉住他腰间的安全带说太危险，只见他一边向闸口移动，一边对工友说："如果不清理堵塞物，机房就会受到威胁，那就是我们的失职。"脚下水击堤岸，河中波涛汹涌，郑永贵和洪水做着顽强的斗争，争分夺秒地清理格栅的堵塞物。经过连续奋战，危险排除了，郑永贵的双手却被树枝划破了，血流不止，他身上的衣服没有一块干的地方，看到这一场景，在场的工友们都流下了泪水。在这个风雨交加的夜晚，郑永贵用行动诠释了什么是顶天立地的男子汉，什么是山里人的忠厚老成，什么是责任。此种情况几乎年年都会遇到，而郑永贵面对危险，从不退缩，在他心里，只有责任和使命，只有他守护的老林河。

郑永贵日复一日地重复着简单的工作，一丝不苟地做好抄表、开闸、巡河、捞渣等具体的事务。他对工作环境的管理，更是精细周到，每日打扫卫生，不放过一个死角。在机房里，每件工具都被他擦拭得干干净净，摆放得井井有条。清理闸口堵塞物，是调水站的主要工作之一，十几年来，郑永贵经过仔细琢磨，先后三次对打捞工具进行了改造。他设计的打捞工具投入使用后，大大提高了工作效率，极大地提升了调水量。

（三）

牛背梁景区开发后，老林河成了夏日人们游玩的好去处，特别是城里人，看到清凌凌的河水，恨不得一头扎进去过个嬉水瘾，特别是终南山寨景区建成运营后，更是吸引了大量游客，老林河的游客成倍增长，给管理带来了很大困扰。

在工作实践中，郑永贵体会到，进山的游人不断增加，给老林河水源区域管理带来了极大的挑战，游客随手丢弃垃圾的现象随处可见。大家拾柴火焰高，众人齐心划大船。郑永贵经过深思熟虑，动员众人一起管理水源地。每到旅游旺季，老林河边的山路上，大量的车辆出现拥堵，郑永贵便当起了义务"交管员"，一边疏导车辆，一边向游客宣传水源地保护法规。十几年下来，他的举动，受到游客的称赞。他对我说："其实，每个人心中都有善念，你用善念感动别人，别人也会用善念回报你。"

如何让游人同自己一样，也爱上老林河？在长期的工作实践中，郑永贵创造的管理工作三部曲"套近乎、讲法规、劝游人"发挥了积极作用。他采用人心换人心的简单实用办法，对人，融入感情，对事，融入法理。面对河道淘沙、采石等现象，他坚守原则，及时制止，铁面无私，维护了企业的利益，也保护了河水的安全。他摸索的三讲法——"讲法律、讲道理、讲护水的重要性"，阻止和规劝那些违法和违规者，保证了河道及水质安全。

（四）

一个人的道德修养和人性自觉，随着环境的改变会不断提升，人的精神追求也会得到升华。郑永贵在工作岗位上，用自己的善行善举，书写出人间大爱。他对我说，过去，自己只是一个土生土长的山里人，个人的奋斗目标就是养家糊口，过上老婆娃娃热炕头的美好日子，而现在他想的是，如何在有限的条件下，除了做好本职工作外，多做一些有益于社会的事，通过自己的言行，彰显供水人的品质。

2018年7月18日，一位西安游客带着7岁的儿子来朱家湾探亲。城里的孩子，没有亲近过河，没玩过水，看到老林河清幽幽的河水，感到十分好奇，便独自一人，背着大人，悄悄地下到老林河中，开心地在水中嬉戏。下午3点时分，突然间，山洪暴发，可那个孩子哪知道山洪的厉害。正在河岸上巡查的郑永贵，抬头一看，山洪的浪头距孩子不到几十米，郑永贵什么也来不及想，身上绑了一根绳子，一纵身跳入河中。他刚把孩子揽入怀中，洪水便淹没了他和孩子，河水在一瞬间到达他的脖颈。看着滔滔河水翻滚着黄浪，郑永贵心中只有一个念头，那就是必须救下这个孩子。他艰难地抱着孩子，与汹涌的河水搏斗。一个浪花闪过，他看到河水中那块大石头，便用尽全身力气，托着孩子向大石头游去。他抓住了石头一角，抬头看向河岸，选择上岸的最佳路径。此时，波涛更加汹涌，他一手抱着孩子，一手与波涛搏斗，选准了前行的方向，随着波涛的节奏，慢慢向岸边游去。在大家的帮助下，他和孩子安全上岸了。放下孩子，解掉身上的绳索，回头看着波涛汹涌的河水，郑永贵这时才感到后怕。他担心的不是自己的生命安危，他想的是那个孩子的安全，如果孩子出了事儿，那整个家庭就破碎了。

孩子的母亲对郑永贵表示感谢，他却说："这是我应该做的，没有什么，谁遇到这种情况，都会奋不顾身去救孩子。"

郑永贵舍身救人的事，在山里被传为佳话，人人都夸他是英雄，许多游人说："山路上有这样的好人，我们进山心也宽了。"这一年，商洛市授予郑永贵"道德模范提名奖"，2020 年，郑永贵被评为西安市劳动模范。

牛背梁开发后，成为西安人夏季避暑的首选之地，因其有清爽的空气、壮美的大山、广阔的草甸、跨世纪的冰川遗址、鲜艳的花草、品种繁多的树木、独特的地貌，受到人们欢迎。而到了夏季，奔赴牛背梁的游客特别多，难免发生事故。游客的车出现爆胎，郑永贵会主动帮游客想办法修理。遇到车祸，他也会积极抢救受伤人员……郑永贵除了对进山的人给予关心外，还把保护生态环境、援救野生动物视为自己的责任。

我问他："你的责任是管护河水，为什么还要做那些与你的职责无关的事？"

郑永贵笑着说："其实，一个人的力量实在是太小了，管好河水还要靠大家，我之所以帮助人们，是想让大家与我一起管理好这条河。你想想，我帮了大家，在帮他们的过程中，让人们知道我是做什么的，人们明白了我的职责和任务，也就明白了我为什么要帮他们，人流量太大了，我这也算是曲线救国。这些年来，我除了管好河水，还将更多的时间用于帮助游客，反过来，我发现河水里的垃圾少了，矿泉水瓶少了，河水自然就干净了。"

为了动员大家参与河道管理，老林河岸边的群众谁有困难，郑永贵都会积极想办法帮助。他的举动，像一个多姿多彩的善良符号，闪现在清澈见底的老林河中。

2020 年 4 月 21 日，在新闻中，郑永贵看到牛背梁国家级自然保护区管委会副主任孟如意与总书记交谈，从牛背梁的水源涵养到生物物种，总书记感兴趣的点非常多。郑永贵说，他能深刻感受到习总牛年话牛对大秦岭的关心、关切。孟如意向总书记介绍：牛背梁是秦岭东部重要的水源涵养地，如供给首都的丹江口水库的 100 吨水，其中就有 1 吨多来自牛背梁。习总书记笑着说："在这里还能看到我们在北京喝的水。"

那天晚上，郑永贵久久难眠，他在想，是呀，自己守护的老林河，不光为西安供水，每天还要往北京供 1 吨水。他不断地回味着习总书记在牛背梁视察工作时提出的：要切实做好守护秦岭生态的卫士。后来在公司组织的学习讨论中他说："过去，在保护生态过程中，我做了些工作，但距习总书记的要求还差得很远，今后，我会把守护秦岭生态的举动始终贯穿在一言一行中，要用自己力量，做更多的工作，真正做一个绿水青山的忠实守护者。"

一条老林河，哺育了多少淳朴的山民，也哺育了像郑永贵这样将职责视为生命的供水人。回到西安，每当打开家中的水龙头，我就会想起采访郑永贵时他所说的话和他憨厚纯朴的笑脸。

六、大地的怀念

4 月的渭北高原，正是桃红李白时节。2021 年的春天是个相对特殊的季节，因为气候忽冷忽热，三秦大地上的植物生长显得比较特殊，各种花花草草开开闭闭，时而鲜艳夺目，时而一副冷冷模样，给人的感觉这个春天似乎很漫长。时间已经到了 4 月中旬，出门的人，还穿着棉袄。

为了了解一位牺牲在水利战线上的扶贫年轻人的事迹，我驱车前往淳化县铁王镇塔尔寺村。

上午 10 时许，太阳光洒满了起伏不定的田畴，各种颜色的花将弯曲的道路装扮得诗意盎然。

远远地，"塔尔寺党群服务中心"几个大红字映入眼帘。村委会办公楼建在道路东边，楼前是一块离地3尺高的平台。我后来才知道那是可以用来唱戏的舞台。正在村办公室办公的村支部委员白志伟听说我要了解付聪的事，忙将我引到付聪生前用过的办公桌前对我说："这就是付书记坐过的办公桌，就是现在，我有时猛然将门打开，总感觉付书记还坐在这儿拟制某户脱贫的方案呢。"

实际情况是，付聪已经离开人世、离开塔尔寺村村民快半年了。半年来，塔尔寺的父老乡亲，总能想起付聪的音容笑貌，用原塔尔寺村党支部委员、报账员李西宁的话说："村上人实在是想不通，这么好的一个年轻人，说没就没了，大家都在怀念他呀。有时，在晚上或者清晨，我似乎能听到付聪在我家门口走路和咳嗽的声音，因为他在时和我住对门，一抬脚就到我这儿来，对于村上的人和事，他总有说不完的想法和扶持计划。"

付聪，1981年生人，2014年6月至2015年5月任咸阳市城乡供水保障中心驻铁王镇塔尔寺村工作队员，2019年6月之后任塔尔寺驻村工作队队长兼第一书记，全面负责帮扶工作。他先后荣获2019年度水利系统优秀扶贫干部、2019年度铁王镇脱贫攻坚先进个人等荣誉。2020年10月22日上午，付聪因突发疾病，经淳化县医院抢救无效逝世，享年39岁。

以上是铁王镇党委副书记周波提供给我的付聪的相关资料，文字看起来简单，但其中饱含着铁王人对付聪的敬意和怀念。

"付聪是个好娃呀，谁也想不到，说没就没了呀。"78岁的姚凤霞老人说着，眼泪便出来了。她用袖口擦掉眼泪，从灶房走到北厢房，推开付聪住的那个房间的门，指着床上的被褥说："娃就住这搭，娃是个勤快娃，从来不睡懒觉的，可那天，都半早上了，我把吃的都做好了，叫他的门，就没叫开。后来我就让住在他两旁他的同事叫门，也没有叫开。大家分析，可能是出事了，因为这两年来，娃从来不睡懒觉呀。等把门弄开后，大家看到娃昏迷不醒，满头大汗，嘴唇发紫，村上干部就将娃送到县医院去了。娃的人缘好么，听说娃病了，村上许多人都要赶到医院去看娃，我们没去的人，心都悬下了，等音信呀，结果等来的却是娃不在人世了的不幸消息么。"

据铁王镇党委副书记周波介绍，在付聪去世的前一天，为拍摄、登记庄基照片一直加班到很晚才休息，那时候已入深秋，天已经冷了。

因为扶贫，付聪与塔尔寺村人结下不解的情缘。

2014年6月，付聪以扶贫驻村工作队队员的身份，被咸阳市城乡供水中心下派到塔尔寺村，那一年，付聪34岁，正是怀揣梦想的年龄。有着深厚黄土地情结的付聪，由于从小在农村长大，进村后，很快就适应了工作环境和乡村生活，放下行李，二话不说，转身便投身到脱贫攻坚工作中。在机关里待久了，面对四野碧绿的乡村，付聪觉得自己同回到故乡一样亲切，每天早早起来，走东家进西家，不是在田野里帮村民拔草，就是与村民谈心。他的认真劲儿，像一缕带着芳香的春风，使塔尔寺人看到了政府帮助农村脱贫的希望。在平时工作中，付聪认真负责，村民有求必应。付聪生活中朴实无华、热情健谈，到村不到半个月，便与村干部和村民打成了一片。经过一个多月走访、座谈、摸底，付聪更是与村民建立了深厚的感情。他将村上许多贫困户家中的情况，一一记在工作日记中，每每在夜晚，便拿出来分析。到了第二天，他便到贫困户家里，与村民谈心。他说，脱贫，关键是要让贫困户树立脱贫意识，首先要让他们从思想上脱贫，知道什么是脱贫，为什么要脱贫，如何才能脱贫。在那一年里，为了让贫困户能早日脱贫，付聪和同事们一起搞谋划、出主意、想办法，解决了不少实际问题，赢得了村民和同事的好评。

2015年5月，因工作需要，付聪不得不返回原单位，虽然人离开了塔尔寺村，但他心里还一直牵挂着塔尔寺的贫困户，时不时打电话给村里的贫困户，鼓励他们树立信心，配合工作队的工作，抓住机会，利用好政府出台的各项扶贫政策，多找门路早日脱贫。

2019年6月，天正热的时候，付聪听从组织安排，又一次踏上塔尔寺的热土，当他看到村里的变化后，兴奋得手舞足蹈。经过三年的发展，塔尔寺村与三年前相比有了大的变化，产业发展生机勃勃，基础设施日趋完善，村民精神面貌发生了根本变化。看到可喜变化的同时，付聪也感到了压力，如何在高起点的基础上实现群众增收、乡村发展新突破，成了这位新任工作队长兼第一书记的重要使命。

解民忧赢得百姓心。重新来到塔尔寺的付聪，延续了三年前在村上的工作作风，他像一个外出的游子重新归家似的，先是家家户户了解情况，然后根据掌握的情况制定发展计划。据村委会委员白志伟讲，为了解决村民吃水问题，他带领村干部和工作队员，多次实地勘察，寻找水源，规划在哪儿挖井、修水塔。计划做好后，他又回到咸阳，为打井寻找资金。在他的不懈努力下，争取到120万元资金，为村民新打了一眼机井并修了水塔，铺设了管网，彻底解决了塔尔寺人吃水和大棚菜灌溉的问题。白志伟说："过去没有水吃时，我们只有到东边的河道里挑水，一个来回二三里路程，塔尔寺人一挑就是几十年，现在好了，水龙头到了灶台上，做饭时，开关一拧，经过净化的水，哗哗哗地就到了锅里。这些福利的得来，一是靠党的扶贫政策，二是得益于付聪的付出，要不是付聪的谋划，也许挑水的日子还会漫长一些。大家把自来水叫作幸福水。看到村民吃上了安全水放心水，付聪自然是高兴万分。可到了2019年冬天，付聪在走访贫困户时，了解到冬季气温低，村民家中的水龙头很容易就冻住了。付聪发现有人用棉衣和旧被褥包裹水龙头防冻，而有些人，为了吃水，燃烧秸秆溶解被冻住的水龙头里的冰。看到此情况，付聪心里很是着急。他立刻联系单位技术人员。过了不到半个月，在他的组织下，全村236户村民家中安上了防冻水龙头，解决了冬季吃水用水问题。群众兴奋地说，咱们的付书记办法真多，没有他解决不了的问题。"

白志伟深有感触地说："付聪是一个热心肠人，到村上来吧，大小是个官儿，可他没有一点官架子，人呢，很接地气，所以大家有事都爱找他帮忙。他也是有求必应，无论大事小事，只要群众找他，他从不推脱。大到有人向他借钱，小到一些老年人不会用手机，只要找到他，他总有办法解决。村上的老年人说他是新时代的活菩萨。上级为每个驻村第一书记每年补助两万元，用于生活和办公开销，可付聪将补助给他的钱，全部用在村上，他给村上购买了电脑、打印机和办公用品，有时他还会将补助款用于接济村上的一些老人和儿童。"

塔尔寺村原村党支部副书记、报账员李西宁说："有一次，我有急事需要用1万元，一时手头凑不齐，我把情况告诉了付聪，付聪二话没说，当面用手机就给我转了。我说给他打个借条，他拒绝了，还安慰我说不用着急，啥时有了再还给他。"

2019年9月，付聪看到村委会办公条件差，不但影响办事效率，还有损村委会的形象。他听到有村民议论说，在这条马路两边，家家户户都盖了新房，就是一些土墙，也刷得白白净净，可村委会，不但在角落里，而且条件还那么差。听到村民的议论，付聪便琢磨着能否争取资金为塔尔寺重建村委办公场所。他和村干部商量，如果要建村委会，场地选在什么地方合适，建成什么样子。有村干部建议说："咱这儿人爱看秦腔戏，过去村村都有戏楼，可现在全拆掉了，要建，咱在村委会门前建个戏台子，这样，一举两得，显得大方好看，还能满足群众要求。"付聪从小生活在秦岭脚下，也是关中人，对秦腔戏他是了解的。他知道农民对秦腔戏的喜爱，便答应了村民的要求。可要建村委会，需要几十万元，钱从哪里来呢？

接下来的日子，付聪带着群众的呼声和村干部的希望，回到单位，向领导汇报了建村委会办公场所的想法。领导听了他的想法，表示全力支持。之后的日子，付聪来回穿梭在塔尔寺村和咸阳之间，经过多方努力，终于为塔尔寺村争取到20万元资金，用于建设村党群服务中心。资金刚一落实，付聪便领着村干部开始建设，在付聪的筹领下，很快塔尔寺党群服务中心办公场所建成了。

熟悉付聪的干部群众都知道，他是一个爱岗敬业、乐于奉献、善于做人思想工作的好队长、好书记。为了工作他时常加班熬夜，却没什么怨言。村医寇耀县回忆："付聪是个重情重义的人，我们很合得来。我知道他有高血压病，所以我经常去给他检查，很多次劝他要好好休息，但他却只吃些药应付，实在不行了才回家休息，但过个一两天就又回来了。他放不下村上的工作，无论走到哪里，他的心都留在塔尔寺。"

如何让村民尽快富起来，是付聪一直在思考的问题。脱贫攻坚工作开展以来，铁王镇着力打造"番茄小镇"，并借助扶贫政策，大力发展大棚蔬菜，塔尔寺周边的北塬村、铁王村的农民先后都尝到了产业发展的甜头，许多农民建一个大棚年收入过万元。回头看塔尔寺村，有着传统的蔬菜种植技术，各种条件也不错，可村民就是不乐意种大棚蔬菜，这是为什么？付聪经过调查得知，大部分人认为种菜是个简单的事，关键是自己没有销售的经验，怕的是菜长出来，卖不出去。

掌握了群众的思想，付聪便开始一户户地做工作。他先从贫困户入手，找到了贫困户王军军。听说让自己种大棚蔬菜，王军军头摇得像拨浪鼓。他对付聪说："我从来没有种过大棚蔬菜，要是瞎了我赔不起呀，一个大棚要投资1万多，我从哪儿找钱投呀。"付聪对他说："只要你愿意种，资金我帮你解决。"王军军还是不同意。那几天，付聪天天到王军军家找他谈心，给他讲扶贫政策，并对他说："只要你愿意种，将来我会想办法将你投入的钱帮你挣回来。"看到付聪真心实意要帮自己，又能将投资的钱还给自己，王军军开始动心了。他问付聪："要是我种的西红柿卖不了咋办？"付聪将手搭在他的肩膀上微笑着对他说："只要你能种出来，我就一个不剩地帮你卖出去。"听了付聪的真心话，王军军终于答应了。

做通了王军军的工作，付聪又把目光盯在贫困户李志县身上。李志县不比王军军，李志县年长一些，个性比较直，任付聪再三劝说，就是一根筋，听不进去，说多了，还烦得不行。付聪并没有放弃，他一次次去李志县家，帮李志县做家务，做农活。李志县走到哪里，他跟到哪里。李志县做什么，他帮着做什么。终于，李志县答应种大棚蔬菜。有了成功的经验，付聪一户一户做工作，最后大家都同意种大棚蔬菜。但此时，又有不同的声音出来了。有人说种大棚蔬菜不挣钱，还有人说大家都种大棚蔬菜，将来卖不出去，更有人说，种大棚蔬菜不如出去打工，出去打工，不用操心劳神，到时领工资就行。还有人怕麻烦，说看到别人种大棚蔬菜，事太多，太费神。

面对村民的不同想法，付聪将大家组织到一起，讲邻村人种大棚菜发家致富的例子，讲政府的扶持政策。付聪忙于做村民的工作，令他没有想到的是，一些村干部也觉得种大棚蔬菜并不简单，表示想发展大棚蔬菜的村民早就发展了，不想发展的要么是担心菜卖不上价，要么是怕麻烦不愿下苦。

付聪对村干部说："种西红柿赚到钱的贫困户那么多，他们都是活生生的例子，都在我们身边。难道这些熟悉的人和事，还不够有说服力？我们总说扶贫要先扶志，自己要想过好日子，不出力流汗那咋行？天上掉馅饼的事情过去没有，

247 第六章 与水为伍 造福吾乡 | 247

现在没有，将来也不会有，我们必须想方设法做通群众的思想工作，我们的村干部必须带头。"

干部思想统一后，付聪先帮李志县建起大棚。他采取树样板、树典型的模式，在村中建起大棚。那些日子，在村委会，人们根本看不到付聪的身影。他天天同村民一起，忙着在田地里建大棚，有时连饭也顾不上吃，甚至连降压药也没有时间吃。在他的组织和带动下，村干部齐心协力，全面动员 80 户贫困户种植大棚蔬菜 200 棚。而他通过各种渠道，为村民争取扶贫资金 160 万元，发到大家手中。

大棚有了收获，红艳艳的西红柿和绿莹莹的新鲜菜，一筐筐从大棚里抬出来，付聪又成了推销员，他跑咸阳，进西安，帮着村民寻找蔬菜的销路。

王军军深情地说："真没有想到，付聪年龄不大，却是个说话算数的人，我的菜种出来后，他全帮我销售了。有一回，他叫来了收菜车，我要从大棚里往外运菜，没人帮我装车，司机催得很急，他对我说，你管大棚，我来装车。没想到，60 筐菜，他硬是一个人装上了拉菜车。我看到他满头大汗，脸色发黄，知道他血压高，怕他犯病，劝他不用管。他却说，新鲜菜，就是卖个新鲜，人家运菜人急，咱不能误了人家，错过时间就不新鲜了，没事，我能行。装完车后，就连拉菜的司机也说，没想到，还有这样的扶贫干部，你们这儿的人，真是烧了高香，遇到这样好的驻村干部，不脱贫都对不起人家。"

那天，王军军正在帮李西的儿子粉刷房子，听说我要了解付聪的事，他放下手中的工具从院子里跑出来，站在阳光下挥舞着带泥浆的手激动地对我说："唉，想起来心里难受哩，付书记逼着我种大棚菜，我一直在犹豫，怕投进钱打水漂，我没想到，到了最后，他还帮我争取到 35000 元的扶持款。现在，我靠大棚挣钱了，脱贫了，可他却永远地离开了我们，想回报都没有机会了。"

流水夕阳千古恨，春风落日万人思，忆君睹景常入梦，遗言在耳犹记心。付聪，一个年轻的党扶贫政策的忠诚执行者，在收获的季节，倒在万众瞩目的扶贫路上，塔尔寺土地上成熟的香禾记载着他的汗水和心血，村庄周围一座座大棚记录着他的身影和足迹，塔尔寺的百姓怀念他，塔尔寺的道路、树木铭记着他的故事。

鞠躬尽瘁，死而后已。付聪用真心、真情、真意为塔尔寺这片热土运筹发展，他夜以继日、不辞劳苦为塔尔寺的村民谋划产业，他用只争朝夕的拼搏精神和真抓实干的务实作风，为乡村脱贫攻坚做出了突出贡献，他用青春和生命谱写了一首无愧于党和人民的脱贫赞歌。

第七章

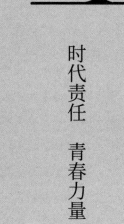

时代责任　青春力量

一、从巴山怀中到人民大会堂

掉在红地毯上的眼泪

2021 年 2 月 25 日上午，人民大会堂内灯火辉煌，全国脱贫攻坚表彰大会正在举行。

上午 10 时，习近平总书记洪亮的讲话声，响彻在大厅里，他语重心长地说：

> "胜非其难也，持之者其难也。"我们要切实做好巩固拓展脱贫攻坚成果同乡村振兴有效衔接各项工作，让脱贫基础更加稳固、成效更可持续。对易返贫致贫人口要加强监测，做到早发现、早干预、早帮扶。对脱贫地区产业要长期培育和支持，促进内生可持续发展。对易地扶贫搬迁群众要搞好后续扶持，多渠道促进就业，强化社会管理，促进社会融入。对脱贫县要扶上马送一程，设立过渡期，保持主要帮扶政策总体稳定。要坚持和完善驻村第一书记和工作队、东西部协作、对口支援、社会帮扶等制度，并根据形势和任务变化进行完善。党中央决定，适时组织开展巩固脱贫成果后评估工作，压紧压实各级党委和政府巩固脱贫攻坚成果责任，坚决守住不发生规模性返贫的底线。

陕西省平利县水利局派驻长安镇金沙河村的扶贫干部王青山，端正地坐在主席台下，当他听到习总书记说"胜非其难也，持之者其难也"，他的眼泪不由自主地落下来。

习总书记说的这句话，王青山不但理解，且深有体会。难道不是吗？扶贫干部，要想让自己扶持的单位早日脱贫，哪有那么容易。王青山擦掉激动的泪水，一边记录着习总书记讲的话，一边思索，那远在巴山怀抱中的金沙河村，自己与村民日日夜夜忙碌的过往，像电影一样在他的大脑里映现。他在想，正因为自己克服困难不断坚持，才有了今天的收获，也正是由于自己的不懈努力，金沙可村才准时实现了脱贫目标，自己才有幸坐在人民大会堂同全国数千名为脱贫做出贡献的人们一起聆听习总书记的讲话。

这天晚上，王青山无论如何也难以入眠，他在日记中写道：

> 今天，全国脱贫攻坚总结表彰大会隆重召开，我荣获了全国脱贫攻坚先进个人荣誉称号，现场聆听了习总书记重要讲话，倍感荣幸，引以为傲。第一次走进人民大会堂的我心潮澎湃，激动万分。在金沙河村与群众齐心奋战的一千多个日日夜夜历历在目，在脑海里盘旋，全都化为喜悦和自豪。作为数百万扶贫干部中普通一员，这份荣誉不仅仅属于我个人，更属于脱贫攻坚的战友们，属于支持这项工作的领导、同事。我将以这份荣誉为动力和新起点，把这份殊荣当作责任和激励，更加坚定不忘初心、牢记使命的理想信念，苦干实干，用情用力，为巩固拓展脱贫攻坚成果，推进乡村振兴贡献力量。

日记中的诺言

"你未必光芒万丈，但你必须始终温暖有光。"这是王青山写在日记中的一句话。

那时候，组织派王青山去金沙河村帮助那里的农民改变贫困面貌。接受任务后，王青山思考了一个晚上，最终在日记本上写下这句富有哲理的话语。

2015年7月8日，那个阳光明媚的夏天，王青山怀着激动的心情踏上了扶贫的征途。从平利县城到金沙河村的路上，山风清爽，鸟语花香，树林散发出的阵阵香甜，充盈着王青山的鼻翼，浸染着他的心脾，坐在车上的王青山思考着自己昨晚一夜没合眼所做的计划。他在心里说，一定要通过自己的努力，改变金沙河村的面貌，让老百姓早日摆脱贫困。

30多公里山路，走了将近一个小时。王青山时不时将车停在路边，欣赏山沟的溪流。当发现河水中有腐朽的树枝，他便从河岸上溜下去，将那些浸泡在溪流中的木棒一一捡起来，架在路边的桦梨树根下。他知道，今后，这条河，将是自己主要保护的河流，虽然溪流并不大，可这条河关系着平利县城人们的饮水。在县城时他就知道，人们把这金沙河叫平利人的生命河。而这条河，流经的主要地域，就是他即将任第一书记的金沙河村，是县城人吃水的水源地。

当他的车披着阳光穿越几条山沟后，金沙河村出现在他的眼前。

前来迎接他的村党支部书记彭涛紧紧地握着他的手说："这下好了，有了王书记，我们就有盼头了。"

王青山笑了笑腼腆地说："大家可不敢这样说，我只是咱们村扶贫队的一员，咱们村上还有工作队队长，还有咱长安镇党委副书记吴琴同志，还有咱们县委郑书记，请大家放心，我们都不会辜负大家的希望。"

有村民围上来对王青山笑嘻嘻地说："我们听说你来扶贫，我们可盼你早点来呀，大家听说要派书记来帮我们，天天念你呢，这回，真的把你盼来了。"

村干部和村民的话虽然很朴实简单，但话语中包含着无限期盼，王青山自然是理解的。

王青山拿着行李走到村委会门口时有点发愣，依河而建的三间土房子不到60平方米，墙皮脱落，房上的瓦残缺不全。再看那些村民，有些人一副蓬头垢面的样子，有些人穿的衣服前后衣襟不齐，特别是几个贫困户，看着让人心疼。此时，他才真正感觉到自己昨晚的想法和计划有些虚，没想到这儿的一切和自己想的完全不是一回事。

村干部领着他在村子周围转了半天，也去金沙河两岸看了一遍。介绍完情况后，彭书记给他安排了饭，吃过饭，他就住在村委会办公室里，可他怎么也睡不着，那些讨厌的蚊子像不欢迎他似的，不断地从窗口飞进来，对他进行全方位进攻。

睡不着，他又起来在村路上漫步。夏日山区的夜宁静异常，两山托起的悠悠苍穹上，繁星点点，不见月光。村委会后边金沙河两岸的田地边，虫声唧唧，夜风阵阵，虽然已是盛夏，夜风中还挟带着一丝温馨的凉意。在金沙河边走了一会儿，王青山来到河岸边一棵大柳树下，看着伟岸的柳树和它南边那棵直插云霄的杨树，在夜风中轻轻摇曳，王青山突然感到有些寂寞，真想找个人说说话。可找谁呢，村民们已经入睡了，脚下的河水正在轻轻地吟唱，他一个人在山路上借着星光走了许久，他离开村子，向南边走去，感觉一个人在深夜里有点害怕，他又走了回来，然后脱衣上床，可他还是难以入睡。

王青山突然想到，应该把今天的所见所闻用日记记录下来，他打开日记，在灯光下写道：

> 真没想到，今天看到的一切和自己想象的完全不是一回事，但我有信心，一定要改变这里的一切，一切相信群众、一切依靠群众、一切为了群众，哪怕赌上青春又何妨呢。实现梦想，肯定会痛、会苦、会累，但这些，都是为了改变现状和改变自己。如果真有那么一天，通过自己的努力，让这儿的群众过上好日子，当再回首今天自己的所思所想时，自己是不是会感到难堪呢？我一定要扎根金沙河村，静下心来搞扶贫，把金沙河当作我的第二个家。我一定按照"责任使命在肩头，脱贫致富在路上"的设想，固守好第二个家。

写完日记，王青山总算安心地入睡了。

王青山和许多年轻人一样，面对现实，总有一些抗争的理念。他内心的梦想，不会因为环境的不利而改变。他理解政府花大力气扶贫的意义是什么，也理解组织派自己担任第一书记的意义所在。

我要知道村民在想什么

2015 年 7 月 9 日，天刚放亮，栖息在村庄后面山坡树林中看不见身影的鸟儿便开始歌唱，还有那些知了，像迎接贵客似的，一个比一个叫得欢实。住在城里，很久没有听到如此美妙的大自然之音了，伴随着大自然的声音，王青山起床了。

洗过脸，王青山走出村委会的房子，一抹朝霞从东山顶上亮汪汪地投了下来。站在金沙河岸边的霞光中，王青山决定了今天要做的事。他对自己说：我要知道群众在想什么。今天有三件事必须做，一是到各组去看看，先摸摸底子，看看这个村到底是啥情况；二是要和村干部好好再座谈一下，尽管昨天村党支部书记彭涛做了情况介绍，但真实情况还是要靠自己实实在在去摸，特别是表格上的数字和贫困人口数量；三是要再仔细地看看金沙河。自己从县上走时，领导有交代："除了搞好扶贫工作，你还有一个任务，与扶贫工作一样重要。"王青山问领导："那是什么呢？"领导看着他期待的眼神说："保护好金沙河，那可是县城人的生命水啊。"所以今天，自己必须沿金沙河走一遍，看看如何做才能完成领导交给的重任。

"要扶贫，就要搞清扶贫的底子。"这是他在县上开会时县委书记郑小东讲的。不能光看数字，要看真实的现状，只有掌握了真实现状，才好制定扶贫方案和决策。王青山想，贫困是一种病，真正的扶贫，应该和医生给人看病一样，要先做好望、闻、问、切，弄清病根，才好开处方下药。

经过一段时间的走访，王青山收集到了许多村民希望改变现状的意见和建议，他归纳了最急需解决的问题有三个：一是解决吃水问题，虽然山里的水来源广泛，资源不缺，可村民吃水还停留在用担挑潭水的传统习惯上，一到下雨天，村民还吃的是浑水，且水质不安全。二是村民反映最强烈的问题，那就是要真正实现脱贫，就必须给大家找到挣钱的门路。没有挣钱的门路，人便没了精神气儿。三是改变人的精神状态。有村民反映，年轻人出门挣钱去了，守在家中的老人，有些人年纪不大，却失去了致富的信心，除了种地，无所事事，有些人甚至还沾了一些瞎毛病，比如赌博、酗酒等等。

"村民的意见和建议，就是自己的工作方向，也是实现脱贫的目标。"王青山在日记中如此写道。

为了核实贫困人口的数量和贫困原因，王青山在村上走访了整整半个月。有一次，走访一户居住在偏远山沟的村民，一直到夜里一点才往村委会走，途中，他发现远处有一团发绿光的东西，他以为是狼——虽然多年来他没有见过狼，但听山里人说，狼的眼睛到了晚上便发绿光。怎么办？那么大一团绿光，会不会是群狼呢？他站定脚步，不知如何处理。他慢慢弯下腰，从路边摸索出几块石头，可着劲儿向绿光砸去，结果石头落下去后，并没有什么反应。他觉得可能是自己受到惊吓，没有力气，石头没有砸到狼面前，他重新从地上找到一些石头，连续向绿光抛去，结果还是没有回应。他心里更加恐慌。无奈，他整理好自己的笔记本，装好手机，从路边找到一根树枝，憋着劲儿，向绿光跑了过去。近了，他发现绿光还是没有反应。他停下来想，是怎么回事呢？他突然想起来了，绿光并不是狼，而是因树木腐朽，树林中的磷在黑夜里发光。

王青山用脚踩在路边的绿光上，长长出了一口气，随即坐在路边整理了一下自己慌乱的思绪，然后借着星光往村委会赶。为了给自己壮胆，他一边走，一边唱歌，一边挥舞着手中的树枝，一直唱到出了山沟，踏上大路。

第二天，有村民到村上见到王青山，问他是不是晚上在练歌，是不是要参加星光大道比赛哩。他不好意思地笑着对人家说："哪有的事，我是走夜路怕寂寞，在山路上乱吼哩。"

经过走访，王青山基本掌握了情况，这个村地理位置偏僻，贫困程度深，加上地处县城水源地，保护水源责任重大，发展模式受到限制，脱贫攻坚难度远比一般贫困村大，是典型的"两差三无"村（地理条件差、基础设施差，无主导产业、无能人大户、无发展动力）。根据他核准的数据，2014 年，全村贫困发生率高达 73%，5 个村民小组 293 户 892 人，共有建档立卡贫困户 219 户 688 人。

特别是村"两委"阵地，说是党员之家，却破烂得不成样子。他在心里说，一定要先从建阵地开始，建好阵地，让村干部先精神起来，那样大家才有底气管理村民。他的这一想法，基于在走访一位村民时村民说的话。那个村民在接受调查时笑着对他说："脱啥贫嘛，咱这地方咋能脱贫嘛？不说别的，你把村部看看，就知道能不能脱贫。"就这么一句极普通的话，触动了王青山的心。在返回村委会的路上，他深思村民说的这句具有挑战性的话。可不是嘛，他刚到村上那天，不也是看到村两委办公的地方，头皮发麻吗？

是的，村两委是开展脱贫攻坚的指挥部，要让村级党组织充分发挥基层战斗堡垒作用，让基层党员发挥先锋模范带动作用，要让村干部有底气引导群众，村"两委"必须有场所，绝对不能让村民"小瞧"这个指挥部。

要让村民扔掉挑水担

"村民说吃水难，咱就先解决吃水问题，一定要让村民扔掉挑水担。"王青山对村两委班子成员如此说。有人问他钱在哪里，他低下头压低声音说："不用大家担心，我来想办法。咱们村也是咱县委郑书记包的点，我把咱的想法给郑书记汇报一下，再给我们局领导汇报一下，也许就有办法呢。"

他重新抬起头问那位年轻的村干部："你说咱们村，什么东西在县上最值钱？"

是什么东西呢？大家想了半天没有想出来。

党支部书记彭涛站起来，指着村干部们笑嘻嘻地说："我说你们一天到晚，只知道看王书记给咱从县上能带来多少钱，可我们得帮他呀，咱们是不是端着金饭碗讨饭吃呀？"

彭涛说到此，那个年轻干部也从桌子边站起来将双手一拍说："知道了，我们村的水，最值钱。"

王青山伸开两只手止住大家的议论，他说："也不能说我们的水最值钱，这样的说法有问题，话传出去，好像我们要敲诈县上似的。但水的问题，的确是个契机，我们村头流过的水，专门供县城人吃，县上正准备改造金沙河周边的环境，以便更加有效地保护水源地。这可是我们义不容辞的责任，我们可以借此机会，将我们的饮水问题一并解决了，达到国家农村饮水安全标准。我看是这样，大家先给咱想，如何解决我们村上人吃水的问题，初步做个解决全村人饮水问题的方案。我说的饮水方案，就是按照省水利厅的要求，要把水送到农民的灶头、院头和田头。如果真的实现了，让我们的村民丢弃人老几辈子传下来的挑水担，我们就算真正为大家做了一件实实在在的事。我想这样的事，不光是在座的各位想要做的，也是全体村民所期盼的呀，更是县领导要求我们做到的，对不对？"

"对呀，我早就盼着哩，我挑了几十年水，把水挑够了。"有村干部笑嘻嘻地说。

王青山接着说："大家先给咱找水源，我先到镇上把咱的计划跟镇上领导沟通一下，给我们局领导汇报一下，再和郑书记说说。大家知道，我来自水利局，水利局就是管大家饮水安全的，所以，我认为只要大家齐心协力，自来水到家的日子就不会太遥远了。"

啪啪啪……会场响起了热烈的掌声。

令王青山没有想到的是，局领导对他要解决金沙河村村民饮水安全问题非常重视。

局长对他说："小王啊，想得好，这回不但要解决金沙河村村民的饮水安全问题，也要解决全县农民的饮水安全问题。你们金沙河村，更大的责任是保护好县城人吃水的水源地。你先回去，组织大家寻找水源地，我给县领导汇报后，和局里几个领导还有供水股的同志，一起去一下金沙河，到时候可能郑书记也会去，我们要好好做规划，一定要将有限的资金，花到实处。据大家反映，你这段时间，在金沙河干得不错，真心实意在帮群众做事，群众对你评价很高。你可知道，金沙河村是全县 8 个深度贫困村之一，你一定要给咱把工作搞好，还是那句话，除了做好扶贫工作，保护水源也是重中之重。你知道，金沙河的水，关乎县城人民的饮水安全。"

听了局长的话，王青山像吃了开心果和定心丸，兴奋地一蹦一跳跑下局办公楼。他本来想到县委给县委书记郑小东也说说自己的想法，但一想，局长说要请示县领导，那自然郑书记就会知道他的想法。

他怀着兴奋跑回家，计划在家陪伴妻子黄娟和女儿一天。到了晚上，吃过饭妻子却对他说："领导那么支持你的工作，你快回去，按局领导的要求，找好水源地，过几天，我就去看你。"

第二天一早，王青山便踏上了归程。他将好消息告诉村两委后，便领着一班子人马开始四处找全村人饮水的水源地。

那时正是六月天，火辣辣的太阳照在人身上像针扎一样，王青山和同事们几乎踏遍了有可能找到水源的山坡和沟壑。几天下来，脸上晒掉了皮，手臂、脖子和腿让荆刺划破了无数条口子。他们整整找了 10 天，终于确定了每个组和片区引水的水源地。

村上有一户农家乐，因为没有水吃，出钱请人挑水，可挑回来的水，不是有树叶，就是有细小的蚊虫，弄得开农家乐的人要放弃。特别是到了雨天，挑来的水中泛着灰色。开农家乐的人找到王青山，唉声叹气地对他说："王书记，你说这咋办么？"

王青山抓住他的手安慰道："你放心，再坚持一下，毕竟下雨的日子还是少数呀，我这正在想办法，你放心，只要我还担任这第一书记，保证过不了多久，就会让自来水流到你的灶头上。"

落实了水源地，县上的扶持资金也到了，村干部高兴地说："万事俱备，只待春风。"

说干就干，先改造水源地，再建水房和铺设管道。由于村民多居住在山沟里，所建的水房只能供应居住集中的农户，对于散户和吊庄户，只好因地制宜，根据实际情况采取不同形式铺设输水管道。

在那些引水的日子里，王青山没少下功夫，起早贪黑是一方面，爬坡穿越荆刺更是家常便饭，为了监督施工，运输材料，吃不上饭是常事，有时干到半夜三更才能收工。

这边为了引水干得热火朝天，可另外一边，个别村民对引水还有抵触情绪。有人听说接通自来水后要收水费，便对自来水没了兴趣，有些人还散布消极消息，说风凉话。虽然此种情况只是个别现象，但如果不及时做工作，消极情绪一旦蔓延，将影响到整体工程进度。

为了将出现的问题控制在萌芽状态，王青山干脆住到山里，谁对接通自来水有不同看法和想法，他就做谁的工作。后来，他和村委会班子成员商量后，根据不同情况，制定了一些措施，对于确实贫困的人员和五保户，实行免收水费。如此一来，大家的思想全通了。

经过努力，先后用了两年多时间，全沙河村建起净化水厂1个，使全村5个村民小组，全部用上经过两级净化的自来水。实施小水喷灌项目1处，完善7.8公里排污管网，建成污水处理厂2座，新修河堤3800米，建成平利县水源湿地保护区1处，不但保障了县城7万人的吃水安全，同时在昔日的荒草堆和烂泥坑里建起了村民休闲公园。

农闲时，村民们漫步在公园里，坐在凉亭中，人人兴奋得合不拢嘴。那天我从他们身边经过，他们得意地对我说："你没有想到吧，我们也能在这穷山沟里享受你们城里人的生活了。"

环境的改变，吸引了不少外地游人到山里纳凉，就连昔日要关闭的农家乐，生意也红火起来。

呼唤精神回归

年轻人出门打工去了，老年人无事可做，面对寒山瘦水和陈规陋习，有些人年纪不大，却感觉自己已经被社会淘汰。在山区，有些人连地也不种了，就是一些中年人，面对生活中的种种难题，也是得过且过，丧失了生活的热情，更谈不上理想。

如何呼唤人们的精神回归，点燃他们的生活热情。王青山经过调研后，面对农民中存在的此类问题，很是担心。如果没有办法唤回人们的精神，那扶贫就是空谈。

扶贫先扶志，扶志先治惰。惰性是一种无形而看不见的东西，但它像一种蛀虫，在漫漫岁月中，于寂寥的陈山旧水间，慢慢啃噬人们的生存意志和生活热情。

几十年前，农村责任田到户，曾经点燃过农民的热情，可随着城市的发展、形势的变化，大批农民为了生计，背井离乡，外出打工，土地不再能给他们带来希望。空村的出现，土地的撂荒，荒草和清冷，侵蚀了农民对生活的热望。扶贫，不就是要让乡村重新回归热闹吗？

王青山经过几个日夜的思考，想到了办法，那就是先从改变人的精神面貌入手。人们为什么对生活失去信心，主要是因为山水陈旧，加之环境死气沉沉。如果将环境改造好了，人们生活在美丽如画的环境中，谁能没有信心，谁的热情不会被环境吸引和感染呢。

王青山将自己的想法告诉了村党支部书记彭涛。彭涛听了他的想法，自然是高兴万分。他对王青山说："这也是我多年来想做的事，可我哪有那能力嘛。你来了，当然好，我们一起干吧，只要你认为能真正唤起大家热情，咱就做，哪怕哪儿出了问题，我来顶着。"

王青山说："我是这样想的，咱先从软件开始。"

彭涛问他："什么是软件？"

他说："人的精神面貌呀！你看现在，农活不像过去那样让人催着干了，粮食够吃了，人的心不在农村了，种地没有热情了，但人们弄个啥事，却爱讲排场了，还有些人，干活热情不高，打个小牌喝个小酒，可以说是通宵达旦都不累呀。我想咱是不是从抓新民风宣传教育入手，重新修订村规民约，咱成立几个组织，专门管这些事。"

彭涛想了一会儿说："应该的，也是呀，时代已经变了，外面的人观念都超前了，可咱这山里人，还守着一些老规矩，的确是落后了。"

王青山说："咱把这个事，拿到两委会上好好议议，征得大家同意才行。"

村两委会没有人有意见。不但没意见，大家还积极列举出村上风行的一些陈规陋习，以及许多不利于团结和阻碍生产发展的现象。最后大家一致同意成立个组织，管管这些事。村民议事会、道德评议会、禁毒禁赌会、红白理事会，在大家的支持下成立了。

为了使村民对各种组织的作用和职能有所了解，真正发挥理事会和负责人的作用，王青山和彭涛带着村两委会成员和各理事会的负责人，挨家挨户地宣传，一是让大家熟悉负责人，二是给大家讲清为什么要成立这些组织，成立组织的意义和作用是什么。

经过一段时间的实践，人们发现，各种理事会不但发挥了积极作用，也使村风有所改观，民风更加淳朴了，为全面打赢脱贫攻坚战提供了强大的精神动力。

回忆起建立理事会的过程，王青山笑着对我说："新民风建设是脱贫攻坚一项重要内容，为了呼唤大家的生产和生活热情，改变一些陈规陋习，我们村才成立了道德评义委员会和其他组织，重新修订了村规民约，提倡除陋习树新风，每季度召开一次评议大会，张贴红黑榜，激发村民的内生动力，实现了智志双扶。让我记忆犹新的是，有一个叫杨义才的低保贫困户，平时好吃懒做，不知道努力进取，生活邋遢，在村上是有名的。在村上第一次举行新民风评议大会的时候，杨义才上了黑榜。在评选大会现场，他不接受自己上黑榜的事实。看到他的情况，所有参会代表将他的陋习一一指出，有事实、有依据、有时间、有地点，到了最后，杨义才不得不低头认可。但是令我没想到的是，过了一段时间，我在街上遇到杨义才，他见面就叫我王书记，我当时心里一惊，竟然没有认出他来。他看到我吃惊的表情，连忙笑嘻嘻地说：'王书记，我是杨义才。'我听到一惊，真是变了一个人似的，头发理了，脸洗干净了，脖子上的垢痂不见了，衣服也穿整端了。他端直直地站在太阳光下，像宣誓似的，用一只手拍在胸膛上对我说：'王书记，你放心，我一定要好好干，不再犯过去的臭毛病，不让别人看不起自己，也不会拖咱村的后腿。'从那以后，杨义才加入了村上的合作社，自己种了几亩魔芋。现在呢，他家里还置办了电器，生活越来越好了，和邻里关系和谐了，村上人也不叫他懒汉了，大家对他刮目相看。我想这就是帮扶的成果吧，如果我们当初不在他身上下真功夫，他就不会改变呀，也许今天的他还是过去的样子。"

紧接着，王青山和村两委会商量，借助人的精神面貌的改变，趁热打铁。他说要用好人们的积极性，抓住大家的热情，一方面发展产业，一方面整治村容村貌。

王青山安排好工作后，回到县上去跑资金。

还好，通过积极协调，县水利局落实各类帮扶资金500万元。重新修建了村办公场所，将原来60平方米的土房子，改造成全砖房，面积扩大到200平方米，提升了村上的基础设施水平，改善了村民的居住环境；落实易地搬迁政策，脱贫户94户全部安全入住；硬化道路15公里，实施电表改造35户，架设通讯光纤6公里，使网络、通讯、饮水安全全覆盖。经过改造，村子整体面貌发生了翻天覆地的变化。村民不但对王青山和村干部另眼相看，也对政府的扶贫政策充满敬意，对新生活的渴望更加强烈。

按照"美丽乡村、文明家园"建设要求，王青山动员村民全面清杂理乱，清除了房前屋后杂乱物品，规范庭院建设，基本实现庭院净化、美化、景观化、实用化。在建设中，金沙河村突出陕南民居特色，对全村所有民房进行了规整，美化了民居风貌；修建农户花坛170个，在全村开展了环境专项治理，健全了垃圾收运处置体系和设施；建成污水处理厂2座，所有农户生活用水全部经过两级净化处理。

看到村风村貌发生了变化，村民对新生活充满渴望，王青山兴奋地对村干部说："这下好了，咱再来一次趁热打铁，把产业搞起来，这样一来，才能真正帮大家脱贫啊。"

村两委会成员，看着眼前这个为了村上的事劳累奔波、不顾家庭的小伙，谁心里不服呢。

"干！"大家异口同声地回应王青山的倡议。

王青山想，要真正实现群众稳定脱贫不返贫，最根本的是要让他们有收入，农民，得不到实惠，看不到收成，他们的心会慌。

王青山和村两委会成员不知召开了多少次群众会，开展了多少次入户宣传，才把村民的注意力收拢到发展产业上来。

村民们感受到了环境变化，有人就说："环境好了，只是生活改变的一个方面，看来第一书记是真心领导大家来挖穷根哩，那您就领着我们想办法挣钱吧。"

村民想的，与王青山和村两委会准备做的，真是不谋而合。

有了天时、地利、人和，王青山兴奋得一夜一夜睡不着。他与村两委会一班人，带领村民从发展符合生态环保理念的绿色产业出发，大力探索农村"三变"改革。

王青山对村干部说，要发展产业，必须要落实"五个有"，即有主导产业、有产业园区、有市场主体、有农技人员、有电商网点。他提出，每个组的贫困户都要实现"三个有"，即每户有一项长效增收产业、有一人稳定就业、有一家市场主体带动。

王青山对大家说，我们要以村集体合作社为龙头，发挥能人大户带动效应。之后，村上成立了金沙河村松树坪茶业专业合作社等三个村社合一的合作社，按照"支部＋集体合作社＋专业合作社＋股东"模式，发展绿茶 1000 亩、核桃园 1000 亩、中药材 1000 亩，2020 年又发展魔芋 500 亩、烤烟 400 亩，实行股份合作经营，使村集体每年增加收入 5 万元。通过土地入股、园区务工、代养回购、股份分红等途径，带动 113 户贫困户户均年增收 6000 元，实现村集体、贫困户、经营主体三赢的目标。2019 年，金沙河村实现高质量脱贫退出 65 户 143 人，贫困发生率从 2014 年的 73% 下降到 1.01%，实现了 2019 年整村脱贫退出。

2021 年 6 月 11 日中午，王青山同我一起走在金沙河岸边新建的花园凉亭下，我们看着清悠悠的金沙河水中闪着太阳光的浪花。他手扶着凉亭朱红色的立柱对我说："这个村子，是我们县深度贫困村，以前老百姓基本没有发展产业的概念，所有村民，均以种植农作物为主，主要是种植萝卜、白菜、玉米等传统品种维持生活。针对这一现状，我和吴琴书记及村两委反复讨论，提出'三个一千亩'的产业发展目标，就是要发展 1000 亩茶园、1000 亩核桃和板栗、1000 亩百合和天麻，现在都落实了。可在实施过程中出现了不少问题和困难。有些贫困户认为，'三个一千亩'的发展是好事，可当年见不着效果有啥用，有些说我们主导的产业发展是镜中花水中月，看得见摸不着，所以就没有积极性。我记忆犹新的是，当时有一个贫困户叫汪代权，他家仅种植玉米和白菜这些农作物供自己吃，其他收入基本没有。他认为我们提出的'三个一千亩'发展不能当年见效，他坚决不搞。没有办法，不能让一个人影响了大家的情绪，我就反复到他家里去做工作、讲政策、做对比、算经济账，给他谈前景。他又说：'你这第一书记是临时的，又不是经常在我们村上，你让我种，如果我种成了，卖不动了，我到哪儿找你去。'"

王青山示意我绕过一块白色的大石头笑呵呵地说："你看看，你给他想办法，让他脱贫致富，他倒好，不但感觉不到政策的好，还好像要赖上你似的。后来我耐心地对他说：'你说得也没错，我不一定经常在这儿，也许有一天，组织将我调到别的村去，但你要记住，我是咱县上水利局的人，你找不到我，到时候真正果子丰收卖不动了，你可以找水利局，我想大家都会给你想办法的。'我这么一说，他感受到了我的真诚。后来我又对他说：'要不哪天我将你拉到县城，到我家坐坐，认个门，如果我不在村上了，你就到家来找我，到那时候，我也会帮你想办法。'这就是扶贫的难度，特别是一些没有儿女或者儿女不在身边的老人，你没有办法给他们谈未来谈前景，你要帮他脱贫，好像你在求他似的，有时有些人把人气得，恨不得把心掏出来让他看。"

"那最后这个汪代权是啥情况呢？"走出草坪，来到金沙河岸边一处木栅栏处，我问王青山。

王青山抬头看着远处一丛丛紫色的花开心地说："还好，在大家的帮助下，汪代权不但种了 5 亩茶园，还栽了 13 亩核桃和板栗，现在全成活了，到了挂果时，可是一笔可观的收入。"

在返回村委会途中，王青山深有感触地对我说："这几年的扶贫，给我最大的感受就是做人的工作难，像汪代权这种情况不在少数。过去的贫困户，过惯了等、靠、要的生活，天天盼着政府救济，根本就不想自力更生发展生产。我想这次国家这样做，最大的好处是，通过干部驻村，近距离与群众接触，真正把根扎下来，把身段放下来，使群众有了信任感，由信任产生了依靠。还有一点就是政府有资金投入，对百姓而言，有进路也有出路。比如我们开设的网络销售，真真切切地让群众在家门口通过网络将自己的茶叶等产品卖了出去，钱拿到手上，这样一来，群众放心了。听村上一些老干部和群众讲，过去政府也抓扶贫，但在下面形成的是口号和浪潮，热闹一阵，过去了，效果不大，群众有怨言，对政府的倡导积极性不高。这回不一样呀，比如我们这一批扶贫干部，在村上一住就是五六年，通过我们的言行，群众看到了政策的真实性，感受到了政府扶贫的决心，最后产生了信心，有了热情，热情又推动了创造力。政府的责任落到实处，社会资源得到盘活，扶贫干部得到了锻炼，百姓得到了实惠，整个社会便活泛起来，促进了经济发展。像我这个年龄段的一大批人，走出校门，走进机关，对自己所从事的业务十分熟悉，但对社情民情，了解得相对少一些，对群众的心思，知道得更少。通过这种方式，我们深度地了解了社会和群众，对今后工作的方向和自己的成长都有裨益。"

别人雪中送炭我送粮油

山路弯弯，大雪纷飞，冷风吹着大山里的树木，不时有树枝上的雪被风吹落，掉在地上发出噼啪声，有几只看不见形体的怪鸟，时不时在山林中，发出瘆人的怪叫声。

积雪淹没了人脚的山路上，一个人背着沉重的行李正在艰难地前行，山上的各种声音，像大自然馈赠给他的音乐，又像一组无词的赞美曲。

在各种声音的伴奏下，这个人，时而滑倒，在雪地上坐一会儿，喘一会儿气，给自己一些信心，等屁股不再疼后，他又从地上爬起来，用手拍打掉身上的雪，再从地上捡起甩出好远的大米、面粉和食用油，抬头看看前方的山路，重新向前进发。

这个背着大米的个头高大的小伙，不是出山置办年货的山民，也不是在外打工回家过年的打工仔，他是装着不少心事的王青山。

昨天，天开始下雪时，王青山与村党支部书记彭涛检查完村上的工作后，彭涛对他说："这下你可以回家了，把你妈接回来，好好陪老人过个年吧。老人患了那么严重的病，作为儿子，你不能在身边，想想老人也可怜。你呢，把精力全放在村上，也没有好好尽个孝，这回要听我的，回去好好报答老人，村上的事，没有什么不放心的，咱该关注的贫困户，个个都落实好了，我看再误下去，你过年的东西没有准备，这过年你也成了贫困户了呢。"

王青山答应彭涛说："再等一天吧，万一还有什么事儿我们还没有想到呢。"

天接近黄昏时，彭涛和几个村干部刚离开村委会，王青山就接到一个求助电话。

打电话的人叫陈宁贵，是个贫困户。陈宁贵在电话中说："王书记呀，不好意思呀，我过年没有米面了，你看咋弄呀？"

王青山在电话中毫不犹豫地对陈宁贵说："没事，老陈，有我哩，我明天就给你送过去。"

陈宁贵有些不好意思地说："唉，怕不行呀，这开始下雪了，山上路滑，车开不上来呀。"

王青山还是那句话："没事，老陈，开不成车，我背着米面油过去就是了。"

陈宁贵又叹气道："这来回 20 多里山路呀，还是算了吧，我和老伴凑合一下行了，真不想麻烦你啊。"

王青山坚定地说："没事，你放心吧，明天耐心等着我就是了。"

放下电话，王青山想了一下，摇摇头在心里说，这还真是个事儿。

陈宁贵的情况他是十分熟悉的，老两口 60 多岁，年迈体弱，是村上的低保户，住在大山里，没有米面，就意味着他们要断饮。答应了的事，一定要做到。组织派自己来做什么？不就是帮助这些有困难的山里人嘛。

王青山开着车，到镇上买了一袋米、一袋面和一桶油放在村委会，他决定明天一早就给陈宁贵送去。

到了第二早晨，王青山早早起来，令他没有想到的是，雪已经没了人的脚踝。他随便找点吃的，背着大米、面粉和食用油，开始向陈宁贵家走。他算了一下，从村委会到陈宁贵家，一程是6公里，一来回是12公里。他想着，只要天黑前能回来就行。

但他没有想到，路实在是太难走了，大雪封山，有时走着走着，竟然找不到路了，他和面袋子一起滚到雪地里。有一次摔倒在地，正好雪中的一块石头垫在他腰上，疼得他眼泪长流。

坐在雪里，他想起了母亲在省城医院给他说的话。母亲患癌症后在西安做化疗，有一次他想多陪陪母亲，母亲拉着他的手说："儿呀，我就是这样了，你就好好在山里帮助大家吧，山里人苦焦，组织让你去，是对你放心，我儿可不能让组织失望呀，更不能对不起山里人，大家都盼着你领着他们走出贫困哩。"

想到母亲的话，他的眼泪更加汹涌了，他掏出手机想给母亲打个电话，问问母亲的身体情况，可他一看，手机没有信号。他关了手机，擦掉眼泪，从路边拾起面袋子，又开始艰难地爬行。

经过3个小时的摸爬滚行，他的汗水浸透了衣服也糊了双眼，腰疼得直不起来，当他远远地看到陈宁贵的房子时，加快了脚步。

"老陈，我来了，快，把米面油拿回去。"王青山站在陈宁贵家门前的雪路上兴奋地高喊道，一边喊一边擦着头上的汗。

陈宁贵听到喊声，拉着老伴猫着腰从雪地里连爬带滚地扑了过来，他们激动得手脚忙乱，几乎倒在王青山面前。老两口从王青山手中接过米面油激动地说："这回呀，我们和其他人一样了，可以过个宽心年了呀。王书记，没有想到你能来，你让我说啥好哩，快快快，到屋里坐，你看你，鞋也湿了，衣服也湿了，我没有啥给你换呀。"

进了陈宁贵家中，迎接王青山的是一堆大火。陈宁贵笑着说："不想麻烦你是假的，你说这过年没吃的咋行。我知道你肯定来，所以我就把火给你燃着，让你烤一下，怕你受冷，没想到，你浑身却冒着热气。"

王青山长长出了一口气，开始烤火。他看着陈宁贵家的堂屋说："这回你安心了，我也安心了，没啥麻烦的，我就是来帮助大家的，要不，组织让我来弄啥嘛。"

陈宁贵激动得说不出话来。他坐在王青山面前，颤抖着双手说："我不知道咋谢你呀，这么大的雪，这么远的路，路上一定摔了不少跤，都是我这不中用的害了你呀。"

王青山抓住陈宁贵的手说："谢啥哩么，我就是来帮大家的，我还要看看你烧的柴有没有，没有了我还要帮你砍哩。"

陈宁贵拉着王青山的手出了堂屋，王青山看到了柴火，这回才放心了。

在陈宁贵家吃了饭，烤干了衣服，王青山又走访了几户人家，重新踩着雪路往村委会赶。回程途中，凡是路过贫困户家，他都要走进家里看看，问问这问问那，他牵挂他们的生活和年货的准备情况。

天快擦黑时，王青山终于回到村委会，刚一进屋子，便倒在床上睡着了。来回24里雪路，多少年了，他没有走过如此艰难的路，他实在是累得不行了。睡一觉醒来，又睡不着了，他又开始写日记。他在日记中写道：

> 我战胜了自己！！！有一个成语叫雪中送炭，而我却做了雪中送粮的事，还算顺利吧。我在想，云飘过一大片天空，最终被太阳穿越，再厚的雪，再难走的路，还是阻挡不了前行的脚步。我了却了他人的心愿，也是在了却自己的心愿。我想，困难就是天上的云，终究还是要被太阳穿透呀。人呀，永远睁着微笑的眼睛，才能看到最美的风景。简单的心境，才能拥有快乐的心情。我，战胜了自己，战胜了自己。今天，我只是做了自己应该做的事，我在想，在今天这个日子，在全国各地的扶贫队伍中，一定会有人比我做得更多，比我付出得更多。

家人的理解给我力量

"没有家人的支持，我绝对走不到今天。家人的理解和鼓励给了我力量。"我又一次打开录音笔，王青山坚定的声音在我电脑的小喇叭里回响。

2021年6月10日上午，王青山从县水利局拉我去金沙河村时，我将录音笔放在他左边的小型工具箱上，他并没有注意到。

他一路给我和同行者讲了家人的诸多故事。

首先是一家人分四处住。

2016 年 3 月，妻子黄娟怀了二胎，每次产检，王青山都不在身边。黄娟孤零零一个人去医院，从医院回来后打电话给王青山"汇报"情况，说其他做产检的人都有丈夫和家人陪着，只有自己是一个人，想想心里怪难受的。听了妻子的话，电话这头的王青山不住地流眼泪。妻子似乎听到了丈夫在哽咽，急忙转变了话题故意笑嘻嘻地说："行了，大男人家的，哭啥嘛? 我就是给你说说，其实也没有啥，医院也不远，你安心工作就是了。放心，你老婆不是那种矫情的女人，就是自己再累，我都不会耽误你的。谁让组织看中你。山里人可是把你当救星哩，你可别没出息，让人笑话。等你把山里人的贫困帽子摘了，不说别的，将来我们给孩子讲故事时都有蓝本哩。孩子懂事后，我就对他说，妈怀你的时候，你爸正干大事哩，干的是国家提倡的大事。"妻子说着，声音也变了味道。王青山声音低沉地说："好了，你早点休息吧，过两天我就回去看你"。

可是一周都过去了，妻子还是没有等到王青山。那时候，王青山正组织村民种蘑菇，好不容易解决了部分村民的思想问题，哪能失去时机呀。

2017 年 7 月，69 岁的母亲检查出食道癌。听到消息后，王青山的眼泪像屋檐上往下滚落的雨珠。那时，王青山正在村上动员村民搞水源保护。母亲因年龄大不能做手术，只有化疗。王青山离不开金沙河村，只有父亲陪母亲在西安做化疗，两个 70 多岁的老人，很少去西安，人生地不熟，那种困难王青山能想到的。终于有机会去西安看母亲，儿子总想在母亲身边多待一会儿，尽尽孝心。但每次待不到半天，母亲就劝王青山回到村上去。母亲说："我在电视里看到全国都在开展脱贫攻坚，你可不能拖了咱平利人的后腿。局里派你去当第一书记，那是人家信任你，大家都在看着你哩，领导希望你把事做好，村上的乡亲盼着你领着大家伙儿早日脱贫，你说你待在这儿，你心急，妈的心比我娃还急，快回去吧，不要让大家失望。这儿有你爸哩，怕啥，妈都活了这年岁，就是眼闭了腿蹬了也就是那回事。妈知道我儿的心里想啥哩，你能把你包的村上的事做好，让老百姓跟你沾了光，那就是对妈最大的孝呀，知道不。"母亲拉着王青山的手，王青山抓住母亲的手，母子俩四目相对泪水涟涟。看到掉光头发的母亲，听着老人的话语，哪个能不流泪呢？人说母亲是多么伟大，此刻，王青山从自己母亲的话语中，真实地感悟到一个母亲的伟大。

王青山从医院出来，浑身没了力气，他坐在医院门外的台阶上，竟放声哭了起来。

父亲从病房出来安慰儿子，王青山看到父亲满头白发更伤心。父亲将手搭在儿子抖动的肩膀上说："听你妈的话，快回去吧，你在这儿待着，她比你还急，我也心急呀。你妈是慢性病，也不是一天两天就能好的，放心，有我在，你不用担心，有啥事，这不打电话方便嘛，我会电话告诉你。你也不想想，天下哪个父母不盼儿女有出息？但有一点我儿要记住，工作要做好，媳妇和娃也要管好，记住了，像个男子汉，别动不动就哭，这哪还像个党的干部和第一书记嘛。"

还有一个难题摆在王青山面前，就在母亲生病住院时，大女儿也放了暑假，妻子没有办法给大女儿做饭，只好将大女儿放在姐姐家。一家人分住四处。面对如此多的家事，王青山还坚持在村上工作。村班子同事劝他，先将工作放下，处理家事，可他怎能在关键时候放下村上的事呢？那一阵子落实产业发展，刚把大家的思想工作做通，如果离开村子，有个别人的思想就会开小岔，那又得重新做工作。

王青山对我说："你可能不太了解，这山里人呀，思想相对保守一些，比如说让他栽板栗树致富吧，明明显显是好事，也很容易就能做好，可有些人总认为，那板栗历来就是野生的，总说栽不活。有人说，家家户户都种了栽了，板栗就多了，多了就卖不出去，到时还是头大，所以他就找种种理由不配合。"

王青山所遇到的困难，局领导也十分关心，为了使他能把家务事处理好，局领导找到他对他说："你目前家里的事太复杂了，我们的扶贫工作要做，但你也得把日子过好，要不这样，你先从金沙河村撤出来，我们安排其他同志接替你，等你把家里事理顺，可以再去嘛。"

王青山听领导如此安排，急切地从凳子上站起来说："谢谢领导关心，但我绝对不能撤出来，因为好不容易把群众的思想工作做通，取得了大家的信任，产业发展刚刚起步，若换了人又得从头再来，那样太费时间了。家里的事我会处理好，但金沙河的事我放不下。"

局领导紧紧握着他的手，什么话也没有说。那有力的一握，为王青山增添了无限的力量。

我们快到金沙河村时，王青山扭头看着我笑着说："总算熬过去了。"

在我们看不见的地方，有人在帮我们挡住黑暗，那些人在黑夜之中负重前行，只是为了给需要帮助的人举起一盏灯。

面对王青山轻松的笑，我突然想到这么一句话来。

真心的帮和实意的扶

面对山里人陈腐的观念，怎样才能在很短时间内，彻底改变这一切，一直是王青山思考的问题。

金沙河从村委会旁边轻轻流过，那条河边有几棵柳树，将河岸点缀得富有诗意，除了在办公室写东西、与村民谈心、和村干部商量工作，王青山总爱到河边去看风景。他有时会站在柳树下，看着村上人由此经过，看着来村上帮农民发家致富的高英茶业公司。有时心里烦闷，他也会去看那棵大柳树，他多想将那些烦恼的事，一件件挂在柳树枝上。

王青山知道，要消除贫困，首先要想办法让贫困户抛弃长期以来形成的"等、靠、要"的惰性思想，必须想办法激发他们勤劳致富的主体动力，转变他们的思维。比如准备接自来水时，有人就不愿意，他们认为，河里的水，人老几辈都在吃，哪儿有什么不安全呢。有些人还说风凉话，说什么，挑水还能锻炼身体，如果吃了自来水，就把人养懒了。

通过走访，王青山摸到了一些真实情况，他就从真正需要帮助的人开始做工作。他坚信一个真理，那就是，搞脱贫，离了群众不行，不但不能脱离群众，还得依靠群众。有什么好办法呢，只有帮助他们解决实际问题，用自己的言行感化他们，才能令他们信任自己，相信政府是在用心用意帮他们脱贫。

二组贫困户雷世锦，身患慢性支气管炎多年，外出打工身体扛不住，王青山和村干部就动员他养猪。可雷世锦好不容易饲养了4头大肥猪，眼看猪在圈里一天天长大，却不见有人来收购，雷世锦便整天为生猪销路问题发愁。

有一天，王青山知道情况后去看雷世锦，雷世锦领着王青山到猪圈看了4头肥猪，王青山说："不错，不错，照这样，不挣钱都不由你。"

雷世锦双手搭在猪圈的栅栏上说："还敢养，就这，你看，天天见长，见个日头都要吃许多饲料，那饲料也是钱呀，这不，快把我吃空了，现在倒好，听了你们的，猪长这么大了，没有人要了呀，你说我愁不愁嘛。"

王青山拍着他的肩膀安慰他说："听我的，错不了，你只管养，卖不了算我的。"

告别雷世锦后，回到村委会，王青山向水利局的同志推荐了雷世锦的猪。局里同志很快联系销路将雷世锦的猪买走了。

后来，雷世锦逢人便说："听咱们村第一书记的话没错，这小伙没说的，啥事都难不倒他，他总有办法"。

第四村民小组汪代权家烤酒不好卖，听了雷世锦的话，他端端跑到村委会找王青山，王青山又将消息通过朋友圈发到局里，很快，水利局的同事发动自己的亲朋好友，先后为汪代权卖酒1300斤。

罗业胜、韦勇两户人家的晚辈，不缴纳家中老人的合疗款，日常生活中对老人不孝顺，常常因家务事吵闹不休。王青山通过走访了解了情况后，分别到每个人的家里，苦口婆心地说教，两家人第二天就把老人的合疗款缴纳了，对老人说话语气也好多了。五组梅守福下肢瘫痪，行动不便，王青山得知情况后，回到县上，找到民政局，帮梅守福申请来轮椅，并用车拉着，送到梅守福家。梅守福激动地说："真没有想到，这个王书记，啥办法他都能想到。"

第二村民小组张申贵和妻子查道春，早年丧子，心里一直有阴影，多年来一直沉浸在悲痛中不能自拔，总感觉自己活得不如别人，几乎对生活失去信心。在村上推行旧房改造的过程中，老两口没有心思去做，也不愿意配合。

面对此情况，王青山不厌其烦地上门做工作，从拉家常开始，先给予安慰，看其思想有所变化，便对查道春说："你说说看，这旧房改造，是政府给大家办好事，让我们来帮大家做，只要你愿意，你不用管，我一手帮你把事做好。"

看到王青山如此有耐心地帮助自己，查道春说："行了，王书记，啥都不说了，就你这娃这好心眼，已经感动我了。我咋不知道呀，你是想让我过得和别人一样么，你说我几十岁的人，难道这道理我不明白呀？就是心里这道坎过不去呀。好了，我听你的，你也不用多操心，我配合工作就是了。"

看到查道春的思想通了，在实施旧房改造过程中，王青山特意给予照顾。他自己亲自帮忙购买材料，并找人寻车将装修材料送到查道春家，之后又领来施工队，上门为查道春施工。施工完成后，看着改造后的房子，老两口紧紧抓住王青山的手说："王书记呀，我们不知道说啥才能表达感谢，啥都不说了，你给大家说说，我想办法请给咱做活的人吃个饭，你也来呀，我要谢谢你和大家哩。"

王青山双手牵着老两口一人一只手笑呵呵地说："不用了，是这，请大家吃饭的事，我来，我代表你们请大家。你们就好好把家里弄乱的家具归置一下，只要你们俩生活得好，比请我吃啥都好，你们过得好，我才高兴哩。我还要谢谢你们哩，要不是你们配合，咱村上的旧房改造就拖了镇上的后腿了，那样，我就没法给上级交代了，人家会说我工作能力不行，没有把工作做好。所以，我要谢谢你们哩。"

王青山就是如此，与村民无距离接触零距离拉家常，村民亲昵地说他是邻家的小弟。有些年轻人，一张口一个哥地叫他。

通过一段时间的实践，王青山认为：搞农村工作，与农民打交道，唯一的法宝就是要用真心帮他们，用真情呼唤他们，用实际行动感化他们，不然就是说破嘴，跑断腿，他们也不吃你那一套。要当好第一书记，必须以心交心，用真情感化，用实际行动给困难群众带去温暖，尽自己最大能力给予他们最大的帮助，解决他们迫切需要解决的问题。只有如此，才能让群众感受到你的真心真情，才能调动起他们的积极性。

驻村的几点体会

"我会扎根金沙河村，把金沙河当作我的第二个家。"铿锵有力的表态赢得了一片掌声。这是王青山在 2018 年 3 月 8 日，在村脱贫攻坚誓师会上的表态发言，6 年来，他是这样说的，更是这样做的。

2021 年刚一开春，王青山在日记中这样写道：

时光荏苒，一眨眼在金沙河村度过了6年的扶贫时光，沐风雨、顶烈日走村串户，喜悦收获。

回顾6年驻村的日子，我有几点体会：

一是到村工作就要做好吃苦受累的思想准备。晴天一身灰，雨天一身泥，顶寒风，冒烈日，翻山越岭，穿行于田间地头，行走在山间小路。到村工作，要转变角色，不能以机关单位人员的身份去开展工作，要把自己当作村民中的一员，见到村民都主动打招呼、拉家常，多沟通。俗话说：人心换人心，黄土变黄金。尤其是帮扶贫困户时，从心理上把帮扶对象当作亲人对待，不摆大空话，只做暖心事，做到真扶贫、扶真贫。只有跟群众有了亲近感，才能与群众真诚交心，开展工作就会顺畅多了。

二是群众事没小事。群众工作的本质是密切党群关系，老百姓反映或咨询的问题，不能推辞，态度要和蔼；不要说空话，说话要算数，全面了解贫困户在实际生活中的困难，比如在教育、就医、就业方面，最大限度地帮助他们走出困境，把各项惠民政策用透用尽，真正把贫困户的事挂在嘴上、记在心上、跑在腿上；把工作做深做细做实，增强我们的亲和力和感染力，才能提高我们工作的针对性和实效性。

三是农村工作涉及方方面面，平时要多走动，勤问、勤记。来到村里，不能待在村委会，没事多走村入户，跟群众交流。不懂或不明白的事情多问村干部和群众，边干边学，这样才能渐渐熟悉农村的工作。同时在乡村治理上运用"群众方法连心、惠民政策暖心、便民服务贴心、法治约束稳心、道德教化润心""五心"工作法着力解决"服务群众最后一公里"的问题，切实做到小事不出组，大事不出村。

四是乡村振兴关键是要产业振兴，这样才能带动各方面的发展。金沙河村当年是典型的"两差三无"村，群众主要收入来源靠务工，农村自我发展能力弱。通过入户走访，征求农户意愿，按照各组地理条件，金沙河村形成了一组一品"长中短"结合的产业发展模式，按照"茶业主导全覆盖，百合、魔芋、中药材、核桃适地发展"的思路，通过"支部＋合作社＋农户"模式，努力推进产业基地规模化、规范化水平。针对金沙河村产业大户带动能力薄弱的问题，积极推进"三变"改革，盘活村集体资产、林地、耕地等资源，通过多次群众大会讨论量化人口、林地、产业园、耕地、资金五大股份，成立了金沙河村集体经济股份合作社，对入股合作社的资源按照成熟一块盘活一块的原则，与本村三个专业合作社进行对接，通过平台搭建，实现集体、农户、经营主体三赢的目标。

令人欣慰的成果

2021年6月10日中午，我在王青山住的村委会办公桌上看到一份资料，全面总结了几年来在金沙河村扶贫所取得的成就，摘录于此，算是本文的结束语吧。

产业发展了。依托高山区域生态环境好、南北交汇气候的地域优势优先选择生态、经济效益并重的茶饮产业，历时三年建成无性系高效茶园600亩，直播茶200亩，管理老劣茶园200亩，预计明年春季有200亩高效茶园可以投产。同时跟进发展山林经济园1000亩，中药材、百合、魔芋1000亩，基本达到"人均三亩园"目标，切实保证了农户后续稳定增收。

设施改善了。截至目前，全村基本达到村、组、入户道路硬化，进田道路通畅化，电力入户率100%，安全饮水入户率100%，通讯网络公路主干线已覆盖，标准化村级卫生室已建成投用，村集体经济合作组织已规范运营，年集体经济收益20万元以上。

住房安全了。金沙河村在十二五期间搬迁农户63户，十三五期间搬迁98户，结合村容村貌环境整治改造农户住房162户。截至目前，金沙河村所有农户安全住房已全部解决。

环境变美了。按照"美丽乡村、文明家园"建设要求，全面清杂理乱，清除了房前屋后杂乱物品，规范建设庭院，基本实现庭院净化、美化、景观化、实用化。突出陕南民居特色，对全村所有民房进行了规整，美化了民居风貌。在全村开展了环境专项治理，健全了垃圾收运处置体系和设施，建成污水处理厂2座，所有农户生活用水全部经过两级净化处置，切实达到了村落民居整洁化。

民风好转了。规范了村规民约，建立健全了"四会组织"，设立了道德讲堂。从去年第三季度开始，通过道德评议，全村共培树先进典型32名，曝光后进典型5人，健全奖勤罚懒机制，充分发挥民风积分超市作用，形成了人人干事创业的良好氛围。

队伍建强了。金沙河村在脱贫攻坚工作中，县包抓领导、部门、镇、村力量得到高效整合，县包抓领导积极协调，部门发挥行业优势给予大力支持，镇村认真务实，踏实肯干，形成了一支精良的帮扶工作队伍。村两委在换届中，所有干部都获得了党员群众连选连任的行动赞誉。

二、天安门广场留个影

站在天安门广场拍照留念

2021年2月25日中午，北京市天安门广场春光明媚、彩旗飘飘。中午12时许，参加全国脱贫攻坚表彰大会的各路代表，纷纷走出宏伟高大的人民大会堂，他们站在习习的春风中，以人民大会堂为背景拍照留念，每个人的内心都充满着兴奋和快乐。

卜晓军同其他各省代表一样，也让人在人民大会堂门前的台阶下给自己拍了照片。此时的卜晓军短茬头发，一身黑色西装，胸前佩挂彩带，左胸缀一朵大红花，手中拿着一个大红色荣誉证书，证书上端是一枚金黄色国徽，国徽下面写着"全国脱贫攻坚先进个人荣誉证书"。

卜晓军脸上带着微笑，心中却生发出无限感慨，他在当天的日记中写道：

这次荣获"全国脱贫攻坚先进个人"这个崇高荣誉，并到令全国人民敬仰的人民大会堂参加全国脱贫攻坚总结表彰大会，现场聆听了习总书记讲话，内心非常激动，这可以说是我一生中最高的领奖台。对我来说，既是一种荣誉，也是一种压力，更是一种动力和一份沉甸甸的责任。获此殊荣，感动又惭愧，惭愧的是身边有很多水务人以及扶贫战线上的领导和同志勤勤恳恳、默默无闻地工作，他们很多人要比我做得好、优秀得多。感动的是各级领导对我工作的认可和大家的支持帮助，在水利行业这片沃土中，让我生根发芽，得以成长，在我人生道路上写下这浓墨重彩的一笔。

　　在此，我有三个方面的心得和体会：

　　一是赴京参会的感受：深切地感受到中国共产党的伟大，中国人民的伟大！习近平总书记庄严宣告：经过全党全国各族人民共同努力，在迎来中国共产党成立100周年的重要时刻，我国脱贫攻坚战取得全面胜利！铿锵话语令人心潮澎湃！经过8年持续奋斗，总书记亲自部署、亲自挂帅、亲自督战，全国人民齐心协力如期完成了新时代脱贫攻坚目标任务，这是中国乃至人类减贫史上的奇迹。这一伟大创举，生动地诠释了"人民对美好生活的向往就是我们的奋斗目标"，充分彰显了我们国家的政治优势和制度优势。我深刻地感受到"全国脱贫攻坚楷模"荣誉称号所有获得者的无私奉献精神，特别是坐在轮椅上的95岁的夏森老人和将自己的生命倾注于山区教育事业的张桂梅校长，他们的精神品格立在亿万人民面前，令人敬仰。自己虽然做了一点成绩，但与他们相比实在是太渺小，虽然有落差，但是他们的那种无私、大爱和追求让我感受到了楷模的力量，更加坚定了我扎扎实实干好农村供水保障工作的信心，这就是摆脱贫困的动力，是创造历史的力量，也是我们必须传承的信仰。

　　二是这几年参与脱贫攻坚的感受：这场脱贫攻坚伟大战役，铸就了"上下同心、尽锐出战、精准务实、开拓创新、攻坚克难、不负人民"的脱贫攻坚精神，这种精神在我们韩城市每一个扶贫人身上得到了体现。我们韩城水务局在脱贫攻坚饮水安全工作开展过程中，坚持领导包片、单位包镇、干部包村包联工作机制，坚持一线工作法，举全局之力，调动镇村干部、项目参建各方等一切可以利用的资源，为百姓解决吃水问题，就是在响应党的号召，用实际行动落实扶贫政策。在工作中，我很荣幸和许多村干部、贫困户成了朋友，我们采取一对一、五加二、白加黑的方法不怕辛苦，不断努力，确保工作有效快速推进，最终看到了那些贫困户灿烂的笑容。当我漫步在天安门广场，注视人民大会堂上庄严的国徽，我不由得热泪盈眶，与同事、战友在一起苦战的情景再一次在我眼前浮现。

三是我们做了不负人民的大事。"七山一水二分田"形象地概括了我们韩城市的地理特征，但这也成为脱贫攻坚全面解决农村人口饮水安全问题的最大障碍。脱贫攻坚饮水安全涉及全市 182 个村、507 处工程，饮水工程点多面广，容易受到极端天气的影响，更增加了全面解决饮水问题的难度。我参加工作 20 年，早已成为单位的业务骨干和行家内手，即便如此，在负责全市脱贫攻坚饮水安全工作之初，还是感到了巨大压力。怎么办？只能迎难而上，心存敬畏。

我是从农村出来的，深知农民的不容易，更明白"两不愁、三保障"的重要性。水是最基本的保障，所以实施饮水安全工程的过程中，我积极与各镇办沟通，协调配合，按照不漏一村、不漏一户、不漏一人的原则，带领专业技术人员，深入镇村开展地毯式调查工作，摸清群众吃水难的原因，掌握第一手资料，分类建立台账，确定了"整体推进、分类实施，动态回访、巩固成效"的工作思路。作为饮水工程建设项目的法人，我组织参与了全市农村饮水工程前期设计、项目建设、竣工验收工作：先后组织实施饮水工程 140 处，巩固提升 15.37 万人饮水质量；积极与市发改委、市电力局对接协调，使全市 507 处供水工程电价由 0.51 元 / 度降低到 0.29 元 / 度，有效降低了工程运行成本，减轻了农民用水负担；通过组织召开农村饮水工程运行管理现场会，农村饮水管护专业技术人员培训会，不断提升农村管水人员业务能力，同时在全市积极推进水费收缴，树立了"水是商品""建管并重""以水养水"的理念，有效破解了工程运行管护难题，逐步实现饮水工程良性发展。作为水管站负责人，我坚持带领干部职工，实行"领导包片、干部包村"工作机制，充分利用电话回访、四级回访平台、现场巡查等方式，开展常态化排查整改工作，累计解决问题100余个。与此同时，我联合市委机关报和市电视台，及时宣传工作中取得的实际成效、涌现的感人事迹，总结工作经验和做法，制作农村饮水工程建设管护宣传片，通过宣传争取到广大群众的理解和支持。通过3年多来不懈努力，全市30万农民群众都喝上了安全水、放心水。

虽然今天是我终生难忘的日子，但我不会沉醉在荣誉中，时代造就英雄，伟大来自平凡。脱贫摘帽不是终点，而是新生活、新奋斗的起点，今后，我会把这份感谢与感恩化作行动，倾注全部激情，继续做好农村供水保障工作，在品质提升和后期管理上下功夫，聚力乡村振兴，为韩城的发展做出更大的贡献。

一心想让群众吃上放心水

"水是最基本的保障，是群众幸福生活的源泉，只有吃水问题解决了，百姓才能过上真正的小康生活。"从大山里走出来的卜晓军，深知全市，特别是山区农村农民饮水的状况，在面对脱贫攻坚的艰巨任务时，他从来没有退缩，而是想方设法迎难而上，为了心中的目标，为全市农民吃上放心水、安全水而不断地在奋斗着。

韩城市是全国有名的历史文化名城，司马迁故里、韩城行鼓、韩城围鼓、东庄神楼、南塬抬芯子、禹王庙等在全省乃至全国皆有名气，特别是承古载今的韩城老城，几十年来，早已成为这座城市的名片。

韩城也是陕西少有的县市级工业城市，煤炭、焦炭、矿石、龙门钢厂，奠定了雄厚的工业基础，其农副产品大红袍花椒成为名牌产品，誉满天下，味香九州。

在陕西省的市县中，韩城市的地形地貌也很特殊，一边紧贴滔滔东行奔腾不息的黄河，更大的区域却是深山和丘陵，大部分居民住在大山里，"七山一水二分田"是人们对韩城市的精准概述。

虽然韩城市地形构造复杂特殊，却拥有丰富的煤炭资源，这些资源对全市经济发展起到了不可估量的促进作用，同时，也产生了副作用。几十年来，桑树坪地区煤田的连续开发，导致地面沉降，地下水水位下降，泉水干涸，溪水隐退，给水资源造成了极大破坏。昔日住在山沟里的人家，有句古语：山有多高，水就有多高。可到了新世纪20年代之后，山区农村饮水却无法保障，更谈不上农田灌溉和利用土地发展乡村和院落经济。

面对韩城的现实情况，各级政府在制定发展纲要时根据现状不断调整，但水是自然资源，就是用再多的手段，也无法从地缝中将水的增量呼唤来。为了解决农民吃水问题，多年来，卜晓军和他领导的科室，深入镇村开展地毯式调查，摸清群众饮水难的原因，收集掌握第一手资料，分类建立台账。他还主动与市扶贫办和各镇办联系沟通、协调配合，就如何实现农村饮水安全达成共识。通过调研，确定了"整体推进、分类实施、动态回访、巩固成效"的工作思路。

在多年的工作实践中，为了搞清农村供水的现状，卜晓军深入全市166个村和16个社区，带领同事一家一家落实、走访，对每个村、每个组、每个水源地进行实地勘察，造册登记，做到心中有账，工作有方向，有目标。

自脱贫攻坚工作开展以来，卜晓军和他的同事从未停歇。他说，几年来，自己很少休节假日和礼拜天，大多数时间在山区。有同事戏言说："要找卜晓军，不在单位，就在找水的路上。"

农村供水事关百姓生活的质量，老百姓能否感受到幸福，饮水是否便利至关重要。为了真正解决百姓的吃水问题，每一处工程卜晓军都亲自勘探，科学选择水源、工程模式及规模，合理进行工程布局，制定出最佳的扶贫解困方案。

韩城市除了黄河岸边的几个川塬镇和街道办，大部分乡镇在大山里，不说施工有多艰难，就寻找水源，也是十分困难的事。

2019年秋天，卜晓军去桑树坪镇雷镇村盘池组为村民找水，从上午一直忙到天黑，到了晚上要做的事还没有做完，村干部看到卜晓军一行忍饥挨饿，劝他们第二天再来。可卜晓军说明天还有明天的事，今天必须将理想的水源找到。由于天黑路窄，他们说完话正准备行动时，车差点从悬崖上掉下去。

桑树坪镇院子村康家岭组只有九十几户人，住在终年大风不断的山梁上，每家每户仅靠旱窖勉强供应饮水。为了给康家岭组建设供水工程，要下到几百米以下的深沟，找到合适的水源，再铺设管道把水引上来。卜晓军下沟找水，一找就是一整天，吃喝没有着落，但他依然坚持将水源找到才从深沟里出来。在院子村帮群众安装水管时，也是从天明忙到天黑。村长康忠奎劝他们明天再继续，他却说："明天还有另外一个组，今天就是忙到天明，也要让院子村村民吃上自来水。"

凡是与卜晓军打过交道的村干部，对卜晓军有一个共同的评价，那就是：这个人韧劲大，无论是风雪天，还是下雨天或者酷暑天，他认准的事，没有人能阻挡他。而卜晓军却说："2020年年底全国脱贫，咱不能拉了全国的后腿，不急不行呀，市领导、省上领导、国家主席和咱一样心急哩。"

当看到清澈干净的水在村民灶台上哗哗流淌，看到村民脸上开心喜悦的笑容，卜晓军说："这就是咱要的效果么，咱是弄啥的，咱就是吃的为农民供水这碗饭，政府将这副担子交给咱，那是组织信任咱，咱说什么也不能让组织失望，更不能让农民失望。"他对我说，这些年来，每当看到清澈的水在农民的灶台上欢快地流淌，自己心中就像音乐奏响，就觉得自己和同事的所有付出有价值，要是多日听不到那种水声，就感觉生活中少了什么东西。"家人说我是患了臆想症，我想，这种臆想症对我而言是一种好事，它告诉我，时刻不要忘记，自己是做什么的。从另一个角度讲，这也是一种对职业的爱和敬重吧。"

工作中，难度越大，成就感越强，这是卜晓军在实际工作中得出的体会。特别是在脱贫攻坚关键时期，2020年，板桥镇明星村18组，为了抓紧时间为42户村民铺设管道，4000多米的管道，卜晓军和他带领的工队，仅用了24小时就完成了铺设。工程完毕，卜晓军怕赶时间影响到质量，当大家都松了一口气休息时，他又组织人重新对工程做了仔细检查，结果令他十分满意。此事让卜晓军至今都感触颇深。那个村子人少地偏，村民栽种了许多花椒，铺设管道的时候，正赶上村里在修路，村民不太愿意再出钱引水，觉得雨水吃着就挺好。还有人说风凉话："我们几辈人都吃雨水，有人还活成了长寿之星，让我们出钱，我们就不吃自来水了。"卜晓军组织水务局包联单位、包村干部、镇办领导，开始一家一家做工作，给村民讲饮水安全的重要性，同时又给大家讲了政府对农民吃水问题的关心。他动之以情晓之以理的讲解，打通了人们思想上的症结，村民不但同意让路、让地铺设管道，到了最后，全体村民还齐出动，帮助工程队，有人还专门为施工人员送来开水和吃的。从那件事，卜晓军感到：不是群众觉悟低，不是老百姓不讲理，我们要真正做好工作，首先要给老百姓讲清道理，其实，老百姓是最讲道理的人。我们这些年，之所以工作能顺利开展，时时刻刻都离不开老百姓的支持，没有老百姓的支持，我们将一事无成。他还说："脱贫攻坚，是对我们每个公职人员的锻炼和考验，特别是我们水利系统的人。"那时候，他感觉自己是负责"打江山"的，几年间别的什么也没有想过，只想着韩城农村人的吃水问题，想着让老百姓早日饮用上安全水和放心水。

只有管理好才能长饮久安

卜晓军说："在实施农村饮水安全工程这一块，找水、铺设管网、让农民吃上自来水，并不等于就大功告成了，更重要的是要管护好供水设施，让群众长期受益，这才是我们的初衷。"

"那你们在管理上还有新的举措吗？"我问。

他说："在如何管的问题上，全省各地情况不同，大家都在积极探索，我认为，只有人，才能管住事，将人管理好，让人去管事儿，就好办多了。在管护这一块，我的做法是先从管人做起。我们全市已建成的饮水工程有507处，实行划片包干的传统模式。我们科里先拟定了详细的管理流程，然后对管理人员进行培训。由于大家都有任务，统一培训难组织，我们就采取分片培训的方式。对于村级管理人员，除了组织大家集体培训外，还采取送培训上门的办法，有时在工作过程中，就将管理方法传授给大家。经过培训的人，我们与其签订责任书，采取横向和纵向相结合的方式，一方面由我们水利系统来管，另一方面，让村上干部对水管员加强管理。如此一来，网格式管理体系形成，每个管水的人，自己当做什么，如何做，做到什么程度，心里明明白白。我们主要还是夯实了责任，在管理过程中，定期征求群众意见，对管理不到位的及时纠正，对于群众意见大的水管员，随时更换调整。为了减轻群众负担，我们积极与市电力部门协调，将村民用水的电费标准，由原来的每度 0.51 元调整到每度 0.29 元，确保了惠民政策落实到位。如此一来，有效降低了工程运行成本。"

水费收缴，是农村实行自来水供应后，水利部门遇到的相对复杂的问题。卜晓军说："首先是村民没有缴水费的意识，大家认为：水是天给人的，政府不是在扶贫吗，怎么还收水钱呢？我们的做法是，从大力宣传入手，通过各种方式和方法告诉大家，水是商品，要想长期吃上放心水、安全水，必须要走以水养水的路子，只有树立了以水养水的理念，才能确保长饮久安。只有有效地破解工程运行管护难题，才能逐步实现饮水工程良性发展。"

2020 年 12 月，卜晓军被组织安排到市水利管理站担任站长，工作任务由农村饮水安全转到了农村饮水工程的运行管护和品质提升上，主要负责指导全市农村饮水设施的日常维护和运行管理。

面对新的岗位，卜晓军说："虽然岗位换了，但责任并没有变化，中心工作还是保障全市农民饮用上安全水、放心水。今后，我们将会继续完善农村供水保障工作。我想，只要一心为群众着想，办法总比困难多，我们将会在品质提升和后期管理上下功夫，同时聚力乡村振兴，为韩城的发展做出水务人应有的贡献。"

新征程、新气象、新使命、新岗位，依然前行在保障农村饮水安全征程的卜晓军，始终有着坚定的信念和正确的追求方向。40 岁，正是一个人青春勃发的时期，是一个人思想成熟、工作方法老练的阶段。在人民大会堂出席全国脱贫攻坚先进个人表彰大会的经历，在天安门广场手持荣誉证书照相的经历，3 年披星戴月奋斗在饮水安全一线的经历，跋山涉水寻找水源的经历，这些必然会成为卜晓军前行路上的资本。我们相信，在未来的事业进程中，以卜晓军较真和坚毅的个性、雷厉风行的作风，他定能攀上一个新的高度。

三、青春，在黄河岸边闪光

呼虎雄刚到神木市马镇镇五星村报到时，陕北高原的骄阳像裹在山坡岩石上的火罩衣，他和同事刘政、王耀一起走进村子，找到村委会的窑洞放下行李时，几个人早已经汗流浃背。

村党支部书记阮振兵带着村队干部和几个村民喜滋滋地将他们一行簇拥到窑洞里。村民看到呼虎雄脸上的汗水和他肥胖的体格，多少有些失望。有村民悄声议论说："我们左盼右盼，没想到，盼来的驻村第一书记却是一帮小年轻。还有这个带头的后生，胖得和山一样，动不动就是一身汗，能领导咱脱贫吗？"有个妇女用亲昵的目光看着呼虎雄对发表议论的同伴说："你还别说，这样的体格才能带领咱脱贫哩，人家多有福相，咱农村人讲究啥，不就是有个好体格，我看行，这样的人，干活有力气，脑袋大点子多。"

对于村民的议论，呼虎雄听得很真切，他在心里说，我不管你们怎样看待我们，等我们把事做下了，让你们脱了贫，到那时让你们再评判我们几个年轻人到底行还是不行。

天空没有一朵云彩，山坡上没有一丝风，有的只是滚滚热浪。呼虎雄他们几个从闷热的窑洞里出来站在村外的圪堎上，看着蓝天白云和坡下向南流淌的黄河，他们多么渴望能有一股凉风从黄河岸边吹来，解解这漫山遍野的闷热，当然还有自己心中的焦急……

呼虎雄讲到此我问他："那时候你们急什么呢？"他抬头看了一下酒店大厅的灯笑着说："急着找到突破口，看咋样才能做出实实在在让村民脱贫的事，向村民证明政府扶贫的决心，让村民改变对我和队友的看法。"

之后他又对我说："我不知道你对农村了解多少，特别是我们神木这地方，真的，我没有想到，还有如此贫穷的地方。这些年，我们的目光一直盯着神木北部地区的风光，看到的是以煤炭产业为中心的经济发展。经济的快速发展使神木人感觉自己生活在现代社会的前沿，而外界人对神木的理解和看法，也往往是全国百强县、西部第一县，似乎神木人钱多得数不清。可在神木的南边，特别是黄河沿线一带，并不是外人想的那样，我们走进去才知道还有那么多地方，那么多的人，在'两不愁三保障'方面，需要政府去解决。特别是吃水问题，不但困扰着农民的生产，也成为脱贫路上的拦路桩，如果不解决水的问题，莫说让农民脱贫，就是维持日常生活也成问题。"

看着眼前体格健壮的呼虎雄，我笑着说："是呀，外地人真的觉得你们神木处处是天堂。"

他收回摊放在玻璃桌面上的浑圆的双手，将宽厚的背靠在那个塑料椅背上憨笑着说："当然了，作为神木人，我不但为家乡的发展感到由衷的高兴，也享受了发展给自己带来的红利，可你说，就我这年龄，读了那么多的书，受党教育多年，还领着国家给的工资，面对那些连吃住都成问题的人，心里能不急吗？当时我和队员到五星村后，看到那片黄河沿岸土石山区贫瘠的土地和那些贫苦的人，我们几个恨不得用什么魔法，一下改变那里的现状，让他们能在最短时间内摆脱贫困，直奔小康。"

我说："你这是情愫啊，我采访了许多水利行业的驻村干部，他们的想法和你一样，经过长时间的努力，他们的愿望最终都实现了。"

他说："是呀，是呀，苦才是人生，只有付出才能改变。"

人来了，心能不能沉下去？

那天夜里，呼虎雄睡在村上为他们安排的窑洞里，听着黄河的涛声，他辗转难眠想了许多。他在想，自己带着几个年轻人来了，可年轻人的心是否真的也来了。心来了，情来了吗？几个人靠什么才能在这里扎下根，靠什么才能完成组织交给自己的任务？除了政策和热情，还得有真情，如果没有真情，那将会毫无效果，糊糊涂涂在这儿待几年，最后走人，那样的话，老百姓如何看待这次政府搞的扶贫工作，国家定的2020年全面脱贫的任务如何完成？呼虎雄翻来覆去睡不着，他便把刘政和王耀也叫了起来，领着他来到村外的圪崂处。他问两个人："今天我们把情况看了，很揪心呀，我睡不着，想请你们和我一起谈谈想法。现状就是这个样子，我的想法是既然局里将咱们三人派到这儿，那就是领导对咱们的信任，这里的人也盼着我们能给他们带来改变。我想听听你俩的想法。"

刘政说："是呀，的确和我想的不一样呀。我刚接受任务那会儿，还兴奋得不行，没想到实际情况这么糟糕，但我相信你，你是咱的第一书记，我会跟着你的想法走，你说咋搞咱就咋搞，只要是你要求的，我保证绝不掉链子。"

王耀看着远处的山头说："这地方我之前来过，也了解一些情况，为什么要扶贫，肯定是老百姓需要呀，要不，从国家到市上，会下这么大的功夫？我的想法很简单，用我们的青春赌一把，只要是群众需要的，我们就想方设法满足他们。我记得有这么一句话是说：如果不奋斗，要青春做什么！"

呼虎雄听了刘政和王耀的话，开心地从地上站起来，他伸出手对两个人说："好，我们就用青春做赌注，好好赌一把，让这次的扶贫工作，见证我们的青春，也见证我们的人生。"

听着黄河的涛声，三个年轻人在月光下紧紧将手握在一起，然后他们面对黄河异口同声高呼道："五星村，看我们的。"。

第二天，按呼虎雄的安排，三人分头深入农户摸底子和征求意见。呼虎雄对刘政和王耀说："我们下去，无论做哪一件事，一定要用心、要细心，一是了解村民目前最迫切的愿望是什么，二是要把贫困户底子搞清楚，不能光看资料上的，还要注重事实。"

经过一周的入户调查、座谈摸底，三个人对五星村的真实情况已经了如指掌。

这天，在村会议室的窑洞里，三个人开始汇总情况。

刘政抬起头说："这还真是一个地地道道的贫困村。"

呼虎雄说："是呀，我把咱们分头摸到的情况说一下，你们看哪儿还有漏的。"呼虎雄正准备说情况时，几个村干部陆续走进窑洞。呼虎雄对他们说："正好你们来了，来来来，咱们一起将咱们村的情况汇总一下，然后大家讨论拿出个切实可行的方案，看看我们这次来扶贫先从哪里入手，解决哪些群众最迫切需要解决的问题。"

几个人坐定后，刘政接着说："按呼书记的安排，我把这几天大家摸底的情况说一下，咱五星村位于马镇镇西 7.5 公里，成立于 2015 年，属黄河沿岸土石山区，由阮家洼、苏家畔、袁家沟、刘家山、柴家畔 5 个村民小组组成。总土地面积 14200 亩，山耕地 3486 亩，林地 1116 亩，坝地 440 亩，总人口 283 户 859 人，目前实际在家人口是 38 户 74 人。根据市上确定的贫困人口标准,现有建档立卡贫困户 28 户 55 人,其中低保贫困户 6 户 9 人,特困供养贫困户 7 户 12 人,孤儿 1 户 1 人。这几天我一边调查,一边在想几个问题:一是为什么一个 800 多人的村子,跑得只剩下 70 多人。我越调查越分析越明白,跑不出去的,可以说跑不动的,没处跑的,全是贫困人员,现在留守在村上的人,除了咱们的村组干部,几乎家家都有困难。我们从数字上就能看出问题。二是留下的人,除了自然条件造成的贫困外,村民思想也存在许多问题,他们在等,等国家来管他们,所以这些人的思想问题是个大事。三是自然条件太差了,这是我见过神木市最贫困的村子,我想在全神木怕也找不出第二个这样的村了。"

刘政正认真地按自己的思路说着,呼虎雄却挥手打断了他的话。呼虎雄笑了一下对大家说:"现在咱先不说这些,这些问题大家都明白。"呼虎雄的想法是,当着村干部和党支部书记阮振兵的面说太多存在的问题,怕村干部脸上搁不住,伤了他们的自尊心,毕竟将来开展工作还要靠村干部配合。他打断了刘政的话对王耀说:"来来来,王耀,你来说说。存在的问题,经过这几天的调研,大家都清楚了,你主要给咱谈谈哪些地方还有亮点,就是说积极的一面,我们可利用的优势条件。"

王耀看看刘政,又看看坐在一边的村干部的脸色,他从呼虎雄阻止刘政的举动中,明白了呼虎雄的意思。他低头看了看自己的工作笔记,然后抬起头看着呼虎雄和村干部说:"刘政刚才说的也是事实,这些我想阮书记和村上的各位领导心里比我们更清楚,但我认为,这些问题,正是我们要解决的。我通过这几天的调查和观察,也发现了一些亮点。一是村民有等靠要的思想,我认为这并不是坏事,这说明什么呢,说明他们还相信政府。据村上一位老人给我讲,在四五十年前,每年过春节前,公社干部都要到村上来,把家家户户的米面缸都要齐齐地看一遍,如果谁家没有吃的过不了年,公社就会想办法。那时候公社干部总说,再穷,在共产党的天下,不能让群众过不了年,也不能出现要饭吃的人。现在的人还在等靠,说明他们相信共产党,相信政府。那我们是什么,我们来扶贫不就是代表党和政府来的吗?只要大家还相信党和政府,我们就有希望。在过去的困难时期,老一辈共产党员干部,用自己的行动让百姓相信党和政府,我们现在条件好了，特别是咱神木经济发展了，那我们这一代人就会做得更好，绝不会让大家失望。另一方面，我到苏家畔小组苏区让家去调查，这个老人很偏，但他给我说，他会养羊，过去曾养过不少羊，现在年龄大了，不想多养了。我想这就是我们的出路，陕北人爱吃羊肉，待客最好的也是羊肉，我就想把苏区让这个典型树起来，把养羊作为我们扶贫的一个产业抓起来，而且养羊也没有多少技术含量，也不是难事。我们是要为大家找到出路呀，我想这养羊应该算是一个出路。当然像这种情况很多，有人家里还养了不少鸡，就是不成规模，加上交通不便，鸡蛋销不出去。在五星村，有人盼我们，有些人也担心，怕我们和过去那些驻队干部一样，在这儿来来去去待几个年头，时间到了拍拍屁股走人。另外就是解决人的思想和认识问题是最关键的，我们要真正让这个村脱贫，先要解决人们的思想问题，打掉历史形成的那种等靠要的思想，我们做通了思想工作，我们号召群众才能信我们。"

呼虎雄接过王耀的话说："是呀，这几天我也跑了不少人家，你们俩说的问题我都体会到了。可以说，有正能量，也有负能量，我们的工作就是把所有的负能量转换成正能量。这可能需要一个漫长的过程，但有一点，只要大家还相信政府，问题就好办，怕的是，人们对我们抱有成见，对政府倡导的扶贫工作不相信，那就不好办了。"

村党支部书记阮振兵听到此插话道："主要是过去搞的一些扶贫，人来了，时间过了，人走了，照顾了贫的，贫根没有挖掉，给些吃的喝的，吃完了喝完了，贫困像地里的草，又长出来了。只要你们这回真下功夫扶贫，请你们放心，群众的工作我们做。"

呼虎雄从桌子边站起来问阮振兵："那阮书记你说，我们做啥能调动大家的积极性，能让大家相信政府这回是在真扶贫挖穷根？"

阮振兵还没有开口，坐在一边的苏袁家小组负责人袁俊考说："你们要真让群众相信你们，就从解决村上人吃水问题开始。我担保，只要你们把村上人的吃水问题解决了，没有人不支持你们的工作。"

刘政接着说："话是这样说，可这地方要解决吃水问题，还不是个简单的事，我这几天细细地察看了，这村子在石山上，山上全是石头，哪儿有水源呀，再说了，要解决吃水问题，我大概算了一下，没有个几百万想都不敢想呀。"

王耀说："是呀，我也有同感，这儿的人，祖祖辈辈靠从山下挑水吃，就是洗个衣服啥的，也要到山下黄河里洗。我听村上一个老人说，他原来养了十几只羊，因为没有水吃，将羊赶到山下黄河里去喝水，结果走到半路上，把几只羊硬生生渴死了，从那之后，他再也不敢养羊了。"

呼虎雄说："这些情况我也清楚，大家不要担心。为什么水利局让我们来扶贫，不就是这地方问题多吗？我们就是来解决问题的，钱的事，你们不用担心，我来想办法。咱神木这些年经济也发展起来了，我想钱的问题，市领导和局领导早就想到了，咱们现在要做的是，找到水源，把真实情况搞清楚，然后我向局领导汇报。同时咱也要拿出解决问题的具体方案和计划。从明天开始，咱先找水源。阮书记，你安排人领着，咱们一起找。"

阮振兵高兴地说："没有问题，是这样，明天让袁俊考领一组、苏兔考带上一组，大家按呼书记的安排先找水源。"

散会后，三个年轻人将村干部送出窑洞。村干部离开后，呼虎雄将胳膊展开搭在刘政和王耀的肩膀上说："首先，咱三人要心往一处想，劲往一处使，才能把这个村子整出个样子。我们一定要做到，对于贫困人员，一个不能漏，都让他们实现脱贫，一户都不能少，一个人都不能掉队，而我们，一刻也不能停，不光思想不能停，行动也不能停，我们要不放过任何一个改变这儿落后面貌的机会，采取一切措施，用尽一切手段，集中一切力量，不惜一切代价。当然了，身体还是重要的，工作要上心，处人要用心，处事要专心，要把贫困人员看作我们的叔伯大爷兄弟姐妹。人呀往往是越穷思想越固执，所以这刚开始，我们的态度和耐心，决定我们将来的成果和业绩。对待贫困人员，一定要有耐心，过去不是常说，没有不讲理的群众，只有把理没有讲清的干部。你俩有没有信心？"

刘政从自己肩膀上将呼虎雄的手取下来紧紧握着说："人说士别三日当刮目相看，我和你天天在一起，咋没注意到你一下子就变得这么有水平？你看，那么多的'一'让你一组合，还真是头头是道。"

王耀拍了一下刘政的肩膀笑着说："人家是第一书记哟，水平自然比我们要高出许多，要不，人家咋能当第一书记呢。放心，呼书记，我们就按你说的那些

'一'去做。"

令呼虎雄没有想到的是，找水源还真成了问题。一连5天，他们跑遍了五星村的坡坡坎坎、沟沟岔岔、山山峁峁，鞋被石头磨烂了，衣服被棘刺划破了，皮肤被太阳晒得掉了皮，竟然没有找到一处水源地。

有一天，几个人累得坐在山峁上喘气，一个村民气喘吁吁地跑上来对他们说，听说他们在找水，自己知道哪儿有水。

几个人听后便饿着肚子顶着强烈的太阳光兴奋地跟着村民去查看。他们翻了几道坡坎，的确看到一股水从石头缝里流了出来，可那哪是什么水源呀，像小孩尿尿。面对那一小股清流，呼虎雄想，这石头缝有小泉，必定在某个地方就有大流。呼虎雄对刘政和王耀说："我看是这样，咱们分开找，一组人继续在山上找水源，一组人到黄河边去看看，我听说原来在黄河边有一口井，做了一半，不知道为什么没有做起来，如果这山上真的找不到大水源，我们就想办法将黄河边那口井进行改造，然后将水抽上来。"

第二天，呼虎雄带着人来到黄河边，找到了2015年人们在黄河边打的那口30米口径的水井，经过测量分析，他们认为此井完全可以重新利用。

第三天，各路出去找水源的人回来说，还真找不到合适的水源。呼虎雄让王耀叫来了村干部和包村的企业扶贫人员，大家一起商量，决定改造黄河边的那口井。

阮振兵想了一会儿说："这倒是个可行的办法，可山这么高，黄河边的水咋上来呀？我们村人老几辈子没有人敢这样想呀，那得花多少钱呀，我们这样的想法市领导和局领导会同意吗？"

呼虎雄看着阮振兵笑了一下说："这些，目前咱先不考虑，咱现在要考虑的是这种办法行不行，至于技术，请大家放心，我们几个上大学学的就是水利，毕业后一直在水利局工作，咱们市里许多村的饮水工程，都是我们几个参与搞的。至于资金大家也不用担心，我们能来，那是带着市政府的扶贫任务来的，现在你们村干部，主要是要和村民们商量一下，看这样做大家愿意不愿意。"阮振兵往起一站开心地说："这样的好事，不会有人不愿意，只要有水吃，哪有人不愿意的。"

袁俊考伸手拉了阮振兵的衣袖说:"你先坐下,咱慢慢说,你也不要高兴得太早了,你愿意,我怕有人不愿意。你没想想,历来黄河的水,为什么是黄的,因为河中流的是黄泥水。谁会吃黄泥水呀,咱村上人啥时候吃过黄河里的水?"

兴奋的阮振兵听了此话,像霜打的茄子,一下子蔫了下去。他难堪地笑了一下说:"唉,我还真把这茬给忘了呢。是呀,花大钱从黄河抽黄泥水上来,山这么高,能不能抽上来是一说,真正抽上来了,吃不成也是个问题。"

听了村干部的担心,呼虎雄说:"你们没有听明白我的意思呀,我说的不是直接抽黄河里的水,是改造黄河边那个井,将从黄河里渗出来的水抽上山。"

袁俊考说:"那也是黄泥水呀。"

刘政对村干部说:"这个你们就担心过度了,小时候,谁没有玩过水,没错,水是黄河中的水,可水通过黄河岸边的沙石坝过滤了呀。我们小时候玩水时,河中眼看着是脏水,可在河边挖个小坑,那坑里的水是清的呀,因为沙土是有过滤功能的。"

几个村干部想了想说:"小刘这样一说,还真是有道理,就是呀,小时候的确做过这样的游戏。"

王耀说:"大自然有大自然的规律,这是科学。"

阮振兵想了一会儿说:"事当然是好事,就是水通过沙土过滤,人们吃起来心里还是不舒服,因为我们这儿有句俗话,饿死不吃黄河水。"

呼虎雄说:"你们呀,实在想得太多了,我刚才说过了,就是将水从山下引上来,我们还有几道程序,那就是过滤净化,通过科学的方法,用物理和化学的手法做几次净化。神木城里的水,还不是经过净化才送到家家户户的。"

"这样行,这样行,咱也不说和你们城里的水质量比,只要吃不出啥毛病就行。"阮振兵激动地说。

呼虎雄说:"我们要是把水引上来,一定净化得和城里人吃的水一样干净,甚至比城里的水还要好。这次国家扶贫,对农村饮水安全有严格的要求,我们引上来的水,要拿到榆林市经过水检站检验,达到国家农村饮水标准才能送到村民家中,如果不达标,谁也不敢让村民饮用。"

几个村干部听后，连声说"好好好"。阮振兵低下头想了一会儿说："这些道理我们在座的人明白，怕的是群众一时想不通。"

呼虎雄说："这就要靠我们做工作。一是要让群众相信我们。不瞒你们说，我自学校毕业后，一直从事水的治理和研究，就在咱们神木，我们做了好多项目，有好多村的饮水项目就是我们做出来的。二是要让大家相信科学，可以说，到目前，在咱农村没有科学解决不了的问题。"

阮振兵说："好，我们去做村民的工作，我想，把道理给大家讲清楚，大家会赞同的。"

但令呼虎雄没有想到的是，听说要吃黄河的水，有许多村民找到他们，还是那句话，饿死不吃黄河水。没有办法，他们就组织村民到村委会的窑洞里开会，专门给大家讲国家这次扶贫对于农村饮水安全的要求和标准，讲清楚他们如何才能做到饮水安全。他还用图画形象地给大家解释。同时，还给村民讲政府为了解决村民饮水困难下了多少功夫，采取了多少措施。

通过几天的讲解，终于解决了村民的思想问题。村民最后说："只要你们能喝，我们就能吃，你们是国家干部，我们相信你们，也相信政府派你们来不会哄骗我们。"

受益者的思想工作做通了，可要引水上山，那需要的不是一笔小投入，钱从哪儿来？王耀有些担心。呼虎雄对王耀和刘政说："你们先给咱做引水方案，包括将来的管网铺设，万一不行，你们回到局里，让施工队先来看一下现场。钱的问题我来想办法。我想政府一定会给一部分，你们不要忘了，这个村还有一个包扶单位，大柳塔神华神东煤炭集团石圪台煤矿。我想，和他们领导商量，让他们也出一部分，应该不是问题。"

经过详细勘察规划，呼虎雄和刘政、王耀做了初步引水方案。呼虎雄向神木市水利局王光增局长做了汇报。局领导带着技术人员来到五星村，对呼虎雄他们的方案进行了详细的论证，认为从黄河边引水的方案是可行的也是必要的。局领导当场向五星村干部和群众表态说："让群众吃上干净安全的水，是大家多少年来的渴望，也是我们水利局义不容辞的责任，希望你们多给我们的扶贫干部以支持，使大家早日吃上安全水。"

群众和干部听了水利局领导的话，人人激动得不由自主地欢呼起来。有群众问王光增："这得花不少钱呀，不会到时候做到半截子上面不给钱又停下来吧？"王光增说："请大家放心，我们的扶贫工作队，如果解决不了大家的吃水问题，我们就不会离开五星村。"

接下来的日子，呼虎雄让王耀和刘政配合水利局施工人员做方案搞预算，自己进城开始筹措资金。市政府和水利局领导对五星村的引水工程十分重视，很快就筹集了部分工程款。

听说呼虎雄已经弄到资金，村民个个高兴得四处传播，几个妇女跑到村委会窑洞里对刘政说："呼书记回来，你们一定要告诉我们，我们给呼书记做好吃的款待他。"

只有呼虎雄自己知道，钱是如何带回来的。为了筹钱，多少个夜晚，他和局里的同事加班加点，修改设计方案，研讨如何节约成本。为了要钱，他一会儿缠住局长不放，一会儿又在财政局和扶贫办向领导们游说，之后，他又跑到大柳塔向包扶企业请求支持。他把自己经过加班熬夜设计出来的图纸和未来五星村的前景说给包扶企业的领导。企业领导为难地对他说："事当然是好事，扶贫是国家提倡的，我们坚决支持，可目前你也知道，国家在搞节能减排，我们的企业一直在压产量，钱我们可以出，但像你说的那么多，我们真的拿不出来。"最终在呼虎雄的求告下，企业领导还是答应支持他。

呼虎雄人在市内奔波，却回不了家，妻子抱怨，孩子不理他，母亲打电话对他说："人家干国家事的人，都有休息的时候，你官不大，事咋那么多？难道你当了第一书记，就不要家了？难道你包的那个村的人，比你妈和媳妇、娃还重要吗？忙完了快回家看看媳妇、娃吧，娃把状都告到你老娘这儿了。"说归说，安慰归安慰，在呼虎雄心里，认准了的事，刚到关键时刻，绝不能歇下来。

有一天，呼虎雄刚从大柳塔回到局里，局长将他叫到办公室，给他递上一杯冒着热气的茶水一脸笑意对他说："不错呀，小呼！听五星村的老百姓说，你们几个还真下了功夫，说是为了找水源，你把腿都摔伤了，还说轻伤不下火线。你们几个这种干劲，值得提倡，但我们在干好工作的前提下，要注意安全，要保护好自己。扶贫工作要搞好，但不能光顾工作，不注意身体。另外呢，也要顾家嘛，听说你们几个忙着找水源，好久都没有回家了，这咋行，家是咱们的大后方，后方安宁了，咱们在前方扶贫才能安心，抽时间一定多陪陪家中的老人和孩子。你告诉刘政和王耀，我给你们放3天假，你们回家好好休整一下，家人非常辛苦。记住我的话，五星村人畜饮水工程开始施工时，我也去，我给你们助助力。"

面对局长的热心，呼虎雄放下茶杯说："那咋行，现在钱已经凑得差不多了，五星村的群众听说我弄到了钱，人人都急着想见我哩，特别是阮书记，高兴得一夜一夜睡不着觉哩，不能休，我们要趁热打铁，想在秋里，将井弄出个样子。我先去五星村，等我们正式开工时，我向你报告，你一定要来给我们助阵啊。"

局长亲昵地拍着呼虎雄的肩膀说："行，按你们的安排去做，今天必须回家看看。呼虎雄跑出办公大楼，给妻子打了电话，便开着车直奔五星村。"

呼虎雄带着神华神东煤炭集团公司石圪台煤矿给的12万元和县上支持的扶贫资金马不停蹄地回到五星村。村民听说呼书记带回了钱，兴奋地拥到窑洞里像自己有了钱似的。男人们高声野气吼道："咱不停歇，轮班倒，全力以赴把井淘干净。"妇女们开心地簇拥到呼虎雄身边拉着他的手说："你们在工地上干，我们负责给你们送吃喝，啥好吃，我们给你们做啥，只要能早点吃上自来水，让我们女人不再挑水，不再为吃水发愁，要我们身上的肉，也给你们。"

在村民的全力配合和支持下，改井引水工作开始实施了，凡是村上留守人员，有体力的男女老少，都跑到工地上，就连一些孩子，星期天也到工地上帮着大人们搬石头抬管道。

据呼虎雄讲，干了多年支书的阮振兵对他说，几十年了，除了当年学大寨修农田，再没有这么多的人参加集体劳动呀，实属稀奇。

为了早日将水引上山，送到村民家中，呼虎雄、刘政、王耀，局里施工的技术人员，国有企业包村人员，几乎天天吃住在工地上。

有一天，王耀累得实在走不动了，刘政和呼虎雄要背他，他慢慢从地上站起来，看着远处的黄河说："憋了多年了，这回，我们才算真正让青春的汗水之花开放了。这样的日子过着多过瘾呀，用我们的青春，为老百姓做实实在在的事。我真想面对这滔滔黄河吟一首诗，可我一时想不起来哪首诗最能表达此刻我们的心情。"

王耀刚说完，刘政便走到一边吟道："闪光的青春指的是什么？自然不是年龄，亦不是一个人人生的过渡期，或者充满激情的岁月。一个人，只有将青春投入有意义的、火热的生活和工作中，青春才会真正放射光芒，闪现激情，创造出属于青春的永恒的意义。"

听了刘政的激情创作，坐在地上的王耀和呼虎雄等人不由自主地鼓起掌来。

之后，呼虎雄对刘政说："等咱们将水送到农户家的灶头上，你美美给咱写一首诗，表表咱的付出。"

几个人伸手将王耀从地上拉起来。刘政说："我写不了诗，刚才背的是我写在日记上的一段话，要写，还是王耀，王耀激情多呀。"

呼虎雄说："行了，这是后话，现在的任务是将王耀送到窑洞里，让他好好歇着。"

王耀弯下腰揉揉腿说："没事了，就是太累了，不过，听了刘政的朗诵，好多了，走，咱们快去看看现场。"

几个月后，在水利局施工队的支持下，他们不但将黄河边30米口径的大口井进行了改造，还将水引上了山，在山上建起了1000平方米的集水场。紧接着，又建起苏家畔村民小组人饮泵站工程。到了2017年，又新建了袁家沟小组西沟60立方米的低位水池，并解决了因修路造成的苏家畔村民小组下水管道变浅受冻无法供水的问题。2018年他们重新更换了袁家沟村民小组上水管道，2019年在年度计划中，安排了阮家岇人饮泵站工程，使该小组的饮水问题彻底得到解决。尽管下了功夫想了办法，也花了精力，但由于地形复杂，供水战线长，人们居住相对分散，苏家畔和袁家沟村民小组人畜饮水问题还是没有得到彻底解决。苏家畔村民小组有6个养羊大户，规模达到1000只以上，用水量较大，每年夏季，村民在房前屋后种植的蔬菜因缺水浇灌矛盾不断，村民意见很大。

2021年6月，市水利局新任局长王成刚得知五星村的情况后，专程到五星村调研，他了解到苏家畔、袁家沟两个村民小组饮水还存在问题，即刻与村干部和扶贫队员召开座谈会，让大家提出解决方案。拿到大家的意见后，王成刚回到局里，连夜召开了局务会，专题研究解决问题的措施。最后市水利局拿出90万元专项资金，在西寨岇新建一处人畜饮水泵站工程，在解决其他村饮水安全问题的同时，也解决了五星村柴家畔和苏家畔小组的供水问题。至此，五星村的人畜饮水得到保障。

呼虎雄对我说，记得第一次通水时，看到村民开心地嬉戏，村民之间相互泼水，有女人当场洗头，他和几个同事真的掉下了眼泪。让他感到骄傲的：一是用自己的力量为村民解决了饮水问题，感到自豪和高兴；二是实现了自己当初的承诺；三是回顾在引水过程中的付出，无怨无悔。为了引水，自己整整掉了十斤肉呀，还有刘政、王耀和包扶企业的同志，一个个晒得黑不溜秋地回到家，家人开玩笑说他们是不是去支援非洲了。"那个苦，是我自工作以来，感受最深的。为了引水上山，我们睡在工地，累了倒在坡上眯一会儿，饿了吃方便面。遇到下雨天，怕泥水冲毁施工现场，怕雨水淋湿了水泥，我们像电视中演的那些解放军战士一样，宁愿人受苦，也坚守在工地上，守住物资。为了铺设管道，我们起早贪黑，一节一节地将管子抬上山，腿磕破了，用土涂在伤口上继续抬，鞋烂了赤脚在石皮上行走。不干不行呀，因为在村里，就我们几个年轻人，我们不干，就没人能抬动管子。那一阵子，我们几个成了村上的主要劳动力，我们既是组织谋划者，又是具体实施者。"

呼虎雄说着，眼角泛出了小小的泪花。他说自己做了10多年的水利工作，跑遍了神木的沟沟峁峁，也为许多村引水到灶头，唯有五星村的引水场景最令他难忘。这个村的人，吃水真的是太难了，几辈人为吃水发愁。当一些妇女喝到自来水后，她们跪在地上放声大哭，那场面，像电影中演的当年贫苦人翻身解放一样。他们怎么也想不到，自己还吃上了自来水。

我笑着问他："当初说你们不行的那些人应该有所反省吧？"

呼虎雄抬起头看着我笑了一下说："那是自然，我记得通水的那一天，当初说我体格胖弄不成事的那个妇女，紧紧抓住我的手说：'兄弟呀，大嫂小看你们了，还是你那个大婶说得对，人胖脑袋大，脑袋大装的东西多，还真是的，大嫂服你哩。'她说着，将我推到当初说我脑子好使的那个大婶身边。他们兴奋地将我推来推去，当时，我简直像个铃铛。我理解她们，你想想，困了几辈人的吃水问题，让几个年轻人给解决了，她们能不开心吗？当然我们也开心，看着那种喜庆的场面，我们三个人一晚上激动得没有睡着。刘政不停地说，这是青春的力量，这是我们的青春在黄土高坡上放射的光芒。"

人们灶头的水通了，大部分村民对三个年轻人另眼相看，称赞有加，说他们给了五星村人新生。但还有部分人，并非如此，对于扶贫工作，不但不积极配合，反而处处为难扶贫人员，阻碍扶贫工作向前推进。

呼虎雄告诉我说："在任何时候，人的思想都是有差异的，特别是农民，实行生产责任制后，各自为战，开会少了，形成了以自我为中心的意识，往往对政府和村干部抱有对立情绪，对政策的认知仅仅停留在电视的宣传中，不能深度理解，这种局面为开展扶贫工作造成一定阻力。看着水通后大家高涨的热情，我本想着，后面的工作就好干了，但令我没有想到的是，在后来发展产业和改造村民住房以及道路硬化时，出了许多我们想不到的问题。我们本以为解决了吃水问题，能唤醒那些沉睡的思想和意识，可毕竟是百姓呀，百人百性一点也没有错。"

当初在摸底时，村上的羊倌苏区让曾对王耀说过："只要你们解决了水的问题，让我不再将羊赶到黄河边去让羊喝水，我就会再多养一些羊，我还要带领村上人养羊，把我的经验传给他们。"可真正到了要放开养羊时，苏区让却打了退堂鼓。他说他年龄不小了，腿脚不方便，养得多了自己管不过来。

苏区让养羊的确有了收入，可以说他是村上留守人员中相对富裕的人。他没有想到的是，2015 年自己患了一场病，花光了养羊攒下的钱还不够，最后东拼西凑才把病治好。呼虎雄了解情况后，根据苏区让的不幸遭遇，将苏区让纳入贫困户。但令呼虎雄没有想到的是，在识别贫困户填表和照相时，苏区让嫌手续太多，加之大病刚好，情绪不稳定，对未来看不到希望，对呼虎雄和王耀他们要求的填表识别不但不配合，还骂骂叨叨。他说："你们呀，真是埋汰人哩，光填表有什么用，这表快把人埋了呢，要真心帮我，就直接将钱拿给我，多省事。"说着，竟然将工作人员发给他的表扔掉了。

表没有填成，苏区让气咻咻地离开了。可呼虎雄并没有放弃，到了下午，他和王耀带了东西去了苏区让家，他们整整和苏区让聊了一个晚上，终于解开了苏区让心中的疙瘩。

当刘政和王耀第二次找苏区让填表时，苏区让像变了个人，不但积极主动配合，还用恳求的口气对他们说："你们真要帮我，我还是老话，想办法帮我凑些钱来，别的脱贫门路我没有，我就想养羊。"

呼虎雄当着众人面紧紧握着苏区让的手笑嘻嘻地说："老苏呀，这就对了，你放心，只要你想养羊，没钱我来想办法给你找钱，你记着，咱扶贫工作队就是要让大家挣钱过上好日子哩，你的事我包了。"

填完表离开窑洞时，苏区让转过身子对办公室的扶贫人员说："上次对不起你们，你看你们抛家弃舍地来帮我们，我还那样，不要记恨我，我这不是有心病吗？你说我好好的光景，让一场病害得这脑子都糊涂了，你们一定要原谅我，哪天我请你们吃个便饭，算赔罪好不好？"

呼虎雄和刘政、王耀将苏区让送出好远，呼虎雄拍着他的肩膀笑着对他说："老苏呀，真的没啥，知道你心情不好，你放心，养羊的钱，我一定会想办法，保证你满意。"

第二天，呼虎雄就开始为苏区让想办法。他跑到市扶贫办，人家告诉他扶贫资金在年初就下拨完了。他又跑银行，银行问他有什么抵押，他说贫困户，没有什么抵押。正在呼虎雄为难时，王耀打电话给他说想到办法了。

那一阵子，王耀是贫困户苏五七的帮扶责任人，他看着呼虎雄着急，就开动脑筋想办法，后来通过疏通各种关系，为苏五七引进了种羊，同时也解决了苏区让的问题。

2017年驻村后，王耀第一次去苏五七家摸底时，发现苏五七家的确困难，但这个家里有两个男人，能干活，他便隔三差五往苏五七家跑。他曾对呼虎雄说："就苏五七家的情况，你放心，我一定会把他们的穷根挖掉。虽然家里穷，但家里有人，总有办法。"王耀想让苏五七养羊，开始苏五七有些不愿意，说没有水咋养，羊和人一样，也是要喝水的呀。王耀对苏五七说："那好，你等我们把水引上来之后，你养羊行不？"苏五七说："只要有水，我就养，但我没有钱买种羊。"王耀说："只要你想养，我就能想办法帮你弄来种羊。"后来水上山了，王耀不但帮苏五七弄来了种羊，还帮他贷了3万元养殖款。看到干部真心扶持自己，苏五七来了兴趣，他带着儿子一起养羊，一年下来增加了收入，日子也发生了变化，到了2018年，苏五七家顺利地脱贫。2020年王耀又帮他们新建了羊舍，使他家养羊的数量增加了好几倍。苏五七常年在家居住，他看到儿子慢慢变得勤快起来，从心眼里感谢王耀。

一户一策，因人施策，在呼虎雄他们的谋划下，3年间，五星村几乎所有的贫困户人人有事做，个个闲不下。

呼虎雄和王耀为苏区让引进了种羊后，人们又看到老羊倌开始在山坡上唱起老情歌。如今，苏区让扩建了120平方的羊舍，羊的存栏达到200头，年收入过了10万元，成了全村脱贫明星，也成了呼虎雄、刘政和王耀他们的好朋友。

与苏区让在一个小组的苏启伟，2017年以前一直在内蒙打工，在一个工地给农民工做饭，后因年龄大被包工头辞退了。令村干部没有想到的是，苏启伟回到村上后，天天缠着呼虎雄他们。他不是问扶贫办法和扶贫政策，而是日日告状，于公开场合大骂村干部是贪污犯，说自己不在家许多年，国家给的土地补助、种子补助、林业补助全让村干部挪用和贪污了，自己没有领过一分钱。

有一天，苏启伟又在村委会门口大骂村干部，呼虎雄从窑洞里出来，将苏启伟引到自己住的地方，为他倒了水，问他到底是咋回事。苏启伟一口咬定，自己从来没有领过国家给的补助。呼虎雄问苏启伟："你信我们不，你若相信我们，我就组织个清核小组，就你的事，专门给你核查，如果真是村干部挪用或者贪污，我们绝不袒护。"

苏启伟细细地看着呼虎雄的脸想了一会儿说："行么，你们核查，我一定要在现场。"

呼虎雄抬起头看着苏启伟说："你当然要在现场，你是主角，你不但要在现场，还要帮我们工作。"

送走了苏启伟，呼虎雄对刘政和王耀说："这是个大问题，我们必须认真对待，咱们先成立个核账小组，好好帮苏启伟核核账，看看他说的是真的还是假的。如果是真的，我们就要上报，如果是假的，把账弄清楚，让他心里明白，也为村干部洗了冤枉，要不这样天天闹，村干部工作没法开展，咱们也没法实施咱们的计划。"

账整整核对了一周时间，结果令苏启伟心服口服。到了最后他笑着说，是自己年龄大了，领了那么多的钱，全忘了，也怪家里人，把钱领了，没给自己说。

呼虎雄问他："账对了，没有一点错，你应该咋办？"

苏启伟说："我给村干部道歉，也应该给人家道歉，我不在家这些年，村干部啥都没落下我，我还冤枉人家。"

到了村委会，村干部听了呼虎雄的解释，指着苏启伟说："道啥歉哩，你回来了，年龄也大了，就好好帮村上做些事，你不是饭做得好么，就给咱的扶贫工作队做饭。政策上有的，不会少你一分一厘。"

后来，呼虎雄不但为苏启伟补办了养老保险，还将他纳入特困供养人员，帮其办理了邮政储蓄一卡通。每当苏启伟从卡上取到公益林补偿、特困人群补助金时，他都向扶贫工作队汇报。他多次兴奋地对呼虎雄说："你们几个年轻人，不但是好干部，还是我的贴心人，你们不但把我心里的疙瘩解开了，也使我更热爱家乡了，也让我看到了未来，感受到了党恩。放心吧，你们在这儿，我好好给你们做饭，让你们多给大家伙办正事。有一天你们住满了，进城了，我想你们了，也会去城里看你们，咱们以后就走亲戚。"

"扶贫就是扶思想，扶意识，扶志气，化解群众心中的疙瘩。"呼延虎说。眼看着能行的人个个都逃离了山坡，一些没有技术和年龄大的人慢慢放弃了对未来的希望，是扶贫工作的开展，唤醒了他们对美好生活的追求。

除了帮助苏启伟、苏区让等困难户解决实际问题外。呼虎雄他们还帮 65 岁的冯栓南和 70 岁的金伦秀办理了结婚证，使两个老人名正言顺地结为夫妻，过上了幸福生活。金伦秀在村上，没有户口也没有身份证，年龄大腿脚不方便很少出门，加之没有一点文化，也不知道证件如何办。呼虎雄就帮他们一次次跑路去办理。贫困户白埃堂一家五口全是智残人员，住的房子白天看太阳晚上看月亮，风吹人体凉，雨到屋地湿。扶贫工作队不但帮其修了房子，还专门修了厕所。贫困户刘爱香的儿子袁浪浪 2020 年 7 月从西安一所学校毕业后一直找不到工作，想去外地又担心母亲的身体。王耀知道后将此事告诉了呼虎雄。呼虎雄让刘政联系袁浪浪抓紧时间复习，督促其好好学习。后来袁浪浪考上了公益岗位并上班工作。如此安排，袁浪浪一方面可以挣钱，另一方面还能照顾母亲。袁家沟小组 73 岁的袁双鱼老伴去世多年，一个人生活，村上为了照顾他，让他给村民管水，可他认为工资低，没兴趣。村上要安排别人代替他，他又不同意，还天天到村上闹腾。

呼虎雄多次与袁双鱼交谈，为其增加了工资。袁双鱼见人就说："村干部拿我没办法，还是市里来的人水平高，他们为我解决了工作问题。主要是他们会做工作，能听进去我的话，把人当人看，是他们把我的心门打开了，我不服不行啊。"

如今的五星村，一条条平展的水泥路通到农户的家门口，一盏盏明亮的太阳能路灯照亮了村庄的角角落落，一根根自来水管将清澈的井水送到每户人家的灶头，村委会新建了房屋，几千只羊成为那些贫困户脱贫的秘诀，几十亩花椒树在山坡上迎风成长，不但成为人们脱贫致富的产业支撑，还成为山坡上美丽的风景。

村民们逢人便说，真没有想到，五星村还会有这样的光景，就是做梦也不会想到呀。

他们开心地说：水有了，不再为吃水为难了；路通了，卖粮不愁运了；电多了，不愁生产了；房修了，下雨不怕淋了；小杂粮有了销路，大红枣有了市场，那些藏着疙瘩的心，也一个一个敞亮了，就连我们山上的风和太阳也和过去不一样了。

4年3个月1530天，呼虎雄、刘政、王耀三个年轻人，用真心激活了一个贴在石皮上的村子，用行动打赢了脱贫攻坚这场战役，用真情点燃了贫困人口心中的理想，用青春照亮了五星村的希望。

那天在采访结束时，呼虎雄深有感触地对我说："通过这次扶贫，我深切地感受到，在这个伟大而多元的时代，年轻人到底应该追求什么，在这美好的岁月，我们能给这个时代留下什么。如果不是这次扶贫，自己不会对当今社会生活有如此深刻的认知。在年轻人理想淡漠的今天，我的体会是，只要有能体现自身价值的平台，没有人愿意抛弃理想，关键还是组织和引导。我有时也常想习近平总书记说的那句话：'青年一代有理想、有本领、有担当，国家就有前途，民族就有希望。'这句富有哲理且语重心长的话，对于年轻人来说，不但是号召，也是动力。真的，年轻人，只有同人民一起奋斗、同人民一起前进、同人民一起梦想，做追梦者、圆梦人，将青春的力量用在推动各项事业的发展上，才能不负韶华，体现青春对每一个人的真实意义。"

四、用理想改写家乡历史

农历六月，正是陕北最热的时节，顶着骄阳，走过延安城，穿越一段绿色长廊之后，我们走进安塞区镰刀湾，看见阳光下一个农民正在路边手持水管浇灌地里的西红柿，不由得想起了10多年前在安塞区化子坪镇一个村采访时，那个叫李根发的村民为我们找水喝的情景。

那是2006年夏天，为了配合北京一位朋友做《陕北人权建设调研》，我和朋友到安塞区的化子坪镇采访。印象最深的是，有一天，我们到住在高山上的50多岁的王根发家调研，为了给我们找水喝，他跑了3户人家，借来了半盆水。看到我们满头大汗的样子，他不好意思地笑着对我们一行说："啥都好了，咱这地方就是吃水比较难。"喝过水，他将我们领到他家的毛驴圈旁，指着山下一条很深的沟槽告诉我们，政府把路修到山上了，但吃水还得用毛驴到山下去驮。问他毛驴驮一次水来回需要多长时间。他说快的话得个把钟头，如果下雪或者毛驴老了的话，这一来回得半晌。他还告诉我们，过去有专人用毛驴从山下驮了水到山峁上卖，现在人都出门挣钱了，没有人卖水了，家家户户吃水就得自己想办法。他看着北京的同志动情地说："从解放到现在，党领着咱干事情，啥都好，吃的也好，穿的也好，样样东西都不缺，就剩下一样了，吃水难，啥时候能让咱农民吃水不发愁就好了。"李根发将我们送到山峁上拉着我们的手依依不舍地哀求道："你们都是从大地方过来的，想办法给上头领导说说，给咱农民解决吃水问题呀，只要有水了，咱就幸福了。"

告别了李根发，我们一行在山峁站了很久。北京朋友看着远处一簇山梁说："真没有想到，吃水对于这儿的老百姓还这么难，如果不深入调研，还真不知道陕北人吃水是这么回事。"看着山下的深沟，他对我说，回到北京后，他一定要将安塞的情况写个内参给国家有关部门作以反映。那时候，陕西省政府已经启动了"甘露工程"。我告诉他省政府已经着手解决农民饮水问题，在不远的将来，毛驴驮水的情况就会得到改观。他还有点放心不下，回到西安后，他仍然对我们在安塞看到的情况耿耿于怀，非要让我找到政府解决农民饮水的相关资讯。我从网上调出了相关新闻让他看，他看后说："唉，真没有想到，养育了中国革命的地方，百姓吃水还如此困难，但愿陕北的农民能早日不为吃水发愁呀。"朋友回到北京后不久给我打了电话，他兴奋地告诉我，全国妇联也在想办法为西北干旱地区解决吃水问题，他把他在安塞看到的情况告诉了全国妇联的同志。后来我才知道，这个北京朋友已经去世经年的老父亲，是从延安走出去的老革命。

2002年冬天，我第一次到安塞区采访陕北民歌歌王王向荣时，我们从文化馆出来，王向荣领着我们看县城景观，他指着城对面的两座山说："我们这地方好是好，就是县城小了一些，城里还算可以，乡下人就苦焦了。"我说："你们比别的县好多了，你们有油田，经济发展相对活跃。"他说："你只是看到了城里，你到乡下走一走，就知道老百姓冬里日子可不好过哩，不说别的，就吃水这件事，就苦焦得很哩。"

在安塞区遇到的两件与吃水有关的事一直深藏在我的心底。安塞区是典型的丘陵沟壑区，大部分人住在山沟里和山峁上，就连区政府也建在窄狭地段的河湾。安塞亦是文化名县，腰鼓、剪纸、民歌，名扬天下，声播九州。安塞还是革命老区，毛主席等老一辈革命家曾在安塞居住数载，留下了许多红色遗产。改革开放后，安塞人不断利用境内资源招商引资搞开发，改变了全县人的生活现状，促进了社会各业发展。但由于地理位置特殊，缺水一直是安塞发展的瓶颈，特别是农村饮水，许多住在山峁上的人吃水全靠人挑驴驮。进入新世纪后，人们不用挑水也不用毛驴驮水了，但依旧要用农用车从山下往山上拉水。

两次赴安塞采访，我对安塞农民吃水难的问题记忆深刻，不知道经过10多年发展后，安塞农民吃水问题是否有所改观。重新了解安塞人吃水的情况，也是这次安塞之行的目的。

安塞区水利工作队副队长李振义，是个性格豪爽的年轻人。市水务局副局长赵世宝对他说："你来负责陪同李作家采访吧。"他接过介绍信看过之后，便一把将我拉到水利局楼道里笑着对我说："李老师，你要是不怕累，咱们一起去一个村，我让你现场看看我们的供水情况。"

如此安排是我求之不得的。在前往镰刀湾的途中，谈到农村饮水安全，我随意点出了几个村，李振义都能把那些村农民吃水的情况详细地告诉我。

李振义说："这次国家实施的脱贫攻坚，对于陕北人特别是我们安塞人来说，真真切切地解决了自古以来吃水难的问题。可以说通过我们局上上下下的共同努力，彻底改写了安塞农村吃水的历史，作为一个年轻人，自己能参与其中，是一件十分光荣的事。"

我问他："你们水利工作队年轻人多吧？"

他说，冲在一线为群众实施饮水工程的大部分是年轻人，当然也有年龄相对大一些的。老同志工作经验丰富，对农民的理解比年轻人深刻，而年轻人精力充沛，遇到问题会用新的思路去解决。

我又问："现在的年轻人，在工作岗位上会不会和老同志一样踏实肯干，真正把事当事做？"

李振义笑了一下说："其实在现实生活中，每个年轻人的内心都有梦想，都有施展才华和改变社会现状的愿望，都想用自己的青春力量为社会做点什么。虽然现在人们的思想和意识里，总认为年轻人做事多与利益挂钩，但当你真正了解了年轻人，你会发现，在他们身上，除了金钱，还有别的东西，那就是理想和奉献。我们安塞这地方，可以说是出英雄的地方。张思德就是在安塞牺牲的，那时候他才多大呀，毛主席那篇有名的《为人民服务》，就是在张思德的追悼会上首次发表的。我自己自从懂事后，也一直在思考，自己能不能和张思德一样，做一些有益于人民的事，所以在这次扶贫中，我带着一帮年轻人，在我们队长的领导下，踏踏实实地沉下去，借助脱贫政策和这次难得为群众办实事的机遇，为解决全县农民吃水问题大干了几年。我曾对我们队里的年轻人说，大家总说想做些实实在在改变社会现状的事，想让青春好好放一回光，许多人总感觉没有机会，这次就看大家的。我还对他们说：'这次脱贫攻坚，是国家提倡的大事，也许将来会轰动世界，载入史册，我希望我们每个人，都能抓住让青春放光的机会。'还好，经过近5年的努力，我们一帮子年轻人实现了自己的愿望，也改变了现状。现在呀，我们安塞的农村，再没有驴驮水的现象了。"

这是2021年7月19日中午，第一次见到李振义时我俩在高速路上的对话，通过对话，我对李振义产生了兴趣，决定用他的经历，写出安塞人是如何解决农民吃水难的问题的。

李振义领着我一口气赶到镰刀湾镇庙后村，我们走访了几个农户，查看了农户家中的水管，与农民进行了座谈，还采访了庙后村水管员。在镰刀湾镇一个小吃店里，我对李振义说："庙后村的供水工程做得很细，村民们满意度也很高，其他村是不是都和这个村一样呢？"

李振义告诉我："安塞全区 117 个行政村 1018 个村民小组，现在的供水情况，基本上和庙后村没有区别，当然这个村处在平川地带，比山峁上的情况要好一些。我们安塞的村子大部分处在典型的丘陵沟壑区，地形地貌多为沟峁梁峁。咱们看到的庙后村属于平川地区，在管网铺设方面比一些峁梁区域相对好一些。这个村的施工难度不大，输水管道直接从后山的水源地引到村子，然后直接送到村民家中，但在一些沟峁梁峁地区就不是这样，水在低处，还需要建设抽水站和蓄水池。在整个引水过程中，我们根据不同情况进行规划，川道里的村子，一般情况下三四个村民小组建一个集中供水工程，拐沟村和住在山峁上的村民，一般是一个村民小组建一个集中供水工程。在我们区，农村饮水工程数量多，分布广，建设任务十分繁重，最关键的是老百姓渴望早日解决吃水问题的愿望非常强烈。我每次到村上去，看到群众盼水的眼神，听到群众语重心长的嘱托，心里时刻提醒自己，一刻也不能慢下来，一定要借助脱贫攻坚的机会，早日满足群众的渴望。"

据同行的李振义的同事说，为了实现心中的愿望，几年来，李振义领着他们一心一意为农民引水，几乎没有节假日和星期天，他们风里雨里没黑没明地干，目的就是早点让全区农民吃上自来水。他指着李振义脚上的布鞋对我说："为了工作方便，李振义还专门买了几双布鞋，一年要穿烂好几双哩。"

我问李振义穿布鞋和穿皮鞋有什么区别。

李振义笑着说："穿上布鞋，到了村上，首先给群众的感觉是，你是来办实事的，不是来走过场的，当然主要还是方便工作。这几年我们所做的工作几乎全是走村入户，从这个峁峁上去，从那个沟沟里出来，一天到晚不知道要跑多少回。跑的目的，就是要掌握村民所处环境，好科学布设供水管网。水管怎样过沟，怎样上峁，管网如何才能朝向阳的地方防止冬天冻裂，还要考虑避开水毁淤泥，防止汛期被泥石流损坏等。咱整天就是这样奔波，你说你穿上擦得亮光光的皮鞋，老百姓会认为你不真诚，下不了苦，工作起来也不方便。我们的同事说我的布鞋是测量仪，在实际操作中，凡是我的布鞋经过的地方，就是管网铺设的路线，所以我一年穿烂几双布鞋并不奇怪。"

饮水工程是否安全，水源是否可靠，一直是李振义思考的问题。为了寻找到每一处安全水源，他无论是在下乡还是回到队里，经常将有关的水文资料带在身上，一有时间，就抓紧阅读和研判。李振义说，只有把情况弄清楚，才能详细掌握境内泉水分布特点、地下水渗水规律、红砂岩地下水层等。

随行同事插话说："几年来，无论是在川道村临近的沟里，还是在山峁上，我们李队长像一只灵巧的猴子，不怕泥、不怕水，有时爬到半山腰取水样、测水量，有时在深渊里用手挖湿土进行分析，衣服和湿鞋上几乎天天带着泥巴。我们都叫他泥鳅。有时衣服被荆棘挂烂了、手破了也顾不上管。只要一到工作现场，他心里只有一件事，那就是找水，除了找水还是找水。他经常对我们说：'你们常说没有机会实现理想，让群众早日吃上水，不就是我们的理想吗？大家奔跑在实现理想的路上，是不是心里很舒畅啊？'有人回答他：'当然舒畅，可这也太苦了……'他脸色不变对我们说：'什么？我告诉你们，不要口是心非。'那时候他经常那样批评我们。"

李振义将双手在桌面上轻轻拍了一下笑着说："在那些找水源的日子里，自己恨不得将安塞境内所有水源分布情况全装在脑子里，那样就省事了，只要知道哪儿有水源，哪儿的水能利用，哪儿的水质好，我们就能少花很多工夫。"

通过加班加点的学习，李振义掌握了区域内水源分布和水质的相关知识。队里所有人都认为李振义对开采砂岩地下水最有经验，经过他测算的红砂岩地下钻探出来的水，不但水质好水量也充足。

从 2016 年到 2021 年 5 年间，在实施饮水工程过程中，每一处蓄水池的设计、闸阀井的布设，李振义都要亲历亲为。遇到难题，他会组织技术人员共同研究讨论形成共识。他要求施工人员在建水池时，必须做到蓄水池容积大小与出水量、供水量相对应，闸阀井布设既要方便管护，还要考虑防冻。他对我说："我们做决策时，必须要把群众利益放在首位，但更重要的是倾听群众的呼声和意见。我一直要求施工人员，必须做到思想上尊重群众，感情上贴近群众，行动上深入群众。我的体会是，要真正把群众放在心上，把每一户村民看作自己的亲人或者朋友，有了这层关系，你就会带着感情去为他们做事，什么苦呀累呀，那全不是问题了，有了感情，在施工过程中，你就会时刻想着工程质量、水的质量。"

吃饭时，我问李振义："你们在下面如此辛苦，局里领导知道吗？"

他喝了一口羊肉汤笑着说："肯定知道，这几年为了尽快解决农村饮水安全问题，我们局领导和我们一样，多数时间在乡下跑，可以说为了解决农村饮水问题，我们局里上上下下全力以赴了，特别是我们局长郭占彪和主管供水业务的副局长赵世宝，包括局里下属的各个部门，吃水达标的话题，在我们局几乎成了每个人心中的经，说话的口头禅。我们区政府为了探索农村基层如何管理，推出了咱们刚才在村上看的'三岗一人'制度。这个制度一出台，一下子将村上给农民管水的人落到实处。我们推行的做法，在全延安市得到推广，现在延安各区县，在村级管理这一块，基本上都采用了'三岗一人'制度，效果十分理想。过去村一级，有水无人管，天天出问题，环境卫生无人管，村村脏乱差，特别是林坡这一块，每到冬春季，火灾时不时发生。现在实行了'三岗一人'管理，首先是资金落实了，用群众的话说，钱能养住人了。过去三家都出钱，一家出三四百，养不住人，留守老人想挣那点钱，跑不动管不了，几百块钱年轻人看不上，有人外出打工一天能挣回一个月管理费。现在区上规定将三家的钱给一个人，如此一来，村上的三项工作由一人专门管，管理费提高了也集中了，责任落到实处了。我们刚才去的庙后村，村容村貌好了，水也管得令大家满意，一举三得。"

我又问："这几年的扶贫，你都有哪些切身体会呢？"

李振义说："最大的体会就是感受到老百姓的谢意，可以说，工作10多年来，很少听到群众发自内心的感谢话。可这几年不一样了，无论走到哪里，只要把水给群众接通，你不用听他们说什么，你从他们的表情，就能看出来他们内心有什么样的感受。过去老说，老百姓难缠、自私，群众不讲理，不认可干部，没有感情。其实通过这次引水，我的真实体会并不是那样的，只要我们真心实意为老百姓解决他们的实际困难，他们照样感谢你，而且那种感谢是发自内心的。在这一方面，我给你讲两个故事，你一听就明白了。"

一双布鞋的故事

2020 年 5 月份，李振义去坪桥镇盆地沟村实施饮水安全工程，村里一位刘大娘听村支部书记说水利局的人今天要来村里为大家引水上山，心里十分高兴。老人早早地坐到村口迎接李振义一行。见了李振义后，刘大娘拉他的手笑嘻嘻地说："终于把你们盼来了，知道你们今日来，给我们引水上山，我早早起来就坐在屹梁梁上等你们。你们知道吗？我这个老婆子，在这屹梁梁上住了半辈子，家里人就从山下驮了半辈子水。我们这里人吃水要走好几里山路，不是驴驮就是人担，遇到下雨下雪天道路泥泞，拉水人常常摔得鼻青脸肿；有时天热，毛驴也累得卧在地上半天起不来哩。逢年过节，半夜起来抢水吃，有时有人为了抢水打得你死我活的。自我到这里后，这吃水难的种种记忆，就像一根刺扎在我心里。我盼呀念呀，谁啥时能把我这心里的刺给我拔掉呀？现在终于把你们盼来了。"

听了刘大娘的一席话，李振义紧紧握着老人的手转身对站在自己身边的同事说："听到了吧，这就是群众的呼声，也是我们的责任和使命。我想，有扎心感觉的在咱安塞怕不止刘大娘一个人。"李振义轻轻抚摸着老人的手，面对工作队员提高声音继续说："面对群众这盼念，我们大家细细想想，我们的责任有多大，如果我们不把这条沟里的工程做好，如何对得起这些等我们的老人呀？"

听了李振义的话，刘大娘慢慢走到大家面前说："在我们这屹梁上，有多少老人就是临死前都盼着谁能帮我们把水引上来，可是没有呀，现在看到你们来为我们引水，我这心里呀，别提有多高兴。"

接下来的日子，李振义领着同事，一户一户地走访，勘查了该村每一条沟、每一道峁，最后根据大家的意见和水文资料，为盆地沟村科学布设了机井、蓄水池、泵房、闸阀井、管网线路等。经过几个月的苦战，建成了井口径达 2.73 米、井深 420 米、日出水量 50 方的水井，还建了一个 30 方容积的蓄水池，安装了每小时抽水量为 10 方的水泵，最后将水全部引到每户村民的院子。为了便利管理，他们设置了 3 座闸阀井，使该村供水量超过了饮水安全标准的 2 倍，水的各项指标都达到标准。

当通水工程完工后，刘大娘和村民都来感谢他们，李振义借机给大家讲了如何节约用水、冬天如何防止水龙头受冻破裂。许多村民拉住他的手眼含热泪对他说:"后生呀,这些你不用给我们讲,节约用水,我们比你们更上心,你不想想,我们盼了一辈子水上山峁,现在实现了,我们这些人谁舍得糟蹋一滴水呀?你给我们好好讲咋样能防冻和保护咱的水源吧。"正在此时,刘大娘将一双自己亲手做的布鞋交给李振义。老人激动地说:"我人老了眼睛花了,做不出多的,要是再年轻几十岁,我给你们一人做一双,这一双我就给李队长吧,代表我们这圪梁梁上的人表达一下心意。"

老人说:"在咱安塞送布鞋,是感谢人的传统咧,听老辈人说,当年毛主席在咱安塞住的时候,妇女就给毛主席他们送布鞋,那是感谢毛主席把压在咱穷苦人身上的大山推翻了,使咱穷苦人当了家做了主。今天我给你送布鞋,也是感谢你们这些好后生,帮咱解决吃水的事。我希望你穿上这鞋,继续好好做事,把水送到咱安塞更多的农户家里。"

李振义将布鞋拿在手中感觉沉甸甸的。他本不想要,但听了刘大娘的话,心里有股子劲儿不住地往出冲,最后他通过村干部给刘大娘留下了30元钱。

"搭平伙"的故事

李振义除了领着队里的年轻人为各村找水引水外,还按水利局的安排,分包了招安镇21个村的饮水安全任务。2017年秋天,经过一个多月的努力,他们为前山村所有农户接通了自来水。村支书张勇看着村民们个个高兴的样子,就问大家咋感谢这些将水送到家里的人。村民异口同声说:"按咱安塞的老规程办,杀只羊炖了,咱用实际行动感谢咱的恩人。"

李振义知道此事后对村民说:"大家的心意我们领了,可羊绝对不能杀。"他知道这个村还没有彻底脱贫,一只羊价值上千块钱,如果为了感谢他们将羊吃了,那就是给群众增加负担。

几个村民拉着李振义的手说:"你们解决了我们几辈人都没有解决的问题,把水从山下给我们引到院子,这是功德无量的事啊,我们不表示咋说得过去。"李振义说:"这是我们的本职工作呀,要感谢应该感谢国家的政策。"村民拍着他的肩膀说:"政策要感谢,可那政策在远处,我们给不着么,在我们心里,你们就是好政策的执行者，政策再好，没有人执行我们也感受不到政策的好，所以，感谢了你们，也同时感谢了政策。"

看到自己无法阻止村民的行动，李振义将支书张勇叫到一边对他说："要给大家讲清楚，为大家引水是我们的工作，不需要感谢，这点你是明白的呀。"

张勇向李振义点点头说："行，我来做工作，你们忙你们的去吧，不杀就不杀了。"令李振义没有想到的是，他领着同事从山下收拾好工具回到村上时，一只羊已经摆在了木案板上。看着被剥了皮的羊，李振义生气地问张勇："你不是说不杀吗，咋弄成这了呢？村民不知道，你难道不知道村上的经济是啥情况，这一只羊上千元呀。"

张勇拍着李振义的肩膀笑着告诉他："大家说了，这羊不要村集体出钱，是大家'搭平伙'出钱感谢你们哩。"李振义问有多少人搭平伙。张勇告诉李振义，这一片有 10 户人家吃上了自来水，就是 10 户人家"搭平伙"，一户 100 块。李振义摸着自己的口袋对张勇说，那行，我们也要"搭平伙"，我们也算一户。有村民听到两人的谈话跑过来拉开张勇说："你别胡扯了，咱是感谢人家哩，咋能让人家出钱哩，这不是糟蹋咱村上人的脸面吗？"

李振义走过去对围在羊周围的村民说："你们让我搭平伙，我们就和大家一起庆祝，如果不收我的钱，我们就不吃了，我们这就走。"村民一看李振义是个讲原则的人，几个人跑来拉住他的双臂说："行行行，让你也搭平伙，只要你和我们一起吃，一起来庆祝引水成功，你说啥我们都听你的。"

李振义从口袋中掏出 100 元交给村民，支书张勇兴奋地高声喊道："开——煮——"几个村民连忙将羊抬走了。李振义对村民说："大家听着，既然是'搭平伙'，每家每人都有份，把在家里的老人婆姨娃娃统统叫来，我们今天就好好庆祝咱前山村用上自来水。"

李振义从学校毕业以后，抱着满腔的热忱进入水务行业，他一方面虚心向水利前辈学、在实践中学，一方面深入农村倾听老百姓的想法，他将所有能利用的时间用在钻研业务知识上，不但取得了水利水电专业工程师的职称，也积累了不少实战经验。他一边吃饭一边说："这几年，我对自己有个定位，那就是不停地追求为水利事业奉献的人生目标，在力所能及的范围内改变现状，让老百姓吃上干净放心安全水，用自己的能力为振兴乡村打基础。"

在几年的农村饮水工程建设过程中，李振义不但对自己严格要求，对队里的所有工作人员同样严格要求，他经常对同事说："我们好赖每个月还有几千元工资，绝不能占老百姓的便宜，哪怕是一顿饭、一个馍，吃了都要还给人家。"在实施饮水工程时，他总强调："我们花的是国家的钱，干的是民生工程，我们的宗旨是为老百姓服务，让老百姓满意，如果老百姓对我们建的饮水工程不满意，对引来的水不满意，只要有一点问题，都必须返工。"正因为有李振义的严格要求，在几年的扶贫和饮水工程建设中，全区所有的饮水工程，保证了高质量、高标准。李振义说："在实施饮水工程中，我们自始至终严格把关，通过层层检测检查，我们全区饮用水的水质符合国家《生活饮用水卫生标准》，水量达到每人每天 20 升以上，供水到户或取水时间不超过 20 分钟，供水保证率达到 95% 以上。"

也许一个人的能力是有限的，可一旦将有限的能力发挥到极致，那便是一群人志向的升华。也许在同行眼里，李振义和他的同事只是普通的水利工作者，可在老百姓心里，他们是改变自己命运的人。他们用自己掌握的技能，借助时代赋予的机会，在那片浑厚的黄土上，做出一番令父老乡亲感激的事。他们不是英雄，但他们心中有英雄情结，他们让青春年华，在脱贫攻坚中闪现出不一样的光芒，他们所做的一切，就是为了建设一个更加美好的家乡。

五、信念在送水途中铸就

在陕西省韩城市水务系统，人们说起水资源和供水科科长徐艳辉，总有说不完的话，而徐艳辉本人却是一个在接受采访时不善言语的人。

2021 年 5 月 23 日中午，在韩城市水务局办公室主任刘明的引见下，在水务局会议室我见到了长得帅气的 37 岁的徐艳辉。说到采访，徐艳辉有些腼腆，他坐在会议室暗红色桌子旁，双手放在桌面上，看着我们一行嘿嘿一笑，声音低沉地说："其实这些年来，在工作上，我只是做了自己应该做的，没有什么可报道的。要说我们科也做了一些实际工作，那是我们卜晓军科长在岗时打下了良好的基础。要说我本人吧，还真没什么说的。"

我看出他似乎有一丝紧张，我将录音笔放在他面前的桌子上，故作轻松地对他说："随便聊聊，我就是想知道你们平时具体都做了哪些工作。我从省水利厅的网站上，看到你被评为全省水利系统先进个人，想见见你，主要了解一下韩城农村供水的情况。"

徐艳辉看了一会儿录音笔，又将目光移开，投放在对面白色的墙体上思考了一会儿依旧声音低沉地说："真的没什么可说的，嘿嘿。"

后来我通过其他渠道找到了徐艳辉被评为陕西省水利系统脱贫攻坚先进个人的申报资料，资料是这样叙述徐艳辉的事迹的：

徐艳辉用自己的实际行动，诠释了一个水利人甘于奉献、爱岗敬业的优秀品质，秉持了当代年轻人自强不息、敬业奉献的精神风貌。他作为基层水利人中的普通一员，在自己的工作岗位上践行着一个年轻人在工作中对党的庄严承诺。脱贫攻坚工作压力大、任务重，特别是农村饮水安全工作涉及内容多、范围广、情况复杂、难度大。在今年脱贫攻坚农村饮水安全"三排查、三清零"及各级问题反馈整改工作中，徐艳辉同志带领科室人员白天进村入户摸查群众吃水情况，下乡回来继续加班整理工作资料。通宵加班、节假日加班对他来说就是工作常态，早出晚归，从来没有怨言。在开展饮水安全问题排查、协调饮水项目建设、消毒晶片投放、推行水费收缴、落实供水工程管护责任等工作中，处处都有他的身影。扎实的工作换来的是全市农村饮水安全自来水普及率达到99.3%，实现农村饮水安全的全覆盖。仅2020年，他带的团队便完成了39处饮水安全巩固提升工程，有效提升了4.3万人的饮水质量。他积极与财政部门协调，为贫困户落实水费减免22.05万元。完成了剩余621户贫困户919人的饮水安全认定工作，健全了农村供水工程运行管理体制机制，制定出台了《韩城市村镇供水工程运行管理办法》《韩城市村镇供水工程维修养护基金管理使用办法》《韩城市农村季节性缺水供水应急预案》和《韩城市农村供水工程水费收缴工作方案》，完成已建成的饮水工程管护、资产移交工作，落实了管护主体责任，确保了建设与管护不脱节。

生长在韩城市的徐艳辉，2004年9月考入杨陵职业技术学院，在选择专业时，他毫不犹豫地选择了水利水电工程建筑专业。他说，那时候，他只有一个想法，学点实际的东西，好为建设家乡做些实际的事。2007年从学校毕业后，徐艳辉被分配到韩城市水务局水利管理站工作。在那里，他将在学校学到的知识，全部用在工作中，由于专业派上用场，单位给他分配的工作，他总能如期甚至提前完成，受到同事的赞扬，也引起了单位领导的关注。2009年1月，徐艳辉被韩城市委下派到金城办晨钟村担任村主任助理，在村上一干就是两年。用徐艳辉的话说，那两年，通过与农民近距离接触，他深刻地理解了当代农民的苦与乐，也理解了为什么国家如此关注关心农村、农民和农业，每年一号文件都要说到农村。因为农村是整个社会发展进步的根本，是社会稳定的根基，特别是粮食生产。无粮不稳，过去自己只是听说，这两年来，自己是切身体会到了粮食生产的重大意义。

在村上挂职两年后，徐艳辉回到水务局，担任了水资源和供水科副科长。

据徐艳辉的同事介绍，徐艳辉在平时工作中，是一个埋头苦干的人，只要他认准的事，要干，就一定会干好。

近年来，韩城市在农村饮水工作方面先后出台的《韩城市村镇供水工程运行管理办法》等一系列文案初稿，均出自徐艳辉之手。为了使制定的各项制度、方案和办法切合实际，便于操作，真正对促进农村饮水安全发挥作用，徐艳辉接受任务后，先深入农村进行调研，为了掌握全市农村饮水的情况，他几乎跑遍了韩城的山山水水、村村组组。他对我说："我们制定的是关乎民生的大政方针，事关一个城市民生、稳定、长足发展，如果不把底子搞清楚，咱自己心中没有底，就是出台了这办法那制度的，也落不到实处，也不便于操作，那样，弄不好就会误了大事。"

通过走访调研，徐艳辉起草的所有方案，不但得到了大家的认可，印发下去后，也获得镇村和各级饮水管理人员的啧啧赞赏。

同事卜晓军说徐艳辉骨子里除了有坚韧的毅力外，还有一种善良的本性盛装于胸，善良与坚韧构成了徐艳辉独特的个性。

无论是担任金城村的村长助理，还是在大山里摸底调研，只要看到贫困人员或者是急于用钱的村民，徐艳辉都会慷慨相助。有多少次，群众借他的钱，或者是交电费钱不足，他都用自己的钱替他们缴费，时间久了，村民忘了，他也不会向人家提起。

　　我对徐艳辉说："垫付钱帮助了村民，下次见面完全是可以要回来的呀。"

　　徐艳辉笑笑说："咋好意思要呢，也没有多少钱。咱和农民不一样，咱多少还领着国家的工资，可一些上了年纪的农村老人，他们没有力气挣钱，有时有些老人连电费也交不起，我就帮帮他们。我在想，咱长期与他们打交道，对老人，也算是一种孝敬。我父亲教育我说，一个人要有孝心，有孝心的人，把孝心体现在行动上，你做什么事，也都会顺的。我母亲曾经对我说，尽孝心，不光是对自己的父母，但凡是天下的老人，作为晚辈，都应该行孝的。"

　　中午我们正在一起吃着韩城有名的饸饹面，看到我不停地发问，徐艳辉从面碗中抬起头笑着说："其实，为群众垫一点小钱，我常常收获的是大回报。我们经常在乡下跑，哪一项工作都离不开群众的协助，现在的人，动不动就拿钱说话，可我遇到的情况并不是那么回事儿。群众只要认准你，就把你当亲人或者朋友一样对待。有时我们到山里去检查或者调研，群众会早早地将饭给我们做好，将洗手水温好，有时会将床也给你铺好。我想，这就是我所得到的回报。我想，这与自己垫付的那点钱相比，是不是更有价值？现在我们老说，干部脱离了群众，关键是我们与群众打交道的机会少了。这几年，自脱贫攻坚以来，我有深切的体会，群众真的需要我们，群众的心压根就没有变，在过去的艰苦岁月，群众敬仰干部、拥戴干部、保护干部，现在经济发展了，生活条件发生根本变化，可群众的心还是没有变，他们对待改变他们生活现状的干部，如同老一辈人讲起那些艰苦岁月的干部一样，亲热、敬重、关心、爱护。这些年，我自己做了一些实际的事，真的与群众的帮助和支持是分不开的。特别是我担任村长助理那几年，我也常想，老辈人说过去农民如何如何好，现在都钻到钱眼里去了，但我体验的结果就是以上我说的，群众没有变，无论哪一级干部，只要把心与群众贴在一起，他们就会替你着想，你解决不了的问题，他们就会帮助你解决。"

　　我重新打量徐艳辉，他说的这些收获比什么都金贵。我想，是他在脱贫攻坚中，肩负着大众的事业，把自己交给了群众，用自己的行动，为群众办实事和好事，群众才用心去帮助他、支持他。

农村供水工程，点多面广，出现的问题也是千奇百怪。可面对问题，徐艳辉从来没有退缩过。他对我说："组织为什么要让咱当管理者，那就是让咱管事。百姓的事，其实都是我们的事，有些事，比自己家里的事还急还重要。如果我们不出现在第一现场，那就是对职务的亵渎，对群众的犯罪。吃水是人们生活中的大事，没有水，百姓就无法安心生活，那样就会引起社会问题。"

近年来，在脱贫攻坚过程中，徐艳辉科室的工作常态是五加二、白加黑，几乎没有节假日。

我问徐艳辉："如此拼命工作，大家会不会有意见？"

徐艳辉依旧笑着说："整个局里都是如此，任务重，时间紧，脱贫的目标是既定的，完不成任务，我们就会拖全市的后腿，那就没有办法给组织交代，更没有办法给老百姓交代。"

由于长期加班加点工作，徐艳辉的身体出现了一些问题，为了不耽误工作，他经常带着药，犯病时背过人悄悄吞服。他不想让大家知道自己的身体有问题，他说那样会影响大家的工作情绪。

2019年，徐艳辉正在下乡检查供水设施，到了放学时间，女儿打电话让徐艳辉接自己回家。他在电话中对女儿说："爸爸正在外边忙，你自己坐车回家吧。"女儿在回家途中，不幸发生了车祸，住进了医院。作为父亲，徐艳辉面对女儿痛苦的表情，眼泪长流。可那时，正是工作最关键的时刻，他赶到医院，陪了女儿几天，看着女儿伤情有所好转，便含着眼泪对女儿说："爸爸还有许多重要工作要做，不能陪你了，爸爸每天忙完后，一定会来看你的。"

女儿伸出小手，轻轻帮爸爸擦拭了眼泪，向爸爸点了点头。

可答应女儿的事，哪能实现呀，工作上的事忙起来就没完没了。有同事怨他，没有尽到一个父亲的责任。他对同事说："不是我把看女儿忘了，是工作上的事实在走不开呀。"

等再次见到女儿，女儿噘起小嘴不再理他，他轻轻地坐在女儿的床边，紧紧抓住女儿的小手对女儿说："你知道不，咱们这座城市后边的大山里，有许多人，家里还没有水吃呢，你想想看，如果咱家没有水了，咱怎么办，是不是连饭也吃不上，口渴了也没有水喝。爸爸为什么没有来看你，爸爸是帮那些没有水吃的人引水去了。"

女儿闪动着大眼睛问他："那你帮他们把水引到家里了没有？"

他抚摸着女儿的头说："大部分人家都有水吃了，还有住在远处和高山上的少数人，还没有水吃，爸爸和叔叔们正给他们想办法呢。"

女儿说："爸爸是在做好事，那你明天就不要来看我了，我能行的，你去给大山里的人引水吧，让他们早点吃到自来水。"

听了女儿的话，徐艳辉一把将女儿搂在怀里，自己的眼泪却掉在女儿的衣服上。他感激女儿对他的理解。

徐艳辉说，在人生中，悲伤和快乐总是携手而来，有快乐，必有悲伤。女儿受伤了，自己心里难受，感觉作为一个父亲，自己没有尽到责任，愧对女儿，觉得是自己的失职导致女儿受伤。可当他们通过自己的努力，将清澈的水，送到老百姓的灶头，看着那一张张笑脸，听着那一句句感激的话语和那哗哗的流水声，心中却是快乐的。得失是孪生兄弟，有失必有得。好在家人也能理解和支持自己。

青春是用来改变现实的，青春也是用来书写不同人生的。14年，徐艳辉从走出校门，到将自己投入火热的现实生活，用人生最美好的时光，给青春做出了完美的注解。

有一句话说，你现在的人生，其实就是你所有选择的总和。从选择专业，到利用专业服务于百姓，改变现实，徐艳辉在用行动完善自己的梦想，他如愿以偿了。

徐艳辉说："人生最大的幸福，莫过于五件事：有人信任你，有人支持你，有人理解你，有人陪伴你，有人等待你。"

组织的信任，同事的支持，百姓的理解，家人的陪伴，还有更多人的等待，这些，都是徐艳辉所拥有的。

在为老百姓供水这个平凡的岗位上，徐艳辉用朴实的行为，用坚强的毅力，用敬畏的心态，对待工作，对待事业，对待人，为自己的青春增添了美妙的色彩。

六、为了父亲的遗愿，背负青春归乡

（一）

见到付亮，是在万禾竞秀的五月天。

五月，对于处在巴山怀中的西乡县柳树镇小龙村，正是大自然馈赠于人类的色彩最丰富的时节。

我们一行披着明媚的暖阳，呼吸着空气中百花奉献给大地的清香，欣赏着丘陵如图画般旖旎的风光，穿过柳树镇街简约的繁华，沿着龙漆河向南行不到两公里，沉浸在葱绿中的小龙村村委会就呈现在我们眼前。

院子不大，墙体的亮色，在漫漫的翠绿中一下子抓住了我们好奇的目光。我开心地对毛艳说，每次看到陕南人的庭院，都能想到毛主席在韶山的旧居。毛艳嫣然一笑回答道："南方人居住模式大同小异，你们北方人来了都感觉新鲜，好多北方的朋友看到我们的民居都有和你一样的感觉。"

半个小时前，在西乡县县委统战部，我告诉《西乡月报》执行主编毛艳本次西乡之行的目的。她说："感谢你为我们西乡的扶贫工作做宣传，我带你去一个有特色的村子，这个村子农民自来水的入户率达到了100%。"

我问她村子在哪个镇，她一边收拾办公桌一边说："柳树镇，20年前我带你去过的。"

毛艳说到柳树镇，我想起了2001年秋天那次柳树镇之行。那天，我专程赴西乡县采访西乡检察院的一位工作人员。毛艳当时在西乡电视台工作，同是新闻人，应了俗语"人不亲行亲"的话，毛艳立刻约了西乡县城关镇文化站站长孟兴荣。在孟站长的组织下，毛艳、毛艳的同事王永丽、农民作家王明星，我们一起坐公交车去了柳树镇采风。在柳树镇我第一次领略了陕南人喝茶的风情，也真正见识了西乡青茶的生产过程。回到西安后我便创作了《在茶乡喝茶》的散文，文章为我带来了诸多荣誉。每每目光触及置放在书架上的奖杯，我都会想起那次柳树镇之行。

"20年不曾再去过的地方，一定有许多变化和故事。"我对毛艳说。她说："今天我给你介绍的这个采访对象更有特点和故事。"

我问有什么特点，她说这个村的书记很年轻，本来在汉中生意做得很成功，得知国家的扶贫政策后，看到自己的家乡变化不大，便放弃了自己的生意，从汉中回到村上，一心想改变村民吃水难的现状。

我说："这可是不错的素材，背着青春归乡啊。"我还对毛艳解释说，这个青春可不单纯是年龄，包含着许多东西。

毛艳说："思想、意识、视野。"

（二）

刚坐进村委会办公室，付亮顶着阳光进来了，他打开办公桌前的窗子，一束清澈的阳光从后窗子挤了进来

几句话之后，付亮给人感觉的确是一个见过世面的人，他的语言结构和说话的语气有别于传统的村干部。后来才知道，付亮从学校毕业后在部队当过兵，复员后一直在汉中市做商贸生意，正如毛艳介绍的那样，生意做得风生水起。

2018年春天，付亮回到村上探望母亲时，看到家人吃水比较困难，心里感到极不舒服，他想起了自己的父亲。付亮说他这次从汉中回来，就是想完成父亲没有做完的事。

付亮听了我的来意，便说在汉中时，通过与朋友聊天和看电视新闻，得知国家一直在搞扶贫。在农村，扶贫工作有一项重要任务就是解决农民饮用水问题。可为什么小龙村人吃水还存在问题呢？自己作为一名年轻的退伍军人和共产党员，虽然一直在外边做生意，但始终将家乡的建设和变化放在心上。看到汉中市周边有许多村在本轮扶贫中发生了深刻变化，而自己的家乡似乎还在穿新鞋走老路变化不大，他在心里琢磨，国家扶贫力度如此大，为什么小龙村不借助国家的扶贫政策，抓住机会真真切切地改变贫困落后的面貌呢？他将自己的看法和想法告诉了朋友，朋友劝他："你不是说过你们村旅游资源很丰富吗，你可以回去带领大家一起搞开发改变家乡。"朋友的话像点中付亮身上某个穴位，使他思之想之久

久难眠。

谈到父亲，付亮脸上的表情一下子阴沉起来。

早在 2000 年，陕西省政府在全省推行"甘露工程"时，付亮的父亲付世成，一心想改变村民的吃水问题。他一直在琢磨，国家有了改变农民吃水现状的计划，村上有尚好的水资源，为什么不借此机会趁热打铁解决大家的吃水问题呢？有了想法，便有了行动。从那时起，付世成便领着村民到山上找水，经过详细堪察，他决定领着村民将村南边后山上一个龙洞里的山泉水引到村民家中。在他的动员和组织下，村民们开始实施引水工程，经过几个月的努力，最后将后山的山泉引到了村民家中。可是没用几年，由于没有专人管理，不是水渠坏了，就是水管生锈水流不畅。

2014 年 7 月 31 日早上，付世成领着几个村民沿着山路去查看水渠，之后又领着村民修复输水管道，一连干了几天，人累得连吃饭也没有力气。有一天早上干完活回到家，一头倒在床上再没有起来。父亲的突然离世，对付亮的打击很大。付亮接到堂哥的电话，立即赶回家，父亲还没有来得及往医院送就停止了呼吸。付亮到村民家中请人帮忙料理父亲的后事，许多村民不敢相信。他们对付亮说："早上还看见你爸领着人在修组里的自来水管道，这才多大会儿人就没了。"

埋葬了父亲，付亮独自一人跑到父亲干活的地方齐齐看了一遍，听了村民对父亲的赞扬，他理解了父亲的想法。父亲是为了让乡亲们吃上好水，付出了自己的生命。这件事虽然过去七八年了，但付亮每次回到村上，不由自主地到处走走看看，他以这种方式表达对父亲的怀念。

付亮对我说："父亲的不幸去世，在某种程度上是自己回村的原因之一，他想用自己的行动，填补父亲的遗憾。"

2018 年冬，付亮将自己的想法告诉了母亲和从小一起玩耍的发小。有人支持他回来，有人对他说："村上的事太复杂了，不说别的，那年光修复水毁工程，欠下人家的工程款还有一河滩，你回来人家来要账你拿啥还？"

听了朋友和家人的规劝，付亮举棋不定，可他看到村上的现状心里很着急。他又把自己的想法告诉了自己认识的镇党委书记蒋传培。蒋传培听了他的想法拍着他宽厚的肩膀兴奋地说："回来吧，镇党委和政府支持你，你说你们村就在镇政府旁边，可你们村的现状还不及镇上一些偏远村，你知道为什么吗？因为没有人才。作为小龙村有本事的人，你不能光顾过自己的小日子，你回来咱们一起干，先解决大家的饮用水问题，然后开发你们村上的资源。不敢说别的，就你们村的'红旗渠'若真的开发出来，总比县上其他地方开发的那些景点有吸引力和价值吧。"

付亮对蒋传培说："小日子我可以放下，决心我可以下，如果我回来，你得支持我。这些天我也一直在想，这么好的资源，不开发多可惜呀！还有就是大家吃水的问题，咱们这儿并不缺水，可人家外地人全吃上自来水了，就是汉中市周边的农民，还有南郑一些偏远山区的村子，全都吃上了自来水，咱们这地方的人还为吃水发愁，这不合理呀。我父亲当年就是为了解决大家吃水的事搭上了性命，想起这事，我心里难受呀。"

蒋传培说："是呀，这件事儿我也听人说了，所以你就应该快点回来，面对你们村的情况，不光我着急，镇上的干部都着急，条件也不错，资源也丰富，这不就是缺人才嘛。"

付亮带着蒋传培的话又回了汉中，他思考了一些日子，做通了家人的工作，决心回到村上做些实实在在的事。

（三）

听说付亮回来要领着大家做事，许多村民都赶到村委会对他发表个人的想法，大多数人说的还是吃水问题。

时间到了 2019 年冬天，适逢村级组织换届，在党员和村民的投票选举中，付亮担任了村党支部书记兼村委会主任。

已知乾坤大，犹怜草木青。

付亮知道自己回到山区面临着什么，想要什么，想做什么。就职会上他拍着胸脯动情地对村民说："请大家放心，我既然回来了，就要带领大家做些有意义的事，希望得到大家的支持。"

那时候，付亮想着自己回来并不单纯为了解决大家的吃水问题，他想为养育了自己的这方山水涂上鲜艳的光彩。50 多年前，小龙村人为了响应国家号召，落实水利是农业的命脉的指示，解决本村农田灌溉问题，一村人用苦干实干的精神，硬是用石头在空中架起了渡槽，将高山上的水，从空中输送，为小龙村人灌溉良田千亩。那些带着苦涩回忆的用艰辛付出垒起来的渡槽，不但成为历史的记忆，也彰显着时代精神。那些渡槽上当时写下红色字体的毛主席语录，经过半个世纪的风雨洗礼，今天依然醒目闪亮。那些渡槽，成了付亮回归的拉力，他想用热情和青春激活那段历史，用镌刻着小龙村老一辈人精神的渡槽，为今天的小龙村人创造新的业绩。

有村民在人群中站起来高声说道："你说什么开发呀搞旅游呀都是后话，还是把大家吃水的事做好。别的村自来水都到了灶头上，咱们村有几个组还要从山下往山上挑水吃。不错，咱这平地上住的人家倒是有了自来水，可那水小得和小孩子尿尿差不多，不要说二楼，有时院子平地上的水也流不出来水。"

听了村民的呼声，付亮笑着对大家说："好，大家的愿望是解决吃水问题，那咱就按大家的意愿开展工作吧。"

计划说起来很轻松，可真正到了落实时，难度比付亮想的不知要高多少倍。

小龙村地处高耸的中南山山脚下，虽然距离柳树镇政府并不远，可大部分村民还住在山沟里。全村五个组，有三个组的村民住在山沟和山腰上。原来的二组多年前移民到山外，但大家的责任田还在山上，每到播种或收获季节，部分村民还要上山去看看，他们人走了，情还留在养育了他们的那块土地上。

到了春天，供水工程正式开始实施，为了寻找水源、规划水路、筹措资金、购置管网，付亮没黑没明地领着村民奔波。没过多少日子，他在城里养就的细皮嫩肉不见了，常常两腿泥不说，脸黑得成了委委实实的庄稼娃。在炎热的6月天，为了找到理想的水源，付亮和镇常委书记蒋传培一起穿越山林，在溪水中一走就是几天，森林中的各种虫子和荆棘，划破了皮肤扯烂了衣服，他们还是不停歇地寻找。

蒋传培特意到小龙村来陪着付亮找水源，他有他的想法，他想看看被自己劝回来的这个年轻人，到底行还是不行。如今的小龙村已经拖了松树镇的后腿，他怕付亮误了村上的工作。经过几天的观察，一起摸爬滚打，蒋传培领教了付亮做事的决心和风格，他在心中暗暗说，小龙村终于有希望了。

这天中午，他们来到了海拔1000米高的中南山半山腰，一块200亩闲置的土地平展展地展现在他们眼前。但土地已经不是付亮小时候看到的土地，土地里已经没有庄稼，有的只是一人高的杂草。

两人在山上观察了大半天，又攀上山腰的更高处察看了一阵子。付亮对蒋传培说："我想将这块地用起来，你看这杂草长得，让人看着心焦呀。"蒋传培说："你心里装的全是开发你们村资源的事，我的想法和你不同，我想你应该将精力放在眼下解决吃水问题上来，只有实实在在先解决了大家关心的焦点问题，把吃水的事给群众办好，大家信任你，有了群众基础，你做其他事人们才会支持你。你虽然有雄心，但你毕竟离开村子时间久了，对当下农民的思想还没有准确地把握。你只看着你平时回来，大家对你客客气气热情有加，现在呀，你担任了村上的一把手，你为他们带不来利益，他们看你的眼神都会变的。"

付亮站在花梨树下，静静地看着天上的流云，细细琢磨着蒋传培的话。过了一会儿，蒋传培发现付亮没了声息，便抬头问他："我的话是不是不中听呀？"

付亮从花梨树旁跳下来走到蒋传培身边，挥舞着手中的一束野花说："我在思考你的话，对于当下的农民，你肯定比我了解的多，你的话不得不引起我的深思。"

蒋传培怕自己的话给付亮增加心理压力，打击了他的积极性，便很快转移了话题，他有意拍了一下他的肩膀说："走，咱们再去看看你们的溶洞，要我说，你们要开发旅游项目，最吸引人的，将来能直接带来效益的，恐怕还是溶洞。据我所知，陕南的溶洞也有不少，但除了柞水溶洞有名气外，其他地方也开发了，但名气没有传播出去。你想搞旅游，就要多在溶洞上想主意。"

两人一边聊一边走到了中南山溶洞。蒋传培站在溶洞口对付亮说："200亩呀，这是真宝贝呀，可惜这些年，我们由于缺乏人才，没有抓住机会将这些值钱的东西呈现给世人，这回就看你的了。"

付亮转过身看着山体上一丛丛竞相开放的山花说："光靠我们村上力量也不是事，咱们一起努力吧，也许将来有一天，这儿的景观开发后，在这山路上，每逢'五一''十一'黄金周，就会出现人潮涌动的场面呢。"

两个人穿密林越水涧，上山下坡，经过几天的寻找，确定了4个水源地，最后他们决定在杨漆沟建个水厂。

在返回村委会的路上，他们一一查看了住在山上的每一户村民吃水的情况。蒋传培说："这次国家扶贫，让群众吃上安全放心水，是硬指标，其他的事，可以先放放，但群众饮水的事，绝对不能马虎。这一块出了问题，不是你我能担起责任的，从中央到省上，从省上到市里，从市上到县上，层层领导对群众饮水的重视程度，比任何时期任何工作都深。你们已经慢了半拍，我希望你想尽一切办法将这一块补回来。"

付亮从蒋传培的话中感受到解决村民饮水问题的重要性："行，我现在啥都不想，就专门组织人解决这一问题，你放心，不会让镇党委和政府失望的。"

送走了蒋传培，付亮立即召开了村干部会，他把蒋传培关于解决吃水问题的担心传达给每一位村干部。他要求村干部先找问题，然后再想办法采取措施解决问题。他的话刚落音，有人说："问题不用找，都是明摆着的，水源不足是一方面，主要是输水管道老化，跑冒漏严重，水还没有流到大家的庭院就从半道上跑走了。"也有人提出，如果要真正把大家吃水的事办好，村上要有一个人专门管水，过去拉的水管为啥用的时间不长，主要是没有专人管，如果有人管，跑冒漏的问题就能及时发现及时处理，就不会出现现在这样的情况。还有人提出五组吃水的问题，说五组住在半山上，水往低流，上不到山上，没有办法，五组人只有挑水吃。

对于大家提出的问题和建议，付亮不但记在工作日记上也记在心里。

说完水，他又问大家："吃水问题解决后，大家看看还应该解决什么问题。"

有村干部抢着说："那就解决村委会办公用房的问题，大家可以看看，别的村办公是什么场合，我们村是什么样子。没有一个像样的办公环境，一是村干部提不起精神，二是群众就看不起村干部。环境武装人哩，一看村委会都是房破墙烂的，住在里面的人还能成就啥。"

又有一位村干部直接站起来说："付书记呀，你回来领着大家干事，先要把村委会收拾得像个样子。不说村上人，就是人家上头来人要扶持咱，咱得让人家有个落脚的地方。咱现在这村委会，连村民的住房都比不上。有人说，看到村委会的烂房子，心劲都没了，那还能指望村干部弄成啥事。"

会议最后付亮总结说："大家的意见都很切合实际，这些问题，请大家放心，都会一一解决，但目前最关键的还是先解决大家的吃水问题。我和蒋书记跑了几天，查看了水源，做了初步规划，计划在五组的半山腰建一个水厂，到那时，将水从山上引下来，压力也够了，起码三个组的村民吃水不成问题。"

前面提问题的村干部说："钱呢，咱没有钱咋办呀？"

付亮笑着站起来说："钱不是问题，听说县上对于解决吃水问题有资金，我想办法给咱要。大家放心，只要县上有，我就有办法要到钱。"

干部们听付亮说能从上级要来钱解决吃水问题，个个兴奋得脸上挂了彩似的。

一些男人激动得摩拳擦掌急不可耐地问付亮："付书记，你快给大家安排活，看我们这些人先做什么。你给咱到县上要钱，只要能解决吃水问题，你说啥都行，可不敢像过去一些人光说不落实呀。"

付亮知道他想表达什么，他挥手止住了他的话头。他说："过去的事，咱就不提了，从现在开始，大家拧成一股绳，等我们解决了水的问题之后，还有许多事要做，水只是一个方面，我的想法是，要让大家在我们的土地上作出锦绣文章，那就是要让老祖宗为我们留下的这些土地为大家生金生银，长出产业。"

（四）

经过多半年的布局规划施工，付亮领着村干部不但在半山腰上建起了水厂，更换了部分通往村民家中的输水管道，还安排了专业水管员，从此，小龙村人吃水问题彻底解决了。

虽然自来水全部接到了村民的庭院，但因收水费的事，村上又出现了问题。

相关政策规定，农村的自来水拉到农户家中后要收取一定的费用，所收费用一是用于对水源的消毒和引水管道的维护，二是支付管水人的报酬。但令付亮没有想到的是，当村委会将收费标准公布后，却在村民中掀起轩然大波。有人直接站出来指着他说："你是不是在外边挣不到钱，回来专门挣我们的钱？我们小龙村自你爸那时候起，用水从来不花钱的，这 10 多年过去了，谁向村民要过钱？你倒好，大家还盼着你回来领着大家做些实事哩，没想到你啥啥都没做哩，刚把水接上，就开始收大家的钱了，真是让我们把你看扁了。"有些人听说要收水费，还准备组织村民到镇上和县上告状。有些人当场提出，要收钱就不用水。有人直接说："我们就是不交，你还能咋，干不成你回你的汉中做你的生意，我们不稀罕你领导我们。"

面对村民的指责谩骂，付亮并没有灰心，他知道村民在想什么。这种情况的出现也在他的预料之中。他对几个村干部说，水费肯定要收，这是政策规定。

村干部说："现在都僵成这样了，咋能收起来呀？"

付亮说："中国的老百姓，最信的是国家政策。记得小时候，我父亲在村上管事时，大家总爱问他："你说的这，上面有没有红坨坨？"大家说的红坨坨，就是政府盖的章子。这是几十年形成的惯例，只要将政策讲透，大家还是相信政府的。特别是这10多年，国家给农民的补助多了，什么种子、退耕还林、土地补偿等，农民尝到了甜头，对政府的信任度不断提高，所以我们在解决交水费问题时，先让大家学习政策，从国家到省上，由市上再到县上，等把政策一层层地学下来，老百姓就明白了，并不是我付亮要收钱，是国家有政策。就是目前交费意见不统一，我们也不能因为有人不愿意交费就不让他们用水。"

村干部问付亮，还有没有更好的办法。

付亮说："再好的办法，也得靠我们村干部实施，要我说目前没有更好的办法，只能上门做工作，宣传政策。"

为了做好政策宣传，付亮在村上成立了政策宣传小组，带着村干部一户一户讲，给大家把道理讲透："过去的水为啥不好喝，用的时间不长，还不是没有人管。现在安排专人管，我们不给工资谁来管？如果有人不要报酬愿意管，还能管得让大家满意，我们就可以不收水费。"经过一段时间的摆事实讲道理学政策，最后村民达成共识，同意交水费。在给村民讲道理时，付亮也将自己对未来村上的发展规划讲给大家，特别是一些家庭贫困的人，他一边做工作，一边计划如何帮他们脱贫。做通人们的思想工作，大家又重新坐下来谈发展。

（五）

我们从山上往村委会走的途中，付亮笑着对我们说："通过解决吃水问题，我还深切地体会到我们蒋书记说过的话，今天的农民，还真的和过去区别很大。当初蒋书记给我说了现在的农村人思想比较复杂，集体观念淡化，心里想的多是自己的利益。我虽然那时候也有思想准备，但真实的情况与我心里所想的反差很大，好在村上有些老党员和过去担任过村干部的老同志，他们的思想觉悟和普通村民还是有区别的。要不是他们支持新班子的工作，饮水工作、收水费的事不会那么顺利就解决。现在村上的年轻人都外出打工了，真正能做事的人不多，好在一些老党员和老干部，他们把小龙村的未来看得很重，这给我们的新班子开展工作增加了不少信心和精神力量，对促进工作发挥了一定的作用。"

在小龙村通往三组的山路上，我们正好遇到了50岁的水管员王礼长。他穿着一件红色的上衣，手中拿着一把钳子和一截水管，站在龙漆河岸的阳光中。付亮问他做什么，他笑嘻嘻地说："有一户村民家里没人，我在检查时发现他家门外的水管渗水，这不，我要去将供水闸门关了，要不水不停地流，浪费了可惜。"

我问王礼长："现在大家都交水费吧？"他说："现在大家明白了道理，交水费的自觉性挺高，只要我把数字给他们，他们都会主动交。有些人在县城或者在外面打工，偶尔回来用了水，我只要在群里一说，他们都会将钱转过来。"分手时他听说我们是来采访付亮的，他依旧笑着对我们说："你们呀，就应该好好写写我们付书记，他这次一回来，真正解决了我们村不少问题。就说这水费吧，过去用了20年，从来没有交过，可那时候没人管，三天两头出问题，现在好了，他一户一户地给大家讲道理做工作，把人的思想问题解决了，还让我给大家管水。现在呀，大家将我当神敬着哩，他们叫我水神呀。"

（六）

付亮对我和毛艳说："我们蒋书记呀，对基层工作有着丰富的经验，他是采用一步一个脚印一举一个招式的工作方法。开始那会儿，我一心想搞产业，他说解决吃水问题是当务之急。现在将吃水问题解决了，他又说解决贫困户脱贫又是重中之重，他要求我们村，一定要想办法，借助政策之力，解决贫困户的问题。

"这两年多来，通过实践，我一直在想，还是自己的想法不太成熟，农村这一块，现实情况真的和我想的不一样。我当时回来时，一心想着干大事、做项目，把大家组织起来开发我们的资源，带领大家一起致富。没想到村民想的并不是那样，他们更关心的是眼前利益，操心的是日常生活。就说我们村上的几个贫困户吧，如果不帮他们想办法，他们还真不知道自己的出路在哪里。这两年来，经过我们村两委会和扶贫干部的周密部署，村上的贫困户都搞起了自己的事业，摘掉了贫困帽子。"

我问付亮，扶贫这一块有没有典型的例子，我们可以去采访一下。他用手机将村民陈建银在一次经验交流会上的发言稿转发给我。他说陈建银脱贫的事，还上了《陕西日服》，被评为村上的脱贫明星。

我是小龙村贫困户陈建银。今天很荣幸和大家讲讲我的脱贫故事。此刻，我的心情很激动，因为我靠养牛用3年时间战胜了贫困。我也很感恩，一路走来，有许多人默默地帮助我、鼓励我，特别是我们村上的干部。

我生于1976年，家里姊妹6个，我排行老六，全家8口人仅靠4亩薄田讨口饭。每年小麦灌浆时，家里不仅缺钱更是缺粮，经常饿着肚子上学。15岁那年，我就被迫放下书包和父母下地干活，更多的时候是放牛、割草。"牧童骑黄牛，歌声振林越"描写得很美，但两年的放牛娃生活我并不快乐，贫穷的生活压得我老做噩梦想逃跑。

因为穷，我就一心想挣钱。20岁那年，我孤身一人跑到西安建筑工地当小工，下决心挣到钱，然后"荣归故里"。从拌沙浆开始，慢慢学会了木工和瓦工，每月除过生活费能挣250元。但忙碌一年，攒的钱仅够交全家人的农业税。我想这样不行，便背上蛇皮口袋跑到深圳进厂当工人，每天日子过得还可以，但挣不到钱的现实再次让我选择离开。我带着3000元和梦想，去了"蓝翔"的教室。我如饥似渴地学习，梦想着以后过上美好生活。可是不幸发生了，远嫁山东的姐姐家里突发事故，我的学费和生活费没有了着落，我又无奈离开蓝翔去搞装修、卖瓷砖。

2005年，我准备用攒的一点钱搞点事业时，父亲突发疾病瘫痪在床，给父亲看病花完了我所有积蓄。为减轻我的压力，大哥一个人跑到山西矿山下井挣钱，结果将命也丢在了矿山。父亲因伤心过度随后离世，大嫂改嫁，苦命的侄儿遭遇车祸死了。短短两年间，家里4个亲人都没了。

人生就像一口大锅，当你身处锅底时，无论朝哪个方向走，都是向上的。终于在2008年，我找到了爱情，妻子是四川遂宁人，是我原来打工那家企业的会计，她觉得我踏实肯干，就将自己的一生托付于我。没钱办宴席，我们领了结婚证就算结婚了。

2013年，我们家被纳入建档立卡贫困户。得知当上了"贫困户"，我和妻子都有些不能接受，感觉很丢人。为了摘掉"穷帽子"，我和妻子回到老家小龙村。2016年我花8000块钱买了一辆面包车给超市送货。春节时许多送货的人都回老家过年了，我的生意就特别好，连续三天三夜都没合眼，结果腊月二十八这天，实在累得扛不住了，开着车竟然睡着了，车一下子撞到了路边的树上，面包车报废，我的脚也受了重伤。

就在我自己将要放弃人生的时候，村干部和上级帮扶干部一边慰问我，一边鼓励我，一边给我想办法。他们帮我申请了5万元贴息贷款，鼓励我搞养殖业。我从小就是个放牛娃，听说让我养牛便来了兴趣。妻子向亲朋好友借了15万元，加上5万元贷款，有了20万元本钱我们先建起了养牛场，之后我和妻子坐班车去甘肃天水买回32头牛子运回来养进圈。从那天起我住进了牛棚，和牛生活在一起。为了提升技术，我加了十几个养殖群随时交流学习技术心得。当年7月我卖了一对母牛挣了3万多，2018年净赚10万元，尝到了收获的喜悦。我用赚来的第一笔钱重建青贮池、化粪池，翻建了牛舍。2019年，我出栏了16头大牛和部分牛仔挣了20万元，还清了所有债务。现在，我不但自己养牛，还承担了周边镇40多个养牛户的良种牛繁育服务。此外，我还养了10多头母猪，种了20亩油牡丹、20亩雷竹。

看到我翻了身，村上人都说我是走了牛运气。其实要我说，改变了命运，还得感谢我们的村干部和扶贫干部。特别是我们村党支部书记付亮，要不是他一次一次不厌其烦地上门帮我解决困难，我哪有今天，哪儿还敢想自己能买回来小轿车。要不是他们帮我谋划，不要说脱贫了，我自己先对生活丧失了信心。

（七）

路通了，贫困户脱贫了，付亮并没有满足现状，他听蒋传培说，县上准备召开一个促进农村产业发展的现场会，他想到了中南山上的部分荒地，他想将这个现场会放到小龙村来开。蒋传培说："你要在小龙村开现场会当然可以，但县上有条件。"付亮问县上有什么条件。蒋传培说："你能在很短时间内建起大规模茶园，我就想办法将这个现场会拉到小龙村来开。"

付亮想了想说："这个嘛，我没有百分之百的把握，但我们可以努力争取。"蒋传培说："这可不是小事，你得有实绩说服县上领导才行。"

付亮说："我试试，也许成呢。从镇政府回到村上，付亮将在村上召开产业现场会的想法告诉了村干部，干部们达成共识，之后村干部通过组织召开院落会、入户动员宣讲种茶产业的经济效益、社会效益以及茶叶发展的优越条件，坚定了村民茶叶发展的决心和信心。令付亮没有想到的是，村民们听说要建千亩茶园，一致同意村上的决定。有村民说，别的村这些年靠茶叶致了富，我们小龙村早就应该大面积种茶叶，干吧，只要能让我们挣到钱，没有人不支持。"

看到大家的热情，付亮跑到县茶叶服务中心找到主任李文贤，并请来茶叶种植专家，从9月22日开始，到10月24日，以三组和四组为主，用了一个月时间，种植茶园近500亩。

在告别时我问付亮："现在大家的吃水问题解决了，贫困户的问题也解决了，是不是可以搞开发了？"

付亮站在阳光下看着村庄后面的山坡自信地说："原来的计划不会变，就是想搞开发。原来我想一边搞开发一边解决大家的吃水问题，蒋书记说我太急了，现在一切都理顺了，我会领着大家一心一意将我们村上的各种资源整合起来。"他扳着指头对我和毛艳说："一是想将我们的'红旗渠'打造成旅游景点。你们也看到了，多好的资源呀，那上面凝结着小龙村老一辈人的血汗呀，我想让它重新散发光芒。二是我们中南山上的溶洞，今天你们忙去不了，下次有机会，我领着你们去看，那可真是陕南地区特别是我们汉中地区少有的，如果能按我和蒋书记的想法搞起来，我们一村人就有事做了。三是我们的二组不是搬迁了吗，山上的原始森林和他们留下的地，那可是一个很别致的地貌呀，我也想让它发挥作用。这两年我们一共培育了1000亩茶园，县上还在我们这儿召开了脱贫攻坚现场会。别看这是一个普通的现场会，就是这个会，还真将村民的积极性调动起来了，过去人人不知道干啥，现在许多村民没事就往村委会跑，问我下一步干啥。他们像倒逼我似的。我想这就是扶贫带来的成果，人的思想意识和精神面貌变了。虽然我们一些项目还没有做起来，但令我最感到欣慰的是，我们通过所做的一些具体事，让村民看到了我们这个村集体的实力，大家脱贫致富的心劲和热情被激发出来了，有些在外打工多少年的人，也不出去了，他们说要在家门前做事。当然我们的开发计划也是吸引大家的一个方面，所以说，我们这一届村两委班子的肩上担子很重。我一直给大家讲，如果我们干不好，不但辜负了镇党委和政府的希望，也是对村民的极大伤害，因为现在的农村，很少有什么事能将大家凝聚在一起。"

"那你现在还面临什么问题呢？"我问。

他说："资金是个问题，你帮我们宣传吧，如果有人愿意和我们合作就太好了。我们不光有'红旗渠'、溶洞、千亩茶园，还有牛羊和上万亩杜鹃花海，你再看看我们这里的地形地貌，多美呀，半山半丘陵地带，眼中的风景都是立体的，我们的山水林田路全是有诗意的。我的想法就是，让更多的人看到这些美景。我不敢说将来会是什么样子，但我们会抓住乡村振兴的机遇，在这一方山水间，做出不一样的事，也让自己将来回忆起来，不会觉得愧对青春。"

背着青春回归家乡，在三秦大地上，有多少青年人怀揣梦想，做着和付亮一样的选择。扶贫，不单纯使乡村的土地在变，人也在变，更重要的是人的思想和意识也在变。付亮只是诸多背着青春返乡者之一。2021年我采访了全省10个城市100多个乡村，我欣喜地看到在乡村振兴中，许多年轻人不负韶华，放弃城市繁华，用自己的力量改写土地的历史和自己的命运，他们的梦想就是让乡村走向新的辉煌。

第八章

爱为沃土　造福桑梓

一、周清德：牢记习总书记期望为大家管好水

　　周清德和爱人寇玉兰刚从茶场采茶回来坐在堂屋的客厅，看到我们进来，忙起身为我们让座。

　　王建春与周清德是熟人，王建春的脚刚跨进门，便笑嘻嘻高声对周清德说："老周，有记者来采访你了。"

　　周清德上前紧紧握住了王建春的手同样笑哈哈地说："王主席，几天不见，我们都想你哩。"

　　在他们谈话间，我看到周清德家堂屋的墙上挂着一张习近平总书记和一个姑娘谈话的照片，照片大约有三尺大小，呈方形。

　　发现我在看照片，寇玉兰一脸笑意走到我身边对我说："这是习总书记去年来我们村视察茶园和我女儿周芳在一起说话时的照片。"

　　当时周芳指着翠绿的茶山笑嘻嘻地对总书记说："总书记，您看，我们这里的绿水青山已经变成了您说的金山银山了。"

　　总书记朝周芳指的方向看去，面露笑容、欣慰地环顾着四周的茶山说："你们这里已经在变了，将来会变得更好，人不负青山，青山不负人啊。"

　　面对墙上的照片，周清德开心地说："这照片上是我二女儿，我还有三个女儿。两个还在上大学，三女儿周玲在汉中理工大学读书，大女儿周萍在吉林大学体育系学习。说老实话，我和她妈吧，没有多少文化，可我们真的没有想到，我们家一下子能出几个大学生。我的体会是，国家的政策好，特别是这几年的扶贫，政府在用心帮老百姓做实实在在的事。就说我吧，你们也看到了，家底就是这样。现在你们看到我们这地方还可以，过去我们这地方可苦了，不说别的，就说下山的路，要走好久才能到山下呀，后来扶贫工作队一来，一下子将我们的路修好，还铺上了水泥，这是我没有想到的，我没有想到自己这辈子还能走水泥路

到家门口。要不是政府帮扶我们，就我们这两下子，钱没有钱，劳力没有劳力，咋能供出几个大学生呢？"

我问周清德说："你是如何供出三个大学生的？"

周清德叹了口气看了妻子一眼说："我为什么会生四个女儿，还不是因为我们住在这凤凰山上，没有劳动力，年轻时种地将人种够了，所以我就想着，一定要生个儿子，将来好帮我们种地，结果没想到，一生，就生下四个女儿。那时候，我和他妈几乎都对生活失望了，但没有想到的是，慢慢地情况发生了变化，种地不吃香了，人们纷纷出门去打工，怎么办？看着女儿们一天天长大，个个要上学，没有办法，我和她妈就出去打工，好在，国家实行了义务教育，我们沾了光呀。你们说，要是国家不实行义务教育，靠我们俩打工，咋能供起这些娃们呀？说实话，恐怕连一个也进不了大学的门。好在，我这几个女儿，个个还都爱学，成绩还不错，最后都考上了大学。"

我问："扶贫对你有帮助吗？"

周清德说："太有帮助了，听说政府在搞扶贫，我们就回来了，我们享受了政策，种了5亩茶园，这不，我们还搞起了农家乐，现在呢，村上还让我担任了水管员，日子一天天好了起来，借用习总书记的话，将来会变得更好呀。"

"你们现在怎么吃水？"

"自来水呀，我们村全吃上了自来水，要说，这也是扶贫给我们带来的实惠呀，要不是扶贫，哪儿有自来水吃。过去，你们看，"周清德指着山下说，"我们吃水，要到山下去挑水，有些人年龄大了，挑不动水担，就用背篓到山下背水，那个苦呀，现在想想都怕呀。那时候年轻，从山下挑一担水不觉得有多累，也习惯了，现在，你让我挑半桶水，怕也是上不了山了。"

"大家为什么会选你担任水管员？"

"我这人吧，因为家里没有男娃，从小啊，按农村人的说法，心里不硬气，不硬气怎么办呢？我就想，要多做一些暖人心的事，这一来二去养成习惯了，村上的人都认为我这人心眼好，责任心强，做啥比较认真，所以，接上自来水后，大家就一致推荐我来担任水管员。"

"你一般都如何管哩？"

周清德将我们带出他家的门，站在庭院中，指着建在半山腰上的水房说："你看，那就是我们村的水房，水是从山下抽上来的，通过二级压抽，才能到用户家，我的任务就是，每天先去山下的水井查看一番，然后再到水房查看机器，听听机器运转的声音是否正常。我几乎每天都会将水房的卫生打扫一遍，将机器擦拭一遍，然后再沿送水管道查看一遍，每周往水井里按规定投放净化药片。"

"你如此做，村民满意吗？"

"我也管了几年了，目前还没有听到别人说不是，也没收到村委会的什么反馈意见，大家都认为我管得好。"

"报酬如何解决？"

"人家每月付我 600 元管理费。"

"你觉得自己付出那么多值得吗？"

"当然值得，我在想，你说咱那么困苦的日子都过来了，政府对咱多好呀，就是人家不给钱，只要大家让我管，我也管，我总想着回报大家哩。"

"今后有啥打算？"

"当然还是要管好水，女儿对我说，让我好好珍惜这份荣耀，按习总书记说的，我们的将来会更好。我就想，习总书记希望我们的将来会更好，那当然是指大家的生活，你说，要让大家的生活更好，没有水，哪儿会更好呢，所以，听了女儿的话，我感觉自己肩上的担子更重了。这水呢，关系到大家生活的幸福指数，这也是大领导讲的，你说大家让咱管水，管不好，那咋成哩，那就是把肩上的担子没有挑好，就是辜负了习总书记对大家的期望么。"

离开了周清德家，有村民过来将我们领到习总书记走过的路上给我们介绍习总书记到茶山的情况。跟在我们身后的周清德说："你看，我们这里自去年习总书记来后，已经成了网红地，许多游客前来采茶、品茶，还开办了许多农家乐，还有艺术单位在这山上建起了公司，这些都离不开水呀。所以，我就认为，自己所做的管水工作更有意义了，我不敢掉以轻心，总怕误了大家的事。"

村民寇玉贵是周清德妻子寇玉兰的兄长，他听说我们在采访周清德，便笑嘻嘻地说："这个周清德呀，把事当事哩，别人不愿意干的事，他干得欢实哩。就说管水这事吧，大家都赞扬他哩，自他管了水后，我们这儿人没有说不好的，钱不多吧，他认真得很。我家妹子当年为什么看中他，就是看中了他做事的认真劲儿。你们可得好好写写他呀，如果没有他，或者说他把水管不好，那我们又得回到从前挑水吃的岁月呀。"

离开了蒋家村，回首仰望凤凰茶山，一片碧绿与蓝天白云相接，我们真实地体会到习总书记那句话：绿水青山就是金山银山。在平利县的山水间，习总书记的话已经不是政治术语，是真真切切的现实和生活。

二、张新庆：中央领导给了我坚守乡村的信心

在汉中市评出的许多"最美乡村水管员"中，张新庆比别人的经历更丰富一些，他不光是最美水管员，还做了20年的市人大代表，还是优秀党支部书记，他所在的晨光村，2020年被评为全国文明村。

最让张新庆自豪的是，2004年4月9日，一个春光明媚的日子，时任中共中央总书记、国家主席、中央军委主席胡锦涛一行到晨光村调研，也是那次胡锦涛的调研和后来全国人大常委会一行领导到村上的调研，为全国减免农业税奠定了基础。全国农村2006年1月1日开始免收农业税，而晨光村作为试点，于2005年1月1日便开始免收农业税。同时，晨光村在农村合作医疗、学生午餐补助等方面都走在全国前列。

张新庆说，他向胡锦涛反映了农民看病难、学生离家远吃饭难等社会生活现实问题后，令他没有想到的是，紧接着，全国人大常委会领导又一次到村上来调研，要听他的建议，令他非常高兴。他说，自己所反映的问题，到了最后，不光解决了晨光村的问题，也为全国农民解决了问题。

自胡锦涛到村上调研后，张新庆说，他的人生发生了变化。作为退伍军人，他原本有许多机会可以走出村庄，去做生意或者做其他工作，但10多年来，每当他有了一些想法时，胡锦涛关于农村发展的思路，以及他对自己说的作为村干部

和退伍军人应该担起责任领导大家发家致富等语重心长的话语就会在耳边响起。也正因胡主席的鼓励，10多年来，张新庆安心扎根农村，精心部署村务工作，脚踏实地地领着村民将一个贫穷落后的普通村庄，建设成全国文明村、陕西省农村经济发展示范村。他先后在村上修建了全镇最大最漂亮的中心小学，建起了村民文化广场，还最早建起了经济合作社和运输队。

那么农民生产生活还需要什么呢？

水。村民们如此回答。

路硬化了，广场修起了，学校建好了，经济实体成立了，只有水是村民最关心的事。

张新庆说："村干部不就是为村民解决问题的吗？"

那时候，村上还没有自来水，村民吃水靠村中的两口20个世纪70年代打的井。张新庆从家到村委会上班途中，经常能看到村民排队打水的情景。有些村民，自己也挖了小型水井，可那水安全吗？村庄外是一眼望不到头的稻田，稻田中的水含有化肥的残留物，渗到村民的自备井中，这是现实问题呀。张新庆对村干部说："我们要是不解决大家的吃水问题，那我们就是罪人。"

张新庆多次与村干部商量，大家达成共识，就是有再大的困难，也一定要想办法解决村民吃水问题。

2009年，张新庆通过集资和争取扶持资金，终于在村上打了第一眼水井，并为村民安上自来水龙头。在那些日子，为了将筹来的钱用到实处，张新庆日夜守在打井施工现场，领着村民一起起土、取沙，测量水的深度。他对挖井的人说："这可是我们千辛万苦筹来的钱，这些钱中，有大家的期盼，也有政府的希望，一分钱也不能浪费，我们一定要将每一分钱都用在实处。"经过10多天的忙碌，吃水井终于挖好了。可全村12个村民小组，3695人，一口井只能供4个村民小组的村民吃水。怎么办？只有继续想办法。到了2009年年底，在张新庆的统筹下，村里又添了一眼吃水井，基本上满足了大家的饮用水要求。那么谁来管井呢？有人问管井能给多少报酬，张新庆说："没有报酬，管井只是为大家服务，不计报酬。"于是许多想靠管水挣钱的人都退避三舍。张新庆对大家说："没人管了，我来管。"从此，他成了村上的业余水管员。

张新庆说，作为水管员，他也向大家做了承诺，无论哪儿的供水出了问题，水管爆裂、流水断路、水质不达标，他保证不超过一天时间，让水恢复正常。

从此，春夏秋冬，雪天雨天，有时甚至是月明星稀的深夜，人们都能看到张新庆一个人在村外的水房里观察水情，巡查供水管道。为了保证水的质量，张新庆每年都要将井中的水送到汉中去检验。他说："过去呀，我们的水井打得相对浅一些，水质的确有问题，比如稻田的化肥，通过渗透，也许就会渗到井里。现在我们的井深了，不存在那些问题，这些年，经过化验，我们的水都符合国家农村饮用水的标准。"

由于村上的各项事业蓬勃发展和饮用水越来越方便，过去一些外出打工的村民陆续返乡创业，村里的用水需求日益增加。面对现状，2020年，张新庆又一次筹措资金，在村外打了一眼深井，并盖了新的井房。他说："我们把新打的井叫扶贫井。我们村早已不在贫困村之列，那为什么又将井叫扶贫井呢？我的想法是纪念国家倡导的脱贫攻坚这一项伟大举措。目前，我们村自来水入户率达到100%，村民饮水的满意度也达到100%，村民对管水人的满意度也达到100%。"

在长期的管水过程中，张新庆发现一些问题，有些村民天天都在用水，每当抄水表时，抄出来的数字却没有多少。他召集大家进行分析，有人反映，部分人在用表外水，也有人反映有些抄表人留下了人情水。面对此问题，张新庆说："只要表没有问题，那我们就组织人交叉抄水表。一组的干部抄二组的，三组的干部抄四组的，这样一来，存在的问题就解决了。"

在村外的大田里，一片片水光映照着蓝天白云，一群戴着草帽插秧的村民踩着倒映在水田中的蓝天白云有说有笑，有人还哼着抒情的陕南民歌。他们身旁的水田边兀立着新建的黄墙蓝瓦的水井房。在绿色的大背景上，水井房鲜亮的墙体十分惹人眼目。看到我在拍摄水井房的照片，几个村民拖着泥腿从水田走了过来。他们听说我是了解农民吃水问题的，便争先恐后地说起了吃水的话题。

"现在呀，吃水方便得很，哪像我们小时候，每天最怕的事就是大人让挑水，水井离家远，挑一担水来回要走好远的路，水挑到家，肩膀磨出红印有时会磨出血包来。特别是小时候，我不想上学，母亲让我挑水，母亲说："不上学可以，你将家里的水包了，一年到头，家里的水就你一个人挑。"我放下水担对母亲说：

'我还是去上学吧。'"一位大叔笑着说，他的话惹得大家哈哈大笑。

"告诉你呀，同志，过去我到城里走亲戚，人家家里用水冲厕所，我坐上去，怎么都不习惯，那个别扭呀。现在，我们不但用上了用水冲的厕所，我们村家家户户都安装了淋浴器。你看现在我在田里劳动，这一身泥巴，晚上回去，水龙头一打开，热水一冲，美得很呢。过去呀，哪敢有这些想法，总认为，用水冲厕所呀，用热水洗澡呀，那都是城里人过的洋活生活，没想到，我们现在和城里人一样了，我们的水比城里人的水还便宜。"一位50多岁汉子的话，同样得到了大家的赞同。

"你们村上的水用起来方便吗？管水的人责任心强吗？"我问一位头戴灰色草帽的中年妇女。

中年妇女站在一群男人身后，听到我问她，她从男人身后挤到前边，将头上的草帽摘下来一边扇风一边笑嘻嘻地说："方便得很呢，不说别的，就我们张书记，他当干部几十年，除了操心我们村上的大事，最关心的就是我们的吃水问题，我们村上的几眼水井，全是他张罗起来的，要不是他呀，也许我们还吃不上自来水哩。要说吃水，我们女人比男人更有发言权，现在我们的水，比过去好了不知多少倍，就连在外地工作的娃们回来，都说我们的水是世界上最好的水呢。我们张书记自有了自来水后，就负责给我们管水，管水井，有多少日子，天下着雨，我们看到他也会到水井那儿去查看。他还教育全村人，一定要爱惜我们的供水设施，还号召我们一定要节约用水。有一回，水管坏了，有个组断了水，他比我们还急，到处找问题，找到问题后，领着一帮年轻人抢修水管。我们看到他浑身泥巴，劝他不用急。他却说电可以停，路可以断，唯有水不能停，水是关乎人命的大事，如果谁家有老人、孩子，患了病要喝药没有水怎么行。所以说，自接通了自来水后，我们村上很少停水。"

自来水，改变了一个村庄，改变了村庄里的人，改变了人们的生活习惯，改变了干群关系，也改变了人们的思想意识，当我走出好远，再回头眺望那座兀立在水田中漂亮的水房时，我在想，10多年前，袁纯清省长那句"听水响，看水流，群众吃水贵如油"的话，多么经典，如今，水就是水，不再是贵如油的水。

采访结束时，张新庆动情地告诉我："我之所以一直坚守在村里，说心里话，中央领导的到来，给了我信心，要不然，我恐怕早就出门了。"

三、张建生：以水筑梦，振兴乡村

见到勉县同寺沟镇同寺沟村党支部书记张建生时，他正风风火火地从村委会大门外清澈的阳光下走向村委会办公的院子，在院子里一丛翠绿的香樟树下，我俩握手，之后一起向村委会二楼走。我问他刚才在忙什么，他说："镇街上有人说水流不畅，我去看了一下，是水管老化了，很快就处理好了。"

他问我是做什么的，我说："我是专程来采访你的，县水利局农村供水股安排的，他们没有通知你吗？"

他愣了一下，停止了前行的脚步，站在楼梯的台阶上，重新抓住我的手握了一下笑呵呵地说："原来是你呀，幸会幸会，县上通知了，说你昨天来，我们昨天在集体学习党史，不好意思，打乱了你的行程吧。"说过，他转身上了楼梯，打开他办公室的门，做出邀请的手势。

办公室很干净，桌椅配置也很齐全。那时正是下午时分，阳光明媚，光线从西边他的办公桌旁的窗子照了进来，屋子里一片光明。

说到村民吃水，张建生将一杯新鲜的清茶放到我前面，然后坐在我旁边的沙发上笑嘻嘻地说："我们村的吃水问题比较复杂，过去没有自来水时，大家都从水井里打水吃，问题还少点，可有了自来水，问题反而多了起来。"

"为什么？"

他微笑着说："关键是我们村在镇街上，单位多，流动人口也多，光镇街上的流动人口，每天就 5000 多人，大家经商做生意，开饭馆，开凉皮店，那用水量大呀，还有卫生院、镇政府等一些机关，虽然吃水量不大，可单位上的人讲究卫生，洗洗涮涮的用水量相对大一些。所以，这水管起来也相对复杂。刚通自来水那会儿，村上安排专人管水，大家多多少少总有些意见，后来没办法，我出来管，也许是因为我是村上的书记吧，情况相对好一些。"

我问："像你这管水为大家服务，一个月报酬能领多少钱？"

他将身子向我身边靠了靠笑着说："没有钱，正因为没有钱，大部分人不愿意管，想管的人啊，责任心又不强，还有点私心，干脆我来管。村干部嘛，一个月县上财政给着工资，所以我就开始管水，还好，自我参与管水以来，许多问题解决了，基本上没有矛盾。过去的主要矛盾在人情水这一块，每个月抄水表时，总会有人说这说那的，弄得管水的人左右为难。农村人嘛，过去吃水从不掏钱，现在开始收费了，大家认识不足嘛，症结主要在收费上。"

我问："你们村一吨水收多少钱？"

张建生说："就一块钱，就这，过去收水费时，还常常闹得不愉快，不仅仅是不愉快，有时还会出现打闹的情况哩。"

我问："自从你管水后，用了什么办法，改变了这一现状，使情况好了起来？"

张建生喝了一口茶哑哑嘴巴说："我主要还是在收水费这一块下了功夫。一个是在宣传上下功夫，咱是村干部嘛，我就利用大会讲、小会讲，走家走户给大家讲，水是商品，要树立商品意识，过去大家用水是不出钱，可那时吃的是什么水，虽然家家户户庭院都有水井，可那是地表水，稻田里的化肥，通过渗透，也渗到自备井里，大家连化肥的残留物也吃了，有些人家用的土茅坑，那粪便渗到地下，不也是渗到水里了嘛。哎，你还别说，我如此一讲，大家全明白了。接着我又给大家说，送水管道是政府给我们的，没有出钱，可水从井里抽出来，是不是要花钱啊？没有电，水咋能从井里到水房，还有管理、维修这一块，不说工钱，那也得材料费呀。我这么一次一次地讲一次一次地说，大家都明白了，到了后来，交水费成了自觉行动。再者说了，现在人的生活水平都相应提高了，人们对健康重视起来，你给大家说，过去是不掏钱，也吃了水，可吃的水并不卫生，更谈不上安全，抓住这一点——这是要害呀，说到点子上，人们就信你，主要还是人们把健康看得重了。"

"你们村从什么时间开始吃上自来水的？"

张建生从沙发上站起来，开始踱步。我的问话似乎触动了他的记忆。踱了一会儿步，他坐回窗边的办公桌前，翻阅了一阵资料扭过头对我说："我们村是勉县吃上自来水相对早的一个村，早在 2005 年，我们村干部就谋划着给村民接自来水，可钱从哪里来成了问题。你是知道的，村上没钱，让大家集资吧，不现实，没有办法，一直到 2011 年，才有了眉目。那一年我和村上其他同志一起四处找钱，我们先后往县水利局跑了十多回，终于要到了 40 万元资金，后来我们自己想办法又筹到 40 万元。有了那 80 万元，我就组织大家打井，按照当时水利局的要求，我们打的水井，要保证超过 80 米深，为什么要那么深，因为要绕过稻田的渗水。那些日子，我天天在打井工地忙活，有时连饭也顾不上吃，家人说我打个井像丢了魂儿似的，我对他们说：'你不知道这钱有多难要，县上也没有钱，都是各级领导给我们想办法，我要是不在工地，那些人打的井深度不够，质量不行，到头来井不合格，误了大家吃水是一方面，也对不起各级领导给咱操的心。'"

"自从你开始管水，都采取了哪些措施？群众的满意度如何？"

"我管水，自然有我的优势。咱是干部，在村上干了许多年，大家还是认可咱的，也听咱的。当然了，作为村干部，要让大家听你的，你得首先心里有群众，想着群众的利益。就说吃水这事儿，我刚担任村干部那会儿，大概是 2005年，那时候就一心想解决大家的吃水问题，可那时候上上下下不是都缺钱吗，所以直到近几年才实现愿望。自我管水以来呀，一是建立了长效管理机制，让制度上墙，将制度贴出来让大家监督。我们规定，群众吃水遇到问题，包括供水井有问题，必须在一天内彻底解决，我们规定每天管水的人，必须要到水井房巡查一次。每周由我带队，要到每个水井上检查一次。我们的水井和水井房全是封闭式的，只有水管员有钥匙，别人是进不去的。除了水井专管人员以外，12 个村民小组组长也承担任务，他们和我一样，是兼职的，没有报酬，这样一来，上下左右，都来管水，形成网格式的管理。二是开听证会，大家对收水费意见大，那我就从水费收多少开始征求大家意见，最后大家一起来算账，电费、维护费等，最后才确定水费的价格，全村统一，一吨水一元钱。三是建立护水队伍，我们村有 3口井，我们就成立 3 个管护站，每个站再确定一个专管人员，并与管水的人签订协议，主要是落实责任。当然，这些人多多少少有点报酬，报酬从水费列支，每吨水提出 2 角钱给他们。他们的任务主要是，抄水表，每天到水井房巡查，一个人一个月也就是几百块钱。管井的人，和我不一样，我有工资他们没有呀，如果这些人管水得不到一点报酬，那他是不会好好管的。四是做好预算。我们收回来的水费，除了电费和给管井人的报酬，我们用单列账户进行管理，收支让大家决定，主要是要卡维护费这一块。根据我们以往的维修支出来看，我们要保证账上有6万元的维修基金，这样，任何一口井出了问题，任何管道出了问题，我们都有钱来维修，才能最终保障大家吃上安全水、放心水。"

张建生担任村干部以来，从村委会副主任到村党支部书记，15年来一直想着村民的吃水问题。自来水进入村民家中后，他还是放心不下，又担当了义务水管员。据悉，2019年，张建生被汉中市水利局评为最美乡村水管员。

张建生说："要当好村干部，必须要想着群众的利益，在任10多年，只要真正能为群众办一件与他们切身利益相关的事，那群众就认可你。我想了10多年，跑了10多年，终于解决全村2279人和镇街上5000人的吃水问题，我的愿望实现了。当然，也是我们遇到了好的机遇，国家倡导的扶贫，给我们帮了大忙，要不，就是村干部再努力，也实现不了心中的梦想。"

走出村委会办公室，来到洒满春光的繁华街市，凉皮特有的香气，在春风中荡漾，各种商店的商品琳琅满目，经商的人们，人人脸上挂满笑意。我在想，要是没有水来滋润这条街和人们的心田，这条街会是什么样子呢？

四、刘杰：心在哪儿，成效就在哪儿

心在哪儿，成效就在哪儿。

这是留坝县水利局局长候惠斌接受采访时说的一句十分普通的话。

通过与留坝县武关驿镇武关河村管水员的近距离接触，我才明白候惠斌这句话不是从书本上得来的名言箴句，而是现实生活中人们用行动凝结出来的具体经验。

地处秦岭怀抱，那里山沟深，山清水秀，风景宜人，令人想不到的是，因为通了自来水，昔日寂寞荒凉的山沟，今天却成了旅游胜地，不但山沟热闹了，产业也得到了发展。看着搭建在河岸两旁的一排排的黑色香菇棚，谁也不会相信，过去这是一个十分贫困的他方。

当我看到建在武关驿镇武关河村半山腰上那座漂亮而且吸引人眼球的黄色水房时，我在想，候惠斌的话，并不是一句普通的话，这是开展扶贫工作以来，广大水利干部的切身体会。

扶贫工作必须要用心去做，只要用心，没有完不成的任务，没有做不好的工作，没有达不到的目的。这是我在汉中采访的几天里，所有干部共同的口头禅。

说到用心，武关驿镇武关河村党支部副书记刘杰和二组组长54岁的妇女干部王新彩，为了将全村人吃的水管好，他们的确是用了心。

在留坝农村，所有的管水员都是在做义工。为什么要让村干部义务来管水，留坝县水利局副局长黄美辰说："一是这些人素质相对高一些；二是村干部责任心比较强，靠得住；三是他们在村中有威望也有时间，能保证送水管道或者水房出了问题，及时维修和管护。我们过去也考虑过让村干部以外的人来为大家管水，但许多年轻人外出打工，让他们管水，在时间上无法保证，而一些留在家里的人，不是小孩就是老人，这是现实问题。"

刘杰和王新彩管着新建的水房，除了供本村人吃水，还供着河口村两个村民小组吃水，同时还保障河口村10多万筒香菇的用水所需。

47岁的刘杰是个热心肠，在武关驿镇开着车辆修理部和门市部，由于其乐善好施，村人到镇赶集遇到什么困难，手头倒不开钱，都会去找他。只要人们有求于他的，他都会不折不扣帮助村人，年年岁岁如此。村干部认为刘杰是个做什么事都非常用心的小伙，便慢慢培养其参与村上的事务。在村党支部的精心培养下，2008年，刘杰加入了党组织，成为一名党员。2016年村委会班子改选时，通过大家选举，刘杰担任了监委会主任，2019年，担任了村党支部副书记并负责全村合作社和乡村振兴工作。

脱贫攻坚工作开始后，在县水利局的组织和部署下，武关河村在风景秀美的河口村的地盘上修建了标准化的供水设施。为什么要将村上的水房修在另一个村的地盘上？

刘杰一边在《设备维护保养记录本》上写着本次保养过程，一边笑着对我说："县上将水井打在这里，将水房建在这里，有几个考虑：一是这儿水质好，没有任何污染，我们的水，可以说完全是纯净水和矿泉水，出自山清水秀的地方，水质自然好。二是这一块地势高，道路也通畅，我们只需要将水从28米深的井里抽出来，加上二氧化氯，无须再给压力，水借助自然的流速，就流到村民的家中。三是这儿是新开的旅游景区，一到夏季，西安、咸阳、宝鸡、汉中的旅客都来避暑。我们县是秦岭怀中最美的县城，也是全国有名的避暑地之一，虽然人口少，相对闭塞，但环境好呀。这几年，媒体一直倡导过慢生活，我们这儿最适合人们休闲养生，最适合人们过慢生活，旅游观光，可以说是胜地。你看这风景，这阳光的纯度，其他地方很难看到。四是这山坡下，那一棚一棚黑色的棚架，全是村民种的香菇。专家说我们这儿最适合种香菇，大家都在种香菇。过去因用水不方便，人们也种香菇，但种得比较少，没有形成气候。现在用水方便了，加之开展扶贫，政府给了许多优惠政策，包括资金和贷款、原材料等，一下子将大家的积极性调动了起来，所以，在这条山沟里，几乎家家户户都在种香菇。如果没有水，就不会看到这些香菇棚，水带动了产业发展，这是真真切切的事实。五是因为有了水，许多在外打工的人都回来了，他们开始创业。这儿的农家乐和香菇棚，有一大部分是返乡人员建的。"

刘杰停住了笔，将我带出水房，我们行走在光洁的山路上，他指着山坡下的每一处向我一一作了介绍。

在山坡下的小河两岸，除了一排排黑色的香菇棚，还有旅游景点的标志，那些红门绿窗、房舍漂亮的农家乐已开始升起炊烟，而那些耸立在河边的旅游牌则映照出阳光的美丽。远处的山全被植物覆盖着，清新的空气给人不一样的感觉。

真没有想到，在外人看来，一个普通的水房，一股股通往村民家的自来水，在山里竟发挥出如此大的作用。

在回水房的途中，我说："要不是扶贫，这儿会是什么样子？"

王新彩站在水房门口的阳光中，正和陪同我们采访的留坝县水利局王静丽股长说着水房管理的事，她听到了我的问话，便与王静丽一同走到水房大门口。

她说："过去没有自来水，大家都是挑水吃，我也是从小就挑水，真的是挑水将人挑怕了。我们这儿的人，大部分住在半山腰，过去全是石子路，你不知道，从山下河中挑一担水到家，有多艰难，脚下的石子路，像一种刑具。关中平原有人到我们这儿来，没有见过我们山里人挑水，看见我们挑着水担绕着脚下的石子，笑说我们山里人是挑着水也能扭秧歌。不扭不行么，得绕开脚下的石子呀，否则踩上去，不是脚崴就是腿骨折，特别是到了秋季，天上下连阴雨时，那河里的水，掺了从山上流下来的泥沙，灰得看不见桶底，就那样也得吃。挑水的路更是难走，地上打滑呀，常常有人因挑水摔伤腿脚。还有就是，前些年，村上的年轻人都外出打工，留下'38''61'和'99'，老的少的都没有办法挑水，也影响着外出打工年轻人的情绪，有些年轻人过春节回来，便找村组干部，请求解决吃水问题，建议拉自来水管，可那时候哪有钱嘛，别说铺设送水管道，就是挖个井，在石头坡上，也得万儿八千的呀。"

王新彩说着，不由自主地笑了起来。笑过之后，她指着漂亮的水房说："现在好了，一个水房，把山里人全解放了，特别是把我们妇女全解放了。现在呀，许多在外打工的年轻人，听说有了水，都陆续回来了，在家门口创业。"她指着山坡一排排装饰新颖别致的房舍继续说："这些农家乐、香菇棚，大部分是年轻人回来后建的呀，一到五一，天热起来，我们这儿可热闹了，城市人赶到我们这儿避暑、休闲，就连我们的香菇也热销。他们真是进了宝山不空回，除了玩，走时，他们还带了我们的香菇，因为他们亲眼看见我们的香菇是如何生长的，有些人还亲自到香菇棚里去摘。"

我问王新彩，管水这几年，最难忘的是什么。王新彩嘿嘿一笑将手扶在王静丽肩膀上说："你还真问对了，要说最难忘的，那就是去年春节，我们的水泵突然出了问题……"

2020年腊月二十九，外出打工的人全回到村上，正在人们准备过年的时候，山坡上的水泵突然不转了。作为管水员，刘杰和王新彩看到家里的水管不流水，两人不约而同地向水房跑去。打开水房门，通过检查，刘杰发现水泵出了问题，两人商量找人来修，可打了几个电话，也没有联系到人。两人一筹莫展地走出水房，来到水房外的山路上。看着山坡下的农舍里袅袅升腾的炊烟，王新彩搓着干冷的双手对刘杰说："到哪儿去找人，人全回家过年去了。"她用鼓励的口气对刘杰说："这些年来，你不是一直与机械打交道吗？现在只有你能修，否则，这两个村的几百口人，咋过年呀。"

刘杰转身看着山下的公路，有人正将从山外购买的年货往家里带，有自行车、摩托车，也有小车。

刘杰对王新彩："你在这儿等着，我去镇上找一些工具。你说得对，我不就是与机械打交道的吗？就不信还修不好个水泵！你放心，一切有我哩，保证让大家今晚就能有水吃。"

王新彩一边收拾水房院子里的杂物，清点库存的二氧化氯，一边等刘杰。可等刘杰取了工具回来，打开水泵一看，傻眼了。这些新式的机械，他哪儿接触过呀！

不会也得会，不懂也得懂。面对拆下来的一堆大小不一的螺丝，刘杰给自己打气。他想，所有的机械道理是一样的，关键是要把道理搞清楚。两人一直忙到天黑，还是没有看到希望。

王新彩看天色已晚，又开始下雪，便对刘杰说："你先给咱琢磨道理，我去山下给咱买点吃的。"

刘杰仰起头看着门外的飞雪对王新彩说："多买点，恐怕得些时间，一时半会儿修不好。"

新的问题出现了，到了晚上，回来过年的人看到家里的水管不流水了，便有人在山下乱喊乱叫，有人还跑到水房来看究竟。一些在外打工的年轻人本来跑到水房想叫嚷，当看到刘杰一双冻红的双手和额头上的汗珠，便悄悄地退出水房，还阻止了山下的人叫嚷。

雪越下越大，寒风越来越猛。两人吃了方便面，重新开始琢磨，几个小时过去了，还是没有找到症结。

两人的电话不停地被人打响，回答是："请放心，一定不误大家过年。"

整整一个通宵，还是没有修好。到了第二天一早，村干部来看望他们，看到两个人一脸疲惫的样子，看到刘杰手上的血印，村干部劝慰他们不要着急，只要不影响大家过年就行。话是如此说，已经是腊月三十了，这不就是过年的日子吗？刘杰心里更加着急，令人们没有想到的是，到了正月初一，刘杰终于将水泵修好了。连续加班两天两夜，刘杰已经疲惫到极限。两人将水阀打开，又在水中按规定加入了二氧化氯，才回家过年。

刘杰说他一连睡了几天，硬是倒不过神来。

而王新彩却说："别人家酒香肉香兴高采烈地过年团圆哩，我们俩却在忙着为大家的过年吃水着急哩，好在乡亲们比较宽容，理解了我们的苦衷，在我们加班期间，还有人给我们送来了吃的。"

我问她："觉得委屈吗？"

她依旧憨笑着说："没有什么委屈，这是一种责任，当初村上让咱管水，说明大家信任咱，我们也没有让大家失望。我们按规定每周都要到水房来查看，给水加氯，巡查送水管道。"她走进水房，拿起《设备维护保养记录本》对我说："这是我们的工作记录，不但村上要检查，上级水管部门也会来检查，这不，我们的这个水利局的股长，隔三差五也来查看哩。我们每一次巡查、维护、加氯都有记录哩。"

太阳照亮四周景物时，我们从山坡上开始往下走，一路上，山风阵阵，鸟语花香，河边的花丛中，蝶飞蜂舞。沿途看到许多旅游设施，有水车，还有一些小型游戏设施。经过几户农家乐时，老板站门口让我们到他们那儿去休息。听说我们是采访两位水管员，一位中年妇女用胸前的护巾擦拭着双手开心地说："一定要好好宣传我们的水管员，他们呀，是我们这一带人的福星咧，自打有了自来水后，他们没有少操心。"

在返回县城的路上，王静丽告诉我，刘杰在2020年被评为汉中市最美水管员。

我说那个女同志也应该被评上的。

王静丽说："名额有限啊，看今年吧。"她还说："其实，在我们县，这几年通了自来水后，大家选择的一批水管员，个个都有极强的责任心，这两个人只是他们中的代表。"

他们是普通的山里人，却做着不同寻常的工作。在汉中采访的几天里，每到一处，村民挂在口边赞美的，多数是水管员。无论是在川垣地区，还是在深山区，水管员像人们心中敬仰的明星。我问："为什么大家对水管员如此敬重？"人们笑着告诉我："他们管着我们的命么。"

水，是生活必需品，可不是嘛！

五、李宏章：我就是想让乡亲们感受到幸福

临渭区水务局总工程师赵小锋对我说："我们临渭区这次能荣获全国脱贫攻坚先进单位称号，除了政府给力外，我们局上上下下齐心抓落实，也没少下功夫，在乡村供水建设管理方面，村一级的水管员也发挥了相应的作用。"

他站在箭峪水库管理处下面的一个山泉边看着对面山坡上一个村子又说："就说我们阳郭镇三官庙村的水管员李宏章吧，别看他年龄大点，可他的确把这个职务当回事哩。水管员在村人眼里不但不算官，也不算村干部，管水更是个苦差事，基本上没人愿意干这个事。可这个老李总说，自己的职务比村干部还重要。"

我们绕过山路，下了一个坡，越过一条山沟，再上一个坡，才找到李宏章所在的村子三官庙村。

途中，赵小锋给我讲了许多这个塬上农民吃水的故事。我对他说："看样子您对这个南塬上的几个乡镇和路径都非常熟悉。"他兴奋地说："快30年了呀，自参加工作到现在，没有离开过临渭区水利局，没有离开过渭河两岸，我就在这一带跑呀，咋能不熟悉？从一名小小的供水管理技术员做起，不光是对道路和乡村熟悉，对每个村的干部和水管员也熟悉。塬上的每个乡镇水利员、村上的管水员，一茬一茬的，我们都很熟悉。"

三官庙村党支部书记张久长见到赵小锋后热情地拉着他的手笑哈哈地说："我们的水神来了，有什么事呀，你说，我们全力配合，只要你有指示，我们照办，不折不扣。"

赵小锋对他说："这次省里来了作家，专门了解咱村吃水情况的，还有，作家想见见咱的水管员老李。"

李久长将手在赵小锋肩膀上轻轻一拍说："没麻达么，只要你这个'水神'下命令，我亲自给你将人叫来。"

李久长去叫水管员，我又问赵小锋："看来你真的对这里的人和事太熟悉了。"

赵小锋将我领到村委会院子中间一棵高大的喜马拉雅长叶松下说："别的不敢说，只要你说到水，就我们临渭区这塬上塬下我都能说清，渭河两岸我们区每个乡镇的水管员，我基本上都打过交道，经常给他们讲一些技术问题。我的观点是，政府把送水管道铺下了，可真正要让农民吃上安全水、放心水，还得靠基层的干部、水管员管好。三分建设，七分管理啊。他们是我们饮水安全的主力军，没有他们的精心管护，政府就是再投多少钱，下多大的力气，饮水安全还是没法保证。我经常对我们乡镇水管站的同志和村一级领导讲，一定要重视农村水管员队伍建设，他们是农村供水保障的'最后一公里'，也最关键的环节，是最复杂难度最大的一环。这些人，他们熟悉农村和农民，因为他们本身也是农民，我们解决不了的问题，他们可以解决。工作几十年，我与农民打了几十年交道，虽然对农民比较熟悉，但有些问题，我们还得靠基层的同志，他们有他们的感情，有他们的办法，我们做不到，他们的智慧，我们学不来。当然有些办法，我们也会，可是我们由于身份不同，做不出来，比如农村收水费这一块，水管员就比我们办法多，他们有绝活有绝招，不翻脸不争吵，就能把问题解决。这就是农民的智慧呀。"

我俩正说着，张久长拉着李宏章的手风风火火地进了村委会办公室。张久长笑哈哈地对我说："李作家呀，你可得好好写写我们的老李，这几年，我们村的脱贫攻坚能摘帽，我们老李是有功劳的，说真的，他拿的补助有限，可他做的工作是无限的。我们这些村干部晚上还能睡个安稳觉，他就不行。他晚上得巡查，特别是这几天，这不是汛期嘛，老李日夜都睡不下个安稳觉，总怕哪儿的水浑了影响大家的生活。他还说，现在是暑期，在外边上学的娃们都回来了，一是用水量大了，二是娃们都比较讲究，对生活要求高，自己就更忙一些。他说把水管好，让娃感受到家乡的美，感受到水的方便，通过吃水这件事，要让娃们觉得乡村并不比城市生活条件差，也是要通过吃水、节水、珍爱水这件事，让娃们感受到'一方水土养一方人'么！培养娃们从小爱家乡的思想，让他们好好读书，长大后多为家乡做贡献。你看看，这就是我们的老李，他从小事中就能悟出大道理。"

将吃水引伸到热爱家乡，一个朴实的农民，对自己所从事的职业有如此定位，谁能不对其产生敬佩之情呢？我们说幸福生活是靠大家共同创造的，也是通过一件件小事来体现的，而李宏章却将普通事看作大事。这些事这些话无不体现了他对职业的爱。

三官庙村处在渭南市南秦岭脚下塬上的深山洼里，属于缺水地区。过去人们吃水主要是靠天，靠从秦岭的山上渗出来的小溪流。大部分村民住在山腰上，挑水要到沟底下的水潭里，有的人住在高处，来回挑水得走二三里路。这几十年来，随着气候的变化，水潭中的水慢慢没有了，人们吃水成了问题，有些人因为没有水吃，举家迁徙，逃离了家乡。2006年，在政府的大力支持下，村上引上了自来水，但由于人们居住分散，管道战线长，损坏严重，管水成了问题，许多年富力强的人外出打工，形成了有水没人管的局面，和没水一样。虽然政府花了钱，水利部门费了心思，可吃水还是问题。村上想选出一个管水的人，可一个月几百元报酬，没有人愿意干。

那时候，李宏章才40来岁，也是经常在外打工。有一次从外面回来，看到家里没有水，便去找村干部质问，为什么政府花了钱给大家接了自来水，大家还是没水吃。他生气地说："这样不是白白糟蹋了政府的钱吗？"

村干部无奈地道出了苦衷。李宏章回到家，细细地想了三天，三天后，他找到村干部说："没人管水，我来管。"

村干部说："这一个月没有几个钱，你不在外边挣钱，把时间耗费在这上面划不来呀，你可要想清楚。"

李宏章毫不含糊地说："我想明白了，你们放心，我要是管不好，你们随时换人。"

村干部听李宏章如此说，个个兴奋得哈哈大笑。从此，村上像多了一个编外村干部似的。李宏章天天在坡上忙碌，今日在这个山腰检查输水管道，明天在那个坡地更换水管，就是在寒冷的冬夜，他也打着手电四处巡查，看哪块的水管容易冻坏，他就想办法将裸露在外的水管用土埋起来。一些妇女与李宏章开玩笑说："你活了大半辈子，现在才活成了咱们村女人的知心大哥。"李宏章也笑着回应大家说："放心，只要有我在，保证大家不再因水发愁，我不但要成你们的知心大哥，将来还会成为你们的知心大叔。"

但令李宏章没有想到的是，后来开始收费时，村民们不愿意了。有人说："水是秦岭给大家的，你倒好，好人当了10多年，现在却变瞎了，拿大自然给人们的馈赠来换钱。你的良心呢，你还是三官庙村那个大家喜欢的水管员吗？你将钱收了回去，你晚上睡觉心能安吗？"

面对大家的指责，李宏章没了脾气，是呀，自己也是农民，也是从小吃秦岭山上的水长大的，自己也从来没有想过，农民吃水还要掏钱。他觉得，如果大家都抗拒交水费，那工作就没法干了，可是他又想，管水这工作，总得有人做呀，就是自己不做，别人也得做，也得做通群众的思想工作。他想了几天，自己心里的疙瘩先解不开。过去辛辛苦苦管水10多年，有了感情，人与水的感情，人与人的感情，不能遇到困难就打退堂鼓。

李宏章将自己遇到的问题说到箭峪水库党支部书记候战国那里。候战国语重心长地对他说："这的确是个问题，但面对新问题，咱总不能退缩吧？你是老水管员，你要给大家讲清楚，说这是新政策，是政府新规定，不光咱们的水要收费，全省、全国的农村饮水都收费。你总要给大家讲清楚，是的，过去我们的确不收费，可那时候大家吃的是什么水，河道里、水潭里的水。放牛的放羊的，蛤蟆洗澡的、长虫游泳的、洗脏衣服洗尿布的，而下游的人，还在吃河道里的水，你想想，那吃的是什么水，放到今天，那样的水安全吗？"

听了上级领导一席话，李宏章茅塞顿开。他在心里念叨着，还是上级领导水平高。

回到村上，李宏章除了将上级领导的话说给大家听，他还给大家算了一笔账。他告诉村民："你们不想想，水是如何从那边山上流到这边山上的，是水长了腿自己顺着管道跑过来的吗？还是你们施了什么法术，水就到了你们家门口？"

有群众说："老李呀，你再不要恶心人了，过去的事，你不要提了好不好，真恶心人呢，不就是交钱吗？交就是了，大道理谁不懂，就你老李懂呀。"

李宏章知道，是自己的道理讲明白了。接着，他趁热打铁，一家一户地去做宣传，不到半年时间，大家的思想工作全做通了。

李宏章告诉我："还有一点也很重要哩，那就是我们的村干部，在执行饮水收费这一块也下了功夫。特别是我们党支部书记张久长同志，这人呢，原来一直在外边工作，回到村上担任党支部书记，杆子立得硬呀，在执行政策上，那是没说的。"

在开展扶贫工作前，三官庙村的水表安装得早，水表全装在村民家门外的地层下面，每次抄水表，都要扒拉开表上面的东西。许多人在外面打工，水管员想尽办法抄了表，收费却找不到人，没有办法，有时三更半夜，听说人回来，就得抓住机会过去收钱。李宏章说："这样的事，没少做，有时还会遭人家的骂，但没有办法，咱就是做这事的。人家信任咱，挨骂也不算啥。"李宏章说："最难的是冬天，由于地处秦岭脚下，到了冬天下雪天多，管水难度就特别大，有时半夜三更，村民家里的水管冻住了，人家要用水就叫咱，那咱也得去呀，咱就是弄这事的，也不是图那一点点钱，咱讲究的是大家的信任。你说这人活在世上图个啥嘛，不就是图大家的信任么。虽然事是苦些累些，有时也会争争吵吵的，毕竟大家都是乡亲，今晚争了吵了，明天见了面，哈哈一笑，啥事都没了。但也有受到大家敬重的时候，特别是村上连续几天断水，大家见了我就像见了救星，那种渴望的眼神让我很难忘！有许多次，村上人给娃结婚，见我去了，将我推到上席上，说我是村上的功臣，说离开我，大家就没有今天的幸福生活。我也知道大家是抬举咱，但举动中，也是满满的谢意。"

我问李宏章："除了收水费遇到困难，还遇到哪些困难？"

李宏章喝了一口水说："要说困难，那多了去了。开始时，大家让我管水，我啥都不会，我就到区水利局找李工，也找赵工，到箭峪水库找技术人员，请教人家，如何进行管道安装，如何安装水龙头，如何采取措施防止水管冻裂等。后来自己慢慢学，全会了，现在呀，只要村民有要求，换水龙头、安装水表等，咱都能满足大家。"

据三官庙村党支部书记张久长介绍，李宏章管着全村514户村民用水，到目前，没有接到群众不满意的举报，大家还建议我们村委会，要表扬老李，有人还说："希望提高老李的待遇，激发他的热情，把水管得更好，让我们真正体会到有好水吃的生活，感受党给予我们的幸福生活。"

在送别我们时，李宏章对我说："李作家，你要真写，就加上这么一句话，我就是想通过自己的付出，让大家真正感受到生活的幸福。"

农民有农民的思维，有他们自己的理想追求，一个普通的乡村水管员，胸装信念，想用自己平凡的举动，让大家感受到幸福生活的真谛，听起来，让人不可思议，感觉上升到了高大上的境界，可这样的事，就发生在我们身边。

自古到今，无论哪朝哪代，一个人被人们信任，是一件多么珍贵的事，有时我们会被人的信任所感动，有时候我们看到影视剧中的角色，会因某一个人被人信任而流泪。信任是一种无价的东西。有些人，为了追求那种精神上的信任，宁愿放弃财产或其他，李宏章，就是这么一个人。

六、薛亚斌，黄河岸边的守望者

2021年7月22日上午9时，吴堡县水利局副局长宋朝军将我送出他的办公室。站在明媚的阳光下，宋朝军指着他们局办公的窑洞北边的方向对我说："你要采访的薛亚斌，已经联系好了，你首先要到岔上镇，薛亚斌就在岔上镇的岔上村，我建议你最好还是走山上的路，因为最近雨水多，黄河观光路多有塌陷，怕有些地方不通车。"

出了吴堡县水利局机关大院，沿着陡峭的山路下了坡，我们披着灿烂的阳光，按宋朝军指引的方向，向县城以北地处黄河岸边的岔上镇岔上村前行。

从吴堡县城到岔上镇，大约有25公里路程。我们所走的道路一直在山顶上盘旋，而另一条前往岔上镇的公路在黄河西岸。行走在山路上，我们收获了另一种风光，黄河东岸的风景尽收眼底。

看着黄河东岸的山西吕梁市临县地界，总感觉对岸的人比陕西这边的人多似的，在黄河西岸，几乎看不到民居，而黄河东岸的山峁上，处处都有民房在强烈的太阳光下一村一庄地显现。翌日，去了山西省吕梁市临县，方知道临县是吕梁市的一个大县，人口在70万以上，几乎是黄河西岸两个县的人口总和。

车下了黄土坡，穿越一条塞满绿色植物的山沟，黄河雄壮地展现在眼前。向南望去，烈日当空，毛主席东渡纪念碑高高矗立在黄河岸边。站在碑下眺望，黄河水奔流而下，山峦嶙峋巍峨。在毛主席东渡黄河纪念公园，16块毛主席转战陕北浮雕、毛主席东渡黄河雕塑生动再现了毛主席东渡黄河的情景。

据当地群众介绍，毛主席东渡黄河纪念公园作为中国革命的重要转折地和陕北红色文化资源的代表，已经被评为省级重点文物保护单位，在黄河西岸将老一辈无产阶级的革命历史、革命精神代代相传。

由此可见岔上镇的地理位置有多么重要，也因此，岔上镇成为黄河沿岸的名镇。

岔上镇因毛主席东渡黄河而驰名。目前，当地政府正在按传统样式复原老镇街的古建筑，想必未来，古镇将会同毛主席东渡黄河景区一起，成为旅游胜地。

我赶到岔上镇时，薛亚斌已经在镇南边的方形凉亭中等我了。

40岁的薛亚斌看起来很精神。他看到我的车，就走出亭子来迎我。他笑嘻嘻地对我说："接到县上电话，我就从山上下来，我们县水利局宋局长有安排，说有人要采访我，我就想着你就是，因为你的车是西安的牌子。你看，这一条沿黄路上，哪有车么，本来这个季节是旅游时节，每年这个时候，孩子们放暑假，家长都要带着孩子来看黄河，看毛主席当年渡过黄河的地方，可今年就不一样了，今年天气比较特殊，雨水多，旅游的人少了，没有人敢出来玩了。"

我问薛亚斌："你怎么还会说普通话呢？"

他笑着说："说实话，这几十年来，我一直在外面打工，跑的地方多一些，就慢慢学着说普通话。不学不行么，我们的陕北话，有时人家听不懂，就会误事么。"

我又问他："怎么当起了水管员？水管员的报酬，可能和你在外边打工挣的钱不能相比吧。"

薛亚斌依旧笑说："那是肯定的，这些年在外边，忙着挣钱，把胃吃坏了，这不，胃有了毛病，回来看病，正好，大家说我这人有责任心，就让我给大家管水，虽然钱少了点，但离孩子和婆姨近了，孩子正在上学需要陪伴。国家不是提出搞乡村振兴嘛，我就想着回来看看能不能在家门口做点啥事。"

说到管水，薛亚斌将我们引到镇子后边一条小山沟，他骑在摩托车上笑呵呵地对我说："那里是我的战场。"

水房建在一块四周长满植物的平地上，水房周围有柳树和花草，水房对面是几孔废弃了的窑洞，远处南北两面全是山坡，说是山坡，其实都是悬崖。水房像一个定海神针，静静地立在山脚下。薛亚斌指着由水房伸出去的两个不同的水管对我说："你看，我们村吃水全靠这个水房。我们村的人大多数住在山坡上，分为前山、后山和中山，而从这水房中引出去的水管，主要供前山和后山人饮用，中山的人另有一个水池。我的任务就是要管好水房中的设施，保证大家每时每刻都有水吃。"

之后，薛亚斌打开水房的门，两个绿色水罐十分显眼地呈现在我眼前。房间被薛亚斌收拾得一尘不染，那两个水罐更是被他擦得几乎能映出人的影子。

薛亚斌用手爱怜地摸着两个比他高出许多的水罐，看着水罐上贴的标识——一一向我介绍着水罐的作用，哪个是进水罐、哪个是出水罐，如何净化、如何加药……之后，他怕我看不懂，又将整个进水和出水流程给我演示了一遍。

我问他："你替大家管水一年多，感觉最难的是什么？"

薛亚斌重新回到水罐旁边，依旧用手爱怜地抚摸着水罐笑着说："在这一块嘛，就是清洗这两个水罐，这可是要费大力气的。你看么，虽然我们水是从地下抽上来的，毕竟我们这儿是黄土高坡，水中多多少少还是有些细小的泥土和砂粒，为了使大家吃上放心水，我隔一些日子，就要将水罐清洗一遍。特别是到了冬天，必须清洗，我们这儿气温比较低，洗起来就非常麻烦，要将罐里的水全部排掉，然后想办法将水罐的四壁和底部清洗干净。如果天特别冷的话，就要关闭供水管道，怕冻呀。"

薛亚斌将我从水房领到外边，指着水房北边的悬崖对我说："你看，我们前山这根供水管道都裸露着，一直从山下引到山上，直接将水送到村民家中。据说当初政府在规划时，也想将水管埋在地下的，可你看看，都是石头呀，没有办法埋入地下。而把水房放到别处，却没有水源，这是最好的选择和安排，我们这儿的人，几乎全住在山顶上，只有山顶上才有瘠薄的土地，祖祖辈辈只能住在山顶上。听老人们讲，过去，黄河水大，像咱们站的这一块，就是我们现在正在建设的这个古镇，如果黄河水泛滥，水位就到这里，那是不能住人的。而住在山上的人，都要到山下挑水吃。我小时候也挑水，那个艰难，是你们这些城里人无法想象的，特别是冬天，零下十几度，北风像刀子一样，割得人皮肤疼，可为了活命，还得从山下挑水，不挑水就没有办法活么。"

我问薛亚斌："你管水这一年多时间，最大的感受是什么？"

薛亚斌憨笑着说："只有两个字：辛苦。"

"能具体说说吗？"

薛亚斌将我领到小路边的一棵枣树下说："就说今年开春吧，我将水罐清洗干净后为大家供水，可前山上的人都有水了，后山上的人反映没有水吃。住在后山上的薛常宝打电话对我说：'为什么你们前山人有水，而我们后山人却没有水？你是不是光想着你们前山人，把我们后山忘了？'我告诉他：'都是一样的供水，一样的开闸门，为什么你们后山人没水呢？我也搞不清楚。我还让他们几个人到水房看了我的操作，因为这供水操作是很透明的，只要将电闸一拉，谁都能看明白，可是拉了电闸，后山还是没有水。我们分析，问题可能出在供水管道上。那时候，天还很冷，没有办法，我就锁上水房的门，带着绳子和镰刀，准备爬山，检查供水管道。你看，就是这七八十度的山坡，我将绳子拴在腰上，一步一步往山上爬，整整查找了一天，身子都快冻僵了，手也麻木了。怕人从山上掉下来，有时就将绳子一头拴在腰上，一头拴在树上，后来快到山顶时，找到了问题。原来不知道什么鸟儿，将供水管道啄烂了，水全从鸟啄烂的地方冒出来了。找到了问题，就得想办法解决。我便开始购买管道，慢慢运上山，然后将人拴在树上，一点点更换管道。整整折腾了两天，才使后山上的人吃上水。我所做的，大家都看在眼里。村民薛喜平、薛润清、薛常宝等，都说要感谢我，还说要请我喝酒。我对他们说，这有什么可感谢的，这是我的工作，虽然每月管水只领那么一点钱，可要对得起那点钱。我想，这里面不是钱的问题，是组织和大家的信任，这一点是最重要的。一个人能让人们信任你，比给你发多少钱都重要。我们陕北人，历来就讲个信任。我想，从县上到村上，大家推选你为大家服务，就是看到你的诚实，就是觉得你值得大家信任。这管水和管其他事不一样，水是人人需要的东西，天天晌晌人们都离不开。就说电吧，没有了，人们还能照样生活，可没水就不行。人常说，嘴是铁，饭是钢，一顿不吃害心慌。没有水，就没法做饭么，那没饭吃，人们啥也弄不成么。"

据了解，在岔上村，一共有三个供水池，薛亚斌担任水管员后，几乎每天都要到各个水池去查看，就是下雨下雪，也从未间断过。

村民薛志亮说："亚斌这个人吧，主要是把事当事做，将管水这个事看得很重，无论谁家的水有了什么问题，他都能随叫随到，这是我们大家没有想到的。可以说，自他管水以来，我们村上的人，从来没有什么怨言，因为他做事认真负责。听说，他一个月只拿300来块钱，可给大家的感觉，他像是拿了3000元似的，天天都见他在水房和水池子周围转悠。我们村人常说，政府通过投资，为我们接通了自来水，改变了几辈人的吃水习惯，的确给我们带来了幸福，而亚斌呢，把这种幸福真切地送到我们心坎上。他虽然是一个同我们一起长在这村子的小人物，但他的行为和举动，却反映出了政府在为民服务上的真诚。"

村民薛常宝告诉我："政府推行的扶贫脱贫，真真正正解决了我们岔上人的吃水问题，过去，我们全住在山峁峁上，吃水全靠用扁担从山下挑。"他指着后山山顶说："你看看，这山有多高，就这，我们老几辈人都靠扁担从山下挑水。前些年，有些人因为吃水不方便，丢弃了土地，拖家带口走下山，到外边去谋生了。后来听说有了自来水，有些人又回来了。是政府的扶贫，改变了我们的吃水历史，改变了我们的生活习惯，也改变了许多人的命运。所以我们岔上人特别感激党中央和国家搞的这扶贫脱贫工作。"

岔上镇是一个微观式的历史古镇，地盘不大，但各种单位基本健全，镇上单位与当地村民同用一个水池的水。说起薛亚斌管水，大家都伸出大拇指说："不错，拿钱不多，管事认真，有他管水，是我们这儿人的福气啊。"

在参观毛主席东渡黄河纪念馆时，薛亚斌笑着对我说："挣钱多少真的无所谓，只要大家认可自己，就是最大的人生收获。"对于未来，薛亚斌想，古镇恢复后，他想一边继续为大家管水，一边在古镇上做点小生意，那样，就心满意足了。

七、谢文化，安塞区农村的新"三员"

谢文化没有想到，自己在外边打了几十年工，快进入歇工年龄，又在家门口上岗了。

我们见到谢文化时，李振义笑着对他说："这就是国家倡导的扶贫给你带来的好处么，所以呀，你必须把事给咱弄好，要对得起大家对你的信任。"

谢文化一边从窑洞里往庭院搬凳子一边笑着回答李振义："那是肯定的，要不连你也对不起。"

55 岁的谢文化是安塞区碟子沟村的"三员"。过去几十年，他一直在延安等地打工，通过打工，新修了窑洞买了小车，日子过得在村上数一数二。自脱贫攻坚工作开始后，安塞区实行了乡村管理三员一体化，在大家的推荐下，谢文化担任了村上的护林员、水管员和保洁员。

"为什么大家会推荐你当这么个'三员'呢？"我接过谢文化递过来水杯问他。他坐在一个绿色塑料小方凳上憨笑着说："可能是大家看咱老诚吧，主要还是方便吧。你看我，家当也齐全一些，年轻时在外边奔波，置了一些家当，没有想到现在全用上了。"

谢文化所说的家当有四大件，一个是一辆白色的小轿车，一个是红色的三轮车，还有一个是蓝色的摩托车，当然还有他家新修的三孔装饰一新的窑洞。说着话，也许是想让我们见识他的业绩吧，谢文化便邀请我们进他的窑洞看看。他所说的窑洞，已经不是陕北过去传统意义上的窑洞，而是关中地区人们修建的两层小楼房，不过陕北人还是喜欢窑洞，将楼房修成窑洞样式，两层楼房的门，上面全是弓圆形，如果不进去，从外面看，不知底细的人还真以为是传统的窑洞呢。

一个管水员怎么会成为"三员"？我对此有些迷惑。

我们从谢文化的窑洞里出来在庭院的阳光下坐定，李振义便给我做了详细介绍。

原来，延安市为了将农村的管理纳入具体的事务中，便推行了乡村管理三员制，即一人兼三职，就是在每一个村，配备一个人，将村民供水、村中的环境卫生和村上的林坡管起来。

谢文化在大家的推荐下，经过村干部审核，镇上批准，担任了碟子沟村的"三员"。与此同时，碟子沟村还成立了物业公司，物业公司将村民供水、环境卫生和林坡管理纳入其中。公司由村上统一管理，类似城市的物业公司，目前具体做事务的只有谢文化，村干部具体负责管理，谢文化算是公司的员工。有时，村民见了谢文化，也会叫他谢经理。

2021年前半年，在陕西省水利厅宣传教育中心和陕西省城乡供水服务中心的协助和指导下，我对陕西省9个城市和部分乡村的农村饮水安全进行了调研，发现全省各地对农村饮水安全采取了不同措施，为保障农村饮水安全想了不少办法，特别是农村水管员的管理形式各地皆有奇招，方法各有不同。安塞区的做法使我感到新鲜，依我对农村饮水的了解，我认为安塞的做法是最适合在全省农村推广的。

一人兼三职，不但责任能落到实处，且成本相应较低，财政支出也减轻了负担，且能长期实施。

在全省相当多的地方，就目前的状况，一个村有林管员、水管员，保洁员。而除林管员外，大部分村的水管员和保洁员都是由一些年龄相对大的村民担任。一个月五六百元的收入年轻人不能接受，只能由不再外出打工的年长的村民和留守妇女来做。

而安塞的做法，集三项工作于一身，森林防火、供水管理、村庄环境卫生保护，说起来是三项工作内容，从真实情况来看，工作量并不大。农村的环境卫生管理不比城市，主要任务是清扫村庄公共场所的垃圾和归置村民门前的杂物。而林管员，职责主要是森林防火和防止乱砍滥伐。森林防火季节性比较分明，特别是冬春季气候干燥时，责任重大，乱砍滥伐现象目前在农村相对少一些。一是农村自做家具的人少了，二是燃料多采用电和煤气，人们对山林树木的依赖性减少。唯有村民吃水是大事。所以，安塞的"三员"无论从管理成本还是现实状况，都是符合农村现状的管理模式。

据谢文化讲，他现在每月领到手的实际工资是1200元，其中林管员津贴400元，环境卫生管理费400元，水管员补助400元。他每天的工作是，清早起来先查看村上的供水水源地，然后再和家里人一起清扫村道的卫生，卫生并不是天天像城市一样要打扫，而是哪儿有垃圾清扫哪里，然后骑上摩托车去看村上的林坡。他说，三项工作对他而言，都非常重要也很轻松，其中最关键的投入工作量最大的还是供水这一块。供水方面，由于水资源有限，考虑到村民生活和用水习惯，根据镇上物业公司规定，每天早晚开闸供水，供水限时不限量，而他的另一项与水有关的工作就是每周向水池中投放净化剂，检查水源地，查检供水设施，义务帮助村民更换水龙头等。

碟子沟村系一个自然村，有133户417人，目前通水率达到100%，水源是村后山坡上的山泉，水质良好，没有污染，供水管道由政府投资，产权归村委会所有。从2019年开始，县水利局组织技术人员，与镇农村物业公司共同更换了过去陈旧的供水管道，并为每户农户安装了水表，保障了村民用水所需。

在村道里，我看到每户人家的院墙外都有关于治水和节约用水的墙体宣传语。

走在村道，看着干净的巷道，我问谢文化："目前村民对你们实际的供水模式是否满意？"他指着一户农户的庭院说："大家非常满意，不信你随便到村民家走访，他们会告诉你他们对吃水的想法。"

之后我们走访了几户村民，还真如谢文化所言，大家表达的皆是对政府的感激和对谢文化的感谢。村民们说："原来我们以为国家所搞的扶贫，会和过去一样，帮那些困难户找点出路或者是挣钱门路，没有想到，国家这次搞的扶贫，让我们全村人甚至全镇人全县人都沾了大光。就说吃水这件事吧，我们盼了几辈人，多么希望能和城里人一样吃上自来水，现在你看，我们村家家户户全是自来水，虽然目前还不能和城里人相比，但我们与我们自己比，与过去比，与老一辈人比，那简直就是破了天荒。谁能想到，我们会把挑水担子扔掉呢？"

有一个70多岁的妇女对我说："你看，我们家也用上热水洗澡了，后生买了太阳能架子，往窑洞上一安，就是到了冬天，我们洗碗也是热水呀。老年人晚上泡个脚，方便得很呀。"

我问老人："你们村管水的人咋样？"

老人笑嘻嘻地说："好么，文化那后生，勤快着呢，巷道脏了他扫，就是下雨了哪儿有了水，他忙着清理。有一回我对他说：'这不是你管的呀！'他却说：'咋不是我管的，我就是给村人服务哩嘛！后生们上学读书，村人出门买东西，到地里去不都方便吗？'我只知道他负责清理卫生，却不知道他还管巷道的水。还有呀，村上人，谁家的水管不流水了，水龙头用不成了，只要给他打个电话，不管他在哪儿，一准就来了。我们村上人都夸那后生，有心劲儿，会来事儿，是个热心后生呀。"

离开碟子沟村，李振义告诉我，安塞推行的村级"三员""三权"集中的管理模式，延安市每个县都在落实，他担任扶贫队长的招安镇李塔村也实行这种管理模式。比起过去一村几员那种方式，效益大大提高，关键是各项事务的责任全能落到实处。特别是管水这一块，他们也一直在探索和研究办法，最终还是认为，在一个村，三项工作合并起来由一人来管相对务实，不扯皮，不存在推诿，好管理，财政负担也减轻了。管理人员的收入提高了，管理效益提高了，服务质量也提高了，群众的信任度也提高了。他说："关键还是在选人用人上，没有实行'三员一体化'之前，村上的管水、管环境、管理林坡，大部分都是一些年龄大的人，特别是管水这一块，年轻人没人管，报酬低，扶不住人。年龄大的人，行动不利索，对新的知识不懂，对新生事物接受得慢，上山查看个水源得好半天，村民让他们安装个水龙头，有些老年人压根就不会，加之报酬低，这些人积极性也不高，村干部为难，村民为难。实行'三员一体化'管理模式之后，全县的情况得到大的改观，从我们水利局来讲，责任落到了实处，而村镇两级组织也轻松了许多。当然，不是说目前的状况就十分完美了，我们依然还在不断地探索，进一步完善制度和措施，同时也不断地借鉴他人的经验，保障全县农村饮水这一块，达到或超过国家和省上制定的标准，使村民真正吃到安全水、放心水。"

2022年3月定稿
安皇城北门

后记：是记录亦是见证

一

那是个刚下过雪的寒冬时节，我到海拔过千米的柞水县杏镇云蒙采访，在弯曲的山路上，看到一辆白色的写着"送水车"字样的车从山下艰难地开往山上。车从身边过，我凝视了半天有些疑惑，到了山顶才知道，那是柞水县设在乡镇的供水站的工作人员为山上因水管冻裂而没有水吃的农民送饮用水。问收到水的农民送来的水要钱吗，他们开心地笑着说人家不收钱，水是镇供水站免费提供的。不能说此创举是奇迹，起码是新闻。

这样的故事发生在远山深处，也出现在平原地区，陕南有，陕北和关中也有。此类事了解得越多，感动就越多。如果没有扶贫政策，哪会有这样的事情发生？由此我想到了自己小时候的一件事，大概是在20世纪70年代中期，也是个冰冻三尺的日子，家里来了客人，由于没有水吃，怀着身孕的母亲去挑水。天刚下过一场雪，通往村庄前面的小路很滑，母亲挑水时连人带水桶摔倒在冰路上，导致所怀孩子流产。

看着眼前新鲜事，追忆昔日难堪景，用今非昔比也不能表述自己内心的感慨。站在高山顶上，望着送完水往山下走的送水车，不知道为什么，我一时愣在那里，感觉陌生的山峦竟然也是如此亲切。后来才想到，是山路上发生的故事，引发内心温暖，对陌生的山产生了别样的情绪。望着山上的几户人家，我在想，如果40年前的冰冻之日，有人将水送给山里人，那我此生就有一个弟弟或妹妹了。下山的时候，踩着泥泞的山路我在想，扶贫，不一定是让农民口袋中有多少钱，让他们从方方面面的困境中得到解脱，无后顾之忧，那才是扶贫的成效。解决农村人饮用水问题就是其中典型一例。

二

20 世纪 80 年代初，我曾担任过几年乡镇领导，对农村、农业、农民了解相对多一些，虽然住进城市 30 多年了，但根在乡村，对乡村的牵挂从未减少。面对今天的乡村，有太多想说的话，当我手持陕西省水利厅开出的一纸通行证，急步行走在三秦大地上探访与农民饮水有关的故事时，那一宗宗见闻和故事，常常使我夜不能眠，停不下脚步，总想在有限的时间内，了解三秦大地上更多的与农民饮水有关的事。

本书酝酿之初，在省作协的一次会上，主管领导让报一下书名，我顺口说出"水润三秦"四个字。为什么会说出这么四个字？因为 20 多年来，我一直在编辑一本与城市建设有关的杂志，对全省城市供水情况了解相对多一些。后来拿到省作协的介绍信到水利厅协调采访工作时，才知道水利厅的网站有个栏目叫《水润三秦》，当时对自己临时定的书名更加满意。虽然是巧合，但说明自己的想法是对的。随着采访的深入，当我真正走进乡村农户，与农民进行了座谈之后才发现，近几年，在扶贫过程中，与水有关的话题太多了，从当年的"甘露工程"到今天的农村饮水安全工程，全省各级党政机关历届领导做了大量的工作，目的只有一个，那就是解决全省农民的吃水问题。特别是脱贫攻坚工作开展以来，全省水利系统所有的干部职工，将解决农村饮水安全问题作为头等大事，层层分解任务，人人背负责任和压力，将压力变动力，谱写了一曲响彻三秦大地每个角落的引水之歌，实现了"处处有水源，人人有水吃"，实现了改写历史的宏大目标。

三

从 2020 年 11 月份开始，我先后利用一年时间，走访了全省 10 个市 30 个县（区）80 多个村，采访了近 300 人，从陕南到陕北，从冬天走到秋天，目的是寻访与农民饮水有关的故事，一路走一路听一路看，常常被新鲜的故事所吸引，被看到的景象所感动。2021 年 7 月，正值盛夏，在陕北神木折家村一座高山上，水泥路从山下弯弯曲曲通到山上，却很少看到人家，突然间一个 60 岁的汉子高吭的酸曲将我吸引到一个山洼里。汉子正用自来水洗头，他一边洗一边唱，以至于我已经站在他身后，他还陶醉在自己的歌声里。问他为什么如此开心，他说："你看么，有了自来水了。我活了多半辈子，没想到还能用上自来水。"他说通自来水之前，他挑水要走5里路。他还告诉我，有了水，他一下子养了近百只羊，一年收入超过10万元，这样挣钱的法子，他连做梦也没有想过。他说他们山上一共只有5户人家，可政府为了让他们过上好日子，将水泥路修到家门口，将水从山下给他们引到院落。他说："这山上住的人不多，政府还花钱引水修路，这不是糟蹋钱么。"我想这就是政府的施政举措唤来的民声应和吧。在靖边县，一个80岁的老人告诉我："啥叫党亲，啥叫政府好，过去我们晚上睡觉早晨起来门就被沙子封了，是政府搞的绿化工程把沙子挡住了，这些年来，我们家的门再没有被沙子封过。现在呢，最让我们为难的吃水问题也解决了，你说是不是党亲哩？没有党的领导，政府给力，谁能想到我们把挑水担子给扔了。"

百姓的念叨，无不体现出解决农民吃水问题是人心所向，同时也反映了水与人的关系，与生活的关系，政府与人民之间的亲恤之情。

四

任重道远虽辛苦，催马扬鞭正当时。采访中，我接触了许多水利系统的扶贫工作者，了解到他们在扶贫过程中所做出的努力和付出，常常将自己感动得语无伦次。这些人为了让农民吃上安全放心水，抛家离岗，告亲别友，吃苦耐劳，一头扎进大山里，一忙就是经年。有人为了给农民引水到家，身染疾病，忘记自我，克服困难，坚持始终；有人为了改变乡村的山水和土地的容颜，废寝忘食，夙兴夜寐，开拓进取，用担当和实干精神，用自己的言行将党的扶贫政策演绎出精彩的传奇。他们的举动，像一盏盏高挂在乡村的精神明灯，为干枯的小河照出了希望，为沉默的土地点燃了梦想，为那些期盼着早日摆脱贫困的人唤出了力量和信心。正是他们，在平凡的岗位上，做出不平凡的事，而这些事，改变了农民的命运，重新书写了乡村的历史，为乡村振兴增添了活力，亦奠定了坚实的基础。人们常说，今天的乡村没落了，留下的只是逃离者的背影，可现在，一股股清泉沿着政府的决心，沿着引水人的真心，流到农家的灶头，滋润了农民的心，给农民增添了信心。水活则人欢。这清泉，唤醒了土地，唤醒了山乡，唤醒了树林，唤醒了香禾，唤醒了人心，唤醒了乡村的精气神，使那些渴望在寂寞的土地上有所作为的人，重拾初心，蓄势聚力，铸造希望。

我知道，尽管自己走了许多地方，接触了许多人，但我的书写和叙述仍显浅淡，未解心中所期，也未能全景式地呈现出在推行农村饮水安全工程过程中，各路人马所做出的努力，记录下来放在书中的也只是少数，但那些解决农村饮水安全问题、改变农民命运的人，农民能记住他们，历史一定也不会忘记他们。他们的举动，宛若岁月精心铸造的丰碑，会屹立在三秦大地每一个角落，接受历史检阅。

五

本书在写作过程中，得到省作协和省水利厅的大力支持，特别是得到了水利厅宣教中心主任、《中国水利报》陕西记者站站长、《陕西水利》杂志主编王辛石先生和《陕西省志·水利志（1996～2015年）》副主编杨耕读先生的帮助，得到西安音乐学院仵埂教授和西北大学周燕芬教授的指导。在此，一并致谢。

李虎山

2022 年 8 月 28 日